U0506713

楚辭集注

〔宋〕朱熹 撰
黄靈庚 點校

上海古籍出版社

圖書在版編目(CIP)數據

楚辭集注 /（宋）朱熹撰；黄靈庚點校. —上海：上海古籍出版社，2022. 10（2024.11重印）
（中國古典文學叢書）
ISBN 978-7-5732-0423-3

Ⅰ. ①楚… Ⅱ. ①朱… ②黄… Ⅲ. ①古典詩歌—詩集—中國—戰國時代②楚辭—注釋 Ⅳ. ①I222. 3

中國版本圖書館 CIP 數據核字(2022)第 160071 號

中國古典文學叢書

楚辭集注

［宋］朱　熹　撰

黄靈庚　點校

上海古籍出版社出版發行

（上海市閔行區號景路 159 弄 1-5 號 A 座 5F　郵政編碼 201101）

（1）網址：www. guji. com. cn

（2）E-mail：guji1@guji. com. cn

（3）易文網網址：www. ewen. co

常州市金壇古籍印刷廠有限公司印刷

開本 850×1168　1/32　印張 13. 5　插頁 7　字數 250，000

2022 年 10 月第 1 版　2024 年 11 月第 3 次印刷

印數：1，801 — 2，600

ISBN 978-7-5732-0423-3

I·3649　精裝定價：78. 00 元

如有質量問題，請與承印公司聯繫

陬蓋是月孟春昏時斗柄指寅在東北隅故以爲名也降下也原又自言此月庚寅之日已始下母體而生也

皇覽揆余于初度兮肇錫余以嘉名名余曰正則兮字余曰靈均

覽一作鑒余下一無于字○賦也皇考也覽觀也揆度也初度之度猶言時節也肇始也錫賜也嘉善也正平也則法也靈神也均調也高平曰原故名平而字原也正則靈均各釋其義以爲美稱耳禮曰子生三月父親名之二十則使賓友冠而字之故字雖朋友之職亦父命也

紛吾既有

宋嘉定本《楚辭集注》書影

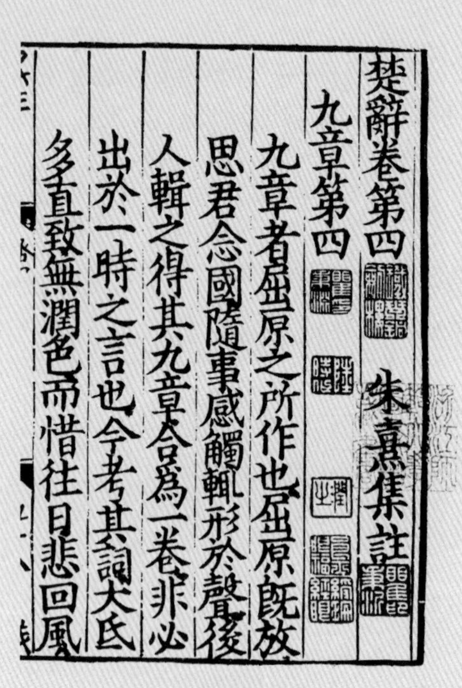

楚辭卷第四　朱熹集註

九章第四

九章者屈原之所作也屈原既放思君念國隨事感觸輒形於聲後人輯之得其九章合爲一卷非必出於一時之言也今考其詞大氐多直致無潤色而惜往日悲回風

宋嘉定本《楚辭集注》書影

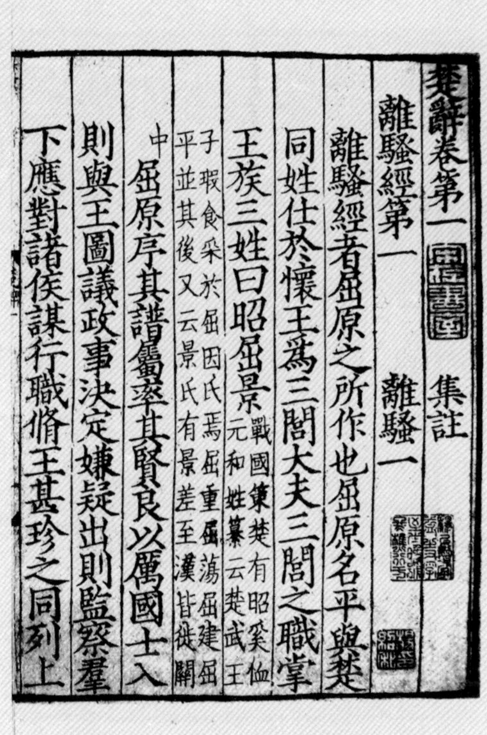
楚辭卷第一　集註

離騷經第一　離騷一

離騷經者屈原之所作也屈原名平與楚同姓仕於懷王爲三閭大夫三閭之職掌王族三姓曰昭屈景戰國策楚有昭奚恤元和姓纂云楚武王子瑕食采於屈因氏焉屈重屈蕩屈建屈平並其後又云景氏有景差至漢皆徙關中屈原序其譜屬率其賢良以厲國士入則與王圖議政事決定嫌疑出則監察羣下應對諸侯謀行職脩王甚珍之同列上

宋端平本《楚辭集注》書影

義、資治通鑑綱目、八朝名臣言行録、伊洛淵源録、紹熙州縣釋奠儀圖、太極圖説解、通書注、西銘解、近思録（與吕祖謙合編）、延平答問、童蒙須知、小學、周易參同契考異、朱子語類、晦庵先生文集、昌黎先生集考異等，楚辭集注，乃其一也。

二

屈原其人其事，雖非純儒所稱道，濂溪、二程、横渠等宋儒皆不及屈子，偶或及之，亦未以爲然。若程顥謂「離騷之中，憂君之心則至，然謂之不合道者」。（朱熹二程外書朱公掞録拾遺）故明人若毛以陽者遂謂集注「非朱子手定，乃後人附會」（見夏大霖屈騷心印參評）。其不知朱熹雖專一於道學，猶耿耿於楚辭，以爲「原之爲人，其志行雖或過於中庸而不可以爲法，然皆出於忠君、愛國之誠心」，而「不敢以『詞人之賦』視之也」（朱熹楚辭集注序，下引不注）。職是，朱熹耽心楚辭者有二：一以推重屈子「忠君、愛國之誠心」，且以屈子爲「愛國」者，亦肇見於熹，前此未以「愛國」稱屈子。二是讀屈子辭賦，而「交有所發」云爾。

四庫館臣云：「周密齊東野語記紹熙内禪事，曰：『趙汝愚永州安置，至衡州而卒。朱熹爲之注離騷以寄意焉。』然則是書大旨在以靈均寓放逐宗臣之感，以宋玉招魂抒故舊之悲耳，固不必於箋釋音叶之間規規争其得失矣。」（楚辭集注提要）汝愚之冤獄發，確乎爲朱熹注集注之直因。然其注此書，積於胸臆，固非一日。朱熹早年目覩其父朱松以忤逆秦檜「決策議和」而「出知饒州」，終焉抑鬱，病死建甌。後又以慶元黨禍，窮處孤苦。其一生落拓，「登第五十年，仕於外者僅九考，立朝纔四十日。家故貧，少依父友劉子羽，寓建之崇安，後徙建陽之考亭，簞瓢屢空，晏如也」（宋史朱熹傳）。晚歲觸怒權臣韓侂胄，貶出朝廷，「作牧於楚」，尤貧病交疊，落寞之至，較之屈子之窮戚，有以過之。而其追憶父訓，猶耿耿目前，稱「建隆庚申，距今己未，二百四十年矣。嘗記年十歲時，先君慨然顧語熹曰：『太祖受命，至今百八十年矣。』歎息久之。銘佩先訓，於今甲子又復一周，而衰病零落，終無以少塞臣子之責」云（朱熹蒙恩許遂休致陳昭遠丈以詩見賀已和答之復賦一首附記）。遂以屈子之賦爲「窮而呼天，疾痛而呼父母之詞」。稱於「病中不敢勞心看經書，閑取楚詞遮眼」（答鄭子上）。其雖云「閑取」，而不免異代同聲之悲，亦可想而知。故是書乃積父子二代之冤屈以寄意於離騷。

況朱熹自幼好楚辭，嘗於稠人廣衆「獨歌離騷經一章，吐音洪暢，坐客竦然」（朱熹年譜長編）。至老猶未衰，時時誦讀不輟。其作書之旨，固不在字義訓詁之間，而在闡發屈子「義理」也。

二

朱熹定集注爲八卷：首離騷卷一，次九歌卷二，次天問卷三，次九章卷四，次遠遊、卜居、漁父卷五，謂「以上離騷，凡七題二十五篇，皆屈原作，今定爲五卷也」。自此以下爲續離騷，凡八題十六篇，定爲三卷：即九辯卷六，招魂、大招二篇卷七，惜誓、弔屈原、服賦、哀時命、招隱士五篇卷八。其較王逸、洪興祖，增賈誼弔屈原、服賦，而删七諫、九懷、九歎、九思四篇。熹以楚辭出於真性情，非矯揉造勢之作，其辯證稱七諫、九懷、九歎、九思四篇，「雖爲騷體，然其詞氣平緩，意不深切，如無所疾痛而强爲呻吟者。就其中諫、歎，猶或粗有可觀，兩王則卑已甚矣。故雖幸附書尾，而人莫之讀，今亦不復以累篇袠也。賈傅之詞，於西京爲最高，且惜誓已著于篇，而二賦尤精，乃不見取，亦不可曉，故今并録以附焉。若揚雄則尤刻意於楚學者，而其反騷，實乃屈子之罪人也。洪氏譏之，當矣。舊録既不之取，今亦不欲特收，姑別定爲一篇，使居八卷之外，而并著洪説於其後。蓋古今同異之説，皆聚於此，亦得因以明之，庶幾紛紛或小定云」。自朱熹之楚辭八卷本定，明、清注本多從其取舍，若明林兆珂楚辭述注、黄文焕楚辭聽直、周拱辰離騷草木史、陸時雍楚辭疏、李陳玉楚辭箋注，清林雲銘楚辭燈、賀貽孫騷筏、王夫之楚辭通釋、屈復楚辭新注、蔣驥山帶閣注楚辭、胡濬源楚辭新注求確、王闓運楚辭釋等皆因襲朱子八卷本，王氏章句、洪氏補注幾廢不傳。

朱熹據宋晁補之集續楚辭、變楚辭二書，輯録後世之騷體，自戰國荀子成相至宋吕大臨擬招，凡五十二篇，爲楚辭後語六卷。朱熹雖因晁氏二書，而皆有繩尺，取捨至嚴，謂辭、義兼顧，重於義理，殿以張子、吕大臨之作。雖未免道學氣過甚，因以探楚辭流變，不無可取。其於楚辭八卷，每篇皆爲小序，或者傍依王逸舊説，稍爲增減、改作之，其意旨無殊。如離騷序是也。或者於舊注皆無所採用，别作新解。如卜居序是也。又，大招之作，王逸存疑於屈原、景差之間。朱序以爲「詞義高古，非原莫及。其不謂然者，則曰漢志定著原賦二十五篇，今自騷經以至漁父已充其目矣。其謂景差，則絶無左驗。是以讀書者往往疑之。然今以宋玉大、小言賦考之，則凡差語皆平淡醇古，意亦深靖閑退，不爲詞人墨客浮夸艷逸之態，然後乃知此篇决爲差作無疑也」。則獨具青眼，多爲後依傍。

三

朱熹聲言其作集注要在求其「義理」之正，而於文字音釋訓詁，見其句斟字酌，一絲不苟，頗下功夫，絶非無所用心而漫衍爲之。審諟朱子所謂「集注」，蓋爲二事：一是集前人之校，二是集前人之注。其「集校」、「集注」者，集王逸楚辭章句、文選五臣注及洪興祖補注三家之説。字義訓詁，多取王、洪二家，而因襲王氏章句居多。

惟其取法前賢，則途徑多方，約以八端：一是悉從王逸注。如離騷「昔三后之純粹兮」注：「后，君也。三后，謂禹、湯、文王〔武〕也。至美曰純，齊同曰粹。」二是因王注楚辭草木蟲魚、地理名物之類，皆極簡略，而洪氏旁徵遠紹，補之甚悉，則多取洪説。如離騷「雧芙蓉」注：「蓮花也。本草云：『蓮，其葉名荷，其花未發爲菡萏，已發爲芙蓉。』」三是或者因襲文選五臣注。如離騷「又申之」，朱注：「申，重也。」見文選劉良注。四是朱熹注或者節録王、洪二家而重作排比、組織，若一出於己者。如離騷「椒專佞以慢慆兮」注：「慆，淫也。書曰：『無即慆淫。』」案「淫也」見王注。引書，則節取洪氏。五是或者因舊注而發揮之。如離騷「苗裔兮」，王注：「苗，胤也。裔，末也。」朱注：「苗裔，遠孫也。苗者，草之莖葉，根所生也。裔者，衣裾之末，衣之餘也。故以爲遠末子孫之稱也。」六是所以補王、洪之闕。如離騷「恐美人」，王注謂「懷王」，闕其所以稱者之義。朱熹以爲男女君臣之喻，云：「美人，謂美好之婦人，蓋託詞而寄意於君也。」七是據洪氏補注而別爲新解。如離騷「世溷濁而嫉賢兮，好蔽美而稱惡」。洪氏云：「再言『世溷濁』者，甚之也。」朱熹注申引其義，云：「再言世之溷濁而嫉賢蔽美，蓋以爲雖四方之遠而其風俗之不美，無以異於齊州也。」八是獨創新解，多發前所未發。如離騷「指九天」，王注、洪氏皆以「九天」爲中央八方之説。朱熹注以「渾天」説之，云：「九天，天有九重也。」朱熹爲學，實事求是，於其所不知而不强爲解，付之闕如。見於天問一篇者至多。如，「胡爲嗜不同味而快鼂飽」注：「二句未詳。」又，「啓棘賓商」注：「棘賓商，未詳。」

朱熹乃理學經師，其作集注，據性理以解楚辭，頗具特色。如天問：「明明闇闇，惟時何爲？陰陽三合，何本何化？」朱注：「此問蓋曰：明必有明之者，闇必有闇之者，是何物之所爲乎？陰也，陽也，天也，三者之合，何者爲本，何者爲化乎？今答之曰：天地之化，陰陽而已。一動一静，一晦一朔，一往一來，一寒一暑，皆陰陽之所爲而非有爲之者也。然穀梁言天而不以地對，則所謂天者，理而已矣。成湯所謂『上帝降衷』，子思所謂『天命之性』是也。是爲陰陽之本，而其兩端循環不已者，爲之化焉。周子曰：『無極而太極，太極動而生陽，動極而静，静而生陰，静極復動，一動一静，互爲其根。分陰分陽，兩儀立焉。』正謂此也。然所謂太極，亦曰理而已矣。」屈子本旨是否與子思、周子合，當屬別論，而未失其爲一家説。

朱熹精於文學闡釋，解離騷方之以詩「比」、「興」、「賦」，並一以貫通之。其注謂「楚人之詞亦以是而求之，則其寓情草木、託意男女，以極遊觀之適者，變風之流也。其叙事陳情，感今懷古，以不忘乎君臣之義者，變雅之類也。至於語冥婚而越禮，攄怨憤而失中，則又風、雅之再變矣。其語祀神歌舞之盛，則幾乎頌，而其變也，又有甚焉。其爲賦，則如騷經首章之云也。比，則香草惡物之類也。興，則託物興詞，初不取義，如九歌『沅芷澧蘭』，以興思公子而未敢言之屬也。然詩之興多而比、賦少，騷則興少而比、賦多。要必辨此，而後詞義可尋，讀者不可以不察也。」辯證又云：「離騷以靈脩、美人目君，蓋託爲男女之辭，而寓意於君，非以是直指而名之也。靈脩，言其秀慧而脩飾，以婦悦夫之名也。美人，直謂美好之人，以男悦女之號也。今王逸輩乃直以指君，而又訓靈脩爲『神明遠見』。釋美人爲『服飾美好』。失之遠矣。」此説大爲後世張目，如游國恩氏離騷男女君臣之喻、「楚辭女性中心説」云云，即因朱説而張大、發明之。

朱熹於自然科學或有可采者，不拘理學舊義而寧從新説。如天問：「夜光何德，死則又育？厥利維何，而顧菟在腹？」朱熹云：「此問月有何德，乃能死而復生？月有何利，而顧望之菟常居其腹乎？答曰：曆家舊説，月朔則去日甚遠，故魄死而明生。既望而去日漸近，故魄生而明死。至晦而朔，則又遠日而明復生，所謂『死而復育』也。此説誤矣。若果如此，則未望之前，西近東遠，而始生之明，當在月東。既望之後，東近西遠，而未死之明，却在月西矣。安得未望載魄於西，既望終魄於東，而遡日以爲明乎？故唯近世沈括之説，乃爲得之。蓋括之言曰：『月本無光，猶一銀丸，日耀之乃光耳。光之初生，日在其傍，故光側而所見纔如鈎。日漸遠則斜照而光稍滿，大抵如一彈丸，以粉塗其半，側視之，則粉處如鈎；對視之，則正圓也。』近歲王普又申其説曰：『月生明之夕，但見其一鈎，至日月相望，而人處其中，方得見其全明。必有神人能凌到景，傍日月而往參其間，則雖弦晦之時，亦得見其全明，而與望夕無異耳。』以此觀之，則知月光常滿，但自人所立處視之，有偏有正，故見其光有盈有虧，非既死而復生也。若顧菟在腹之問，則世俗桂樹、蛙、兔之傳，其惑久矣。或者以爲日月在天，如兩鏡相照，而地居其中，四旁皆空水也。故月中微黑之處，乃鏡中大地之影，略有形似，而非真有是物也。斯言有理，足破千古之疑矣。」朱子「月光常滿，但自人所立處視之，有偏有正，故見其光有盈有虧」云云，則較之西哲哥白尼「太陽中心」説，蓋又先於五百餘年矣。

朱熹或舉當時民俗以印證楚辭，尤開豁心智，見其思路開拓，識力非凡。如，招魂：「雕題黑齒，得人肉以祀，以其骨爲醢些。」注云：「南方人常食蠃蜯，得人之肉，則用以祭神，復以其骨爲醬而食之。今湖南北有殺人祭鬼者，即其遺俗也。」朱子親歷見其事，故以證招魂，是見開通處，讀書而不泥於書。或者取證於其時地理。如，招魂：「其土爛人，求水無所得些。」注云：「言西方之土温暑而熱，燋爛人肉，渴欲求水，不可得之。今靈、夏之間有旱海，六七百里無水泉，即其證也。」靈，靈寳也。夏，西夏也。皆在今西北，蓋在宋世已無水。

朱熹爲楚辭辯證，分上、下二卷，計目録三條，離騷六十四條，九歌二十八條，天問十八條，九章十一條，遠遊三條，卜居、漁父各一條，九辯五條，招魂五條，大招一條，晁録一條。蓋專以研討楚辭疑難問題，與集注簡約清要者迥異。稱「余既集王、洪騷注，顧其訓故義文義之外猶有不可知者。然慮文字之太繁，覽者或没溺而失其要也。別記於後，以備參考」云，蓋所以補集注所不及。往往旁紹遠引，舉凡一字一音之正誤、一詞一義之是非、人物典故之考訂、地理名物之審定等，皆論列之，短則數十言，長至數千言，決疑祛惑，訂正舊注之謬誤，其最見功力，多發前人所未發。如，朱子於哀郢之郢，辯證爲之詳考，云：「楚文王自丹陽徙江陵，謂之郢。後九世，平王城之。又後十世爲秦所拔，而楚徙東郢。」楚之城郢，始自平王之説，爲近出地下簡帛文獻所證實。清華大學藏戰國竹書楚居云：「至武王酓鰥（徹）自宵徙居免（沔）焉，始□□□□福。衆不容於免，乃渭（潰）疆涅（郢）之波（陂）而宇人焉，氐（抵）今曰涅（郢）。至文王自疆涅（郢）徙居湫涅（郢），湫涅（郢）徙居樊涅（郢），樊涅（郢）徙居爲涅（郢），爲涅（郢）復徙居免涅

〔郢〕，焉改名之曰福丘。〔二〕郢之字，楚簡作浧，盈之古字。以容衆而圓满無匱乏之居，則謂之郢。然武王、文王所居之郢，爲疆郢。疆者，謂疆界。武王未嘗築城，但爲之以疆界。始築城於郢者，乃子常囊瓦。左傳昭公二十三年：「楚囊瓦爲令尹，城郢。」杜注：「囊瓦，子囊之孫子常也，代陽匄。」楚用子囊遺言，已築郢城矣。今畏吳，復增修以自固。」孔疏：「楚自文王都郢，城郭未固，子囊心欲城之，其事未暇，將死而令城郢，故可謂之爲忠。今郢既固矣，足以爲治，而囊瓦畏吳侵偪，恐其入寇國都，更復增修其城，以求自固，不能遠撫邊境，唯欲近守城郭，沈尹謂之必亡，爲其事異故也。」孔疏「楚自文王都郢，城郭未固」云云，臆度之詞，子囊亦未築城，是以吳師一舉而下。杜注不足信。武王始爲之疆界，茲後至昭王之世，郢未嘗有城，囊瓦在平王之世，始爲城郢。以上考證可參筆者清華戰國竹簡楚居箋疏一文（載中華文史論叢二〇一二年第一期），而朱子之説，是爲不刊。

朱子爲楚辭大家，集注一書，固稱千古傑作。然極一人之力，欲盡去古今之惑，庶幾無此可能。其疏誤之處，時或可見，蓋未能免。如辯證云：「九辯不見於經傳，不可考，而九歌著於虞書、周禮、左氏春秋，其爲舜、禹之樂無疑。至屈子爲騷經，乃有『啓九歌九辯』之説，則其爲誤亦無疑。王逸雖不見古文尚書，然據左氏爲説，則不誤矣。顧以不敢斥屈子之非，遂以啓修禹樂爲解，則又誤也。至洪氏爲補注，正當据經傳以破二誤，而不唯不能顧，乃反引山海經『三嬪』之説以爲證，則又大爲妖妄，而其誤益以甚矣。」屈子所引三代以往史事，異乎經傳所載，而與汲冢古書多同。洪氏引山海經爲解，正其眼目過人處。朱子泥經傳以解離騷，捉襟見肘，至妄改本文以就經傳，則反見其拘迂。又謂山海經因離騷附會之，寧有依據乎？

又，朱子於屈子所言怪誕之事，多視如「無稽」，以爲不必深究之。如天問：「鴟龜曳銜，鯀何聽焉？順欲成功，帝何刑焉？」注云：「鴟龜事無所見，舊説謂鯀死爲鴟龜所食，鯀何以聽而不争乎？特以意言之耳。詳其文勢，與下文『應龍』相類，似謂鯀聽鴟龜曳銜之計而敗其事。然若且順彼之欲，未必不能成功，舜何以遽刑之乎？然若此類無稽之談，亦無足答矣。」「鴟龜相銜」之事，見于長沙馬王堆漢墓帛畫，其下部兩側各有一龜，背立一鳥，象「鴟龜曳銜」也。又，長沙子彈庫楚帛書：「爲禹爲萬，以司堵襄。」饒宗頤氏謂「萬即當冥。冥爲玄冥。山海經海外北經：『北有禺彊，人面鳥身。』郭璞注：『字玄冥，水神也。』江陵鳳凰山八號楚墓出土龜質漆畫，其神正是人首鳥足，説者以玄冥當之。」其説甚是。國語魯語「冥勤其官而水死」，韋昭注：「冥，契後六世孫根國之子也。爲夏水官，勤於其職而死於水也。」史記殷本紀「曹圉卒，子冥立」，集解：「宋忠曰：『冥爲司空，勤其官事，死於水中，殷人郊之。』」索隱：「禮記曰：『冥勤其官而水死。』」玄冥，龜也。其神人首鳥足，故冥亦鳥也。玄冥佐禹治水，亦佐鯀治水。鴟龜曳銜，玄冥之象。屈原問鯀治水何聽從玄冥。是雖「無稽之談」，有本事可稽。他如「一蛇吞象」、「焉有虬龍負熊以遊」、「雄虺九首」、河神妻洛嬪、「化爲黄熊」等，皆可以類推之，而未可概斥之以「怪誕」。

五

集注八卷，蓋書成於寧宗慶元元年乙卯（一一九五）前後，始刊於慶元四年戊午（一一九八），其時辯證、後語皆未成書，爲集注單行本，已見載於日本國大正三年内閣書目，然國内未見藏此本。據朱熹題記載，辯證成書於慶元五年己未。是辯證書成而朱熹卒。然朱熹在世時是否有單行刻本，已不可知。清丁丙善本書室藏書志載，辯證之末有朱熹門人楊楫於寧宗嘉定四年（一二一一）七月四日跋，稱「慶元乙卯，楫自長溪往侍先生於考亭之精舍。時朝廷治黨人方急，丞相趙公謫死於道。先生憂時之意屢形於色。忽一日出示學者以釋楚辭一編，楫退而思之，先生平居教學者，首以大學、論、孟、中庸四書，次而六經，又次而史傳，至於秦、漢以後詞章，特餘論及之耳。乃獨爲楚辭解釋，其義何也？然先生終不言，楫輩亦不敢竊有請焉。歲在己巳，忝屬胄監，與先生嗣子將作簿同朝，因得録而藏之。今以屬廣文游君參校而刊於同安郡齋」。此非辯證單刻本，蓋集注八卷、辯證二卷合刊本，刻於寧宗嘉定四年（一二一一）同安郡齋。此本原爲傅增湘舊藏，傅氏藏園羣書經眼録及王文進文禄堂記書記皆見著録，今存臺北「中央」圖書館，然但見辯證二卷。存於今者惟以寧宗嘉定六年癸酉章貢郡齋刻本爲最早。嗣後，乃有其孫朱鑑於理宗端平二年（一二三五）乙未刻本，元、明以後屢見翻刻，則皆祖端平刻本。

嘉定本集注目前僅見中國國家圖書館藏本，中國古籍總目（集部）『楚辭類』著録，云該本八卷，卷一、三、四係配清抄宋本。雖然配補之本尚難確定其來歷，但從總體上看，該本可稱完備，且爲僅見，十分珍貴。集注八卷：首卷離騷、卷二九歌、卷三天問、卷四九章、卷五遠遊、卜居、漁父三篇（以上屈原）、卷六九辯（宋玉）、卷七招魂（宋玉）、大招（景差）、卷八惜誓（賈誼）、弔屈原（賈誼）、服賦（賈誼）、哀時命（莊忌）、招隱士（淮南小山）是也，末附揚雄反離騷一卷，然殘「以於邑兮」至「蹠彭咸之所遺」，文及注蓋據别本配補。又抄録洪興祖注離騷後叙一段文字附於末。辯證爲上、下二卷。無後語六卷。

辯證卷首有王洊刻書題記，稱「晦庵先生□□（集注）□（辯）證楚辭得於□□，因是正之，刊於□（章）貢郡齋，俾學者□（知）風雅之變云。嘉□（定）癸酉三月甲子□（襄）陽王洊書」。則是本爲襄陽王洊刻於寧宗嘉定六年癸酉，去朱子卒於寧宗慶元六年庚申者，祇十七年。王洊之慕朱子若是，至爲刻其書者，抑亦朱子門生或私淑歟？然其人其事皆不可詳考。范成大吴郡志卷七宫宇有「王洊」條，云：「朝奉郎，新福建提刑，改除嘉定九年五月到任九月宫觀。」又，廣東通志卷二十六職官志有宋襄陽人王洊者，任「惠州軍州事」。當是其人。

嘉定本與端平本相校，文字或見歧異。然嘉定本或優於端平本，如離騷「朝搴」，注引説文作「揁」，端平本作「捲」。説文正作「揁」，从手、寒聲。捲，俗字。又，「三后」注：「謂禹、湯、文武也。」端平本「武」作「王」。指周之文王、武王，作「武」是也。又，「以爲理」注：「即理，叶音賴，上聲。」端平本無「上聲」二字，脱訛也。又，「求虙妃」注：「虙妃，伏虙氏女。」端平本注文「妃」作「如」。如，訛字。又，「欲遠集」注：「集，一作進。」端平本「一」作「二」。訛字也。又，「齊玉軑」，端平本「軑」作「軑」。楚簡「大」或作「犬」，「太」字之點在右上。則「軑」作「軑」者，亦古字。東皇太一「姣服」注：「姣服，一作妖服，古字並通。」端平本「一作妖服」之「服」作「般」。般，舨之訛字。舨，古服字。又，九歌諸章篇題，如「右東皇太一」，端平本無「右」字。案：當依嘉定本爲是。山鬼「狖夜鳴」注：「狖，猨屬。」端平本注文「狖」作「又」。正文作「狖」，則注文不當作「又」。禮魂「容與」注：「與，一作冶。」端平本「一」作「二」。疑刻誤也。天問「遂成考功」注：「書所謂『決九川』。」端平本「川」作「州」。案：書禹貢作「決九川」。又，「而能拘是達」注：「未知是否。」端平本「知是」作「是知」。乙訛也。惜誦「矰弋機」注：「弋，一作隿。」端平本「隿」作「雉」。案：雉，隿之訛。涉江「凝滯」注：「滯，丑介反。」端平本「介」作「亦」。案：亦，介之訛字。抽思「道卓遠」注：「卓，一作逴。」端平本作「一作卓」。卓，逴之訛。懷沙「不可遻」注：「史作牾。」端平本「牾」作「悟」。史記亦作「牾」。遠遊「登仙」注：「仙，一作僊。」端平本注文「仙」作「似」。似，訛字。

嘉定本文字訛誤，亦時或見之。如離騷「矯菌桂以紉蘭兮」，端平本「蘭」作「蕙」。是也。單行章句、洪氏補注、文選諸本皆作「蕙」。又，「妖乎羽之野」，端平本「妖」作「殀」，是也。單行章句、洪氏補注、文選諸本皆作「殀」。又，「濯髮於」，單行章句、洪氏補注、文選諸本「於」作「乎」，與上句「於」交錯爲文。則作「乎」是也。哀郢「曾不知」注：「懷王二十一年，秦拔郢，而楚徙陳。」案：秦拔郢、楚徙陳之事，在頃襄王二十一年，蓋朱子筆誤而未及校改。端平本亦誤。

中國國家圖書館藏嘉定本卷三至卷八前後有「湖山訥庵手校遺書」、「湖山訥庵楊氏手校」題識，内有楊訥庵朱墨圈點批注。訥庵，明楊舟也。舟字濟川，號訥庵，姓楊氏，即楊用之父，武功人。其人蓋正德、嘉靖之間，則是本當爲楊氏世藏舊物，後藏於國圖。

楊氏評點自天問以下至招隱士，而於天問一卷特見推重，眉批最多，其或據他本訂正是本文字訛誤，有助於校勘。如，離騷「紉秋蘭」注：「記曰：『佩帨茝蘭。』芷之類，古人皆以爲佩也。」楊氏「芷」上補「則蘭」二字。案：端平本有「則蘭」二字。又，「朝搴阰」注：「皆芳久固之物。」楊氏「芳」下補「香」字。案：端平本亦有「香」字。又，「貫薜荔」注：「荔薜，香草也。」楊氏「荔薜」之「薜」改作「荔」，然上「荔」字猶未改爲「薜」。大司命「導之兮」，楊氏「導」下補「帝」字。端平本亦有「帝」字。天問「成康東巡」，楊氏「康」改作「湯」。端平本亦作「湯」。楊氏於九章各篇題上皆補「右」字，蓋據九歌之例補之。

有鑑於此，此番整理，集注與辯證即用嘉定本爲底本，以端平本爲校本。嘉定本原本無後語六卷，據端平本配補。揚雄反離騷仍附於卷八末，於後語則僅存其目。其出校原則，惟以校正底本文字是非爲主：凡底本有訛誤者，則據校本改、補、删、乙；底本與校本兩可者，酌情出異文校；若底本、校本皆誤者，則據清黎庶昌古逸叢書景刻元至正二十三年高日新宅新刊本（簡稱「景元本」）校改。其他明、清以下翻刻諸本，則不再參校。若集注本皆訛，則據章句本、補注本或者據集注本所徵引本書校改；底本不誤而校本有誤，皆不出校。校勘記惟求簡要明白，不作繁瑣考證。末增附録有二：一、楚辭集注序跋著録；二、楚辭集注版本著録，便於學者覆覈。

本書最初作爲楚辭要籍叢刊之一種，於二〇一五年十二月出版，歷六年有餘，迭經重印。此次出版，應出版社要求，再次對照底本、校本，重加覆校，增删改定校記爲數不少，請讀者察之。然限於學識卑陋不精，斷句標點或者校記等不當失誤之處，亦在所不免，幸祈請高明指正。

己亥孟夏記於婺州麗澤寓舍。

總目

楚辭辯證

楚辭後語

楚辭集注

楚辭集注目録（一）

右楚辭集注八卷，今所校定，其第録如上。蓋自屈原賦離騷而南國宗之，名章繼作，通號楚辭，大抵皆祖原意，而離騷深遠矣。竊嘗論之：原之爲人，其志行雖或過於中庸，而不可以爲法，然皆出於忠君、愛國之誠心。原之爲書，其辭旨雖或流於跌宕怪神、怨懟激發，而不可以爲訓。然皆生於繾綣惻怛，不能自已之至意。雖其不知學於北方，以求周公、仲尼之道，而獨馳騁於變風、變雅之末流，以故醇儒莊士或羞稱之。然使世之放臣、屏子、怨妻、去婦抆淚謳唫於下，而所天者幸而聽之，則於彼此之間，天性民彝之善，豈不足以交有所發，而增夫三綱五典之重。此予之所以每有味於其言，而不敢直以「詞人之賦」視之也。然自原著此詞，至漢未久，而説者已失其趣，如太史公蓋未能免，而劉安、班固、賈逵之書，世復不傳。及隋、唐間，爲訓解者尚五六家，又有僧道騫者，能爲楚聲之讀，今亦漫不復存，無以考其説之得失。而獨東京王逸章句與近世洪興祖補注，並行於世，其於訓詁、名物之間，則已詳矣。顧王書之所取舍與其題號離合之間，多可議者，而洪皆不能有所是正。至其大義，則又皆未嘗沈潛反復、嗟歎咏歌，以尋其文詞指意之所出，而遽欲取喻立説、旁引曲證，以强附於其事之已然。是以或以迂滯而遠於性情，或以迫切而害於義理，使原之所爲抑鬱而不得申於當年者，又晦昧而不見白於後世。予於是益有感焉。疾病呻吟之暇，聊據舊編，粗加檃括，定爲集注八卷。庶幾讀者得以見古人於千載之上，而死者可作；又足以知千載之下有知我者，而不恨於來者之不聞也。嗚呼悕矣，是豈易與俗人言哉！

【校記】

〔一〕本目原無「以上續離騷，凡八題十六篇，今定爲三卷」一行及目録之後的朱子自序，今據端平本補。其他與端平本小異者，如端平本目録離騷題下有「經」字，九歌以迄漁父各題上冠「離騷」二字，相應九辯以迄招隱士題上冠「續離騷」三字。又揚雄反離騷，其題原未見於目録，正文附卷末招隱士之後，端平本置楚辭後語卷二，今從底本仍附集注卷末，本書所收楚辭後語則存目。

楚辭卷第一

朱熹集注

離騷第一

離騷經者，屈原之所作也。屈原名平，與楚同姓。仕於懷王，爲三閭大夫。三閭之職，掌王族三姓，曰昭、屈、景。①屈原序其譜屬，率其賢良，以厲國士。入則與王圖議政事，決定嫌疑；出則監察群下，應對諸侯。謀行職脩，王甚珍之。同列上官大夫及用事臣靳尚妬害其能，共譖毁之。王疏屈原。屈原被讒，憂心煩亂，不知所愬，乃作離騷。②上述唐、虞、三后之制，下序桀、紂、羿、澆之敗，冀君覺悟，反於正道而還己也。是時，秦使張儀譎詐懷王，令絶齊交，又誘與俱會武關。原諫懷王勿行，不聽而往。遂爲所脅，與之俱歸。拘留不遣，卒客死於秦。而襄王立，復用讒言，遷屈原於江南。屈原復作九歌、天問、九章、遠遊、卜居、漁父等篇，冀伸己志，以悟君心。而終不見省，不忍見其宗國將遂危亡，遂赴汨羅之淵，自沈而死。③淮南王安曰：「國風好色而不淫，小雅怨誹而不亂，若離騷者，可謂兼之矣。」又曰：「蟬蜕於濁穢之中，以浮游塵埃之外，不獲世之滋垢，皭然泥而不滓。推此志也，雖與日月争光可也。」宋景文公曰：「離騷爲詞賦之祖，後人爲之，如至方不能加矩，至圓不能過規矣。」④

①戰國策，楚有昭奚恤。元和姓纂云：「楚武王子瑕食采於屈，因氏焉，屈重、屈蕩、屈建、屈平，並〔二〕其後。」又云：「景氏有景差，至漢皆徙關中。」

②班孟堅曰：「離，猶遭也。」顏師古曰：「擾動曰騷。」洪曰：「其謂之經，蓋後世之士祖述其詞，尊而名之耳，非原本意也。」

③汨音覓。○長沙羅縣西北，去縣三十里，名爲屈潭，即屈原自沈處。今屬潭州寧鄉縣。

④按：周禮：「太師掌六詩以教國子，曰風、曰賦、曰比、曰興、曰雅、曰頌。」而毛詩大序謂之「六義」，蓋古今聲詩條理，無出此者。風則閭巷風土男女情思之詞，雅則朝會燕享公卿大夫之作，頌則鬼神宗廟祭祀歌舞之樂，其所以分者，皆以其篇章節奏之異而别之也。賦則直陳其事，比則取物爲比，興則託物興詞，其所以分者，又以其屬辭命意之不同而别之也。誦詩者先辯乎此，則三百篇者若綱在綱，有條而不紊矣。不特詩也，楚人之詞亦以是而求之，則其寓情草木、託意男女，以極遊觀之適者，變風之流也。其叙事陳情，感今懷古，以不

忘乎君臣之義者，變雅之類也。至於語冥婚而越禮，攄怨憤而失中，則又風、雅之再變矣。其語祀神歌舞之盛，則幾乎頌，而其變也，又有甚焉。其爲賦，則如離騷首章之云也。比，則香草惡物之類也。興，則託物興詞，初不取義，如九歌「沅芷澧蘭」，以興思公子而未敢言之屬也。然詩之興多而比、賦少，騷則興少而比、賦多。要必辨此，而後詞義可尋，讀者不可以不察也。

帝高陽之苗裔兮，朕皇考曰伯庸。攝提貞于孟陬兮，惟庚寅吾以降。①皇覽揆余于初度兮，肇錫余以嘉名。名余曰正則兮，字余曰靈均。②

①陬，側鳩反，又子侯反。降，叶乎攻反。○此章賦也。德合天地稱帝。高陽，顓頊有天下之號也。顓頊之後有熊繹者，事周成王，封爲楚子，居於丹陽。傳國至熊通，始僭稱王，徙都於郢，是爲武王。生子瑕，受屈爲卿，因以爲氏。苗裔，遠孫也。苗者，草之莖葉，根所生也。裔者，衣裾之末，衣之餘也。故以爲遠末子孫之稱也。朕，我也，古者上下通稱之。皇，美也。父死稱考。伯庸，字也。屈原自道，本與君共祖，世有令名，以至於己，是恩深而義厚也。攝提，星名，隨斗柄以指十二辰者也。貞，正也。孟，始也。陬，隅也。正月爲陬。

蓋是月孟春昏時，斗柄指寅，在東北隅，故以爲名也。降，下也。原又自言，此月庚寅之日，己始下母體而生也。

②覽，一作鑒。「余」下一無「于」字。○賦也。皇，皇考也。覽，觀也。揆，度也。「初度」之度，猶言時節也。肇，始也。錫，賜也。嘉，善也。正，平也。則，法也。靈，神也。均，調也。高平曰原。故名平而字原也。正則、靈均，各釋其義，以爲美稱耳。禮曰：「子生三月，父親名之。二十，則使賓友冠而字之。」故字雖朋友之職，亦父命也。

紛吾既有此内美兮，又重之以脩能。扈江離與辟芷兮，紉秋蘭以爲佩。①汩余若將不及兮，恐年歲之不吾與。朝搴阰之木蘭兮，夕攬洲之宿莽。②日月忽其不淹兮，春與秋其代序。惟草木之零落兮，恐美人之遲暮。③不撫壯而棄穢兮，何不改乎此度。棄騏驥以馳騁兮，來吾道夫先路。④

①紛音墳。重，直用反。能，叶奴代反。一作態，非是。扈音户。辟，匹亦反。紉，女陳反。○賦而比也。紛，盛貌。生得日月之良，是天賦我美質於内也。重，再也，非輕重之重。脩，長也。能，才也。能，獸名，熊屬，多力。故有絶人之才者謂之能。扈，被也。離，香草，

生於江中故曰江離。説文曰：「蘼蕪也。」郭璞曰：「似水薺。」辟，幽也。芷，亦香草，生於幽僻之處。紉，續也。蘭，亦香草，至秋乃芳。本草云：「蘭與澤蘭相似，生水傍，紫莖赤節，高四、五尺。緑葉光潤，尖長有岐，陰小紫花，紅白色而香，五、六月盛。」佩，飾也。記曰：「佩帨茝蘭。」則蘭〔二〕芷之類，古人皆以爲佩也。

② 汩，于筆反。不，一作弗。恐，丘用反。搴音蹇。説文作「攓」。阰音毗。攬，力敢反。一作攬〔三〕。一作擥，下一有「中」字。洲，一作州。莽，莫補反。○賦而比也。汩，水流去疾之貌。言己之汲汲自脩，常若不及者，恐年歲不待我而過去也。搴，拔取也。阰，山名。木蘭，木名。本草云：「皮似桂而香，狀如楠樹，高數仞，去皮不死。」攬，采也。水中可居者曰洲。草冬生不死者，楚人名曰宿莽。言所采取皆芳香久固之物，以比所行者皆忠善長久之道也。

③ 忽，一作曶。零，一作苓。○賦而比也。淹，久也。代，更也。序，次也。零落，皆墜也，草曰零，木曰落。美人，謂美好之婦人，蓋託詞而寄意於君也。遲，晚也。此承上章，言己但知朝夕脩潔，而不知歲月之不留，至此乃念草木之零落，而恐美人之遲暮，將不得及其盛年而偶之。以比臣子之心唯恐其君之遲暮，將不得及其盛時而事之也。

④ 棄，一作乘，下同。一作策。駝，一作馳，下同。道，一作導。度、路二韻下，一皆有「也」字。○賦而比也。三十曰壯。棄，去也。草荒曰穢，以比惡行。騏驥，駿馬，以比賢智。言君何

不及此年德壯盛之時，棄去惡行，改此惑誤之度，而乘駿馬以來隨我，則我當爲君前導，以入聖王之道也。自「汩余」至此三章，同用一韻，意亦相承。

昔三后之純粹兮，固衆芳之所在。雜申椒與菌桂兮，豈維紉夫蕙茝？①彼堯舜之耿介兮，既遵道而得路。何桀紂之昌被兮，夫唯捷徑以窘步。②惟黨人之偷〔四〕樂兮，路幽昧以險隘。豈余身之憚殃兮，恐皇輿之敗績。③忽奔走以先後兮，及前王之踵武。荃不揆余之中情兮，反信讒而齌怒。④余固知謇謇之爲患兮，忍而不能舍也。指九天以爲正兮，夫唯靈脩之故也。⑤曰「黄昏以爲期兮」，羌中道而改路。⑥初既與余成言兮，後悔遁而有他。余既不難夫離別兮，傷靈脩之數化。⑦

①菌，渠隕反。或从竹。維，當作唯，古通用。茝，昌改反，一作芷。○賦而比也。后，君也。三后，謂禹、湯、文、武也。至美曰純，齊同曰粹。衆芳，喻羣賢。言三王所以有純美之德，以衆賢輔之也。雜，非一也。椒，木實之香者。申，或地名，或其美名耳。桂，木名。本草云：「花白蘂黄，正圓如竹。」蕙，草名。本草云：「薰草也。生下濕地，麻葉而方莖，赤花而黑實，氣如蘼蕪，可以已厲。」陳藏器云：「即零〔五〕陵香也。」言雜用衆賢，以致治，非獨專任

一、二人而已也。

②耿，古迥反，又古幸反。昌，一作猖，一作倡。被，一作披，並匹皮反。夫音扶。後以意求，不能盡出。○賦而比也。耿，光也。介，大也。遵，循也。昌被，衣不帶之貌。捷，邪出也。徑，小路也。窘，急也。桀、紂之亂若披衣不帶者，獨以不由正道，而所行蹙迫耳。

③「惟」下一有「夫」字。樂音洛。隘，於懈反，叶於力反。身，一作心。憚音彈。殃，一作怏。○賦而比也。惟，思念也。黨，朋也。偷，苟且也。幽昧，不明也。險，臨危也。隘，履狹也。憚，難也。殃，咎也。皇，君也。績，功也。君車宜安行於大中至正之道，而當幽昧險隘之地，則敗績矣。故我欲諫爭者，非難身之被殃咎也，但恐君國傾危，以敗先王之功耳。

④忽，一作曶，一作急。奔，布頓反。先，悉薦反。後，下遘反。荃，七全反。一音孫，一作「蓀」，音同。揆，一作察。中，一作忠。齌，从火齊聲，在詣反。一作齊，或作齎，並祖西反。又一作欻。怒，叶上聲。○比而賦也。踵，足跟也。武，跡也。追前人者，但見其跟之跡耳。言所以奔走以趨君之所鄉，而或出其前，或追其後，以相導之者，欲其有以躡先王之遺迹也。荃與蓀同。陶隱居云：「東澗〔六〕溪側有名溪蓀者，根形氣色極似石上菖蒲，而葉無脊。」蓋亦香草，故時人以爲彼此相謂之通稱。此又借以寓意於君也。齌，炊餔疾也。

⑤謇，居輦反。「忍」上有二「余」字。一無「而」字。舍，尸夜反，叶尸預反。或音捨，非是。一

無二「也」字。○賦而比也。謇謇，難於言也。直詞進諫，己所難言，而君亦難聽。故其言之出有不易者，如謇吃然也。舍，止也。言己知〔七〕忠言謇謇，必爲身患，然中心不能自止而不言也。九天，天有九重也。正，平也。靈脩，言其有明智而善脩飾〔八〕，蓋婦悦其夫之稱，亦託詞以寓意於君也。此又上指九天，告語神明，使平正之，明非爲身謀及爲他人之計，但以君之恩深而義重，是以不能自已耳。

⑥一無此二句。洪曰：「王逸不注此二句，後章始釋羌義，疑此後人所增也。」羌，起羊反。○比也。曰者，叙其始約之言也。黄昏者，古人親迎之期，儀禮所謂「初昏」也。羌，楚人發語端之詞，猶言「卿」，何爲也。中道而改路，則女將行而見棄，正君臣之契已合而復離之比也。洪説雖有據，然安知非王逸以前此下已脱兩句邪？更詳之。

⑦遁，一作遯。他，一作佗。一無「夫」〔九〕字。數，所角反。化，叶虎瓜反。○比也。成言，謂成其要約之言也。悔，改也。遁，移也。近曰離，遠曰别。言我非難與君離别也，但傷君志數變易而無常操也。

余既滋蘭之九畹兮，又樹蕙之百畮。畦留夷與揭車兮，雜杜衡與芳芷。①冀枝葉之峻茂兮，願竢時乎吾將刈。雖萎絶其亦何傷兮，哀衆芳之蕪穢。②

①滋，一作蕬，與「栽」同。畹，於遠反。畮，古「畝」字，莫後反。叶滿彼反。留夷，一作藰荑。揭，一作藒，又作蕅，並丘謁反。又起例反。衡，一作蘅。○比也。滋，蒔也。畹，十二畝。或曰二三十畝也。樹，種也。六尺爲步，步百爲畝。畦，隴種也。留夷、揭車，皆芳草。杜蘅〔一〇〕似葵而香，葉似馬蹄，故俗云馬蹄香也。言己種蒔衆香，脩行仁義，以自潔飾，朝夕不倦也。

②峻，一作葰，音俊。竢，一作俟。萎，於危反。○比也。冀，幸也。峻，長也。刈，穫也。萎，病也。絶，落也。言此衆芳雖病而落，何能傷於我乎？但傷善道不行，如香草之蕪穢耳。

衆皆競進以貪婪兮，憑不猒乎求索。羌内恕己以量人兮，各興心而嫉妒。①忽馳騖以追逐兮，非余心之所急。老冉冉其將至兮，恐脩名之不立。②朝飲木蘭之墜露兮，夕餐秋菊之落英。苟余情其信姱以練要兮，長顑頷亦何傷。③擥木根以結茝兮，貫薜荔之落蘂。矯菌桂以紉蕙〔一一〕兮，索胡繩之纚纚。④謇吾法夫前脩兮，非世俗之所服。雖不周於今之人兮，願依彭咸之遺則。⑤

①以，一作而。婪音藍，又力含反。憑，一作馮。索，所格反，一叶蘇故反。一無「己」字。量，

力香反。興，一作與，非是。若索音素，即妬如字。若索从「所格」讀，則妬叶音跖。〇賦也。並逐曰競。愛財曰貪，愛食曰婪。憑，滿也。楚人謂滿曰憑。以心揆心爲恕。量，度也。興，生也。害賢爲嫉，害色爲妬。言在位之人心皆貪婪。内以其志量度他人，謂與己同，則各生嫉妬之心也。

②騖音務。〇賦也。騖，亂馳也。冉冉，漸也。脩名，長名。或曰：脩潔之名也。

③飲，於錦反。餐，一作湌，並七安反。英，叶於姜反。姱，苦瓜反。要，於笑反。顑，虎感反，又古湛反。頷，户感反，又魚檢反。頷，一作頷。〇比也。英，華也。飲露餐華，言動以香潔自潤澤也。苟，誠也。信，實也。練要，言所脩精練、所守要約也。顑頷，食不飽而面黄之貌。

④擥音覽。一作掔，啓妍反。茝，一作芷。薜，蒲計反。荔，郎計反。索，蘇各反。纚，所綺反。〇比也。薜荔，香草也，緣木而生。蘂，花蕚鬚粉蘂蘂然者也。矯，舉也。胡繩，亦香草，有莖葉可作繩索。纚纚，索好貌。〔一二〕

⑤謇，一作蹇。服，叶蒲北反。〇賦也。謇，難詞也。前脩，謂前代脩德之人。周，合也。彭咸，殷賢大夫，諫其君不聽，自投水而死。遺，餘也。則，法也。

長太息以掩涕兮，哀民生之多艱。余雖好脩姱以鞿羈兮，謇朝誶而夕替。①既替余以蕙纕兮，又申之以攬茝。亦余心之所善兮，雖九死其猶未悔。②怨靈脩之浩蕩兮，終不察夫民心。衆女嫉余之蛾眉兮，謡諑謂余以善淫。③固時俗之工巧兮，偭規矩而改錯。背繩墨以追曲兮，競周容以爲度。④忳鬱邑余侘傺兮，吾獨窮困乎此時也。寧溘死以流亡兮，余不忍爲此態也。⑤鷙鳥之不羣兮，自前世而固然。何方圜之能周兮，夫孰異道而相安？⑥屈心而抑志兮，忍尤而攘詬。伏清白以死直兮，固前聖之所厚。⑦

①鞿，居依反。羈，居宜反。誶與訊同，音信，又音粹。替與艱叶，未詳。或云：艱，居垠反。替，它因反。○賦也。掩涕，猶抆淚也。哀此民生遭亂世而多難也。脩姱，謂脩潔而美好。鞿羈，以馬自喻。韁在口曰鞿，革絡頭曰羈。言自繩束，不放縱也。誶，諫也。詩曰：「誶予不顧。」今詩作「訊」。訊，告也。替，廢也。

②纕，息羊反。一無「以」字，非是。茝，一作芷。悔，虎猥反。○賦而比也。纕，佩帶也。申，重也。此言君之廢我，以蕙茝爲賜而遣之，如待放之臣，予之以玦，然後去也。然二物芬芳，乃余心之所善，幸而得之，則雖九死而不悔，況但廢替而已乎耶！

③蛾，一作娥。非是。謡音遥。諑音卓。以，一作之。○比也。浩蕩，無思慮貌。民，謂衆人

也。蛾眉，謂眉之美好如蠶蛾之眉也。爾雅云：「徒歌謂之謠。」方言云：「楚南謂愬爲豩。」

④偭音面。錯，七故反。追，古「隨」字。○比也。偭，背也。規，所運以爲圓之筳也。矩，所擬以爲方之器，今曲尺也。錯，置也。繩墨，引繩彈墨，以取直者，今墨斗繩是也。追，猶隨也。言舍直而隨曲也。競，爭也。周，合也。度，法也。言爭以苟合求容爲常法也。洪曰：「偭規矩而改錯者，反常而妄作。背繩墨以追曲者，枉道以從時。」

⑤忳，徒渾反。邑，一作悒。侘，敕加、敕駕二反。傺，丑〔二三〕利、敕界二反。一無二「也」字。溘，苦答反，又苦合反。以，一作而。態，叶土宜反。○賦也。忳，憂貌。侘傺，失志貌。侘，猶堂堂也，又立也。傺，住也，楚人語也。溘，奄也。言我寧奄然而死，不忍爲此邪淫之態也。

⑥鷙，脂利反。圜，一作圓。周，一作同。安，叶一先反。○比也。鷙，執也，謂鳥之能執伏衆鳥者，鷹鸇之類也。不羣，言其執志剛厲，居常特處，不與衆鳥爲羣也。周，合也。員鑿方枘，不能相合，以其異道故不能相安。賢者之居亂世，亦由是也。

⑦攘，而羊反。詢，一作詬，並呼漏反。又或作垢。○賦也。抑，按也。尤，過也。攘，除也。詢，恥也。言與世已不同矣，則但可屈心而抑志，雖或見尤於人，亦當一切隱忍而不與之校，雖所遭者或有恥辱，亦當以理解遣，若攘却之而不受於懷。蓋寧伏清白而死於直道，尚

足爲前聖之所厚。如比干諫死，而武王封其墓，孔子稱其仁也。自「怨靈脩」以下至此，五章一意，爲下章「回車復路」起。

悔相道之不察兮，延佇乎吾將反。回朕車以復路兮，及行迷之未遠。①步余馬於蘭皋兮，馳椒丘且焉止息。進不入以離尤兮，退將復脩吾初服。②製芰荷以爲衣兮，集芙蓉以爲裳。不吾知其亦已兮，苟余情其信芳。③高余冠之岌岌兮，長余佩之陸離。芳與澤其雜糅兮，唯昭質其猶未虧。④忽反顧以游目兮，將往觀乎四荒。佩繽紛其繁飾兮，芳菲菲其彌章。⑤民生各有所樂兮，余獨好脩以爲常。雖體解吾猶未變兮，豈余心之可懲。⑥

①相，息亮反。佇，直吕反。回，一作迴。○比也。悔，追恨也。察，明審也。延，引頸也。佇，跂立也。回，旋轉也。迷，惑誤也。言既至於此矣，乃始追恨前日相視道路未能明審，而輕犯世患。遂引頸跂立，而將旋轉吾車，以復於昔來之路，庶幾猶得及此惑誤未遠之時，覺悟而旋歸也。

②焉，尤虔反。離，力智反。一無「復」字。服，叶蒲北反。○比也。步，徐行也。澤曲曰皋。

其中有蘭，故曰蘭皋。丘上有椒，故曰椒丘。徐步馳走，而遂止息，必依椒、蘭，不忘芳香以自清潔，所謂「回朕車以復路」也。進既不入以離尤，則亦退而復脩吾初服耳。

③芰，奇寄反。𥫩，古「集」字，一作集。○比也。製，裁也。芰，蔆也。生水中，葉浮水上，花黄白色，實紫色，兩頭鋭者也。荷，蓮葉也。芙蓉，蓮花也。本草云：「蓮，其葉名荷，其花未發爲菡萏，已發爲芙蓉。」上曰衣，下曰裳。言被服益潔〔一四〕，脩善益明也。此與下章即所謂「脩吾初服」也。

④岌，魚及反。糅，女救反，下同。○賦也。岌岌，高貌。佩，玉佩也。陸離，美好分散之貌。芳，謂以香物爲衣裳。澤，謂玉佩有潤澤也。糅，亦雜也。唯，獨也。昭，明也。言獨此光明之質，有退藏而無虧缺，所謂道行則兼善天下，不用則獨善其身也。

⑤繽，匹賓反。○比也。荒，遠也。繽紛，盛貌。繁，衆也。菲菲，猶勃勃，芳香貌也。章，明也。言雖已回車反服，而猶未能頓忘此世，故復反顧而將往觀乎四方絶遠之國，庶幾一遇賢君，以行其道。佩服愈盛而明，志意愈脩而潔也。

⑥樂，五教反。好，呼報反。脩，一作循，非是。解，古買反。豈，一作非。可，一作何，非是。懲，叶直良反。○賦也。言人生各隨氣習，有所好樂，或邪或正，或清或濁，種種不同，而我獨好脩潔以爲常。雖以此獲罪於世，至於屠戮支解，終不懲創而悔改也。自「悔相道」至此五章，又承上文清白以死直之意，而下爲女嬃詈予起也。

女嬃之嬋媛兮，申申其詈予。曰：「鮌婞直以亡身兮，終然殀〔一五〕乎羽之野。①汝何博謇而好脩兮，紛獨有此姱節。薋菉葹以盈室兮，判獨離而不服。②衆不可户説兮，孰云察余之中情？世並舉而好朋兮，夫何煢獨而不予聽？」③

①嬃，私俞反。嬋音蟬。媛音爰。一作「撣援」。詈，一作罵。予，叶音與。鮌，古本反，與鯀同，一作鯀。婞，一作悻，胡冷反，又胡頸反，又音脛。殀，一作夭，並於矯反。野，叶上與反。○賦也。女嬃，屈原姊也。嬋媛，眷戀牽持之意。申申，舒緩貌也。曰，記女嬃之詞也。鮌，堯臣也。帝繫曰：「顓頊後五世而生鯀」。婞，狠也。蚤死曰殀。言堯使鮌治洪水，婞狠自用，不順堯命，乃殛之羽山，死於中野。女嬃以屈原剛直太過，恐亦將如鯀之遇禍也。

②謇，一作蹇，非是。好，呼報反。節，叶音即。薋，自資反，亦作茨。菉，力玉反。葹，商支反。服，叶蒲比反。○賦而比也。此亦女嬃言也。博謇，謂廣博而忠直。紛，盛貌。姱節，姱美之節也。薋，蒺蔾也。菉，王芻也。葹，枲耳也。三物皆惡草，以比讒佞。盈室，喻滿朝也。判，别也。言衆人皆佩此惡草，汝何獨判然離别，不與衆同也。

③説，輸芮反。煢，一作惸，並渠營反。「不」字疑衍。聽，叶它丁反。○賦也。朋，黨也。煢，

孤也。屈原外困羣佞，内被姊詈，故言衆人不可户户而説，必不能察己之中情，况世人又方並爲朋黨，何能哀我煢獨而見聽乎？爲下章就舜陳辭起。

依前聖以節中兮，喟憑心而歷兹。濟沅湘以南征兮，就重華而敶詞：①啓九辯與九歌兮，夏康娱以自縱。不顧難以圖後兮，五子用失乎家衖。②羿淫遊以佚畋兮，又好射夫封狐。固亂流其鮮終兮，浞又貪夫厥家。③澆身被服强圉兮，縱欲而不忍。日康娱而自忘兮，厥首用夫顛隕。④夏桀之常違兮，乃遂焉而逢殃。后辛之菹醢兮，殷宗用之不長。⑤湯禹儼而祗敬兮，周論道而莫差。舉賢才而授能兮，循繩墨而不頗。⑥皇天無私阿兮，覽民德焉錯輔。夫維聖哲之茂行兮，苟得用此下土。⑦瞻前而顧後兮，相觀民之計極。夫孰非義而可用兮，孰非善而可服？⑧阽余身而危死兮，覽余初其猶未悔。不量鑿而正枘兮，固前脩以菹醢。⑨曾歔欷余鬱邑兮，哀朕時之不當。攬茹蕙以掩涕兮，霑余襟之浪浪。⑩跪敷衽以陳辭兮，耿吾既得此中正。駟玉虬以椉鷖兮，溘埃風余上征。⑪

①以，一作之。喟，丘愧反。沅音元。敶，古「陳」字，一作陳。○賦而比也。節，度也。喟，歎

也。憑，滿也，恚盛貌。左傳、列子、天問皆云「憑怒」是也。歷，經歷之意。沅、湘，皆水名。沅水出象郡鐔城西，東注江合洞庭中。湘水出帝舜葬，東入洞庭下。重華，舜號也。帝繫曰：「瞽瞍生重華，是爲帝舜。」葬於九疑山，在沅、湘之南。洪曰：「天下明德，皆自虞帝始，其於君臣之際詳矣。屈原以世莫能察己之志，故欲就之而陳詞。」如下文所云也。

② 難，乃旦反。衖，一作巷，與巷同，叶乎貢反。一作居，非是。自此以下皆比而賦也。啓，禹子也。九辯、九歌，禹樂也。言禹平治水土，以有天下，啓能承先志，纘叙其業，故九州之物皆可辯數，九功之德皆有次序而可歌也。夏康，啓子太康也。娱，樂也。縱，放也。圖，謀也。五子，太康昆弟五人也。家衖，宫中之道，所謂永巷也。太康以逸豫滅厥德，盤游無度，田於洛南，十旬弗反。有窮后羿距之於河，而五子用此亦失其家衖。言國破而家亡也。事見尚書大禹謨及五子之歌。此爲舜言之，故所言皆舜以後事也。

③ 羿，五計反。佚音逸。畋，一作田。射，食亦反。固，一作國。非是。鮮，一作尠，並先典反。浞，食角反。家，叶古胡反。○羿，有窮之君，夏時諸侯也。封，大也。浞，寒浞，羿相也。婦謂之家。言羿因夏衰亂，代之爲政，娱樂畋獵，不恤民事。信任寒浞，使爲國相。羿畋將歸，浞使家臣逢蒙射羿殺之，貪取其家，以爲己妻。羿以亂得政，身即滅亡，故曰亂流鮮終也。

④ 澆，五弔反。又作奡，五耗反。服，一作於。圉，魚吕反。「欲」下一有「殺」字，非是。而，一

作以。夫，一作以〔一六〕。一無「夫」字。顛，一作巔。○澆，寒浞子也。強圉，多力也。言浞取羿妻而生澆，強梁多力，縱放其慾，不能自忍也。康，安也。自上而下曰顛。隕，墜也。言澆既滅殺夏后相，安居無憂，日作淫樂，忘其過惡，卒爲相子少康所誅。此二章事，並見左傳襄公四年、哀公五年。

⑤菹，側魚反。醢音海。之，一作而。○違，背也，言背道也。逢殃，爲湯所放也。后辛，即紂也。藏菜曰菹，肉醬曰醢。紂爲無道，殺比干，醢梅伯。武王誅之，殷宗遂絶，不得長久也。

⑥儼，一作嚴，並魚檢反。差，七何反。一無「才」字。循，一作脩，非是。頗，一作陂，並普禾反。○儼，畏也。祗，亦敬也。周，周家也。差，過也。言殷湯、夏禹、周之文王，受命之君，皆畏天敬賢，講論道義，無有過差。又舉賢才，遵法度而無偏頗，故能獲神人之助，子孫蒙其福祐，如下章也。

⑦錯，七故反。之，一作以。行，下孟反。○竊愛爲私，所私爲阿。錯，置也。輔，佐也。猶言「惟德是輔」也。言皇天神明，無所私阿，觀民之德有聖賢者，則置其輔助之力，而立以爲君也。哲，智也。茂，盛也。苟，誠也。下土，謂天下也。言聖哲之人，有甚盛之行，故能有此下土而用之也。

⑧相，息亮反。服，叶蒲北反。○瞻，臨視也。顧，還視也。相觀，重言之也。計，謀也。極，窮也。前謂往昔之是非，後謂將來之成敗。服，事也。言瞻前顧後，則人事之變盡矣。故

見民之計謀，於是爲極，而知唯義爲可用，唯善爲可行也。

⑨阽，余廉反。「死」下一有「節」字。悔，呼磊反。量音良。鑿音漕。正，一作進。枘，而銳反。○阽，臨危也，言近邊而欲墮也。危死，言幾死也。鑿，穿孔也。枘，刻木端所以入鑿者也。正，謂審其正而納之也。此承上章言，惟善爲可行，而前修乃有以此而至於菹醢，若龍逢、梅伯者，然亦不敢以爲悔也。

⑩曾，一作增。歔，許居反。欷，許衣反，又許毅反。當，平聲。攬，一作擥，一作擥。茹，如呂反。浪音郎。○曾，累也。歔欷，哀泣之聲也。鬱邑，憂也。哀時不當者，自哀生不當舉賢之時，而值菹醢之世也。茹，柔耎也。霑，濡也。衣眥[一七]謂之襟。浪浪，流貌。言心悲泣下，而猶引取柔耎香草以自掩拭，不以悲故，失仁義之則也。

⑪跪，巨委反。辭，一作詞。耿，古迥反。正，叶音征。虬，一作虯，並渠幽反。鷖，烏雞反，又烏計反，一作翳。溘，一作搕。○敷，布也。衽，裳際也。耿，明也。有角曰龍，無角曰虬。鷖，鳳類，身有五采。溘，奄忽也。埃，塵也。征，行也。此言跪而敷衽，以陳如上之詞於舜，而耿然自覺，吾心已得此中正之道，上與天通，無所間隔，所以埃風忽起，而余遂乘龍跨鳳以上征也。然此以下多假託之詞也，非實有是物與是事也。

朝發軔於蒼梧兮，夕余至乎縣圃。欲少留此靈瑣兮，日忽忽其將暮。①吾令羲和弭節兮，望崦嵫而勿迫。路曼曼其脩遠兮，吾將上下而求索。②飲余馬於咸池兮，總余轡乎扶桑。折若木以拂日兮，聊逍遥以相羊。③前望舒使先驅兮，後飛廉使奔屬。鸞皇爲余先戒兮，雷師告余以未具。④吾令鳳鳥飛騰兮，繼之以日夜。飄風屯其相離兮，帥雲霓而來御。⑤紛總總其離合兮，斑陸離其上下。吾令帝閽開關兮，倚閶闔而望予。⑥時曖曖其將罷兮，結幽蘭而延佇。世溷濁而不分兮，好蔽美而嫉妬。⑦

①軔音刃。縣音玄，一作懸。少，一作夕，非是。瑣，先果反，一作璅。○軔，搘車木也，將行則發之。蒼梧，舜所葬也。縣圃，在崑崙之上。靈，神也。瑣，門鏤也。文如連瑣，以青畫之，則曰青瑣。

②弭，弥耳反。崦音淹。嵫音滋。古但作「奄兹」。勿，一作未，非是。曼，莫官反，又莫半反〔一八〕。一作漫。索，所格反。○羲和，堯時主四時之官，賓日、餞日者也。弭，按也，止也。按節徐步也。崦嵫，日所入之山也。迫，附近也。曼曼，遠貌。脩，長也。求索，求賢君也。言欲令羲和按節徐行，望日所入之山，且勿附近，冀及日之未莫而遇賢君也。

③飲，於禁反。扶，説文作「榑」〔一九〕。逍遥，一作須臾。相，息羊反。羊，一作佯。玉篇引作「儴徉」，音同。○咸池，日浴處也。總，結也。扶桑，木名，日出其下也。若木，亦木名，在

崑崙西極，其華光照下地。拂，擊也。聊，且也。逍遥、相羊，皆遊也。

④屬，叶章喻反，或如字。則具字，亦叶入聲。皇，一作鳳。爲，于僞反。余先，一作我前。余，一作我。○望舒，月御也。飛廉，風伯也。屬，連也。鸞，鳳之佐也。皇，雌鳳也。雷師，豐隆也。

⑤夜，如字，或叶羊茹反。屯，徒渾反。帥，一作率。霓，一作蜺，五稽、五歷、五結三反，此从五稽反。御，叶音迓，或如字。○鳳，靈鳥也。山海經云：「丹穴之山有鳥焉，其狀如雞，五彩而文，曰鳳鳥。是鳥也，飲食則自歌自舞，見則天下大康寧。」飄風，回風也。屯，聚也。霓，虹屬，陰陽交會之氣也。郭璞云：「雄曰虹，謂明盛者。雌曰蜺〔二〇〕，謂暗微者。雲薄漏日，日照雨點則生也。」御，迎也。

⑥斑，亦作班。下，叶音户。予叶音與。○紛，盛多貌。總總，聚貌。斑，亂貌。帝，謂天帝也。閽，謂主以昏閉門之隸也。閶闔，天門也。令帝閽開門，將入見帝，更陳己志。而閽不肯開，反倚其門，望而拒我，使不得入。蓋求夫君而不遇之比也。

⑦曖音愛。罷音皮。溷，胡困反。好，呼報反。妬，叶丁五反。○曖曖，昏昧貌。罷，極也。結幽蘭而延佇，言以芳香自潔而無所趨向也。溷，亂也。既不得入天門以見上帝，於是歎息世之溷濁而嫉妬，蓋其意若曰：不意天門之下，亦復如此。於是去而他適也。

朝吾將濟於白水兮，登閬風而緤馬。忽反顧以流涕兮，哀高丘之無女。① 溘吾遊此春宮兮，折瓊枝以繼佩。及榮華之未落兮，相下女之可詒。② 吾令豐隆乘雲兮，求虙妃之所在。解佩纕以結言兮，吾令蹇脩以爲理。③ 紛總總其離合兮，忽緯繣其難遷。夕歸次於窮石兮，朝濯髮乎〔一二〕洧盤。④ 保厥美以驕傲兮，日康娛以淫遊。雖信美而無禮兮，來違棄而改求。⑤ 覽相觀於四極兮，周流乎天余乃下。望瑤臺之偃蹇兮，見有娀之佚女。⑥ 吾令鴆爲媒兮，鴆告余以不好。雄鳩之鳴逝兮，余猶惡其佻巧。⑦ 心猶豫而狐疑兮，欲自適而不可。鳳皇既受詒兮，恐高辛之先我。⑧ 欲遠集而無所止兮，聊浮游以逍遥。及少康之未家兮，留有虞之二姚。⑨ 理弱而媒拙兮，恐導言之不固。世溷濁而嫉賢兮，好蔽美而稱惡。⑩ 閨中既以邃遠兮，哲王又不寤。懷朕情而不發兮，余焉能忍而與此終古。⑪

① 閬音郎，又音浪。緤，一作絏，並音薛。馬，叶滿補反。○淮南子言：「白水出崑崙之山。」閬風，在崑崙〔一三〕山上也。女，神女，蓋以比賢君也。於此又無所遇，故下章欲遊春宮，求虙妃、見佚女、留二姚，皆求賢君之意也。

② 佩，叶音備。相，息亮反。詒，叶音異。○溘，奄也。春宮，東方青帝舍也。繼，續也。榮

華，喻顔色也。落，墮也。相，視也。下女，謂神女之侍女也。詒，遺也。遊春宫，折瓊枝，正欲及榮華之未落，而因下女以通意於神妃也。

③虙，房六反。一作宓，莫必反。在，叶才里。纕，息羊反。或曰：在，如字。即理，叶音賴，上聲。○豐隆，雷師。虙妃，伏羲氏女。溺洛水而死，遂爲河神。纕，佩帶也。蹇脩，人名。理，爲媒以通詞理也。蓋雷迅疾而威震，求無不獲，故欲使之求神女之所在。而令蹇脩致佩纕以爲理，則蹇脩似是下女之能爲媒者。然亦未有考也。

④緯音徽，一作徽。繣，呼麥反，又音畫。一作儘。二字一作「敳儘」。洧，于軌反。盤，叶蒲延反。○緯繣，乖戾也。遷，移也。言蹇脩既持其佩帶以通言，而讒人復毁敗之，令其意一合一離，遂以乖戾而見距絶，其意難移也。次，舍也。窮石，山名，在張掖，即后羿之國也。洧盤，水名。

⑤傲，一作敖，一作驁〔三〕。○倨簡曰驕，侮慢曰傲。康，安也。違，去也。言虙妃驕傲淫遊，雖美而不循禮法，故棄去而改求也。

⑥相，息亮反。下，叶音户。娀音嵩。佚，一作妷，並音逸。○四極，四方極遠之地。瑶，玉之美者。偃蹇，高貌。有娀，國名。佚，美也。謂帝嚳之妃、契母簡狄也。事見商頌。吕氏春秋曰：「有娀氏有美女，爲之高臺以飲食之。」

⑦令音零。鴆，直禁反。好，如字。雄，一作鳩，羽弓反。黄云「呼故反」，然則鳲字歟？惡，

烏路反。佻，吐雕反，又吐了反，又音眺。巧，叶苦老反。○鴆，運日也。羽有毒，可殺人。以喻讒佞賊害人也。「告予以不好」者，其性讒賊，不肯爲媒，而反間我也。雄鳩，鶻鳩也。似山鵲而小，短尾，青黑色，多聲。佻，輕也。巧，利也。又使雄鳩銜命而往，然性輕佻巧利，多語言而無要實，復不可信用也。

⑧猶，如字，又音柚〔二四〕。詒，異眉反。一作詔，非是。○猶，犬子也，人將犬行，犬好豫在人前，待人不得，又來迎候，故謂不決曰猶豫。狐多疑而善聽，河冰〔二五〕始合，狐聽其下，不聞水聲，乃敢過。故人過河冰者，要須狐行，然後敢度。因謂多疑者爲狐疑。高辛，帝嚳有天下之號也。言以鴆鳩皆不可使，故中心疑惑，意欲自往，而於禮有不可者。鳳皇又已受高辛之遺而來求之，故恐簡狄先爲嚳所得也。

⑨集，一作進。非是。少，失炤反。姚音摇。○少康，夏后相之子也。有虞，國名。姚姓，舜後也。以二女妻少康，事見左傳。言既失簡狄，欲適遠方，又無所向，故願及少康未娶於有虞之時，留此二姚也。

⑩好，呼報反。美，一作善。惡，叶烏路反。○弱，劣也。拙，鈍也。恐道理弱於少康，而媒又無巧辭也。蓋不待其不合，而已自知其必無所成矣。故再言世之溷濁，而嫉賢蔽美，蓋以爲雖四方之遠，而其風俗之不美，無以異於齊州也。

⑪「既」下一有「以」字。邃，息遂反。一無「而」字。古，叶音故。○小門謂之闈。邃，深也。

哲，知也。寤，覺也。終古者，古之所終，謂來日之無窮也。閨中深遠，蓋言虙妃之屬不可求也。哲王不寤，蓋言上帝不能察司閽壅蔽之罪也。言此以比上無明主，下無賢伯，使我懷忠信之情，不得發用，安能久與此闇亂嫉妬之俗，終古而居乎？意欲復去也。

索藑茅以筳篿兮，命靈氛爲余占之。曰：「兩美其必合兮，孰信脩而慕之？①思九州之博大兮，豈惟是其有女？」曰：「勉遠逝而無狐疑兮，孰求美而釋女？②何所獨無芳草兮，爾何懷乎故宇。」世幽昧以眩曜兮，孰云察余之善惡？③民好惡其不同兮，惟此黨人其獨異。户服艾以盈要兮，謂幽蘭其不可佩。④覽察草木其猶未得兮，豈珵美之能當？蘇糞壤以充幃兮，謂申椒其不芳。⑤

① 索，所格反。藑，一作瓊，並音瓊。筳音廷。篿音專。占之、慕之，兩「之」字自爲韻。○索，取也。藑茅，靈草也。筳，小折竹也。楚人名結草折竹以卜曰篿。靈氛，古明占吉凶者。兩美，蓋以男女俱美，比君臣俱賢也。言兩美終雖必合，然楚國孰有能信汝之脩潔而慕之者？宜以時去也。

② 一無「狐」字。「有女」之女，如字。「釋女」之女，音汝。○此亦靈氛之詞。美女以比賢君，

求美以比求賢。夫言天下之大，非獨楚有美女，但當遠逝而無疑，豈有美女求賢夫而舍汝者乎？

③宇，一作宅，待洛反。尚書、周禮，古文宅、度，多通用也。眩，熒絹反。善惡一作美惡。宅作宇，則上聲。宇作宅，則如字。善惡，一作中情。非是。上文別有此句，此章韻不叶也。○「何所獨無芳草」，即上章「豈惟是其有女」之意。又申言之而勉其行，亦靈氛之言也。眩，目無主也。「世幽昧」而莫能察己以下，乃原自念之詞，言雖往而亦將無所合也。

④好、惡，並去聲。要，於遥反，即古「腰」字。其，一作兮，一作之。佩，叶音備。○黨，朋也。言人性固有不同，而黨人爲尤甚也。艾，白蒿，非芳草也。服之滿腰，而反謂蘭爲臭惡而不可佩。言其親愛讒佞，而憎遠忠直也。

⑤一無「覽」字。猶，一作獨。非是。珵音呈。幃音暉。○珵，美玉也。相玉書：「珵大六寸，其耀自照〔二六〕。」言時人觀草木尚不能別其香臭，豈能知玉之美惡所當乎？蘇，取也。史記：「樵蘇後爨。」謂取草也。幃謂之幐，即香囊也。亦言其近小人而遠君子也。自念之詞止此。

欲從靈氛之吉占兮，心猶豫而狐疑。巫咸將夕降兮，懷椒糈而要之。①百神翳其備降兮，九疑繽其並迎。皇剡剡其揚靈兮，告余以吉故。②曰：「勉陞降以上下兮，求榘矱之所同。湯禹儼而求合兮，摯咎繇而能調。③苟中情其好脩兮，又何必用夫行媒。説操築於傅巖兮，武丁用而不疑。④呂望之鼓刀兮，遭周文而得舉。甯戚之謳歌兮，齊桓聞以該輔。⑤及年歲之未晏兮，時亦猶其未央。恐鵜鴂之先鳴兮，使夫百草爲之不芳。」⑥

①糈音所。要，於遥反。○巫咸，古神巫也，當殷中宗之世。降，下也。椒，香物，所以降神。糈，精米，所以享神。又敘其事，言巫咸將以日夕從天而下，願懷椒糈而要之，使占此吉凶也。

②翳，於計反。疑，一作嶷。迎，魚慶反。叶音〔二七〕御。剡，以冉反。○翳，蔽也。繽，盛貌。九疑在零陵、蒼梧之間。疑，似也。山有九峯，其形相似，遊者疑焉，故曰九疑也。言巫咸既將百神蔽日來下，舜又使九疑之神，紛然來迎己也。皇，謂百神。剡剡，光也。揚靈，發其光靈也。

③陞，一作升。上，時掌反。下，遐駕反。榘，俱雨反。一作矩。矱，紆縛反，又烏郭反。一作彠。儼，一作嚴。咎繇，一作皐陶。調，叶音同。詩車攻之五章有此例。○曰，記巫咸語

也。陞降上下，陞而上天，下而至地也。榘與矩同，所以爲方之器也。矱，度也，所以度長短者也。摯，伊尹名。咎繇，舜士師。言陞降上下，而求賢君與我皆能合乎此法者，如湯之得伊尹、禹之得咎繇，始能調和而必合也。

④好，呼報反。一無「又」字。媒，叶莫卑反。説音曰。操，七力反。○行媒，喻左右之先容也。言誠心好善，則精感神明，賢君自當舉而用之，不必須左右薦達也。説，傅説也。傅巖，地名。武丁，殷之高宗也。言傅説抱道懷德，而遭遇刑罰，操築作於傅巖。武丁思想賢者，夢得聖人，以其形像求之，因得傅説，登以爲公，道用大興，爲殷高宗也。孔安國曰：「傅氏之巖在虞、虢之界，通道所經，有澗水壞道，常使胥靡刑人築護此道。説賢而隱，代胥靡築之，以供食也。」

⑤呂望，太公也。亦姓姜氏，從其封姓，故曰呂也。鼓，鳴也。太公避紂居東海之濱，聞文王作興，而往歸之。至於朝歌，道窮困，因自鼓刀而屠，遂西釣於渭濱。文王夢得聖人，於是出獵而遇之，遂載以歸，用以爲師。言：「吾先公望子久矣。」因號爲太公望。該，備也。甯戚，衛人。脩德不用，退而商賈，宿齊東門外。桓公夜出，甯戚方飯牛，叩角而商歌曰：「南山粲，白石爛。生不遭堯與舜禪，短布單衣適至骭。從昏飯牛薄夜半，長夜漫漫何時旦。」桓公聞之，曰：「異哉！歌者非常人也。」命後車載之，用爲客卿，備輔佐也。

⑥其，一作而。鵜，一作鶗，音題，一音弟。鴂音決，一音桂。一無「夫」字。爲，于僞反。一無

「爲」字。○晏，晚也。央，盡也。鶗鴂，鳥名，即詩所謂「七月鳴鵙」者。蓋鴂〔二八〕、鵙聲相近，又其聲惡，陰氣至，則先鳴而草死也。巫咸之言止此。亦勉原，使及此身未老，時未過而速行之意。鶗鴂先鳴，以比時一過，則事愈變而愈不可爲也。

何瓊佩之偃蹇兮，衆薆然而蔽之。惟此黨人之不諒兮，恐嫉妬而折之。①時繽紛以變易兮，又何可以淹留。蘭芷變而不芳兮，荃蕙化而爲茅。②何昔日之芳草兮，今直爲此蕭艾也。豈其有他故兮，莫好脩之害也。③余以蘭爲可恃兮，羌無實而容長。委厥美以從俗兮，苟得列乎衆芳。④椒專佞以慢慆兮，樧又欲充夫佩幃。既干進而務入兮，又何芳之能祗。⑤固時俗之流從兮，又孰能無變化。覽椒蘭其若茲兮，又況揭車與江離。⑥惟茲佩之可貴兮，委厥美而歷茲。芳菲菲而難虧兮，芬至今猶未沬。⑦和調度以自娛兮，聊浮游而求女。及余飾之方壯兮，周流觀乎上下。⑧

①佩，一作珮。薆音愛。蔽，如字，又叶音鼈。諒，一作亮。蔽如字〔二九〕，即折叶音制。蔽音鼈，即折音哲。○此下至終篇，又原自序之詞。偃蹇，衆盛貌。言我所佩瓊玉，德美之盛，蓋以自況也。薆，亦蔽之盛也。諒，信也。折，毀敗也。

②以，一作其。茅，叶莫侯反。○繽紛，亂也。不可淹留，宜速去也。茅，惡草，以喻不肖。補曰：「上云謂幽蘭其不可佩，以幽蘭之别於艾也。謂申椒其不芳，以〔三〇〕申椒之别於糞壤也。今曰蘭芷不芳，荃蕙爲茅，則更與之俱化矣。當是時也，守死而不變者，楚國一人而已，屈子是也。」

③一無「蕭」字，一無二「也」字。好，呼報反。○蕭艾，賤草，亦以喻不肖。世亂俗薄，士無常守，乃小人害之，而以爲「莫如好脩之害」者，何哉？蓋由君子好脩，而小人嫉之，使不容於當世，故中材以下，莫不變化而從俗。則是其所以致此者，反無有如好脩之爲害也。東漢之亡，議者以爲黨錮諸賢之罪，蓋反其詞以深悲之，正屈原之意也。

④此即上章「蘭芷變而不芳」之意。容長，謂徒有外好耳。委，棄也。詳見下章。

⑤慢，馬諫反。一作謾，一作漫。慆，吐刀反，一作謟。榝，一音殺。夫，一作其。非是。幃音暉。而，一作以。○慆，淫也。書曰：「無即慆淫。」榝，茱萸也。幃，盛香之囊也。椒，亦芳烈之物，而今亦變爲邪佞。茱萸，固爲臭物，而今又欲滿於香囊。蓋但知求進而務入於君，則又何能復敬守其芬芳之節乎？

⑥流從，一作從流。化，叶虎瓜反。離，叶音羅。化，或叶虎爲反，即離如字。○流從，言隨從上化，如水之流也。揭車、江離，雖亦香草，然不若椒、蘭之盛。今椒、蘭既如此，則二者從可知矣。

⑦之，一作其。「菲」下「而」，一作其。「芬」下一有復出「芬」字。沫，叶莫之反。○委、歷，皆

已見上。虧，損減也。沬，昏暗也。言瓊珮有可貴之質，而能不挾其美以取世資，委而棄之，以至於此。然其芬芳實不可得，而減損昏暗。此原之自況也。然上章譏蘭既有委厥美之文矣，此美瓊佩又以爲言者，蓋彼真棄其美之實以從俗，此則棄其美之利以徇道，其事固不同也。故彼雖苟得一時之勢，而惡名不滅，此雖失其一時之利，而芬芳久存。二者之間，正有志者所當明辯而勇决也。

⑧調，徒料反。女，紐呂反。上，去聲。下，上聲，叶音户。○調，猶今人言格調之調。度，法度也。言我和〔三二〕此調度以自娱，而遂浮游以求女，如前所言虙妃、佚女、二姚之屬，意猶在於求君也。余飾，謂瓊珮及前章冠服之盛。方壯，亦巫咸所謂年未晏、時未央之意。周流上下，即靈氛所謂「遠逝」、巫咸所謂「陞降上下」也。

靈氛既告余以吉占兮，歷吉日乎吾將行。折瓊枝以爲羞兮，精瓊爢以爲粻。①爲余駕飛龍兮，雜瑶象以爲車。何離心之可同兮，吾將遠逝以自疏。②邅吾道夫崑崙兮，路脩遠以周流。揚雲霓之晻藹兮，鳴玉鸞之啾啾。③朝發軔於天津兮，夕余至乎西極。鳳皇翼其承旂兮，高翱翔之翼翼。④忽吾行此流沙兮，遵赤水而容與。麾蛟龍以梁津兮，詔西皇使涉予。⑤路修遠以多艱兮，騰衆車使徑待。路不周以左轉兮，指西海以爲期。⑥屯余車其千乘兮，齊玉軑而並馳。駕八龍之蜿蜿兮，載雲旗之委蛇。⑦抑志而弭節兮，神高馳之邈邈。奏九歌而舞韶兮，聊假日以媮樂。⑧陟陞皇之赫戲兮，忽臨睨夫舊鄉。僕夫悲余馬懷兮，蜷局顧而不行。⑨亂曰：⑩已矣哉，國無人兮，莫我知兮！又何懷乎故都？既莫足與爲美政兮，吾將從彭咸之所居。⑪

① 一無「吉」字。行，叶户郎反。折，之舌反。靡，芒悲反。粻，陟姜反，又音良。○歷，遍數而實選也。精，細米也。瓊枝、瓊靡，皆謂物之珍者。羞，進也。以牲及禽獸之肉，致滋味而進之也。粻，糧也。

② 「爲余」之爲，于僞反。疏，所葅反。○象，象牙也。雜用象玉以飾其車也。離心，謂上下無與己同心者也。自疏，則禍患不能相及矣。

③ 邅，池戰反。崑，古渾反。崙，盧昆反。「揚」下一有「志」字。非是。晻，烏感反。藹，一作濭，一作靄，並於蓋反。啾音揫。○邅，轉也。後漢書注云：「崑崙在肅州酒泉縣西南，地之中也。」雲霓，蓋以爲旍旗也。靄，陰貌。鸞，鈴之著於衡者。啾啾，鳴聲也。

④ 翼，一作紛。旂，渠希反。之，一作而。○天津，析木之津，謂箕、斗之間，漢津也。蓋箕，北斗南，天河所經，而日月五星於此往來，故謂之津。又有天津九星，在虚、危北，橫河中，即

津梁所度也。翼，敬也。周禮：「交龍爲旂。」凡旂屬，皆建於車後也。一上一下曰翺，直刺不動曰翔。翼翼，和也。

⑤麾，許爲反。以，一作使。予音與。○流沙，見禹貢，今西海居延澤是也。沈括云：「嘗過無定河活沙，履之，百步皆動，如行幕上。或陷，則人馬車駝以百千數，無孑遺者。」或謂此即流沙也。遵，循也。赤水，出崑崙東南陬，入南海。容與，遊戲貌。以手教曰麾。以蛟龍爲橋於津上，而乘之以渡，猶言比鼉黿以爲梁也。詔，告也。西皇，帝少皞也。少皞以金德王，白精之君，故曰西皇。

⑥待，叶徒奇反。一作持。○不周，山名。山海經：「西北海之外，有山而不合，名曰不周。」指，語也。期，會也。言己使語衆車，使由徑路，先過而相待，我當自不周山而左行，俱會西海之上也。

⑦乘，繩正反。軑音大。蜿，於原反。一作婉，於阮反。委，於危反。蛇，弋支反。一作移。二字一作「逶迤」。○屯，聚也。軑，輨也，轂内之金也。一云：轄也。蜿蜿，龍貌。雲旗，以雲爲旗也。

⑧「抑」上一有「聊」字。弭節，一作自弭。神高馳，一作邁高地。假，工雅反。一作暇，一音暇，皆非是。婾音俞。○言雖按節徐行，然神猶高馳，邈邈然而逾遠，不可得而制也。假，借也。顏師古云：「此言遭遇幽危，中心愁悶，假延日月，苟爲娛樂耳。」九歌，九德之歌，禹

樂也。韶，九韶之舞，舜樂也。

⑨ 一無「陟」字。陞，一作升。戲，許宜反。一作曦。睨，五計反。悲，一作思。蜷音拳。行，叶户郎反。○皇，皇天也。赫戲，光明貌。睨，旁視也。舊鄉，楚國也。僕，御也。懷，思也。蜷局，詰曲不行貌。屈原託爲此行，而終無所詣，周流上下，而卒反於楚焉。亦仁之至，而義之盡也。

⑩ 亂者，樂節之名。國語云：「其輯之亂。」輯，成也。凡作篇章既成，撮其大要，以爲亂辭也。史記曰：「關雎之亂，以爲風始。」禮曰：「既奏以文，又亂以武。」

⑪ 一無「哉」字。「人」下一無「兮」字。○賦也。「已矣」，絶望之詞。無人，謂無賢人也。故都，楚國也。言時君不足與共行美政，故我將自沈，以從彭咸之所居也。

【校記】

〔一〕並，原無此字，據端平本補。

〔二〕則蘭，原無此二字，據端平本補。

〔三〕一作攬，原無此三字，據端平本補。

〔四〕偷，原作「愉」，據楊批及端平本改。

〔五〕零，原作「苓」，據端平本改。

〔六〕東澗，原作「冬間」，據毛祥麟楚辭校文改。

〔七〕知，原作「之」，據端平本改。

〔八〕飾，原作「旆」，據端平本改。

〔九〕夫，原作「既」，據端平本改。

〔一〇〕蘅，原作「荇」，據端平本及文意改。

〔一一〕蕙，原作「蘭」，據端平本改。

〔一二〕「蒲計反」以下，據端平本校改。茘、索、纚三字反切注音，原置諸本條末尾。比也，原無此二字。薜茘，原作「茘薜」。

〔一三〕丑，原作「凡」，據端平本改。

〔一四〕潔，原作「深」，據端平本改。

〔一五〕殀，原作「妖」，據端平本改，下注文同。

〔一六〕夫一作以，原無此四字，據端平本補。

〔一七〕皆，原作「皆」，據端平本改。

〔一八〕「又莫半反」下原衍「又莫官反」四字，據端平本删。

〔一九〕榑，原作「搏」，據端平本改。

〔二〇〕蜺，原作「霓」，據端平本改。

〔二一〕乎，原作「於」，據端平本改。

〔二二〕在崑崙，原無此三字，據王逸楚辭章句補。

〔二三〕鶩，原作「騖」，據端平本改。

〔二四〕柚，原作「抽」，據端平本改。

〔二五〕冰，原作「水」，據端平本改。

〔二六〕照，原作「然」，據端平本改。

〔二七〕音，原作「其」，據端平本改。

〔二八〕鳩，原作「鵓」，據端平本改。

〔二九〕蔽如字，原無此三字，據端平本補。

〔三〇〕「申椒其」以下六字，原無，據端平本補。

〔三一〕和，原作「如」，據楊批校改。

楚辭卷第二

朱熹集注

九歌第二

九歌者，屈原之所作也。昔楚南郢之邑，沅、湘之間，其俗信鬼而好祀，其祀必使巫覡作樂，歌舞以娱神。蠻荆陋俗，詞既鄙俚，而其陰陽人鬼之間，又或不能無褻慢淫荒之雜。原既放逐，見而感之，故頗爲更定其詞。去其泰甚，而又因彼事神之心，以寄吾忠君愛國、眷戀不忘之意。是以其言雖若不能無嫌於燕昵，而君子反有取焉。①

① 此卷諸篇，皆以事神不答，而不能忘其敬愛，比事君不合，而不能忘其忠赤，尤足以見其懇切之意。舊説失之，今悉更定。

吉日兮辰良，穆將愉兮上皇。撫長劒兮玉珥，璆鏘鳴兮琳琅。①瑶席兮玉瑱，盍將把兮瓊芳。蕙肴蒸兮蘭藉，奠桂酒兮椒漿。②揚枹兮拊鼓，疏緩節兮安歌，陳竽瑟兮浩倡。靈偃蹇兮姣服，芳菲菲〔一〕兮滿堂。五音紛兮繁會，君欣欣兮樂康。③

右東皇太一④

①愉音俞。珥音餌。璆，渠幽反。鏘，七羊反，一作鎗。琳音林。琅音郎，俗作瑯。○日，謂甲乙。辰，謂寅卯。穆，敬也。愉，樂也。上皇，謂東皇太一也。撫，循也。珥，劍鐔也。璆、鏘，皆玉聲。孔子世家云：「環珮玉聲璆然。」玉藻云：「古之君子必佩玉，進則揖之，退則揚之，然後玉鏘鳴也。」琳琅，美玉名，謂佩玉也。此言主祭者卜日齋戒，帶劍佩玉，以禮神也。○補曰：「沈括存中云：『吉日兮辰良，』蓋相錯成文，則語勢矯健。韓退之云：『春與猿吟兮，秋鶴與飛。』用此體也。」

②瑤音遥。瑱音鎮。一作鎮，一他甸反。非是。盇音合。蒸，一作⿱艹丞〔二〕，一作烝。藉，慈夜反。○瑤，美玉也。瑱與鎮同，所以壓神位之席也。盇，何不也。把，持也。瓊芳，草枝可貴如玉，巫所持以舞者也。肴，骨體也。蒸，進也。國語「燕有殽蒸」是也。此言以蕙裹肴而進之，又以蘭爲藉也。奠，置也。桂酒，切桂投酒中也。漿者，周禮四飲之一，此又以椒漬其中也。四者，皆取其芬芳，以饗神也。

③枹，一作桴，房尤反。疏，平聲。倡音昌。姣服，一作妖服，古字並通用。樂音洛。○揚，舉也。枹，擊鼓槌也。拊，擊也。疏，希也。舉枹擊鼓，使巫緩節而舞，徐歌相和，以樂神也。陳，列也。浩，大也。竽，笙類，三十六簧。瑟，琴類，二十五絃。靈，謂神，降於巫之身者也。偃蹇，美貌。姣，好也。服，飾也。古者巫以降神，神降而託於巫〔三〕，則見其貌之美而服之好，蓋身則巫而心則神也。菲菲，芳貌。五音，謂宮、商、角、徵、羽也。紛，盛貌。繁，衆也。君，謂神也。欣欣，喜貌。康，安也。此言備樂以樂神，而願神之喜樂安寧也。

④一本上有「祠」字。下諸篇同。○太一，神名，天之尊神。祠在楚東，以配東帝，故云東皇。漢書云：「天神貴者太一。太一佐曰五帝。中宮天極星，其一明者，太一常居也。」淮南子曰：「太微者，太一之庭。紫宮者，太一之居。」○此篇言其竭誠盡禮以事神，而願神之欣説安寧，以寄人臣盡忠竭力，愛君無已之意。所謂全篇之比也。

浴蘭湯兮沐芳，華采衣兮若英。靈連蜷兮既留，爛昭昭兮未央。①謇將憺兮壽宮，與日月兮齊光。龍駕兮帝服，聊翺遊兮周章。②靈皇皇兮既降，猋遠舉兮雲中。覽冀州兮有餘，橫四海兮焉窮。思夫君兮太息，極勞心兮𢥞𢥞。③

右雲中君④

①華，户花反。英，叶於姜反。蜷音拳。○芳，芷也。華采，五色采也。榮而不實者謂之英。言使靈巫先浴蘭湯，沐香芷，衣采衣，如草木之英，以自潔清也。靈，神所降也。楚人名巫爲靈子，若曰神之子也。連蜷，長曲貌。既留，則以其服飾潔清，故神説之，而降依其身，留連之久也。漢樂歌言「靈安留」。亦指神而言也。爛，光貌。昭昭，明也。

②憺，徒濫反。宫，叶古荒反。齊，一作爭。○謇，詞也。憺，安也。壽宫，供神之處。漢武帝時置壽宫神君，亦此類也。言神既至，憺然安樂，無有去意也。龍駕，以龍引車也。帝，謂上帝也。聊，且也。周章，猶周流也。

③降，叶〔四〕胡攻反。猋，卑遥反，其字從三火。焉，於虔反。夫音扶。𢥞，敕中反，一作忡。○靈，謂神也。皇皇，美貌。降，下於巫也。猋，去疾貌。雲中，神所居也。言神飲食既飽，猋然遠舉，復還其處也。覽，望也。兩河之間曰冀州。有餘，所望之遠，不止一州也。窮，極也。言神出入，須臾之間，横行四海，無有窮極也。夫君，謂神也。記曰「夫夫」是也。𢥞𢥞，心動貌。

④謂雲神也。亦見漢書郊祀志。○此篇言神既降而久留，與人親接，故既去而思之不能忘也，足以見臣子慕君之深意矣。

君不行兮夷猶，蹇誰留兮中洲。美要眇兮宜脩，沛吾乘兮桂舟。令沅、湘兮無波，使江水兮安流。望夫君兮未來，吹參差兮誰思？①駕飛龍兮北征，邅吾道兮洞庭。薜荔柏兮蕙綢，蓀橈兮蘭旌。望涔陽兮極浦，横大江兮揚靈。②揚靈兮未極，女嬋媛兮爲余太息。横流涕兮潺湲，隱思君兮悱側。③桂櫂兮蘭枻，斲冰兮積雪。采薜荔兮水中，搴芙蓉兮木末。心不同兮媒勞，恩不甚兮輕絶。④石瀨兮淺淺，飛龍兮翩翩。交不忠兮怨長，期不信兮告余以不閒。⑤鼂騁鶩〔五〕兮江皋，夕弭節兮北渚。鳥次兮屋上，水周兮堂下。⑥捐余玦兮江中，遺余佩兮澧浦。采芳洲兮杜若，將以遺兮下女。旹不可兮再得，聊逍遥兮容與。⑦

右湘君⑧

①要，漢書作「幼」，於笑反。眇與妙同。「宜」上一有「又」字。來，叶力之反。一作歸，非是。參差，一作篸篕。上初簪反，下初宜反。思，叶新齎反。○君，謂湘君，堯之長女娥皇，爲舜正妃者也。舜陟方，死於蒼梧，二妃死於江、湘之間，俗謂之湘君。湘旁黄陵有廟。夷猶，猶豫也。言既設祭祀，使巫呼請而未肯來也。中洲，洲中也。水中可居者曰洲。言其不來，不知其爲何人而留也。要眇，好貌。脩，飾也。沛，行貌。吾，爲主祭者之自吾也。欲乘桂舟以迎神，取香潔之意也。又或行或危殆，故願湘君令水無波而安流也。參差，洞簫

也。風俗通云：「舜作簫，其形參差不齊，象鳳翼也。」望湘君而未來，故吹簫以思之也。

②邅，池戰反，又陟連反。柏，一作拍，並音搏。綢音儔，又音叨。蓀，一作荃。橈，而遥反。旌，一作旍，與旌同。此句之上或有「乘」字，或有「承」字，或有「采」字。旌或作旗。皆非是。涔音岑。○駕龍者，以龍翼舟也。邅，轉也。洞庭，大湖也，在長沙巴陵，廣員五百餘里，日月若出没於其中，中有君山。柏，搏壁也。綢，縛束也。蓀，香草也。橈，船小楫也。涔陽，江碕名。極，遠也。浦，水涯也。揚靈者，揚其光靈，猶言舒發意氣也。

③潺，仕〔六〕連反，又鉏山反。湲音爰。陫，符沸反。側，叶札力反。○極，至也。未極，未得所止也。女嬋媛〔七〕，指旁觀之人。蓋見其慕望之切，亦爲之眷戀而嗟嘆之也。潺湲，流貌。隱，痛也。君，湘君也。陫，隱也。兮，語辭。側，不安也。

④櫂，直教反。枻音曳，叶音泄。搴音蹇。○此章比而又比也。蓋此篇本以求神而不答，比事君之不偶。而此章又别以事比求神而不答也。櫂，楫也。枻，船旁板也。桂、蘭，取其香也。斲，斫也。言乘舟遭盛寒，斲斫冰凍，紛如積雪，則舟雖芳潔，事雖辛苦，而不得前也。薜荔緣木，而今采之水中；芙蓉在水，而今求之木末。既非其處。則用力雖勤而不可得。至於合昏而情異，則媒雖勞而昏不成；結友而交疎，則今雖成而終易絶。則又心志睽乖，不容强合之驗也。求神不答，豈不亦猶是乎？自是而往，益微而益婉矣。

⑤淺音牋。間音閑，叶音賢。○此章興而比也。蓋以上二句引起下句，以比求神不答之意

也。瀨，湍也。淺淺，流疾貌。翩翩，飛疾貌。所謂興者，蓋曰石瀨則淺淺矣，飛龍則翩翩矣。凡交不以忠，則其怨必長矣，期不以信，則必將告我以不暇而負其約矣。所謂比者，則求神而不答之意，亦在其中也。其詳已見上章，讀者宜并考之。

⑥鼂與朝同，陟遥反。騁音逞。騖音務。下，叶音户。○鼂，早也。騁，直馳也。騖，亂馳也。弭，按也。渚，水涯也。次，止也。周，旋也。此言神既不來，則我亦退而游息以自休耳。

⑦捐音沿。玦，古穴反。遺，平聲。佩，一作珮。澧，一作醴。遺，去聲。旹，即古「時」字，一作時。○玦，如環而有缺。捐玦遺佩，以貽湘君也。澧水出武陵充縣，注於洞庭。史記作「醴」。芳洲，香草所生之處也。杜若，葉似薑而有文理，味辛。下女，已見騷經。逍遥、容與，皆遊戲閒暇之意也。此言湘君既不可見，而愛慕之心終不能忘，故猶欲解其玦珮以爲贈，而又不敢顯然致之，以當其身，故但委之於水濱，若捐棄而墜失之者。以陰寄吾意，而冀其或將取之。若聘禮賓將行，而「於館堂楹間，釋四皮束帛，賓不致，而主不拜」也。然猶恐其不能自達，則又采香草以遺其下之侍女，使通吾意之慇懃，而幸玦珮之見取。其戀慕之心如此，而猶不可必，則逍遥容與以俟之，而終不能忘也。

⑧説見篇内。○此篇蓋爲男主事陰神之詞，故其情意曲折尤多，皆以陰寓忠愛於君之意。而舊説之失爲尤甚，今皆正之。

帝子降兮北渚，目眇眇兮愁予。嫋嫋兮秋風，洞庭波兮木葉下。①登白薠兮騁望，與佳期兮夕張。鳥何萃兮蘋中，罾何爲兮木上？②沅有芷兮澧有蘭，思公子兮未敢言。荒忽兮遠望，觀流水兮潺湲。③麋何爲兮庭中，蛟何爲兮水裔？朝馳余馬兮江皐，夕濟兮西澨。④聞佳人兮召予，將騰駕兮偕逝。築室兮水中，葺之兮荷蓋。⑤蓀壁兮紫壇，匊芳椒兮成堂。桂棟兮蘭橑，辛夷楣兮葯房。罔薜荔兮爲帷，擗蕙櫋兮既張。白玉兮爲鎮，疏石蘭兮爲芳。芷葺兮荷屋，繚之兮杜衡。⑥合百草兮實庭，建芳馨兮廡門。九嶷繽兮並迎，靈之來兮如雲。⑦捐余袂兮江中，遺余褋兮澧浦。搴汀洲兮杜若，將以遺兮遠者。時不可兮驟得，聊逍遥兮容與。⑧

右湘夫人

①予，一作余，並叶音與。嫋，奴鳥反。下，叶音户。○帝子，謂湘夫人，堯之次女女英，舜次妃也。韓子以爲娥皇正妃，故稱君；女英自宜降稱夫人也。餘見上篇。眇眇，好貌。愁予者，亦爲主祭者言，望之不見，使我愁也。嫋嫋，長弱之貌。秋風起則洞庭生波，而木葉下矣。蓋記其時也。

②一無「登」字。薠音煩。一作蘋，非是。「佳」下一有「人」字。非是。張音帳。一作「與佳人

兮期夕張」。亦非是。一無二「何」字。亦非是。罾音增。○賦而比也。蘋草秋生，今南方湖澤皆有之，似莎而大，鴈所食也。騁望，縱目也。佳，佳人也，謂夫人也。張，陳設也。言向夕洒掃而張施帷幄也。萃，集也。蘋，水草。罾，魚網。二物所施不得其所，以比夕張之地，非神所處，而必不來也。

③ 芷，一作茝。澧，一作醴，非是。荒忽，一作慌惚，音同。○此章興也。澧，水名。見禹貢。公子，謂湘夫人也。帝子而又曰公子，猶秦已称皇帝，而其男女猶曰公子、公主，古人質也。思之而未敢言者，尊而神之，懼其瀆也。所謂興者，蓋曰沅則有芷矣，澧則有蘭矣，何我之思公子而獨未敢言耶？思之之切，至於荒忽而起望，則又但見流水之潺湲而已。其起興之例，正猶越人之歌所謂「山有木兮木有枝，心悦君兮君不知」。而以芷叶子，以蘭叶言，又隔句用韻法也。

④ 麋音眉。爲，一作食。裔，一作裦。澨音逝。○比而賦也。麋，獸名，似鹿而大。濟，渡也。澨，水涯也。麋當在山林，而在庭中，蛟當在深淵而在水裔，以比神不可見而望之者，失其所當也。朝馳夕濟，猶上篇江皋、北渚之意。

⑤ 葺，子入反。「荷」上一有「以」字。蓋，叶居又〔八〕反。○佳人，謂夫人也。偕，俱也。逝，往也。言與召己之使者俱往也。葺，蓋也。築室水中，將託神明而居處也。

⑥ 蓀，一作荃。壇音善。匊，古「播」字，本作𥝩，一作播。成，一作盈。橑音老。楣音眉。葯

音約，又音握。罔與網同。擗，一作辟，普覓反，又音覓。一作擘。櫋音綿。「玉兮」、「蘭兮」下一皆有「以」字。鎮，一作瑱。「葺」下一有「之」字。繚音了。○紫，紫貝也。紫質黑點。壇，中庭也。播，布也。蘭，木蘭也。橑，椽也。辛夷，樹大連合抱，高數仞，其花初發如筆，北人呼爲木筆。其花最早，南人呼爲迎春。楣，門户上横梁也。葯，白芷葉也。罔，結也。結以爲帷帳也。在旁曰帷。擗，析也。析蕙以爲屋櫋聯也。鎮，壓坐席者也。石蘭，香草。疏，布陳也。繚，縛束也。言以杜衡繚其屋也。此言其所築水中之室，欲求芳潔如是也。

⑦廡音武。嶷，一作疑。迎，去聲。○馨，芳之遠聞者。廡，堂下周屋也。言合百草之花以實庭中，積芳馨以廡其門也。九嶷，山名，舜所葬也。言舜使九嶷山神繽然來迎二妃，而衆神從之如雲也。將築室依湘夫人以爲鄰，而舜復迎之以去，則又不得見之。

⑧袂，弥蔽反。遺，平聲。褋音牒。搴，見上篇。汀，它丁反。遺，去聲。者，叶音渚，又音覩。與，一作治。○袂，衣袖。褋，襜襦也。此篇首末大指，與前篇同。捐袂、遺褋，即捐玦、遺佩之意。然玦、佩貴之，而袂、褋親之也。汀，平也。遠者，亦謂夫人之侍女，以其既遠去而名之也。

廣開兮天門，紛吾乘兮玄雲。令飄風兮先驅，使凍雨兮灑塵。①君迴翔兮以下，踰空桑兮從女。紛〔九〕總總兮九州，何壽夭兮在予？②高飛兮安翔，乘清氣兮御陰陽。吾與君兮齊速，導帝之兮九坑。③靈衣兮被被，玉佩兮陸離。壹陰兮壹陽，衆莫知兮余所爲。④折疏麻兮瑶華，將以遺兮離居。老冉冉兮既極，不寖近兮愈疏。⑤乘龍兮轔轔，高駝兮沖天。結桂枝兮延竚，羌愈思兮愁人。⑥愁人兮奈何，願若今兮無虧。固人命兮有當，孰離合兮可爲。⑦

右大司命⑧

①涷音東，从水。灑，一作洒，並所宜反。塵，叶除旬反。○天門，上帝所居。紫微宫門〔一〇〕也。廣開者，爲神將降也。吾，主祭者之自称也。大司命，陽神而尊，故但爲主祭者之詞。乘玄雲者，知神將降而往迎之也。飄風，回風也。涷雨，暴雨也。灑塵，以清道也。

②下，叶音户。女，讀作汝。予，叶音與。○君與女，皆指神，君尊而女親也。回翔，盤旋也。空桑，山名。總總，衆貌。予者，贊神而爲其自謂之稱也。言見神既降，而遂往從之，因歎其威權之盛，曰：九州人民之衆如此，何其壽夭之命皆在於己也？

③清，一作精。齊，如字，又音咨，又側皆反。一作齋，非是。速，禮記作「遫」，音速。導，一作道。坑，一作阬，音岡。○乘，猶乘〔一一〕車。清氣，謂輕清之氣。御，猶御馬。陰陽，則兼清

濁變化而言也。齊速，整齊而疾速也。導，奉引也。帝，天帝也。之，適也。坑與岡同，謂山脊也。九坑者，周禮職方氏：九州之山鎮，曰會稽、衡山、華山、沂山、岱山、岳山、醫無閭、霍山、恒山也。此言己得從明神登天，極奉至尊，而周宇内也。

④被，一作披，並音披。○被被，長貌。一陰一陽，言其變化循環無有窮已也。

⑤折音哲。華，叶芳無反。遺，去聲。寖，一作侵，一作浸。愈，一作踰。○踈麻，神麻也。極，窮也。寖，漸也。踈，遠也。此以神既去而思之，如雲中君卒章之意也。

⑥轔轔，一作軨軨，並音隣。沖，持弓反，一作翀。天，叶鐵因反。竚，直吕反。思，去聲。○轔轔，車聲。與詩「有車〔二〕轔轔」字同。言神既去而不留，使己延望而怨思也。

⑦何，叶音奚。當，丁浪反。可，一作何。「可」上一有〔三〕「不」字，皆非是。○無虧，保守志行無損缺也。又言人受命而生，貧富貴賤各有所當，或離或合，神實司之，非人之所能爲也。因祀司命而發此意，則原所以順受其正者亦嚴矣。

⑧周禮大宗伯：「以槱燎祀司中、司命。」踈引星傳云：「三台，上台曰司命。」又，「文昌宫第四亦曰司命。」故有兩司命也。

穐蘭兮麋蕪，羅生兮堂下。緑葉兮素枝，芳菲菲兮襲予。夫人兮自有美子，蓀何以兮愁苦？①穐蘭兮青青，緑葉兮紫莖。滿堂兮美人，忽獨與余目成。②入不言兮出不辭，乘回風兮載雲旗。悲莫悲兮生別離，樂莫樂兮新相知。③荷衣兮蕙帶，儵〔一四〕而來兮忽而逝。夕宿兮帝郊。君誰須兮雲之際。④與女遊兮九河，衝風至兮水揚波。⑤與汝沐兮咸池，晞女髮兮陽之阿。望媺人兮未徠，臨風怳兮浩歌。⑥孔蓋兮翠旍，登九天兮撫彗星。慫長劍兮擁幼艾，蓀獨宜兮爲民正。⑦

右少司命⑧

①穐，古「秋」字。一作秋。下同。麋，或從艸。下，叶音户。予，叶音與。夫音扶。兮字，一在「自有」字下。蓀，一作荃，下同。○麋蕪，芎藭葉名。〔一五〕似蛇床而香，其苗四、五月間生，葉作叢而莖細，其葉倍香，七、八月開白花。羅生，言二物並列而生也。襲，及也。少司命亦陽神而少卑者，故爲女巫之言以接之。上四句興下二句也。夫人，猶言彼人，如左傳之言「不能見夫人也」。美子，所美之人也。蓀，猶汝也，蓋爲巫之自汝也。言彼神之心自有所美而好之者矣，汝何爲愁苦而必求其合也。

②青音菁。○青青，茂盛貌。言美人並會，盈滿於堂，而司命獨與我睨而相視，以成親好。此亦上二句興下二句也。至此則神降於巫，而非復前章之意也。

③辭，一作詞。○此爲巫言。司命初與己善。後乃往來飄忽，不言不辭，乘風載雲，以離於我。適相知而遽相别，悲莫甚焉，於是乃復追念始者相知之樂也。

④帶，叶丁計反。儵，一作倏。○此亦爲巫言。神之始也，雖忽然不言而來，今乃忽然不辭遂去，而宿於天帝之郊，不知其何所待於雲之際乎？猶〔一六〕幸其有意而顧己也。

⑤古本無此二句，王逸亦無注。補曰：「此河伯章中語也。」當删去。

⑥女，讀作汝。「咸」下一有「之」字。池，一作沱，並叶音陀。晞音希。𡠾，一作美。徠，一作來。怳，許往反。○咸池，星名，蓋天池也。晞，乾也。怳，失意貌。此復爲神語，以命巫者。女及美人，皆指巫也。言欲與女沐於咸池，而望汝不至，遂怳然而浩歌也。

⑦旍，一作旌。此句上有一「揚」字。彗，詳穢反。竦，一作竦，並息拱反。正，叶音征。○孔蓋，以孔雀尾爲車蓋。翠旍，以翡翠羽爲旌旗。撫，掃除之也。彗星，妖星，光芒偏指如彗者也。竦，挺拔之意。幼，少也。艾，美好也。語見孟子、戰國策，即指上美人也。正，平也。此蓋更爲衆人之詞，以贊神之美，言其威靈氣燄光輝赫奕，又能誅除凶穢，擁護良善，而宜爲民之所取正也。

⑧按：前〔一七〕篇注説有兩司命，則彼固爲上台，而此則文昌第四星歟？

暾將出兮東方，照吾檻兮扶桑。撫余馬兮安驅，夜晈晈兮既明。①駕龍輈兮乘雷，載雲旗兮委蛇。長太息兮將上，心低佪兮顧懷。羌聲色兮娱人，觀者憺兮忘歸。②緪瑟兮交鼓，簫鐘兮瑶簴。鳴鷈兮吹竽，思靈保兮賢姱。翾飛兮翠曾，展詩兮會舞。應律兮合節，靈之來兮蔽日。③青雲衣兮白霓裳，舉長矢兮射天狼。操余弧兮反淪降，援北斗兮酌桂漿。撰余轡兮高駝翔，杳冥冥兮以東行。④

右東君⑤

①暾，它昆反。檻，户黤反。晈字从日，與皎同。明，叶音芒。〇暾，温和而明盛也。吾，主祭者自吾也。檻，楯也。扶桑，見騷經。言吾見日出東方，照我檻楯，光自扶桑而來，即乘馬以迎之，而夜既明也。

②輈，張留反。雷，叶音纍。委蛇，一作逶迤。上，時掌反。低，一作俳，一作儃。懷，叶胡威反。聲色，一作色聲。〇輈，車轅也。龍形曲，似之，故以爲轅。雷氣轉似輪，故以爲車輪。言乘此車以往迎日，又以驟登高遠，而低佪顧懷，遂見下方所陳鍾鼓竽瑟聲音之美，靈巫會舞容色之盛，足以娱悦觀者，使之安肆喜樂，久而忘歸，如下文之所云也。

③緪，一作絙，古登反。簫，一作蕭。簴，其吕反。鷈，一作篪，並音池。姱，叶音[一八]户。翾，許緣反。曾，作滕反，與䎖同。應，於澄反。節，叶音即。〇緪，急張絃也。交鼓，對擊鼓

也。周禮有「鐘笙之樂」，注云：「鐘笙，與鐘聲相應之笙。」然則簫鐘，與簫聲相應之鐘歟？簴，懸鐘磬之木也。瑶簴，以美玉爲飾也。篪、竽，樂器名也。篪以竹爲之，長尺四寸，圍三寸，一孔上出，横吹之。靈保，神巫也。翾，小飛輕揚之貌。曾，舉也，又翥飛也。言巫舞工巧，翾然若翠〔一九〕鳥之舉也。展詩，猶陳詩也。會舞，猶合舞也。律，謂十二律：黄鐘、大吕、大簇、夾鐘、姑洗、中吕、蕤賓、林鐘、夷則、南吕、無射、應鍾也。作樂者，以律和五聲之高下。節，謂其始終先後、疏數疾徐之節也。靈來蔽日，言日神悦喜，於是來下，從其官屬，蔽日而至也。

④射，食亦反，一作䠶。操，七刀反。弧音胡。降，叶胡剛反。援音爰。撰，雛免反。一無「駝」字。行，叶胡剛反。○青衣白裳，日出東方、入西方，故用其方色以爲飾也。天狼，星名。晉志云：「狼一星，在東井南，爲野將，主侵掠。」「弧九星，在狼東南，天弓也，主備盜賊。」淪，没也。降，下也。言日下而入太陰之中也。北斗，七星，在紫宫南，其杓所建，周於十二辰之舍，以定十有二月，斟酌元氣，運平四時者也。詩曰：「維北有斗，不可以挹酒漿。」撰，持也。杳，深也。冥，幽也。言日下太陰，不見其光，杳杳冥冥，直東行而復上出也。

⑤今按：此日神也。禮曰：「天子朝日於東門之外。」又曰：「王宫祭日也。」漢志亦有東君。

與女遊兮九河，衝風起兮横波。乘水車兮荷蓋，駕兩龍兮驂螭。①登崑崙兮四望，心飛揚兮浩蕩。日將暮兮悵忘歸，惟極浦兮寤懷。②魚鱗屋兮龍堂，紫貝闕兮朱宮，靈何爲兮水中。③乘白黿兮逐文魚，與女遊兮河之渚，流澌紛兮將來下。④子交手兮東行，送美人兮南浦。波滔滔兮來迎，魚隣隣兮媵予。⑤

右河伯⑥

①女，讀作汝。衝，一作泝〔二〇〕。横，一作「水揚」二字。螭，丑知反。螭音离，叶丑歌反。○此亦爲女巫之詞。女，指河伯也。河爲四瀆長。九河：徒駭、太史、馬頰、覆鬴、胡蘇、簡、潔、鈎盤、鬲津也。禹治河，至兖州分爲九道，以殺其溢。其間相去二百餘里，徒駭最北，鬲津最南。蓋徒駭是河之本道，東出分爲八枝也。衝，遂也。螭，如龍而黄，無角。

②懷，叶虚韋反。○崑崙，山名。河出崑崙虚，色白；所渠并千七百一川，色黄。百里一小曲，千里一曲一直。寤，覺也。懷，思也。

③堂，叶音同。○龍堂，以龍鱗爲堂也。

④黿音元。一無「文」字。魚，叶上聲。澌音斯。從仌者，流水也。從水者，水盡也。此當從仌。下，叶音户。○大鱉爲黿。逐，從也。

⑤滔，土刀反。隣，一作鱗。媵，以證反。予，叶音與。○子，謂河伯。交手者，古人將别，則

相執手，以見不忍相遠之意，晉、宋間猶如此也。東行，順流而東也。美人與予，皆巫自謂也。媵，送也。既已別矣，而波猶來迎，魚猶來送，是其眷眷之無已也。三閭大夫豈至是而始歎君恩之薄乎！

⑥舊説以爲馮夷，其言荒誕，不可稽考。今闕之。大率謂黄河之神耳。

若有人兮山之阿，被薜荔兮帶女羅。既含睇兮又宜笑，子慕予兮譱窈窕。①乘赤豹兮從文貍，辛夷車兮結桂旗。被石蘭兮帶杜衡，折芳馨兮遺所思。余處幽篁兮終不見天，路險難兮獨後來。②表獨立兮山之上，雲容容兮而在下。杳冥冥兮羌晝晦，東風飄兮神靈雨。留靈脩兮憺忘歸，歲既晏兮孰華予。③采三秀兮於山間，石磊磊兮葛〔三〕蔓蔓。怨公子兮悵忘歸，君思我兮不得間。④山中人兮芳杜若，飲石泉兮蔭松柏，君思我兮然疑作。⑤靁填填兮雨冥冥，猨啾啾兮狖夜鳴。風颯颯兮木蕭蕭，思公子兮徒離憂。⑥

右山鬼⑦

①羅，一作蘿。睇音弟。譱，一作善。窈音杳。窕，徒了反。○若有人，謂山鬼也。阿，曲隅也。

女羅，兔絲也。睇，微盼貌。美目盼然，又好口齒，而宜笑也。窈窕，好貌。以上諸篇皆爲人慕神之詞，以見臣愛君之意。此篇鬼陰而賤，不可比君，故以人況君，鬼喻己，而爲鬼媚人之語也。若有人者，既指鬼矣，子則設爲鬼之命人，而予乃爲鬼之自命也。言人悦己之善爲容也。

②從，才用反。貍，一作狸。衡一作〔三〕蘅。折音哲。遺，去聲。篁音皇。來，叶音釐。○所思，指人之悦己，而己欲媚之者也。幽，深也。篁，竹叢也。後來，言其出之遲也。

③下，叶音户。一無「東」字，而再有「飄」字。予，叶音與。○表，特也。雲反在下，言所處之高也。神靈雨者，言風起而神靈應之以雨也。靈脩，亦謂前所欲媚者也。欲俟其至，留使忘歸，不然則歲晚，而無與爲樂矣。蓋鬼卒不來，而反欲使人造其所居也。

④磊，魯猥反。蔓，莫干反。間音閑。○三秀，芝草也。公子，即所欲留之靈脩也。鬼采芝於山間，而思此人，雖怨其不來，而亦知其思我之不能忘也。

⑤栢，叶音博。○山中人，亦鬼自謂也。然，信也。疑，不信也。至此又知其雖思我，而不能無疑信之雜也。

⑥靁，一作雷。填音田。狖，一作犹，余救反。颯，蘇合反。蕭叶〔三〕音搜，文苑作「搜」。若，如字，則憂，叶於驕反。○填填，雷聲。冥冥，雨貌。啾，小聲。狖，猨屬。離，罹也。

⑦國語曰：「木石之怪夔、罔兩。」豈謂此耶？○今按：此篇文義最爲明白，而説者自汨之。今既章解而句釋之矣，又以其託意君臣之間者而言之。則言其被服之芳者，自明其志行之

潔也。言其容色之美者，自見其才能之高也。「子慕予之善窈窕」者，言懷王之始珍己也。「折芳馨而遺所思」者，言持善道而効之君也。「處幽篁而不見天」、「路險艱」而又「晝晦」者，言見弃遠而遭障蔽也。欲留靈脩而卒不至者，言未有以致君之寤，而俗之改也。知公子之思我而然疑作者，又知君之初未忘我而卒困於讒也。至於「思公子而徒離憂」，則窮極愁怨，而終不能忘君臣之義也。以是讀之，則其它之碎義曲説，無足言矣。

操吴戈兮被犀甲，車錯轂兮短兵接。旌蔽日兮敵若雲，矢交墜兮士爭先。①凌余陣兮躐余行，左驂殪兮右刃傷。霾兩輪兮縶四馬，援玉枹兮擊鳴鼓。天時懟兮威靈怒，嚴殺盡兮弃原壄。②出不入兮往不反，平原忽兮路超遠。帶長劒兮挾秦弓，首雖離兮心不懲。誠既勇兮又以武，終剛强兮不可凌。身既死兮神以靈，魂魄毅兮爲鬼雄。③

右國殤④

①吴戈，一作吾科，楯名也。錯，七各反。接，叶音匝。墜，一作隧，與墜同。先，叶音詢。○戈，平頭戟也。犀甲，以犀皮爲鎧也。考工記曰：「犀甲壽百年。」錯，交也。短兵，刀劒也。言戎車相迫，輪轂交錯，長兵不施，故用刀劒，以相接擊也。司馬法曰：「弓、矢，圍。殳、矛，守。戈、戟，

助。凡五兵，長以衛短，短以救長。」矢交墜，士爭先，謂兩軍相射，流矢交墜，壯夫奮怒而爭先也。

②陣，當作陳。躐，一作躤，並音獵。行，胡郎反。殪，於計反。霾，一作埋，與埋同。縶，陟立反。馬，叶滿補反。援音爰。枹音孚，一作桴。懟，一作墜，一作隧。今從文苑。壄，古「野」字，叶上與反。〇淩，犯也。躐，踐也。殪，死也。援枹，擊鼓，言志愈厲、氣愈盛也。懟，怨也。嚴，威也。嚴殺，猶言鏖戰痛殺也。弃原壄，骸骨弃於原壄也。言己適值天之怨怒，故衆皆見殺不得葬也。

③忽兮路，一作路兮忽。弓，叶音經。雖，一作身。魂魄毅，一作子魂魄。雄，叶音形。〇「平原忽兮路超遠」，言身弃平原，神欲歸而去家遠也。帶劍挾弓，猶不舍武也。懲，創艾也，雖死而心不悔也。魂魄，死者之神靈也。蓋魂神而魄靈，魂氣而魄精，魂陽而魄陰，魂動而魄靜。生則魂載其魄，魄檢其魂。死則魂游散而歸于天，魄淪墜而歸于地也。毅爲鬼雄者，毅然爲百鬼之雄傑也。

④謂死於國事者。小爾雅曰：「無主之鬼謂之殤。」

成禮兮會鼓，傳芭兮代舞，姱女倡兮容與。①春蘭兮秋鞠，長無絶兮終古。②

右禮魂③

①成，一作盛。芭，一作巴，卜加反。姱音户。倡音昌。與，一作冶。○會鼓，急疾擊鼓也。芭與葩同，巫所持之香草也。代，更也。持以舞訖，復傳與人，更用之也。姱，好也。女倡，女子爲倡優也。容與，有態度也。

②鞠，一作菊。○春祠以蘭，秋祠以鞠，即所傳之葩也。終古，已見騷經。

③禮，一作礼。或曰：禮魂，謂以禮善終者。

【校記】

〔一〕菲菲，原作「霏霏」，據端平本改。

〔二〕蒸，原作「承」，據端平本改。

〔三〕巫，原作「物」，據端平本改。

〔四〕叶，原無此字，據端平本補。

〔五〕鶩，原作「鷔」，據端平本改，朱子注同改。

〔六〕仕，原作「依」，據端平本改。

〔七〕媛，原作「娟」，據端平本改。

〔八〕乂，原作「又」，據端平本改。

〔九〕紛，原無此字，據端平本補。

〔一〇〕門，原無此字，據端平本補。

〔一一〕乘，原無此字，據端平本補。

〔一二〕有車，下原衍「聲」字，據端平本刪。

〔一三〕一有，原作「有一」，據端平本乙。

〔一四〕儵，原作「焂」，據端平本改。朱子注同改。

〔一五〕葉名，原作「名葉」，據端平本乙。

〔一六〕猶，原作「尤」，據端平本改。

〔一七〕前，原作「此」，據端平本及文意改。

〔一八〕音，原無此字，據端平本補。

〔一九〕翠，原作「羣」，據端平本改。

〔二〇〕泝，原作「沂」，據端平本改。

〔二一〕葛，原作「菖」，據端平本改。

〔二二〕一作，原作「音」，據端平本改。

〔二三〕叶，原無此字，據端平本補。

楚辭卷第三

朱熹集注

天問第三

天問者，屈原之所作也。屈原放逐，彷徨山澤，見楚有先王之廟及公卿祠堂，圖畫天地、山川、神靈，琦瑋僪佹，及古賢聖怪物行事，因書其壁，何而問之，以渫憤懣。楚人哀而惜之，因共論述，故其文義不次序云爾。①

① 此篇所問，雖或怪妄，然其理之可推，事之可鑒者，尚多有之。而舊注之説，徒以多識異聞爲功，不復能知其所以問之本意，與今日所以對之明法。至唐柳宗元始欲質以義理，爲之條對，然亦學未聞道，而誇多衒巧〔一〕之意猶有雜乎其間，以是讀之常使人不能無遺恨。若補注之説，則其厖亂不知所擇，又愈甚焉。今存其不可闕者，而悉以義理正之，庶讀者之有補云。

曰：遂古之初，誰傳道之？上下未形，何由考之？①冥昭瞢闇，誰能極之？馮翼惟像，何以識之？②明明闇闇，惟時何爲？陰陽三合，何本何化？③圜則九重，孰營度之？惟茲何功，孰初作之？④斡維焉繫？天極焉加？八柱何當？東南何虧？⑤九天之際，安放安屬？隅隈多有，誰知其數？⑥天何所沓？十二焉分？日月安屬？列星安陳？⑦出自湯谷，次于蒙汜。自明及晦，所行幾里？⑧夜光何德，死則又育？厥利維何，而顧菟在腹？⑨女歧無合，夫焉取九子？伯強何處？惠氣安在？⑩何闔而晦？何開而明？角宿未旦，曜靈安藏？⑪

①遂，往也。道，猶言也。上下，謂天地也。問往古之初未有天地，固未有人，誰見得之而傳道其事乎？

②瞢，莫鄧反。闇與暗同，又作暗。馮，皮冰反。○冥，幽也。昭，明也。謂晝夜也。瞢闇，言晝夜未分也。極，窮也。馮翼，氤氳浮動之皃。淮南子云：「天墬未形，馮馮翼翼。」又曰：「未有天地，惟像無形，窈窈冥冥，莫知其門。」此承上問時未有人，今何以能窮極而知之乎？○右二章四問，今答之曰：開闢之初，其事雖不可知，其理則具於吾心，固可反求而默識，非如傳記雜書謬妄之說，必誕者而後傳，如柳子之所譏也。

③化，叶虎爲反。○明闇，即爲晝夜之分也。時，是也。穀梁子曰：「獨陰不生，獨陽不生，獨天不生，三合而後生。」○此問蓋曰：明必有明之者，闇必有闇之者，是何物之所爲乎？陰也，陽也，天也，三者之合，何者爲本？何者爲化乎？今答之曰：天地之化，陰陽而已。一動一靜，一晦一明，一往一來，一寒一暑，皆陰陽之所爲，而非有爲之者也。然穀梁言天而不以地對，則所謂天者，理而已矣。成湯所謂「上帝降衷」，子思所謂「天命之性」是也。是爲陰陽之本，而其兩端循環不已者，爲之化焉。周子曰：「無極而太極，太極動而生陽，動極而靜，靜而生陰。靜極復動〔二〕，一動一靜，互爲其根。分陰分陽，兩儀立焉。」正謂此也。然所謂太極亦曰理而已矣。

④圜與圓同。度，待洛反。○圜，謂天形之圓也。則，法也。九，陽數之極，所謂九天也。

⑤斡，一作筦，並音管。顔師古云：「俗音烏活反。非也。」焉，於虔反，篇内並同。加，叶音基，又如字。虧，如字，又叶苦加反。○斡，説文曰：「轂端沓。」則是車轂之内以金爲筦而受軸者也。維，繫物之縻也。天極，謂南北極，天之樞紐，常不動處，譬則車之軸也。蓋凡物之運者，其轂必有所繫，然後軸有所加，故問此天之斡維，繫於何所，而天極之軸，何所加乎？河圖言：「崑崙者，地之中也。地下有八柱，互相牽制，名山大川，孔穴相通。」素問曰：「天不足西北，地不滿東南。」注云：「中原地形，西北高，東南下。今百川滿湊，東之滄海。」則東西南北高下可知，故又問八柱何所當值，東南何獨虧闕乎？

⑥放，上聲。屬音注。數，所句反。○九天，即所謂「圜則九重」者。際，邊也。放，至也。屬，附也。隅，角也。○右三章六問，今答之曰：或問乎邵子，曰：「天何依？」曰：「依乎地。」「地何附？」曰：「附乎天。」「天地何所依附？」曰：「自相依附。天依形，地附氣。其形也有涯，其氣也無涯。」詳味此言，屈子所問，昭然若發矇矣。但天之形，圓如彈丸，朝夜運轉，其南北兩端，後高前下，乃其樞軸不動之處。其運轉者，亦無形質，但如勁風之旋。當晝則自左旋而向右，向夕則自前降而歸後，當夜則自右轉而復左，將旦則自後升而趨前，旋轉無窮，升降不息，是爲天體，而實非有體也。地則氣之查滓聚成形質者，但以其束於勁風旋轉之中，故得以兀然浮空，甚久而不墜耳。黄帝問於歧伯曰：「地有憑乎？」歧伯曰：「大氣舉之。」亦謂此也。其曰「九重」，則自地之外，氣之旋轉益遠益大，益清益剛，究陽之數而至於九，則極清極剛，而無復有涯矣。豈有營度而造作〔三〕之者，先以斡維繫於一處，而後以軸加之，以柱承之，而後天地乃定位哉？且曰：其氣無涯，則其邊際放屬，隅隈多少，固無得而言之者，亦不待辨說而可知其妄矣。東南之虧，乃專以地形言之，初無預乎天也。

⑦沓，徒合反。分，叶敷因反。屬，之欲反。○沓，合也。此問天與地合會於何所，十二辰誰所分別乎？𠻳，列也。言日月衆星安所繫屬，誰𠻳列也。○上章所問，天何所屬，并地而言。此所問，乃爲天地相接之處，何所沓也。今答之曰：天周地外，其說已見上矣，非沓乎地之上也。「十二」云者，自子至亥十二辰也。左傳曰：「日月所會是謂辰。」注云：「一歲

日月十二會，所會爲辰。」十一月辰在星紀、十二月辰在元枵之類是也。然此特在天之位耳。若以地而言之，則南面而立，其前後左右亦有四方十二辰之位焉。但在地之位一定不易，而在天之象運轉不停，惟天之鶉火，加于地之午位，乃與地合，而得天運之正耳。蓋周天三百六十五度四分度之一，周布二十八宿，以著天體，而定四方之位。以天繞地，則一晝一夜，適周一匝，而又超一度。日月五星，亦隨天以繞地，而唯日之行，一日一周，無餘無欠，其餘則各有遲速之差焉。然其懸也，固非綴屬而居，其運也，亦非推挽而行。但當其氣之盛處，精神光耀，自然發越，而又各自有次第耳。列子曰：「天，積氣耳。」「日月星辰〔四〕。亦積氣中之有光耀者。」張衡靈憲曰：「星也者，體生於地，精成於天，列居錯跱，各有攸屬。」此言皆得之矣。

⑧湯音陽，一作暘。汜音似，上聲。○次，舍也。汜，水涯也。書曰：「宅嵎夷曰暘谷。」即湯谷也。爾雅云：「西至日所入爲太蒙」。即蒙汜也。○此問一日之間，日行幾里乎？答曰：湯谷、蒙汜，固無其所。然日月出水，乃昇于天，及其西下，又入于水。故其出入自有處所。而所行里數，曆家以爲周天赤道一百七萬四千里。日一晝夜而一周，春秋二分，晝夜各行其半，而夏長冬短，一進一退，又各以其什之一焉。

⑨菟，一作兔，與兔同。○夜光，月也。死，其晦也。育，生也，月之生也。○此問月有何德，乃能死而復生？月有何利，而顧望之菟常居其腹乎？答曰：曆家舊説，月朔則去日甚

遠，故魄死而明生。既望而去日漸近，故魄生而明死。至晦而朔，則又遠日而明復生，所謂「死而復育」也。此説誤矣。若果如此，則未望之前，西近東遠，而始生之明，當在月東。既望之後，東近西遠，而未死之明，却在月西矣。安得未望載魄於西，既望終魄於東，而遡日以爲明乎？故唯近世沈括之説，乃爲得之。蓋括之言曰：「月本無光，猶一銀丸，日耀之乃光耳。光之初生，日在其傍，故光側而所見纔如鈎。日漸遠則斜照而光稍滿，大抵如一彈丸，以粉塗其半，側視之，則粉處如鈎；對視之，則正圓也。」近歲王普又申其説：「月生明之夕，但見其一鈎，至日月相望，而人處其中，方得見其全明。必有神人能凌到景，傍日月而往參其間，則雖弦晦之時，亦得〔五〕見其全明，而與望夕無異耳。」以此觀之，則知月光常滿，但自人所立處視之，有偏有正，故見其光有盈有虧，非既死而復生也。若顧菟在腹之問，則世俗桂樹、蛙、兔之傳，其惑久矣。或者以爲日月在天，如兩鏡相照，而地居其中，四旁皆空水也。故月中微黑之處，乃鏡中大地之影，略有形似，而非真有是物也。斯言有理，足破千古之疑矣。

⑩夫音扶。強，巨良反。在，叶音紫。○女歧，神女，無夫而生九子。伯強，大厲疫鬼也，所至傷人。惠，順也。惠氣，謂和氣也。○此章所問三事，今答之曰：天下之理，一而已，而有常變之不同。天下之氣，亦一而已，而有逆順之或異。夫乾道成男，坤道成女，凝體於造化之初，二氣交感，化生萬物，流形於造化之後者，理之常也。若姜嫄、簡狄之生稷、契，則又

不可以先後言矣，此理之變也。女歧之事，無所經見，無以考其實，然以理之變而觀之，則恐其或有是也。但此篇下文亦有「女歧易首」之問，則又未知其果如何耳。釋氏書有九子母之説，疑即謂此。然益荒無所考矣。惠者，氣之順也。癘者，氣之逆也。以其強暴傷人，故爲之名字，以著其惡耳，初非實有是人也。氣之流行，充塞宇宙，其爲順逆，有以天時水土之所值，有以人事物情之所感，萬變不同，亦未嘗有定在也。

⑪闔，胡臘反。明，叶音茫。宿音秀。臧與藏同。○闔，閉户也。開，闢〔六〕户也。陰闔而晦，陽開而明。角、亢，東方星。旦，明也。曜靈，日也。○此問何所開闔，而爲晦明？且東方未明之時，日安所藏其精光乎？答曰：晦明之問，前婁發之，其實亦陰陽消息之所爲耳。陽息而闢，則日出而明。陰消而闔，則日入而暗。又何疑乎？角宿，固爲東方之宿，然隨天運轉，不常在東。古經之言，多假借也。日之所出，乃地之東方。未旦，則固已行於地中，特未出地面之上耳。

不任汩鴻，師何以尚之？僉曰：何憂？何不課而行之？①鴟龜曳銜，鮌何聽焉？順欲成功，帝何刑焉？②永遏在羽山，夫何三年不施？伯禹腹鮌，夫何以變化？③纂就前緒，遂成考功。何續初繼業，而厥謀不同？④洪泉極深，何以寘之？地方九則，何以墳之？⑤應龍何畫？河海何歷？⑥鯀何所營？禹何所成？康回馮怒，墜何故以東南傾？⑦九州安錯？川谷何洿？東流不溢，孰知其故？⑧東西南北，其脩孰多？南北順墮，其衍幾何？⑨崑崙縣圃，其尻安在？增城〔七〕九重，其高幾里？⑩四方之門，其誰從焉？西北辟啓，何氣通焉？⑪日安不到，燭龍何照？羲和之未揚，若華何光？⑫何所冬暖？何所夏寒？焉有石林？何獸能言？⑬焉有龍虬，負熊以遊？⑭雄虺九首，儵忽焉在？何所不死，長人何守？⑮靡蓱九衢，枲華安居？靈蛇吞象，厥大何如？⑯黑水玄趾，三危安在？延年不死，壽何所止？⑰鯪魚何所？鬿堆焉處？羿焉彃日？烏焉解羽？⑱

①汩音骨。師，一作鯀。非是。或上句「不」字上有「鯀」字。尚，叶音常。曰，一作答。行，叶户郎反。鯀事見尚書。汩，治也。鴻，大水也。師，衆也。尚，舉也。僉，衆也。課，試也。○問鯀才不任治洪水，衆人何以舉之？堯知其不能，而衆人以爲無憂，堯何不且小試之，而遽行其説也？答曰：鯀之才可任治水，當時無過之者，故衆舉之。堯則固知其方命圮族，而不可用矣。四岳又請，姑且試之，故堯不得已而用之耳。

②鴟，處脂反。聽，叶平聲。○鴟龜事無所見，舊説謂鯀死爲鴟龜所食，鯀何以聽而不爭乎？

特以意言之耳。詳其文勢，與下文「應龍」相類，似謂鮌聽鴟龜曳銜之計而敗其事。然若且順彼之欲，未必不能成功，舜何以遽刑之乎？然若此類無稽之談，亦無足答矣。

③一無「山」字。施，叶所加反。又如字，一作弛。腹，一作愎，筆力反。「何」下一有「故」字。化，叶虎瓜反，又音麾。○永，長也。遏，猶禁止也。羽山，在東海中。施，謂刑殺之也。左傳曰：「乃施邢侯。」此問鮌功不成，何但囚之羽山，而不施以刑乎？禹，鮌子也。腹，懷抱也。詩曰：「出入腹我。」○此又問禹自少小習見鮌之所爲，何以能變化而有聖德乎？答曰：舜之四罪，皆未嘗殺也。程子以爲書云「殛死」，猶言貶死耳。蓋聖人用刑之寬例如此，非獨於鮌爲然也。若禹之聖德，則其所禀於天者，清明而純粹，豈習於不善而能變乎？

④纂，作管反。緒音叙。○纂，集也。緒，絲耑也。○此問禹能纂代鮌之遺業，而成父功。何繼續其業，而謀乃不同如此乎？答曰：鮌、禹治水之不同，事見洪範。蓋鮌不順五行之性，築堤以障順下之水，故無成。禹則順水之性，而導之使下，故有功。書所謂「決九川，距四海，濬畎澮距川。」孟子所謂「禹之行水，得水之道，而行其所無事」是也。程子曰：「今河北有鮌隄，而無禹隄。」亦其一證也。

⑤泉，當作淵，唐本避諱而改之也。寘與填同。則，一作州。墳，叶敷連反。一作濆，非是。○洪泉，即洪水。九則，謂九州之界，如上所謂「圜則」也。墳，土之高者也。○此問洪水汎濫，禹何用寘塞而平之？九州之域，何以出其土而高之乎？答曰：禹之治水，行之而已，

無事於窴也。水既下流，則平土自高，而可宫可田矣。若曰必窴之而后平，則是使禹復爲鮌，而父子爲戮矣。柳子對曰：「行鴻下隤，厥丘乃降。烏填絶淵，然後夷于土？」此言是也。

⑥一作「河海應龍何畫何歷」，失韻，非是。畫音獲。歷，叶音勒。○有鱗曰蛟龍，有翼曰應龍。歷，過也。山海經曰：「禹治水有應龍以尾畫地。」即水泉流通，禹因而治之也。柳子對曰：「胡聖爲不足，反謀龍知，畚鍤究勤，而欺畫厥尾。」此言得之矣。

⑦憑，皮膺反。墜，一作地，一無「以」字。○鮌、禹事已見上六章，此不復答。舊説：康回，共工名也。馮，盛滿也。列子曰：「共工氏與顓頊爭爲帝，怒而觸不周之山，折天柱，絶地維，故天傾西北，日月星辰就焉。地不滿東南，百川水潦歸焉。」此亦無稽之言，不答可也。

⑧安，一作何。錯，七故反。洿音户。舊音烏，非是。○錯，置也。洿，深也。水注海曰川，注川曰溪，注溪曰谷。○此章三問，今答之曰：九州所錯，天地之中也。川谷之洿，衆流之會也。不溢之故，則列子曰：「渤海之東，不知幾億萬里，有大壑焉，實惟無底之谷，名曰歸墟。八紘九野之水，天漢之流，莫不注之，而無增無減焉。」莊子曰：「天下之水，莫大於海，萬川歸之，不知何時止而不盈。尾閭泄之，不知何時已而不虚。」柳子曰：「東窮歸墟，又環西盈。脉穴土區，而濁濁清清。墳壚燴疏，滲渴而升。充融有餘，泄漏復行。器運漱漱，又何溢焉。」三子之言，遞相祖述，而柳又明歸墟之泄，非出之天地之外也。但水入於東，而復

繞於西，又滲縮而升，乃復出於高原，而下流於東耳。此其説亦近似矣。然以理驗之，則天地之化，往者消而來者息，非以往者之消，復爲來者之息也。水流東極，氣盡而散，如沃焦釜，無有遺餘，故歸墟、尾閭，亦有沃焦之號。非如未盡之水，山澤通氣而流注不窮也。

⑨墮，一作隋，一作墮，音妥。又，徒禾反。○脩，長也。墮，狹而長也。衍，餘也。○此問四方長短若何，若謂南北狹長，則其長處所餘又計多少也？答曰：地之形量，固當有窮。但既非人力所能遍歷，筭術所能推知，而書傳臆説，又不足信。唯靈憲所言，八極之廣，原於歷筭，若有據依，然非專言地之廣狹也。柳對直謂「其極無方」，則又過矣。

⑩縣音玄，一作玄，非是。尻與居同。在，見上。○崑崙、縣圃，見騷經。崑崙，據水經在西域，一名阿耨達山，河水所出。非妄言也。但縣圃、增城，高廣之度，諸怪妄説，不可信耳。

⑪辟與闢同。一作闢，一作開。○補注引淮南子説，崑崙虛旁門有數，其西北隅開門以納不周之風。今不敢信。

⑫照，叶之告〔八〕反。揚，一作陽。○舊注以爲天之西北，幽冥無日之國，有龍銜燭而照之。其有日處，日未出時，又有若木赤華而照地也。夫日光彌天，其行匝地，固無不到之處。此章所問，尤是兒戲之談，不足答也。

⑬答曰：南方日近而陽盛，故多熱。北方日遠而陰盛，故多寒。今以越之南、燕之北觀之，已自可驗。則愈遠愈偏，而有冬暖、夏寒之所，不足怪矣。石林，未詳。禮曰：「猩猩能言，不

離禽獸。」今南方山中有之。

⑭虬，或在龍字上，以韻叶之，非是。虬，見上。餘未詳。

⑮虺，許諱反。儵與倏同。在，叶音紫。死，一作老。此以首叶守，以在叶死，作老非是。○虺，蛇屬。爾雅云：「博三寸，首大如擘。」儵忽，急疾皃。招魂説「南方之害，雄虺九首，往來儵忽」。正謂此也。不死之人，則山海經、淮南子婁言之，固未可信。然俗傳山中有人，年老不死，子孫藏之雞窠之中者，亦或有之，不足恠也。長人，則國語所謂「防風氏守封禺之山」者，山今在湖州武康縣。

⑯蓱，一作苹。枲，相里反。靈，一作一。大，一作骨。○靡蓱，未詳何物。九衢，言其枝九出耳。山海經有「四衢」、「五衢」之語是也。枲，麻之有子者。山海經云：「浮山有草，其葉如枲。」又云：「南海内有巴蛇，身長百尋，其色青黄赤黑，食象，三歲而出其骨。」注云：「南方蚺蛇，亦吞鹿，消盡，乃自絞於樹，腹中骨皆穿鱗甲間出。」亦此類也。

⑰趾，一作沚，一作阯。在，見上。○黑水、三危皆見禹貢。玄趾，未詳。素問曰：「真人壽敝天地，無有終時。至人益其壽命而強，亦歸於真人。聖人形體不敝，精神不散，亦可以百數。」

⑱鯪音陵，一作陵。鬿音祈。堆，多回反。彈，一作斃。説文云：「彈，射也。」音畢。作「彈」者，字誤也。烏，柳云當作「鳥」。○鯪魚，鯉也。一云：陵鯉也，有四足，形似鼉而短小，

出南方。山海經曰：「西海中近列姑射山，有陵魚，人面，人手，魚身見則風濤起。北號山有鳥，狀如鷄，而白首鼠足，名曰鬿雀，食人。」彈，射也。淮南言：「堯時十日並出，草木焦枯。堯命羿仰射十日，中其九日。日中九烏皆死，墮其羽翼，故留其一日也。」春秋元命苞：「三足烏者，陽精也。」柳云：「山海經曰：『大澤方千里，羣鳥之所生及所解。』穆天子傳曰：『北至曠原之野，飛鳥之所解其羽。』」舊說非是。按：今唯陵鯉，人所共識，其餘則有無不可知。而彈日之說，尤怪妄不足辨。解羽如柳說，則別是一事。然如舊說爲「日中之烏」，而借「解羽」二字以問，於義亦通，顧亦無足辨耳。

禹之力獻功，降省下土方。①焉得彼嵞山女，而通之于台桑？②閔妃匹合，厥身是繼。胡爲嗜不同味，而快鼂飽〔九〕？③啓代益作后，卒然離蠥。何啓惟憂，而能拘是達？④皆歸䠶籥，而無害厥躬。何后益作革，而禹播降？⑤啓棘賓商，九辯九歌。何勤子屠母，而死分竟地？⑥帝降夷羿，革孽夏民。胡䠶夫河伯，而妻彼雒嬪？⑦馮珧利決，封狶是䠶。何獻蒸肉之膏，而后帝不若？⑧浞娶純狐，眩妻爰謀。何羿之䠶革，而交吞揆之？⑨阻窮西征，巖何越焉？化爲黃熊，巫何活焉？⑩咸播秬黍，莆雚是營。何由并投，而鮌疾脩盈？⑪白蜺嬰茀，胡爲此堂？安得夫良藥，不能固臧？

天式從横，陽離爰死。大鳥何鳴？夫焉喪厥體？⑫蓱號起雨，何以興之？撰體脅鹿，何以膺之？⑬鼇戴山抃，何以安之？釋舟陵行，何以遷之？⑭惟澆在户，何求于嫂？何少康逐犬，而顛隕厥首？女歧縫裳，而館同爰止。何顛易厥首，而親以逢殆？⑮湯謀易旅，何以厚之？覆舟斟尋，何道取之？⑯桀伐蒙山，何所得焉？妹嬉何肆，湯何殛焉？⑰

①句絶。

②功，叶音光。「土」下或有「四」字。洪云：「或并無『四方』二字。」今按：下土方，蓋用商頌語，「四」字之衍明甚。然若并無二字，則又無韻矣。焉，一作安。二「之」字在「山」字下。嵞，一作涂，音塗。○此問禹以勤力獻進其功，堯因使省下土四方。當此之時，焉得彼嵞山氏之女，而通夫婦之道於台桑之地乎？書曰：「取于塗山，辛壬癸甲。」塗山在壽春東北濠州也。吕氏春秋曰：「禹娶塗山氏女，不以私害公。自辛至甲四日，復往治水。」

③一本「嗜」下有「欲」字。一本「快」下有「一」字。一本爲作維，不作欲。鼂，一作晁，一作朝，並直驕反。飽與繼叶，疑有備音。○閔，憂也。言禹所以憂無妃匹者，欲爲身立繼嗣也。下二句未詳。

④蠥，一作孽，一作嶭，並魚列反。○益，禹賢臣也。作，爲也。后，君也。離，遭也。蠥，憂也。舊説禹以天下禪益，天下皆去益而歸啓，是「代益作后」也。於是有扈不服，啓遂與之大戰於甘，故曰「離蠥」。問啓何以能思惟所憂〔一〇〕，而能代益伐扈，以達拘執之嫌乎？舊説如此，未知是否，不敢答也。

⑤䠶，一作射。籥，一作鞠，音菊。降，叶胡攻反。○此章之義未詳。

⑥歌，叶巨依反。地，叶音低，一作墬。○棘賓商，未詳。九辯、九歌，已見騷經。竊疑棘當作夢，商當作天，以篆文相似而誤也。蓋其意本謂啓夢上賓於天，而得帝樂以歸。如列子、史記所言，周穆王、秦穆公、趙簡子夢之帝所，而聞鈞天廣樂，九奏萬舞之類耳。屠母，疑亦謂淮南所説，禹治水時，自化爲熊，以通轘轅之道。塗山氏見之而慙，遂化爲石。時方孕啓。禹曰：「歸我子。」於是石破北方而啓生。其石在嵩山，見漢書注。竟地，即化石也。此皆怪妄不足論，但恐其文義當如此耳。

⑦「胡」下一有「羿」字，非是。䠶，一作射，食亦反。下同。妻，七計反。○帝，天帝也。夷羿，諸侯，弑夏后相者也。革，更也。孽，憂也。言變更夏道，爲萬民憂患。傳曰：「河伯化爲白龍，遊於水傍，羿見射之，眇其左目。羿又夢與雒水神宓妃交。」亦妄言也。

⑧馮音憑。珧音遥。豨，虚豈反。䠶，叶時若反。蒸，一作烝。○馮，滿也，言引滿也。珧，弓名也。爾雅：「弓以蜃者謂之珧。」珧，蜃甲也。射禮有「決」，注云：「決，猶闓也。以象骨

爲之，著右大擘指，以鈎弦闓體也。」后帝，天帝也。若，順也。言羿獵射封豨，以其肉膏祭天帝，天帝猶不順羿之所爲也。柳子對曰：「夸夫快殺，鼎豨以慮飽。馨膏腴帝，叛德恣力。胡肥台舌喉，而濫厥福。」

⑨浞，仕角反。謀，叶謨悲反。一無「革」字。○寒浞，見騷經。眩，惑也。爰，於也。言浞娶於純狐氏女，眩惑愛之，遂與浞謀殺羿也。躲革，禮所謂「貫革之射」，左傳所謂「蹲甲而射之，徹七札焉」者，言有力也。吞，滅也。揆，謀度也。言何羿之射藝勇力，而其衆乃交進而吞謀之乎？此即騷經所謂「淫遊佚畋」，而「亂流鮮終」者也。

⑩「化」下一有「而」字。○此章似又言鮌事。然羽山東裔，而此云「西征」，已不可曉。或謂越巖墮死，亦無明文。左傳言「鮌化爲黄熊」，國語作「黄能」。按：熊，獸名。能，三足鼈也。説者曰：獸非入水之物，故是鼈也。説文又云：「能，熊屬。足似鹿。」蓋不可曉。或云：東海人祭禹廟，不用熊肉〔一〕及鼈爲膳，豈鮌化爲二物乎？

⑪秬音巨。莆，一作黄。雚音丸，一作藿。○秬黍，黑黍也。説文：「黍，禾屬而黏也。」莆，疑即蒲字。蒲，水草，可以作席。雚，萑也，與萑同。左氏曰「萑苻之澤」是也。餘未詳。

⑫茀音拂。「得」下一有「失」字。從，即容反。喪，息浪〔二〕反。○舊注引列仙傳云：「崔文子學仙於王子僑，子僑化爲白蜺，而嬰茀持藥與之。文子驚怪，引戈擊蜺，因〔三〕墮其藥。俯而視之，子僑之尸也。須臾化爲大鳥，飛鳴而去。」事極鄙妄，不足復〔四〕論。

⑬蓱，一作荓，一作萍，音瓶。號，胡刀反。撰，雛免反。脅，虚業反。「體」下一有「協」字，而「鹿」字屬下句。又無「以」字。一作「何鹿以膺之」。〇舊説：蓱〔一五〕蓱翳，雨師名也。號，呼也。興，起也。又言天撰十二神鹿，一身八足，兩頭，獨何膺受此形體乎？此章大氐荒誕無説，今亦不論。

⑭鼇音敖。戴，一作載。抃音卞，一作拚。安，叶一先反。〇鼇，大龜也。擊手曰抃。舊注引列仙傳曰：「有巨靈之龜，背負蓬萊之山而抃舞。」事亦見列子。下二句未詳。

⑮澆，五吊反。嫂，叶音叟。「易」上一有「隕」字。殆，叶當以反，上一有「天」字，一有「大」字。〇澆，浞之子也。舊説澆無義，淫佚其嫂。往至其户，佯有所求，因與淫亂。夏少康因獵放犬逐獸，遂襲殺澆而斷其頭。顛，倒也。隕，墜也。女歧，澆嫂也。言女歧與澆淫佚，爲之縫裳，於是共舍而宿止。少康夜襲，得女歧頭，以爲澆，因斷之，故言「易首」。不知何據。

⑯斟，職深反。取，此苟反。〇湯與上句過澆、下句斟尋事不相涉。疑本康字之誤，謂少康也。斟尋，國名也。杜預云：「斟灌、斟尋，夏同姓諸侯。相失國，依於二斟，爲澆所滅，其子少康爲虞庖正，有田一成，有衆一旅，遂滅過澆，祀夏配天，不失舊物也。」旅，謂一旅五百人也。覆舟，言夏后相已傾覆於斟尋之國，今少康以何道而能復取〔一六〕澆乎？

⑰得，叶徒力反。妺音末，一作末。嬉音喜，一作喜。殛，一作極。〇桀伐蒙山之國而得妺嬉，因此肆其情意，故爲湯所殛，放之南巢也。

舜閔在家，父何以鱞〔一七〕？堯不姚告，二女何親？①厥萌在初，何所意焉？璜臺十成，誰所極焉？②登立爲帝，孰道尚之？女媧有體，孰制匠之？③舜服厥弟，終然爲害。何肆犬豕，而厥身不危敗？④吴獲迄古，南嶽是止。孰期去斯，得兩男子？⑤緣鵠飾玉，后帝是饗。何承謀夏桀，終以滅喪？⑥帝乃降觀，下逢伊摯。何條放致罰，而黎服大悦？⑦簡狄在臺嚳何宜？玄鳥致貽女何喜？⑧該秉季德，厥父是臧。胡終弊于有扈，牧夫牛羊？⑨干協時舞，何以懷之？平脅曼膚，何以肥之？⑩有扈牧豎，云何而逢？擊牀先出，其命何從？⑪恒秉季德，焉得夫朴牛？何往營班禄，不但還來？⑫昏微遵迹，有狄不寧。何繁鳥萃棘，負子肆情？⑬眩弟並淫，危害厥兄。何變化以作詐，而後嗣逢長？⑭成湯〔一八〕東巡，有莘爰極。何乞彼小臣，而吉妃是得？⑮水濱之木，得彼小子。夫何惡之，媵有莘之婦？⑯湯出重泉，夫何辠尤？不勝心伐帝，夫誰使挑之？⑰

①鱞，古頑反，叶音矜。○閔，憂也。無妻曰鱞。姚，舜姓也。問舜孝如此，父何以不爲娶乎？堯妻舜而不告其父母，二女何自而與之相親乎？程子曰：「舜不告而娶，固不可。堯命瞽使舜娶，舜雖不告，堯固告之爾。堯之告也，以君治之而已。」

② 意，古「億」字，亦作億。璜音黃。○億，度也。論語曰：「億則屢中。」璜，美玉也。成，重也。言賢者預見萌牙之端，而知其存亡，非虛億也。紂作象箸，而箕子嘆，預知象箸必有玉杯，玉杯必盛熊蹯、豹胎，如此必崇廣宮室。紂果作玉臺十重，糟丘酒池，以至於亡也。

③ 媧，古華反。匠，一作匹。非是。○舊説伏羲始畫八卦，脩行道德，萬民登以爲帝，誰開導而尊尚之乎？傳言：女媧人頭蛇身，一日七十化。其體如此，誰所制匠而圖之乎？上句無伏羲字，不可知。下句則怪甚，不足論矣。

④ 一作「何得肆其犬豕」。豕，一作體。○服，事也。言舜弟象施行無道，舜猶服而事之。然象終欲害舜，肆其犬豕之心，燒廩窴井。然舜爲天子，卒不誅象。何耶？説見下「眩弟」章。

⑤ 迄，許訖反。去，一作夫。○此章未詳。舊注云：兩男子，爲太伯、虞仲。未知是否。

⑥ 一無「夏」字。喪，去聲，一作䘮。○后帝，謂殷湯也。言伊尹始仕，因緣烹鵠鳥之羹，脩玉鼎以事湯。湯賢之，遂以爲相，承用其謀，以伐夏桀，終以滅桀也。此即孟子所辯「割烹要湯」之説，蓋戰國遊士謬妄之言也。

⑦ 乃，一作力，一作「之力」。摯，如字，即悦叶稅。摯音哲，即説音悦。○帝，謂湯也。摯，伊尹名也。條，鳴條也。黎，衆也。言湯觀風俗而逢伊尹，遂用其謀，伐桀於鳴條，而放之南巢。天下衆民，大喜悦也。致罰，即湯誥所謂「致天之罰」也。

⑧臺，叶徒其反。「臺」下或有「帝」字。嚳，苦篤反。貽，一作詒。喜，叶音嬉。一作嘉，音基。一作善，非是。○簡狄，帝嚳之妃也。玄鳥，燕也。貽，遺也。言簡狄侍帝嚳於臺上，有飛燕墮遺其卵，喜而吞之，因生契也。事見商頌。說見上「女歧」章。

⑨此章未詳，諸說亦異。補曰：「言啓兼秉禹之末德，而禹善之，授以天下。有扈以堯、舜與賢，禹獨與子，故伐啓。啓伐滅之，有扈遂爲牧豎也。」詳此「該」字，恐是啓字，字形相似也。但「牧夫牛羊」，未有據。而其文勢似啓反爲扈所弊，不可考也。

⑩懷，叶胡威反。平脅，一作受平。曼音萬。○干，盾也。協，合也。時，是也。言舜以干羽合是舞于兩階，何以懷有苗而格之也。下句未詳。舊說云：平脅曼膚，肥澤之皃。言紂爲無道，天下乖離，當懷憂癯瘦，何反肥盛若此乎？二事不相似，時相去又遠，未知其果然否。

⑪豎，臣庾反。命何，一作何所。○豎，童僕之未冠者。舊說有扈氏本牧豎之人耳，因何逢遇而得爲諸侯乎？啓攻有扈之時，親於其床上擊而殺之，其命何所從出乎？此亦無所據。而牧豎之說，又與上章相表裏，未詳其說。

⑫朴，匹角反。一云，平豆反，無「樸」音。牛，叶魚奇反。來，叶力之反。○舊說：朴，大也。言湯常能秉持契之末德，出獵得大牛之瑞。其往獵也，不但驅馳往來而已，還輒以所獲得禽獸，徧施祿惠於百姓也。此篇言「秉季德」者再，而其說不同如此。蓋本文已不可考，而

說者又妄解也。

⑬遵，一作循。有，一作佚。○舊說：人循闇微之道，爲戎狄之行者，不可以安其身。謂晉大夫解居父聘吴，過陳之墓門，見婦人負其子，欲與之淫佚。婦人則引詩刺之，曰：「墓門有棘，有鴞萃止。」言雖無人，棘上猶有鴞，汝獨不愧也？今詳其說，上二句迂曲難解，下事亦無所據。補引列女傳陳辯女事，又無「負子肆情」之意。要皆不足論也。

⑭害，一作虞。兄，叶虚良反。而，一在「嗣」字下。○眩弟，惑亂之弟也。問何象欲殺舜，變化作詐，而舜爲天子，反封象於有庳，使其後嗣子孫長爲諸侯乎？孟子云：「仁人之於弟，不藏怒，不宿怨。封之有庳，富貴之也。」知此，則知其說矣。

⑮莘，所巾反。得，叶徒力反。○有莘，國名。極，至也。小臣，謂伊尹也。言湯東巡，至於有莘，乞匄伊尹，因得吉善之妃，以爲内輔也。史記曰：「阿衡欲干湯而無由，乃爲有莘氏媵臣。」謂此也。然以孟子觀之，則爲此說者妄矣。

⑯一無「彼」字。惡，烏路反。婦，叶芳尾反。○舊說：小子，謂伊尹。媵，送也。言伊尹母姙娠，夢神女告之，曰：「臼竈生鼃，亟去無顧。」居無幾何，臼竈中生鼃，母去東走。顧視其邑，盡爲大水。母因溺死，化爲空桑之木。水乾之後，有小兒啼水涯，人取養之。既長大，有殊才。有莘惡其從木中出，因以送女。謬妄甚明，不必辨也。

⑰皋，古「罪」字。尤，叶于其反。挑，徒了反。○重泉，地名，在馮翊郡。史記所謂「夏臺」也。

言桀拘湯於此，而復出之。湯既得出，遂不勝衆人之心，而以伐桀，是誰使桀先拘湯，以挑之乎？

會鼂爭盟，何踐吾期？蒼鳥羣飛，孰使萃之？①列擊紂躬，叔旦不嘉。何親揆發，定周之命以咨嗟？授殷天下，其位安施？反成乃亡，其罪伊何？②爭遣伐器，何以行之？並驅擊翼，何以將之？③昭后成遊，南土爰底。厥利惟何，逢彼白雉？④穆王巧梅，夫何周流？環理天下，夫何索求？⑤妖夫曳衒，何號於市？周幽誰誅，焉〔一九〕得夫襃姒？⑥天命反側，何罰何佑？齊桓九合，卒然身殺。⑦彼王紂之躬，孰使亂惑？何惡輔弼，讒諂是服？⑧比干何逆，而抑沈之？雷開何順，而賜封之？⑨何聖人之一德，卒其異方？梅伯受醢，箕子詳狂。⑩稷維元子，帝何竺之？投之于冰上，鳥何燠之？⑪何馮弓挾矢，殊能將之？既驚帝切激，何逢長之？⑫伯昌号衰，秉鞭作牧。何令徹彼岐社，命有殷國？⑬遷藏就岐何能依？殷有惑婦何所譏？⑭受賜茲醢，西伯上告。何親就〔二〇〕上帝罰，殷之命以不救？⑮師望在肆昌何識？鼓刀揚聲后何喜？⑯武發殺殷何所悒？載尸集戰何所急？⑰伯林雉經，維其何故？何感天抑墜，夫誰畏懼？⑱皇天集命，惟何戒之？受禮天下，又使至代之？⑲初湯臣摯，後兹承輔。何卒官湯，尊食宗緒？⑳勳闔夢生，少離散亡。何壯武厲，能流厥嚴？㉑彭鏗斟雉帝何饗？受壽永多夫何長？㉒中央共牧后何怒？螽蛾微命力何固？㉓驚女采薇鹿何祐？北至回水萃何喜？㉔兄有噬犬弟何欲？易之以百兩卒無禄。㉕薄暮雷電歸何憂？厥嚴不奉帝何求？㉖伏匿穴處爰何云？荆勳作師夫何長？㉗悟過改更，我又何言？吳光爭國，久余是勝。㉘何環穿自閭社丘陵，爰出子文？㉙吾告堵敖以不長。㉚何試上自予，忠名彌彰？㉛

①會鼂爭盟，一作「會晁〔三一〕請盟」。音已見上。蒼，一作倉〔三二〕。○舊説：武王將伐紂，紂使膠鬲視武王師。膠鬲問曰：「欲以何日至殷？」武王曰：「以甲子日。」膠鬲還報紂。會天大雨，道難行，武王晝夜行。或諫曰：「雨甚，軍士苦之，請且休息。」武王曰：「吾許膠鬲以甲子日，至殷令報紂矣。吾甲子日不到，紂必殺之，吾故不敢休息，欲救賢者之死也。」遂以甲子日朝誅紂，不失期也。下二句不可曉。注云：「蒼鳥，鷹也。言將帥勇猛，如鷹鳥羣飛，惟武王能聚之。詩曰『惟師尚父，時惟鷹揚』是也。」未知是否。

②列，一作到。非是。躬，一作射。非是。一無「何」字。定，一作足，屬上句。非是。一無「之」、「以」二字。施，叶所加反。若如字，即下何，叶音奚。乃，一作及。○叔旦，武王弟周

公也。嘉，善也。揆，度也，猶言帝度其心。發，武王名。史記言，武王至紂死所，射之三發，以黄鉞斬其頭，懸之大白之旗。此所謂「列擊紂躬」也。然未見周公不喜與其咨嗟以揆武王、使定周命之事，蓋當時猶有其傳，而今失之也。此問周公既不喜列擊紂躬，何爲又教武王使定周命乎？蓋周公但不喜親斬紂頭之事耳，固未嘗不欲定周之命而王天下，以傳子孫也。後四句不可曉，似謂天既授殷以天下，而今亡之，使其位何所施耶？蓋唯反其所以成者，是以至於滅亡，而其爲罪果何事耶？但語意太簡，未有以見其必然耳。

③行，叶户郎反。○爭遣伐器，謂泰誓言「羣后以師畢會」也。並驅擊翼，謂六韜曰「翼其兩旁，疾擊其後」。言武王之軍，人人樂戰，並驅而進也。問此二者，何以使其然耶？

④底，昔止反。○昭后，成王孫昭王瑕也。成，猶遂也。底，至也。昭王南游至楚，楚人鑿其船而沈之，遂不還也。杜預云：「昭王南巡狩，涉漢，船壞而溺。」二説不同，未知孰是。白雉事，無所見。舊注謂周公時，越裳氏嘗獻之，昭王德不能致，而欲親往逢迎之。亦恐未必然也。

⑤挴，芒改反，字從手。或從木，或從玉者，皆非也。「周」上一有〔三〕「爲」字。○方言云：「挴，貪也。」賈生所謂「品庶每生」是也。巧梅，言巧於貪求也。史記曰：「周穆王得驥、温驪、驊騮、騄耳之駟，西巡狩，樂而忘歸。徐偃王作亂，造父爲穆王御，長驅歸周以救亂。」環，旋也。左傳云：「穆王欲肆其心，周行天下，將必有車轍馬迹焉。祭公謀父作祈招之

詩，以止王心。王是以獲没於祗宫。」

⑥ 衒，熒絹反。○褒姒，周幽王之嬖妾也。昔夏后氏之衰也，有二龍止於夏庭，而言曰：「余，褒之二君也。」夏后布幣，糈而告之。龍亡，而漦在，櫝而藏之。傳三代，莫敢發。至厲王末，發而觀之，漦流于庭，化爲玄黿，入王後宫。後宫處妾遇之而孕，無夫而生女，懼而弃之。先時，有童謡曰：「檿弧箕服，寔亡周國。」後有夫婦相牽引，行賣是器於市者，以爲妖怪，執而戮之，夜得亡去。聞所弃女啼聲，哀而收之，遂奔褒。褒人後有罪，乃入此女以贖罪，是爲褒姒。幽王惑而愛之，爲廢申后及太子宜臼，而立以爲后，遂爲申侯、犬戎所殺也。

⑦ 佑，叶于忌反。合，一作會。殺音弑，一作弑〔二四〕。○反側，言無常也。九、糾通用。卒，終也。齊桓公任管仲，九合諸侯，一正天下。任豎刀、易牙，諸子相攻，而死不得斂。虫流出户，與見殺無異。一人之身，一善一惡，天命反側，罰佑不常，皆其所自取也。

⑧ 諂，一作讇。服，叶蒲北反。○惑紂者，内則妲己，外則飛廉、惡來之徒也。服，事也。言紂憎輔弼，不用忠直之言，而專用讒諂之人也。

⑨ 何，一作巧。非是。封，叶孚音反。之，一作金。○此言紂之惡輔弼而用讒諂也。比干，紂諸父也。諫紂，紂怒，乃殺之，而剖其心。雷開，佞人也。阿順於紂，乃賜之金玉，而封爵之也。

⑩ 梅音浼。詳音佯，一作佯。○方，術也。梅伯，紂諸侯也。忠直而數諫紂，紂怒，乃殺之，葅

醢其身。箕子見之，欲去不忍，遂被髮詳狂而爲奴。二人德同而術異也。

⑪竺，一作篤。燠音郁。一作懊，非是。一無句下二「之」字。○元，大也。稷，帝嚳之子弃也。帝，即嚳也。竺義未詳。或曰厚也，或曰篤也，皆未安。稷事見詩大雅及史記，曰：后稷，名弃，其母有邰氏曰姜嫄，爲帝嚳元妃。出野，見巨人跡，説而踐之，遂身動如孕者。居期而生子。姜嫄以無父而生，弃之於冰上。有鳥以翼覆薦温之。以爲神，乃取而養之。詩曰：「先生如達。」是首生之子也，故曰元子。既是元子，則帝當愛之矣，何爲而竺之也？弃之冰上，則人惡之矣，鳥何爲而燠之也？以此言之，則「竺」字當爲「天祝予」之「祝」，或爲「夭夭是椓」之椓，以聲近而訛耳。

⑫挾，一作接。驚，一作敬。切，一作功。○馮，引弓持滿也。其它文多不可曉。注以爲后稷，補以爲武王。未知孰是，今姑闕之。

⑬号，一作號。○伯昌，謂周文王。始爲西伯而名昌也。号衰，号令於殷世衰微之際也。秉鞭，策牧者之事也。言服事殷，而爲之執鞭以作六州之牧也。徹，通也。岐社，太王所立岐周之社也。武王既有殷國，遂通岐周之社於天下，以爲太社，猶漢初令民立漢社稷也。

⑭言太王始以百姓徙其寶藏，來就岐下。問何能使其民依倚而隨之？惑婦，謂妲己也。問有何事可譏乎？

⑮告，叶古后反。「帝」下一有「之」字。○西伯，文王也。言紂醢梅伯以賜諸侯，文王受之，以

祭告語於上帝。帝乃親致紂之罪罰，故殷之命不復可救也。

⑯識與志同。喜，叶許寄反。○師望，太師吕望，謂太公也。昌，文王也。言太公在市肆而屠，文王何以識知之乎？后，亦謂文王也。吕望鼓刀在列肆，文王親往問之，吕望對曰：「下屠屠牛，上屠屠國。」文王喜，載以俱歸。此問何但聞其鼓刀之聲，而親往問之乎？然此與獵於渭濱而得太公之説不同。蓋當時好事者之言，猶伊尹負鼎、百里自鬻之比。惜乎孟子時無問者，不得并掊擊之也。然則其問，亦不足答矣。

⑰悒音邑。○言武王發欲誅殷紂，何所悁悒而不能久忍？遂載文王之柩於軍中以會戰，何所急而然也？此亦當時傳聞之語，故爲伯夷扣馬之詞，亦有「父死不葬」之云，與此皆誤也。

⑱一無「何」字。墜，已見上。○舊注以此爲晉太子申生之事。未知是否。

⑲言皇天集禄命以與王者，何不常有以戒之，而使至於危亡乎？王者既受天之禮命而王天下，天又何爲使它姓代之乎？其警戒之意，至深切矣。

⑳卒，一作萃。○言湯初舉伊尹以爲凡臣耳，後知其賢，乃以備疑丞輔翼也。官，如「官卿」之官，言終使湯爲天子，尊其先祖，以王者禮樂祭祀，緒業流於子孫也。

㉑嚴，叶五郎反。詩殷武篇有此例。○勳，功也。闔，吴王闔廬也。夢，闔廬祖父壽夢。壽夢卒，太子諸樊立。諸樊卒，傳弟餘祭。餘祭卒，傳弟夷末。夷末卒，當傳弟札。札不受，夷

末之子王僚立。闔廬，諸樊之長子，次不得爲王。少離散亡，放在外也。乃使專諸刺王僚，代爲吴王。以伍子胥爲將，破楚入郢，是能壯其猛厲勇武，而流其威也。

㉒饗，叶虚良反。「長」上一有「久」字。○彭鏗，彭祖也。舊説：鏗好和滋味，進雉羹於堯，堯饗之，而錫以壽考，至八百歲。莊子以爲「上及有虞，下及五伯」是也。但此本謂上帝，已爲妄説。而舊注以爲堯，又妄之尤也。

㉓牧，一作收，一作枚。蠭音峯，一作蠭。一作蜂，非是。蛾，古「蟻」字，一作蟻。○此章之義未詳，當闕。

㉔祐，叶于忌反。○此章未詳，亦當闕。

㉕噬音筮。兩音亮。○舊注以此爲秦公子鍼之事。然與左傳不同，未知是否。

㉖此下皆不可曉。今闕其義。

㉗「長」下一有「先」字，非是。自此至篇終，皆隔句叶韻。

㉘悟，一作寤。更音庚。一無「我」字。非是。言，叶音銀。勝，叶音商。○吴光，即闔廬也。

㉙「環穿自閭社丘陵」七字，一作「環閭穿社以及丘陵是淫是蕩」十二字。○子文，楚令尹鬭穀於菟也。左傳曰：「若敖娶於䢵，生鬭伯比。若敖卒，從其母畜於䢵，淫於䢵子之女，生穀於菟，實爲令尹子文。」夫子稱其忠，事見論語。它則不可曉矣。

㉚楚人謂未成君而死者曰敖。堵敖者，楚文王子、成王兄也。

㉛ 試，一作譏。予音與，一作與。彰，一作章。

【校記】

〔一〕巧，原作「好」，據端平本改。
〔二〕靜極復動，原無此四字，據端平本補。
〔三〕作，原作「化」，據端平本改。
〔四〕辰，原作「宿」，據端平本改。
〔五〕得，原作「復」，據端平本改。
〔六〕闢，原作「開」，據端平本改。
〔七〕城，原作「成」，據端平本改。
〔八〕告，原作「芒」，據端平本改。
〔九〕飽，原作「鮑」，據端平本改。
〔一〇〕憂，原無此字，據端平本補。
〔一一〕肉，原作「白」，據補注改。
〔一二〕浪，原作「亂」，據端平本改。
〔一三〕因，原作「月」，據端平本改。

〔一四〕足復，原作「復足」，據端平本乙。
〔一五〕荓，原無此字，據端平本補。
〔一六〕取，原無此字，據端平本改。
〔一七〕鱞，原作「嬛」，據端平本改。
〔一八〕湯，原作「康」，據端平本改。
〔一九〕焉，原無此字，據端平本補。
〔二〇〕就，原作「受」，據端平本改。
〔二一〕晁，原作「見」，據端平本改。
〔二二〕倉，原作「會」，據端平本改。
〔二三〕一有，原作「有一」，據端平本乙。
〔二四〕一作弑，原無此三字，據端平本補。

楚辭卷第四

朱熹集注

九章第四

九章者，屈原之所作也。屈原既放，思君念國，隨事感觸，輒形於聲。後人輯之，得其九章，合爲一卷，非必出於一時之言也。今考其詞，大氐多直致無潤色，而惜往日、悲回風又其臨絶之音，以故顛倒重複，倔強踈鹵，尤憤懣而極悲哀，讀之使人太息流涕而不能已。董子有言：「爲人君者不可以不知春秋，前有讒而不見，後有賊而不知。」嗚呼，豈獨春秋也哉！

惜誦以致愍兮，發憤以抒情。所非忠而言之兮，指蒼天以爲正。①令五帝以折中兮，戒六神與嚮服。俾山川以備御兮，命咎繇使聽直。②竭忠誠而事君兮，反離羣而贅肬。忘儇媚以背衆兮，待明君其知之。③言與行其可迹兮，情與皃其不變。故相臣莫若君兮，所以證之不遠。④吾誼先君而後身兮，羌衆人之所仇也。專惟君而無他兮，又衆兆之所讎也。⑤壹心而不豫兮，羌不可保也。疾親君而無他兮，有招禍之道也。⑥思君其莫我忠兮，忽忘身之賤貧。事君而不貳兮，迷不知寵之門。⑦忠何辠以遇罰兮，亦非余之所志也。行不羣以顛越兮，又衆兆之所咍也。⑧紛逢尤以離謗兮，謇不可釋也。情沈抑而不達兮，又蔽而莫之白也。⑨心鬱悒余侘傺兮，又莫察余之中情。固煩言不可結而詒兮，願陳志而無路。⑩退靜默而莫余知兮，進號呼又莫余聞。申侘傺之煩惑兮，中悶瞀之忳忳。⑪

①愍音敏。一作慜〔一〕，非是。抒，從手，上與、丈呂二反。一作紓，亦通。非，一作作。「忠」下一有「心」字。皆非是。正，叶音征。○惜者，愛而有忍之意。誦，言也。致，極也。愍，憂也。憤，懣也。抒，挹而出之也。所者，誓詞，猶所謂「所不與舅氏同心」、「所不與崔慶者」之類也。蒼，天之色也。正，平也。猶言「有如白水」、「有如上帝」之類也。言始者愛惜其言，忍而不發，以致極其憂愍之心，至於不得已，而後發憤懣以抒其情，則又從而誓之曰：「所我之言，有非出於中心而敢言之於口，則願蒼天平己之罪而降之罰也。」

②令音零。折，從手，之舌反。一作拆，非。中，陟仲反。與，一作以。服，叶蒲北反。命，一

作會。使，一作以。○此皆指天自誓之詞。欲使上天命此衆神，察其是非，若曰：司謹司盟，名山大川，羣神羣祀，先王先公也。五帝，五方之帝，以五色爲號者，太一之佐也。折中，謂事理有不同者，執其兩端而折其中，若史記所謂「六藝折中於夫子」是也。六神：日、月、星、水旱、四時、寒暑也。嚮，對也。服，服罪之詞。書所謂「五刑有服」者也。山川，名山大川之神也。御，侍也。咎繇，舜士師，能明五刑者也。聽直，聽其詞之曲直也。

③「君兮」之間一有「子」字。非是。贅，之芮反。肬音尤。一作尤，叶于其反。儇，許緣反。背音佩。一無「明」字，一無「君」字，皆非是。○贅尤，肉外之餘肉，莊子所謂「附贅懸肬[二]」者是也。儇，輕利也。媚，柔佞也。言盡忠以事君，反爲不盡忠者所擯弃，視之如肉外之餘肉。然吾寧忘儇媚之態，以與衆違，其所恃者，獨待明君之知耳。

④行，下孟反。相，息亮反。「之」下一有「而」字，非是。○言人臣之言行既可蹤[三]跡，内情外皃又難變匿，而人君日以其身親與之接，宜其最能察夫忠邪之辨。蓋其所以驗之，不在於遠也。左傳曰：「知子莫若父，知臣莫若君。」此之謂也。

⑤「羌」下一有「然」字。非是。一無二「也」字。兆，一作人。○誼與義同。怨耦曰仇。惟，思念也。百萬曰兆。讎，謂怨之當報者。

⑥疾，一作病。非是。○不豫，言果決不猶豫也。不可保，言君若不察，則必爲衆人所害也。疾，猶力也。與上文「專惟君」之語同。力於親君而無私交，固招禍之理也。

⑦忠，一作知。而，一作其。門，叶彌貧反。○言我思君，意常謂羣臣莫有忠於我者，則是貴近之臣，皆不能致其身矣，故忘己之賤貧，而欲自進以效其忠。然其進也，亦但知盡心以事君而已，固不懷貳以求寵也。是以視衆人之遇寵，而心若迷惑，不知其所從入之門也。

⑧辜，一作罪。以，一作而。余，一作吾。志，叶音之。一無二「也」字。行，下孟反。哈，呼來反，叶，呼其反。○哈，啁笑，楚語也。言無罪放逐，本非臣子夙心所期望，但以行不羣而至此，遂爲衆所笑耳。

⑨白，叶音彌。一無二「也」字。○紛，亂皃。尤，過也。謇，詞也。釋，解也。沈，没也。抑，按也。白，明辨之也。

⑩心，一作忳。侘傺者，義並已見騷經。中情，以韻叶之，當作「善惡」，而「惡」字，又當從去聲讀。由騷經一句差互，故此亦因之耳。固，一作故。「結」下一無「而」字。詒音怡。○煩言，謂煩亂之言。左傳曰「嘖有煩言」是也。騷經云「解佩纕以結言」，思美人曰「言不可結而詒」。疑古者以言寄意於人，必以物結而致之，如結繩之爲也。

⑪號音豪。中，一作心。二「心」上别有「中」字。瞀音茂。忳，徒昆反。○號，大呼也。申，重也。悶，煩也。瞀，亂也。忳忳，憂皃。

昔余夢登天兮，魂中道而無杭。吾使厲神占之兮，曰「有志極而無旁」。①終危獨以離異兮，曰「君可思而不可恃」。故衆口其鑠金兮，初若是而逢殆。②懲熱羹而吹韲兮，何不變此志也。欲釋階而登天兮，猶有曩之態也。③衆駭遽以離心兮，又何以爲此伴也。同極而異路兮，又何以爲此援也。④

①杭，一作航。〇杭，方兩舟而並濟也，通作航。厲神，蓋殤鬼也。左傳「晉侯夢大厲」，祭法有泰厲、公厲、族厲，主殺伐之神也。旁，輔也。言夢登天而無航者，其占爲但有心志勞極，而無輔助也。

②鑠，書藥反。殆，叶徒係反。〇終危獨以離異，果如始者，占夢者之言也。君可思者，臣子之義也。不可恃者，其明暗賢否，所遇有不同也。衆口鑠金，美金見毀，衆共疑之，數被燒煉以至銷鑠也。殆，危也。言初以君爲可恃，故被衆毀而遭危殆也。

③懲熱羹，一本「熱」作「於」，而「羹」下有「者」字。一本「有於熱者」，皆非是。一作「懲熱於羹」，而無「者」字，亦通。韲，一作虀，並音齎。「此」下一有「之」字。一無二「也」字。態，叶音替。〇韲，凡醯醬所和，細切爲韲，或曰：擣薑蒜辛物爲之者也。階，梯也。蓋羹熱而韲冷，有人歠羹而太熱，其心懲忢，後見冷韲，猶恐其熱而吹之。以喻常情既以忠直得罪，即痛自懲忢，過爲阿曲。而我今尚欲釋階而登天，則是不自懲忢，猶有前日忠直之

意也。

④一無「衆」字。援，于願反。一無二「也」字。○伴，侣也。極，至也。援，引也。言衆人見己所爲，皆驚駭違遽以離心，則無與己爲侣者矣。與衆人同事一君，而其志不同，則如同欲至於一處，而各行一路，誰可以相援引而俱進者耶？

晉申生之孝子兮，父信讒而不好。行婞直而不豫兮，鮌功用而不就。①吾聞作忠以造怨兮，忽謂之過言。九折臂而成醫兮，吾至今乃知其信然。②矰弋機而在上兮，罻羅張而在下。設張辟以娱君兮，願側身而無所。③欲儃佪以干傺兮，恐重患而離尤。欲高飛而遠集兮，君罔謂女何之。④欲横奔而失路兮，蓋堅志而不忍。背膺牉以交痛兮，心鬱結而紆軫。⑤擣木蘭以矯蕙兮，糳申椒以爲糧。播江離與滋菊兮，願春日以爲糗芳。⑥恐情質之不信兮，故重著以自明。撟兹媚以私處兮，願曾思而遠身。⑦

右惜誦⑧

①好，呼報反，叶呼闞反。○申生事見左傳、禮記。鮌事見騷經、天問篇。不豫，見上。

②成，一作爲。「爲」下有「良」字。一無「至」字。一無「信」字。○忽者，易而略之之意。人九

折臂，更歷方藥，乃成良醫。故吾於今乃知作忠造怨之語爲誠然也。左傳曰：「三折肱爲良醫。」亦此意也。

③矰，則增反。「矰」上一有「信」字。弋，一作隿。罻音尉。下，叶音户。辟，比亦反，又音臂。○矰，繳，射鳥短矢也。弋，繳射也。機，張機以待發也。罻羅，掩鳥網也。辟，開也，與闢同。或云：謂弩臂也。言讒賊之人陰設機械，張布開闢，傷害君之所惡，以悦君意。使人憂懼，雖欲側身以避之，而猶恐無其處也。

④儃，知然反。恐，丘用反。重，儲用反。○儃佪，不進皃。干傺，謂求住也。重，增益也。離，遭也。集，鳥飛而下止也。謂遠遁也如此，則又恐君得無謂：女欲去我而何往乎？

⑤一無「蓋」字。堅志，一作志堅。背音貝。胖音判。下一有「合」字。「膺」下一有「敷」字。結，一作約。○横奔失路，妄行違道之譬也。膺，匈也。胖，半分也。禮傳曰：「夫妻，胖合也。」言欲妄行違道，則吾志已堅而不忍爲。通上章，三者皆不可爲。則背匈一體而中分之，其交爲痛楚有不可言者矣。

⑥擣音禱，一作撟。糳，即各反。○擣，舂也。矯，猶糅也。糳，精細米也。播，種也。滋，見騷經。糗，糒也，乾飯屑也。春日新蔬未可食，即且以此爲糗，而又不忘其芳香，言不變其〔四〕素守也。

⑦質音致，一作志。重，直用反。撟，居表反。曾音增〔五〕。明，叶音芒。思，去聲。身，叶音

商。○質，猶「交質」之質。撟，舉也。媚，愛也。謂所愛之道、所守之節也。私處，猶曰自娛也。曾，重也。曾思，所以慮微。遠身，所以避害。

⑧此篇全用賦體，無它寄託。其言明切，最爲易曉。其言作忠造怨，遭讒畏罪之意，曲盡彼此之情狀。爲君臣者，皆不可以不察。

余幼好此奇服兮，年既老而不衰。帶長鋏之陸離兮，冠切雲之崔嵬。①被明月兮珮寶璐。世溷濁而莫余知兮，吾方高馳而不顧。駕青虬兮驂白螭，吾與重華遊兮瑤之圃。②登崑崙兮食玉英，吾與天地兮比壽，與日月兮齊光。哀南夷之莫吾知兮，旦余將濟乎江湘。③

①鋏，古挾反。冠，去聲。崔音摧。嵬，一作巍，並五回反。○奇服，奇偉之服，以喻高潔之行。下〔六〕冠劒被服，皆是也。衰，懈也。鋏，劒把。或曰：刀身劒鋒也。長鋏，見史記。切雲，當時高冠之名。

②璐音路。「知」下一無「兮」字。「顧」下一有「兮」字。皆非是。虬、螭，音義皆已見前篇。圃，叶去聲。○在背曰被。明月，珠名，以其夜光，有似明月，故以爲名。璐，美玉名。乘靈

物，從聖帝，遊寶所，皆見其志行之高遠。

③英，叶於姜反。「與」上一無「吾」字。比、齊，一並作同。一無「將」字。乎，一作於。〇登崑崙，言所至之高。食玉英，言所養之潔。南夷，謂楚俗也。

乘鄂渚而反顧兮，欸秋冬之緒風。步余馬兮山皋，邸余車兮方林。①乘舲船余上沅兮，齊吳榜而擊汰。船容與而不進兮，淹回水而凝滯。②朝發枉陼兮，夕宿辰陽。苟余心之端直兮，雖僻遠其何傷。③入漵浦余儃佪兮，迷不知吾所如。深林杳〔七〕以冥冥兮，乃猨狖之所居。④山峻高以蔽日兮，下幽晦以多雨。霰雪紛其無垠兮，雲霏霏其承宇。⑤哀吾生之無樂兮，幽獨處乎山中。吾不能變心以從俗兮，固將愁苦而終窮。⑥

①欸音哀。風，叶孚金反。邸，丁禮反，一作低。〇鄂渚，地名，今鄂州也。欸，嘆也。方言云：「南楚謂然爲欸。」史、漢「亞父曰唉」及唐人「欸乃」，皆此字也。邸，至也。一作低者，說見招魂「軒輬既低」下。方林，地名。

②舲音零，一作柃。上，時掌反。榜，北孟反，又音謗。汰音泰。凝，一作疑。滯，叶丑介反。

〇舲船，船有牕牖者。或曰：小船也。上，謂泝流而上也。齊，同時並舉也。吴，謂吴國。榜，櫂也。蓋效吴人所爲之櫂，如云「越舲蜀艇」也。汰，水波也。船不進而疑滯，留落之意，亦戀故都也。

③陼，一作渚。之，一作其。僻，一作辟。其，一作之。〇枉陼、辰陽，皆地名。水經云：「沅水東逕辰陽縣東南，合辰水。沅水又東歷小灣，謂之枉陼。」

④溆，徐吕反。儃佪，一作邅回。「吾」下一有「之」字。「杳」下一有複出「杳」字，一作晦。冥冥，一作冥寞。一無「乃」字，「晦」字以下，皆非是。猨狖，見前篇。〇溆浦，亦地名。

⑤「高」下「以」一作「而」。垠音銀。〇霰，雨凍如珠，將爲雪者也。宇，屋簷也。

⑥樂音洛。

接輿髡首兮，桑扈臝行。忠不必用兮，賢不必以。伍子逢殃兮，比干菹醢。①與前世而皆然兮，吾又何怨乎今之人。余將董道而不豫兮，固將重昏而終身。②

①髡音坤。臝，一作裸，並力果反。醢，叶呼彼反。〇接輿，楚狂也。被髮佯狂，後乃自髡。桑扈，即莊子所謂子桑扈。臝行，謂赤體而行也。或疑論語所謂子桑伯子，亦是此人。蓋

夫子稱其簡。家語又云：「伯子不衣冠而處，夫子譏其欲同人道於牛馬。」即此裸形之證也。以，亦用也。伍子，吴相伍員子胥也。諫夫差，令伐越，不聽，被殺，盛以鴟夷，而浮之江。事見左傳、史記。比干事，見騷經、天問。

② 董，正也。不豫，見惜誦。重昏，重複昏暗，終不復見光明也。

亂曰：鸞鳥鳳皇，日以遠兮。燕雀烏鵲，巢堂壇兮。①露申辛夷，死林薄兮。腥臊並御，芳不得薄兮。②陰陽易位，時不當兮。懷信侘傺，忽乎吾將行兮。③

右涉江④

① 壇，式衍反。○比也。言仁賢遠去，而讒佞見親也。

② 臊音騷。「得薄」之薄音博。○比也。露申，未詳。叢木曰林，草木交錯曰薄。腥臊，臭惡也。御，用也。薄，附也。言污賤並進，而芳潔不容也。

③ 一無「忽」字，非是。行，叶〔八〕户郎反。○比而賦也。陰，謂小人。陽，謂君子。將行，謂將遠去也。

④ 此篇多以「余」、「吾」並稱，詳其文意，余平而吾倨也。

皇天之不純命兮，何百姓之震愆。民離散而相失兮，方仲春而東遷。①去故鄉而就遠兮，遵江夏以流亡。出國門而軫懷兮，甲之鼂吾以行。②發郢都而去閭兮，怊荒忽其焉極。楫亝揚以容與兮，哀見君而不再得。③望長楸而太息兮，涕淫淫而若霰。過夏首而西浮兮，顧龍門而不見。④心嬋媛而傷懷兮，眇不知其所蹠。順風波而流從兮，焉洋洋而爲客。⑤淩陽侯之氾濫兮，忽翺翔之焉薄。心絓結而不解兮，思蹇産之不釋。⑥將運舟而下浮兮，上洞庭而下江。去終古之所居兮，今逍遥而來東。⑦羌靈魂之欲歸兮，何須臾而忘反。背夏浦而西思兮，哀故都之日遠。⑧登大墳以遠望兮，聊以舒吾憂心。哀州土之平樂兮，悲江介之遺風。⑨當陵陽之焉至兮，淼南渡之焉如？曾不知夏之爲丘兮，孰兩東門之可蕪？⑩心不怡之長久兮，憂與憂其相接。惟郢路之遼遠兮，江與夏之不可涉。⑪

①純，不雜而有常也。震，動也。愆，過也。仲春，二月，陰陽之中，沖和之氣，人民和樂之時也。屈原被放，時適會荒凶，人民離〔九〕散，而原亦在行中。閔其流離，因以自傷，無所歸咎，而嘆皇天之不純其命，不能福善禍淫，相協厥居，使之當此和樂之時，而遭離散之苦也。

②鼂，職夭反，一作晁。行，叶户郎反。〇遵，循也。江，大江也。夏，水名。或以爲自江而

別，以通于漢，還復入江，冬竭〔一〇〕夏流，故謂之夏。而其入江處，今名夏口。即詩所謂「江有汜」也。軫，痛也。甲，日也。朝，旦也。原自言其以甲日朝旦而行也。

③一無「都」字。一無「慆」字。其，一作之。一無「其」字。皆非是。○郢都，在漢南郡江陵縣。閭，里門也。亝揚，同舉也。容與，徘徊也。言鼓棹者亦不欲去，知己之戀戀於君也。

④楸音秋。太，一作嘆。○楸，梓也。長楸，所謂「故國之喬木」，使人顧望，徘徊不忍去也。淫淫，流皃。夏首，夏水口也。浮，不進之而自流也。龍門，楚都南關〔一一〕三門，一名龍門，一名脩門。回望而不見都門，則其悲愈甚矣。

⑤其，一作余。一無「其」字。蹠音隻，叶音灼。一作「宅」。焉，如字。客，叶康落反。○嬋媛，兩見前篇。眇，猶遠也。蹠，踐也。洋洋，無所歸皃。

⑥氾，孚梵反。焉，於虔反。薄音博。絓音畫。釋，叶時若反。○淩，乘也。陽侯，陽國之侯，溺死於水，其神能爲大波。氾濫，波皃。薄，止也。絓，懸也。蹇産，詰曲皃。

⑦江，叶音工。上，時掌反。下，遐稼反。○終古，亦兩見前篇。

⑧羌，一作嗟。○時未過夏浦也，故背之而回首，西鄉以思郢也。

⑨樂音洛。介，一作界。風，叶孚金反。○水中高者曰墳，詩「汝墳」是也。望，望郢都也。平樂，地寬博而人富饒也。介，間也。遺風，謂故家遺俗之善也。

⑩淼音眇。○陵陽，未詳。淼，滉瀁無涯也。於是始南渡大江矣。夏，大屋也。丘，荒墟也。

孰，誰也。兩東門，郢都東關有二門也。蕪，穢也。言楚王曾不知都邑宫殿之夏屋當爲丘墟，又不知兩東門亦先王所設以守國者，豈可使之至於蕪廢耶？襄〔二〕王二十一年，秦遂拔郢，而楚徙陳，不知在此後幾年也。

⑪與憂，一作與愁。其，一作之。○怡，樂也。憂憂相接，首尾如一，繼續無已也。

忽若去不信兮，至今九年而不復。慘鬱鬱而不通兮，蹇侘傺而含慼。①外承歡之汋約兮，諶荏弱而難持。忠湛湛而願進兮，妒被離而鄣之。②彼堯、舜之抗行兮，瞭杳杳其薄天。衆讒人之嫉妒兮，被以不慈之僞名。③憎愠惀之脩美兮，好夫人之忼慨。衆踥蹀而日進兮，美超遠而逾邁。④

①一無「去」字。或恐「去」字上下有脱誤。慼，叶七六反。○補注：「考原初被放，在懷王十六年。至十八年，復召用之。三十年，秦約懷王與會，原諫止之，不從，懷王遂死于秦。頃襄王立，復放屈原。」此云「九年不復」，不知的在何時也。

②汋音綽。諶，市林反。荏音稔。湛，徒感反。被音披，一作披。鄣音章。○汋約，好皃。諶，誠也。荏，亦弱也。湛湛，重厚皃。被離，衆盛皃。鄣，壅也。言小人外爲諛説，以奉君

之歡適，情態美好，誠使人心意軟弱而不能自持，是以懷忠而願進者，皆爲所嫉妬，而壅蔽不得進也。此章形容邪佞之態最爲精切，讀者宜深味之，則知佞人之所以殆，又信此語與孔聖之言，實相發明也。

③一無「彼」字。行，下孟反。瞭音了。一無「瞭」字，而作「杳冥冥」。薄音博。天，叶鐵因反。○堯、舜與賢而不與子，故有不慈之名。莊子曰：「堯不慈，舜不孝。」蓋戰國時流俗有此語也。

④慍，紆粉反。惀，力允反。好，呼報反。夫音扶。忼，苦〔一三〕朗反。慨，一作磕，苦蓋反。踥，思葉反。蹀音牒。○慍，心所緼積也。思求曉知謂之惀。忼慨，激昂之意。補曰：「君子之慍惀，若可鄙者。小人之忼慨，若可喜者。唯明者能察之。」踥蹀，行皃，亦謂讒佞之人日進於前，使人美而好之愈甚而無已也。

亂曰：曼余目以流觀兮，冀壹反之何時。鳥飛反故鄉兮，狐死必首丘。信非吾罪而棄逐兮，何日夜而忘之。①

右哀郢

①曼音萬。首，式救反。丘，叶音欺。○曼，遠意。鳥飛反故鄉，思舊巢也。首丘，謂以首枕丘而死，不忘其所自生也。禮曰：「大鳥獸喪其羣匹，越月踰時，則必反巡，過其故鄉。」又曰：「樂，樂其所自生。禮，不忘其本。古人有言曰：狐死正丘首，仁也。」忘，謂忘其故都也。

心鬱鬱之憂思兮，獨永歎乎增傷。思蹇產之不釋兮，曼遭夜之方長。①悲秋風之動容兮，何回極之浮浮。數惟蓀之多怒兮，傷余心之懮懮。②願遥起而横奔兮，覽民尤以自鎮。結微情以陳詞兮，矯以遺夫美人。③昔君與我成言兮，曰「黄昏以爲期」。羌中道而回畔兮，反既有此它志。④憍吾以其美好兮，覽余以其脩姱。與余言而不信兮，蓋爲余而造怒。⑤願承間而自察兮，心震悼而不敢。悲夷猶而冀進兮，心怛傷之憺憺。⑥兹歷情以陳辭兮，蓀詳聾而不聞。固切人之不媚兮，衆果以我爲患。⑦初吾所陳之耿著兮，豈不至今其庸亡。何獨樂斯之蹇蹇兮，願蓀美之可完。⑧望三五以爲像兮，指彭咸以爲儀。夫何極而不至兮，故遠聞而難虧。⑨善不由外來兮，名不可以虚作。孰無施而有報兮，孰不實而有穫？⑩

①一無「心」字。

②「悲」下一有「夫」字。數，所矩反。蓀，一作荃。懮音憂。○秋風動容，謂秋風起而草木變色也。回極浮浮，未詳所謂。或疑回極，指天極回旋之樞軸。浮浮，言其運轉之速而不可常。亦未知其是否也。大氏此下諸篇，用字立語，多不可解，甚者今皆闕之，不敢強爲之説也。數，計也。惟，思也。蓀，説見騷經，蓋寓意於君也。懮，愁也。言計而思之，君多妄怒刑罰不中，使余心憂也。

③鎮音珍。遺，去聲。○尤，過也。鎮，止也。矯，舉也。覽民之尤而察其有罪之實，庶以自止其憂。則又愈見其怒之不當，而可憂益甚，故結情於詞以告君也。美人，已見騷經，亦寄意於君也。

④成，一作誠。曰，一作日。志，叶音之。○成言、黄昏，説見騷經。言君與己始親而後疏也。

⑤憍與驕同。覽，一作鑒。姱，叶音户。蓋，一作盍。爲，去聲。○憍，矜也。莊子曰：「虛憍而盛氣。」覽，示也。姱，好也〔一四〕言君自多其能，言又非實，本無可怒，但以惡我之故，爲我作怒也。

⑥間音閑。怛，當割反。一作「怕」，非是。憺，徒敢反。○間，間暇也。莊子曰：「今日宴間。」察，明也。怛，悲慘也。憺憺，安靜意。謂欲承君之間暇以自明而不敢，然又不能自已，故夷猶欲進，心復悲慘，遂靜默而不敢言也。觀此則知屈原事君惓惓之意，蓋極深厚，豈樂以婞直犯上而取名者哉？

⑦ 茲歷，一作歷茲。詳音佯，與佯同。患音還，叶胡門反。○歷，猶列也。詳，詐也。切人不媚，言懇切之人不能軟媚，君或未怒而衆已病之。蓋惡其傷己也。

⑧ 耿，古迥反。一無「不」字。非是。樂音洛。獨樂，王逸作「毒藥」，而無「斯」字。非是。完，叶胡光反，一作「光」。○耿，明皃。庸，何用也。左傳曰：「晉其庸可冀乎？」言昔吾所陳之言明白如此，豈不至今猶可覆視，而何用乃亡之耶？然吾非獨樂爲此蹇蹇而不樂爲順從也，但以願君之德美猶可復全，是以不得已而爲此耳。所謂「尚幸君之一寤」者如此，其志切矣。

⑨ 三五，一作前聖。聞音問。○三五，謂三皇五帝。或曰：三王、五伯也。像，謂肖古人之形而則其象也。儀，謂以彼人爲法而效其儀，如儀禮所説「國君行禮，而視祝爲節」之類是也。極，至也。至，到也。視彼像儀而必欲求到其極，則遠聞而難虧矣。

⑩ 施，始豉反。實，當作殖。穫，一作「獲」者，非是。○此四語者，明白親切，不煩解説。雖前聖格言不過如此，不可但以詞賦讀之也。

少歌曰：與美人之抽思兮，并日夜而無正。憍吾以其美好兮，敖朕辭而不聽。

①少，詩照反，一作小。一無「之」字。并，一作弃。「日」下仍有「憾」字。「夜」下一無「而」字。「之」字以下，皆非是。正，叶音征。敖與傲同，一作驁。聽，平聲。〇少歌，樂章音節之名。荀子佹詩亦有「小歌」，即此類也。抽，拔也。思，意也。并日夜，言旦暮如一也。無正，無與平其是非也。敖，倨視也。

倡曰：有鳥自南兮，來集漢北。好姱佳麗兮，牉獨處此異域。既惸獨而不羣兮，又無良媒在其側。道卓遠而日忘兮，願自申而不得。望北山而流涕兮，臨流水而太息。①望孟夏之短夜兮，何晦明之若歲。惟郢路之遼遠兮，魂一夕而九逝。②曾不知路之曲直兮，南指月與列星。願徑逝而不得兮，魂識路之營營。③何靈魂之信直兮，人心之不與吾心同。理弱而媒不通兮，尚不知余之從容。④

①倡讀曰唱。牉，見惜誦。惸，渠營反。側，叶莊力反。卓，一作逴。不，一作未。得，叶徒力反。北山，一作「南山」。流，一作深。〇倡，亦歌之音節，所謂「發歌句」者也。鳥，蓋自喻。屈原生於夔峽而仕於鄢郢，是自南而集於漢北也。

②秋夜方長，憂不能寐，故望孟夏之短夜，而冀其易曉也。晦明若歲，夜未短也。一夕九逝，

思之切也。

③一本「南指」至「得兮」十三字在「營營」之下。非是。營營，一作「煢煢」。○言初不識路，後以月星而知向背。然欲去而又未得者，以魂雖識路，而營營獨往，無與俱也。

④言靈魂忠信而質直，不知人心之異於我，故雖得歸，亦無與左右而道達之者，彼又安能知我之間暇而不變所守乎？

亂曰：長瀨湍流，泝江潭兮。狂顧南行，聊以娛心兮。①軫石崴嵬，蹇吾願兮。超回志度，行隱進兮。②低佪夷猶，宿北姑兮。煩寃瞀容，實沛徂兮。③愁嘆若神，靈遥思兮。路遠處幽，又無行媒兮。④道思作頌，聊以自救兮。憂心不遂，斯言誰告兮！⑤

右抽思⑥

①湍流，一作「流湍」。潭，叶音尋。○瀨，水淺處。湍，急流也。逆流而上曰泝。潭，深淵也。狂顧，憂懼而驚視也。自江入湖，自湖入湘，皆泝流而南行也。

②崴，音隈，又烏皆反。嵬，吾回反，又音懷。願，叶魚靳反。或如字。進，如字，或音薦。○軫石，未詳。超回、隱進，亦不可曉，今并闕之。

③瞀音茂。○北姑，蓋地名。瞀容，瞀亂之意見於容皃也。　實沛徂，誠欲沛然如水之流去也。

④媒，叶莫悲反。○靈，靈魂也。

⑤一無「以」字。告，叶居后反。○道思者，且行且思也。　救，解也。

⑥以篇内「少歌」首句二字爲名。

滔滔孟夏兮，草木莽莽。傷懷永哀兮，汨徂南土。①眴兮杳杳，孔靜幽默。鬱結紆軫兮，離愍而長鞠。撫情效志〔一五〕兮，冤屈而自抑。②刓方以爲圜兮，常度未替。易初本迪兮，君子所鄙。章畫志墨兮，前圖未改。③内厚質正兮，大人所晠。巧倕不斲兮，孰察其撥正。④玄文處幽兮，矇瞍謂之不章。離婁微睇兮，瞽以爲無明。⑤變白以爲黑兮，倒上以爲下。鳳皇在笯兮，雞鶩翔舞。⑥同糅玉石兮，一槩而相量。夫惟黨人之鄙固兮，羌不知余之所臧。⑦任重載盛兮，陷滯而不濟。懷瑾握瑜兮，窮不知所示。⑧邑犬羣吠兮，吠所怪也。非俊疑傑兮，固庸態也。⑨文質疏内兮，衆不知余之異采。材朴委積兮，莫知余之所有。⑩重仁襲義兮，謹厚以爲豐。重華不可遻兮，孰知余之從容？⑪古固有不並兮，豈知其何故？湯禹久遠兮，邈而不可慕。⑫懲違改忿兮，抑心而自強。離慜而不遷兮，願志之有像。⑬進路北次兮，日昧昧其將暮。舒憂娛哀兮，限之以大故。⑭

①滔，他刀反。史記作「陶」。莽，莫補反。汩，越筆反。○滔滔，水大貌。莽莽，茂盛皃。汩，行皃。徂南土，泝沅湘也。

②眴與瞬同，一音胡絹反。「兮」字，一在「杳杳」下。「靜」下一有「兮」字。默，史作墨。鬱，一作寃。愍，一作慜。而，史作之。鞠，叶各額反，一作𥷚。「寃屈而」，史作「俛詘以」。抑，叶於革反。○眴，目數摇動之皃。杳杳，深冥之皃。孔，甚也。默，無聲也。紆，屈也。軫，痛也。離，遭也。愍，痛也。鞠，窮也。撫，循也。效，猶覈也。抑，按也。言撫情覈志，無有過失，則屈志自抑而不懼也。

③刓，吾官反。一無「初」字。迪，史作由。畫音獲。志，史作職。改，叶音己。○刓，圓削也。度，法也。替，廢也。言欲變心從俗，而常法未廢，不能遽變也。易初，謂變易初心也。本迪，未詳。章，明也。志，念也。墨，謂繩墨。言譬之工人章明所畫之繩墨，而念之不忘者，亦以前人之法度未改故也。

④厚，史作直。正，史作重。畛，史作盛。倕音垂，史作匠。斲，一作列，一作斷。揆，一作撥。「匠」以下，皆非是。○所畛，所盛美也。倕，書作垂，性巧，舜命以爲共工。斲，斫也。揆，

度也。即上章所謂〔一六〕畫也。

⑤「處幽」，史作「幽處」。史無「瞍」字。睇音第。明，叶音芒。○玄，黑也。幽，冥也。有眸子而無見曰矇。無眸子曰瞍。離婁古之明目者也。睇，眄之也。瞽，盲者也。

⑥「白」下「以」，史作「而」。下，叶音户。笯音奴，又女家反。又音暮，一作郊。二字皆非是。鶩音木，一作雉。○笯，籠落也。

⑦糅，女救反。槩，古代反。鄙，一作交。史無「惟」字，固作姤，余作吾，無「之」字。○槩，平斗斛木也。

⑧重，直用反。瑾音僅。瑜音逾。知，史作得，下仍有「余」字。○盛，多也。陷，没也。滯，留也。濟，度也。此言重車陷濘而不得度也。在衣爲懷，在手爲握。瑾、瑜，美玉也。不知所示，人皆不識，無可示者也。

⑨「犬」下一有「之」字，今從史。非俊，史作「誹俊」。傑，史作桀。一無二「也」字。○非，毁也。知過千人謂之俊，十人謂之傑。庸，厮賤之人也。

⑩疏，史作踈。内，舊音訥，又如字。余，史作吾。異，一作奥。采，叶此禮反。朴，史作樸。積，史作質。有，叶于彼反。○文質，其文不艷也。疏，迂闊也。内，木訥也。異采，殊異之文采也。材，木中用者也。朴，未斷之質也。委積，言其多。有，唯所用之。而世莫之知也。

⑪重，平聲。下「重華」同。遌，一作遻，史作牾。洪云：「當作遌，五故反，與迕同。」○襲，亦重也。豐，猶富足也。遻，逢也。從容，舉動自得之意。

⑫史無「何」、「而」字，「故」、「慕」下皆有「也」字。○古有不並，言聖賢不並時而生也。

⑬違，一作連。強，其兩反。懲，史作溍，一作閔。像，史作象。○違，過也。像，法也。強於爲善，而不以憂患改其節，欲其志之可爲法也。

⑭舒，史作舍，娱作虞。○言將北歸郢都，而日暮不得前也。於是將欲舒憂以娱哀，而念人生幾何，死期將至，其限有〔一七〕不可得而越也。

亂曰：浩浩沅湘，分流汩兮。脩路幽蔽，道遠忽兮。①懷質抱情，獨無匹兮。伯樂既没，驥焉程兮？②民生稟命，各有所錯兮。定心廣志，余何畏懼兮。③曾傷爰哀，永歎喟兮。世溷濁莫吾知，人心不可謂兮。④知死不可讓，願勿愛兮。明告君子，吾將以爲類兮。⑤

右懷沙⑥

①史逐句有「兮」字，自此至篇末並同。分，一作紛。皆非是。汩音骨，水流聲。又音鶻，涌波

也。蔽，史作拂。此下，史有「曾唫恒悲永歎慨兮世既莫吾知兮人心不可謂兮」四句。○浩浩，廣大也。汩，流皃。脩，長也。

②質，史作情。情，史作質。匹，當作正，字之誤也。以韻叶之，及以哀時命考之，則可見矣。沒，史作殁，「驥」下有「將」字。○無正，與「并日夜無正」之正之意同。伯樂，善相馬者也。程，謂校量材力也。

③民，史作人。稟，史作有。一作「萬民之生」。○錯，置也。言民之生，莫不稟命於天，而隨其氣之短長厚薄，以爲壽夭窮達之分，固各有置之之所，而不可易矣。吉者不能使之凶，凶者不能使之吉也。是以君子之處患難，必定其心，而不使爲外物所動揺，必廣其志，而不使爲細故所狹隘。則無所畏懼，而能安於所遇矣。

④曾音增。史無「濁」字，莫作不。一無「人心」字，或無「人」字，或無「人心」而有「念」字。一本無「濁」、「吾」、「人」、「心」四字。○按此四句，若依史記，移著上文「懷質抱情」之上，而以下章「死不可讓，願勿愛兮」，承「余何畏懼」之下，文意尤通貫。但史於此又再出，恐是後人因校誤加也。

⑤愛，叶於既反。「明」下一有「以」字。○補曰：「屈子以爲知死之不可讓，則捨生而取義可也。所惡有甚於死者，豈復愛此七尺之軀哉！」類，法也。以此言爲法也。

⑥言懷抱沙石以自沈也。

思美人兮，擥涕而竚眙。媒絶路阻兮，言不可結而詒。①蹇蹇之煩冤兮，陷滯而不發。申旦以舒中情兮，志沈菀而莫達。②願寄言於浮雲兮，遇豐隆而不將。因歸鳥而致辭兮，羌迅高而難當。③高辛之靈晟兮，遭玄鳥而致詒。欲變節以從俗兮，媿易初而屈志。④獨歷年而離愍兮，羌馮心猶未化。寧隱閔而壽考兮，何變易之可爲？⑤知前轍之不遂兮，未改此度。車既覆而馬顛兮，蹇獨懷此異路。⑥勒騏驥而更駕兮，造父爲我操之。遷逡次而勿驅兮，聊假日以須旹。指嶓冢之西隈兮，與纁黄以爲期。⑦

① 竚，直吕反。眙，丑吏反。媒，一作路。路，一作媒。「絶」下一有「而道」字。一無下「而」字。詒，叶音異。〇美人，説見上篇，寄意於君也。擥，猶收也。竚，久立也。眙，直視也。

② 冤，一作惋。陷，一作啗。以，一作不。一無「志」字。菀音鬱。莫，一作不。〇承上路阻而言，陷滯不發，亦以陷濘爲喻也。申，重也。今日已暮，明日復旦也。菀，積也。

③ 迅，一作宿。當，一作寓。皆非是。〇亦承上章「陷滯」而言。欲因雲致辭，則雲師不聽。欲因鳥致辭，則鳥飛速而又高，難可當值也。

④ 晟，一作盛，一作威。詒、志，皆叶平、去二聲。媿與愧同。〇玄鳥致詒，事見天問。此因上章歸鳥難當，而上感高辛之事，下愧不能易初而屈志也。

⑤馮與憑同。化，叶音譌。閔，一作愍。易之，一作「初而」。○馮，憤悶也。隱閔壽考，優游卒歲也。然終不能變易其初心也。

⑥轍，一作道。未，一作末。「度」下一有「也」字。○知直道之不可行，而不能改其度，雖至於車傾馬仆，而猶獨懷其所由之道，不肯同於衆人也。

⑦更，平聲。造，七到反。父音甫。爲，去聲。我，一作余。操，七刀反。之字爲韻。逡，七旬反。旹，古「時」字。嶓音波。隈，一作隅。纁，一作曛，並音熏。○造父，善御，周穆王時人。操之，執轡也。遷，猶進也。逡次，猶逡巡也。嶓冢，山名，漢水所出也。見禹貢。纁，淺絳也。日將入時，色纁且黄也。以馬既顛，故更駕駿馬，使善御者操其轡，逡巡而不速往，但期至於荒陬絶遠之地，以窮日之力而自休焉。蓋知世路之不可由，而欲遠去以俟命也。

開春發歲兮，白日出之悠悠。吾將蕩志而愉樂兮，遵江夏以娱憂。①擥大薄之芳茝兮，搴長洲之宿莽。惜吾不及古之人兮，吾誰與玩此芳草。②解萹薄與雜菜兮，備以爲交佩。佩繽紛以繚轉兮，遂萎絶而離異。吾且儃佪以娱憂兮，觀南人之變態。竊快在其中心兮，揚厥憑而不俟。芳與澤其雜糅兮，羌芳華自中出。③紛郁郁其遠烝兮，滿内而外揚。情與質信可保兮，羌居蔽而聞章。④令薜荔以爲理兮，憚舉趾而緣木。因芙蓉以爲媒兮，憚褰裳而濡足。⑤登高吾不説兮，入下吾不能。固朕形之不服兮，然容與而狐疑。⑥廣遂前畫兮，未改此度也。命則處幽，吾將罷兮，願及白日之未暮也。獨煢煢而南行兮，思彭咸之故也。⑦

右思美人

①將，一作且。蕩，一作盪。

②擥，一作擥。茝，一作芷。莽，莫古反。惜，一作然。一無「之」字。草，叶七古反。〇不及，謂生不及其同時也。

③萹音匾。備，一作脩。佩，叶音備。以，一作其。繚音了。萎，於危反。儃佪，一作「徘徊」。態，叶音替。「竊」上一有「吾」字。一無「在」字。一無「其」字。出，叶尺遂反。〇萹，萹蓄也，似小梨，赤莖節，好生道旁。薄，叢也。交佩，左右佩也。萹蓄、雜菜，皆非芳草，故言解去二物，而以上文之茝、莽備爲交佩也。繚，繞也。繽紛繚轉，言佩之美，然適佩之，而遽已萎絶而離異矣。於是且復優游忘憂，以觀世變。又樂其所得於中者，以舒憤懣，而無待於外，則其芬芳自從中出，初不借美於外物也。

④烝，一作承。居，一作重。羌居，一作居重。聞，去聲。〇郁郁，盛也。烝，芳氣之遠聞也。此承上章芳華自中出，遂言其郁郁遠烝，皆由情質誠實可保，故所居雖蔽，而其名聞則章也。

⑤以，一作而。因，一作用。褰，起虔反。〇内美既足，耻因紹介以爲先容，而託以有憚也。

⑥説音悦。能，叶音泥。〇道既不行，居上處下，無適而可。形偃蹇而不服，心耿介而使然也。

⑦畫音獲。一無「則」字。罷，讀作疲。「暮」下一無「也」字。〇畫，與懷沙「章畫」之畫同。

惜往日之曾信兮，受命詔以昭時。奉先功以照下兮，明法度之嫌疑。①國富强而法立兮，屬貞臣而日娭。祕密事之載心兮，雖過失猶弗治。②心純厖而不泄兮，遭讒人而嫉之。君含怒以待臣兮，不清澂其然否。③蔽晦君之聰明兮，虚惑誤又以欺。弗參驗以考實兮，遠遷臣而弗思。信讒諛之溷濁兮，晠氣志而過之。④何貞臣之無辠兮，被讒謗而見尤。慙光景之誠信兮，身幽隱而備之。⑤

①時，一作詩，非是。〇時，謂時之政治也。言往日嘗見信於君，而受命以昭明時之政治也。

先功，謂先君之功烈也。嫌疑，謂事有同異而可疑者也。

②屬音燭。娭與嬉同。一作娱，非是。祕，一作移。密，一作察。弗，一作不。治，如字，平聲。○屬，付也。貞臣，正固之臣，原自謂也。日娭，所謂逸於得人也。雖國所祕之密事，皆載於其心，是以或有過失，猶寬而不治其罪也。

③厖，莫江反。泄音薛。一作貰，非是。嫉之，一作佞嫉。亦非是。澂，音澄。一作澈，非是。否，叶音悲。○厖，厚也。泄，漏也。謂不敢漏其密事也。讒人，謂上官大夫、靳尚之徒也。清澂，猶審察也。史記云：「懷王使屈原造爲憲令，屬草藁未定。上官大夫見而欲奪之，原不與。因讒之曰：『王使屈平爲令，衆莫不知。每一令出，平伐其功，曰：非我莫能爲也。』王怒而疏屈平。」即此事也。

④虚惑誤，一作「惑虚言」。溷濁，一作「浮説」。㖃，古「盛」字。○虚，空言也。惑誤，疑而誤之也，然猶畏之也。至於欺，則公肆誣罔，而無所憚矣。王逸曰：「專擅恩威，握主權也。欺罔戲弄，若轉丸也。」此言得之矣。過之，猶所謂「督過之」也。

⑤辠，一作罪。譊，一作離。尤，叶于其反。○無罪見尤，蹔見光景，故竄身於幽隱，然亦不敢不爲之備也。

臨沅湘之玄淵兮，遂自忍而沈流。卒没身而絶名兮，惜廱君之不昭。①君無度而弗察兮，使芳草爲藪幽。焉舒情而抽信兮，恬死亡而不聊。獨鄣廱而蔽隱兮，使貞臣而無由。②聞百里之爲虜兮，伊尹烹於庖廚。吕望屠於朝歌兮，甯戚歌而飯牛。不逢湯武與桓繆兮，世孰云而知之？③吴信讒而弗味兮，子胥死而後憂。介子忠而立枯兮，文君寤而追求。封介山而爲之禁兮，報大德之優游。思久故之親身兮，因縞素而哭之。④

①沅，一作江。遂，一作不。没，一作沈。絶，一作滅。廱，古「壅」字。昭，叶音周。或云：流、周，並叶之韻。後三章放此。○言沈流之後，没身絶名，不足深惜，但惜此讒人廱君之罪，遂不昭著耳。此原所以忍死而有言也，其亦可悲也哉！

②聊，叶音留。鄣音章。廱，見上。貞，一作忠。而，一作爲。○無度弗察，王逸曰：「上無檢柙以知下也。」記曰：「無節於内者，其察物弗省矣。」此之謂也。藪幽，藪澤之幽暗也。言芳宜植於階庭，而今反使爲藪澤之幽暗也。恬，安也。言安於死亡，不苟生也。無由，無路可行也。

③廚，叶音稠。之，叶音周。○晉獻公虜虞君與其大夫百里傒，以百里傒爲秦穆公夫人媵，百里傒亡走宛，楚鄙人執之。繆公聞其賢，以五羖羊皮贖之。釋其囚，與語國事，大説。授以

國政，號曰五羖大夫。伊、呂〔一八〕、甯戚事，見騷經、天問。

④弗，一作不。「山」下一無「而」字。縞音杲。「哭」下之，叶音周。自「沈流」至此二十四句爲一韻。○味，譬之食物，咀嚼而審其美惡也。子胥事，見涉江。介子名推。文君，晉文公也。文公爲公子時，遭驪姬之譖而出奔，介子推從行。道乏食，子推割股肉以食文公。文公得國，賞從行者，不及子推。子推入綿上山中。文公寤而求之，子推不出。文公因燒其山，子推抱樹自燒而死。文公遂封綿上之山，號曰介山。禁民樵採，使奉子推祭祀，以報其德，又變服而哭之。優游，言其德之大也。親身，切於己身，謂割股也。縞素，白緻繒也。

或忠信而死節兮，或訑謾而不疑。弗省察而按實兮，聽讒人之虛辭。芳與澤其雜糅兮，孰申旦而別之。①何芳草之早殀兮，微霜降而下戒。諒聰不明而蔽廱〔一九〕兮，使讒諛而日得。②自前世之嫉賢兮，謂蕙若其不可佩。妒佳冶之芬芳兮，嫫母姣而自好。雖有西施之美容兮，讒妒入以自代。③願陳情以白行兮，得罪過之不意。情冤見之日明兮，如列宿之錯置。④乘騏驥而馳騁兮，無轡銜而自載。乘氾泭以下流兮，無舟檝而自備。背法度而心治兮，辟與此其無異。⑤寧溘死而流亡兮，恐禍殃之有再。不畢辭以赴淵兮，惜廱君之不識。⑥

右惜往日

①訑，一作施，音移。謾，謨官反。○省，息井反。别，彼列反。一説自篇首至此爲一韻。

②殀，一作夭，於矯反。戒，叶居得反。聰不，一作不聰。或疑無「不」字，而「明」下「而」字，當作「之」。○得，得志也。

③佩，叶音備。佳，一作娃。嫫音謨。姣音絞。好音耗，叶虚既反。代，叶徒計反。○若，杜若也。冶，妖冶，女態。嫫母，黄帝妻，皃甚醜。姣，妖媚也。西施，越之美女，勾踐得之，以獻吴王。

④行，下孟反。寃，一作冤。宿音秀。錯，倉各反。○白，明也。自明其行之無罪也。不意，出於意外也。情寃，情實與寃枉，猶言曲直也。列宿錯置，言其光輝而明白也。

⑤騏驥，按王逸解爲駑馬，又詳下文，恐當作「駑駘」。載，叶子賜反。氾音汎。泭音敷。舟字，疑當作「維」。檝，一作楫。治，一作殆，非是。辟與譬同，一作譬。○轡，馬韁。銜，馬勒也。載，乘也。氾泭，編竹木以渡水者也。既無騏驥，而但乘駑馬，又無轡銜與御者，而自爲乘載。既無舟航，而但乘氾泭，又無維檝與舟人，而自爲備禦。其亦可謂危矣。背法度而以私意自爲治者，與此無以異也。

⑥再，叶子賜反。識音志，又音試。自「可佩」至此十二句爲一韻。○不死，則恐邦其淪喪，而辱爲臣僕，故曰「禍殃有再」。箕子之憂，蓋如此也。識，記也。設若不盡其辭，而閔默以死，則上官、靳尚之徒蔽君之罪，誰當記之耶？其爲後世君臣之戒，可謂深切著明耳矣。

后皇嘉樹，橘徠服兮。受命不遷，生南國兮。⑴深固難徙，更壹志兮。緑葉素榮，紛其可喜兮。⑵曾枝剡棘，圓果摶兮。青黄雜糅，文章爛兮。⑶精色内白，類任道兮。紛緼宜脩，姱而不醜兮。⑷

⑴徠，古「來」字。服，叶蒲北反。國，叶音域。○后皇，指楚王也。嘉，喜好也。言楚王喜好草木之樹，而橘生其土也。漢書「江陵千樹橘」，楚地正産橘也。受命不遷，記所謂「橘踰淮而北爲枳」也。舊説屈原自比志節如橘，不可移徙是也。篇内意皆放此。

⑵榮，一作華。喜，許志反。一作「嘉」，叶居例反。○以其受命獨生南國，故壹志而難徙，橘葉青華白，紛然盛而可喜也。

⑶曾音層。剡，以冉反。圓果，一作圜實。摶，從手、從專，徒官反。爛，叶盧干反。○曾，重纍也。剡，利也。果，草木之實可食者也。摶，圓也，與團同。青，未熟時。黄，已熟時也。先後雜糅，文章爛然也。

⑷道，叶徒苟反。一作「可任」，非是。紛音墳。緼音氳。○精色，外色精明也。内白，内懷潔白也。外精内白，似有道也。紛緼，盛皃。

嗟爾幼志，有以異兮。獨立不遷，豈可不喜兮。①深固難徙，廓其無求兮。蘇世獨立，横而不流兮。②閉心自慎，終不過失兮。秉德無私，參天地兮。③願歲并謝，與長友兮。淑離不淫，梗其有理兮。④年歲雖少，可師長兮。行比伯夷，置以爲像兮。⑤

右橘頌

①喜，見上。○爾，指橘而言。幼志，言自幼而已有此志，蓋其本性然也。自此以下，申前義以明己志。

②補曰：「凡與世遷徙者，皆有求也。吾之志舉世莫得而傾之者，無求於彼故也。」死而復生曰蘇。

③閉，必結反。俗作閇，非是。失，叶音試。一作「失過」，一無「失」字。皆非是。或疑「過」字，亦衍文。

④友，叶羊里反。「離」下一有「而」字。○并謝，猶永謝也。歲并謝而長與友，則是終身友之矣。淑，善也。離，如離立，言孤特也。梗，强也。

⑤長，上聲。行，去聲。比音鼻。像，上聲。○年歲雖少，亦言其本性自少而然，非積習勉强也。伯夷，孤竹君之長子也。父欲立少子叔齊，叔齊以讓伯夷，伯夷又不肯受。兄弟棄國，

俱去之周。及武王伐紂，伯夷、叔齊扣馬而諫。左右欲殺之，太公曰：「不可。」引而去之。遂不食周粟而餓死。言橘之高潔，可比伯夷，宜立以爲像而效法之，亦因以自託也。

悲回風之摇蕙兮，心寃結而内傷。物有微而隕性兮，聲有隱而先倡。①夫何彭咸之造思兮，暨志介而不忘。萬變其情豈可蓋兮，孰虚僞之可長？②鳥獸鳴以號羣兮，草苴比而不芳。魚葺鱗以自别兮，蛟龍隱其文章。故荼薺不同畝兮，蘭茝幽而獨芳。③惟佳人之永都兮，更統世以自貺。眇遠志之所及兮，憐浮雲之相羊。介眇志之所惑兮，竊賦詩之所明。④

①寃，一作苑。倡音昌。○回風，旋轉之風也，亦上篇「悲秋風動容」之意。言秋令已行，微物凋隕，風雖無形，而實先爲之倡也。世之治亂，道之興廢，亦猶是矣。

②暨，其冀反。蓋，古太反。其情豈，一作「情豈其」。○因回風之有實而摇蕙，遂感彭咸之志，雖萬變而不可易，亦以有其實也。若涉虚僞，則已不能久矣。

③號音豪。苴，七古、子閭、子吕、仄賈、仄加五反。比音鼻。别，彼列反。荼音徒。薺，一作苦。茝，一作茞。○苴，枯草也。葺，整治也。荼，苦菜。薺，甘菜也。言秋冬向寒，鳥獸鳴

號以求羣類。則草已枯矣，雖比而合之，亦不能有芬芳之氣。魚鼈治其鱗以自別異，則蛟龍亦隱其文章以避〔二〇〕之。皆言時勢之不同，如回風既起，則蕙不得不隕其性也。蓋荼薺甘苦不能同生，而蘭茝雖更幽僻而能自芳，亦其情之不可蓋者，而非有虛僞之飾也。④更，平聲。睨，叶平聲。羊，一作佯。惑，一作感。明，叶音芒。○佳人，原自謂也。都，美也。更，歷也。統世，謂先世之垂統傳世也。自睨，謂己得續其官職也。相羊，浮遊之皃。因自言其志之高遠，與浮雲齊，而不能有合於世。是以其志不能無惑，而遂賦詩以明之也。

惟佳人之獨懷兮，折芳椒以自處。曾歔欷之嗟嗟兮，獨隱伏而思慮。涕泣交而凄凄兮，思不眠以至曙。終長夜之曼曼兮，掩此哀而不去。①寤從容以周流兮，聊逍遥以自恃。傷太息之愍憐兮，氣於邑而不可止。②糺思心以爲纕兮，編愁苦以爲膺。折若木以蔽光兮，隨飄風之所仍。③存髣髴而不見兮，心踊躍其若湯。撫佩衽以案志兮，超惘惘而遂行。④歲曶曶其若頹兮，旹亦冉冉而將至。薠蘅槁而節離兮，芳已歇而不比。⑤憐思心之不可懲兮，證此言之不可聊。寧溘死而流亡兮，不忍此心之常愁。⑥孤子唫而抆淚兮，放子出而不還。孰能思而不隱兮，昭彭咸之所聞。⑦

①芳，一作若。曾音增。伏，一作居。「交」下一有「下」字，一有「流」字。凄音妻。曼，莫半反。

②「容」下「以」字一作「而」。恃，叶上聲。憐，一作嘆。於音烏。邑，烏合反。又並如字。

③糺，吉酉反。纕音襄，一作瓖。○糺，戾也。纕，已見騷經。編，結也。膺，胷也，謂絡胷者也。光，謂日光也。仍，因就之意，言欲自晦而隨俗也。

④髴音拂，又音沸。踊躍，一作「沸怒」。案，從木，與「按」從手者同。惘音罔。行，叶户郎反。○髣髴，謂形似也。蓋指君而言也。袛，裳際也。

⑤曶音忽。薠，一作蘋。蘅，一作蘻。已，一作以。比音鼻。○時，謂衰老之期也。節離，草枯則節處斷落也。比，合也。

⑥聊，叶音留。溘，一作逝。此心，一作「爲此」。○聊，賴也。

⑦唫，古「吟」字。抆音吻，一作收。還，叶胡昆反。昭，一作照。○幼而無父曰孤。放，棄逐也。隱，痛也。昭，明也。

登石巒以遠望兮，路眇眇之默默。入景響之無應兮，聞〔三〕省想而不可得。①愁鬱鬱之無快兮，居戚戚而不可解。心鞿羈而不開兮，氣繚轉而自締。②穆眇眇之無垠兮，莽芒芒之無儀。聲有隱而相感兮，物有純而不可爲。③邈漫漫之不可量兮，縹綿綿之不可紆。愁悄悄之常悲兮，翩冥冥之不可娛。凌大波而流風兮，託彭咸之所居。④

①巒，落官反。景，於境反。葛洪始加彡爲「影」字。響，一作嚮，古字借用。省，息井反。○山小而鋭曰巒。省想，聞見所不能接，而但可省記思想者也。

②之，一作而。快，一作決。一無「可」字。解，居隘反，叶居豈反。開，一作形。繚音了。締，丈爾反，又音啼。○繚轉自締，謂繚戾回轉而自相結也。

③儀，匹也。或曰：儀，猶像也。言己之愁思浩然，廣大幽深，不可爲像也。聲有隱而相感，意其可以寤於君心也。物有純而不可爲，則其心已一於彼而不可變矣。不可爲，如言疾不可爲之意。

④邈，一作藐。漫，一作蔓。縹，匹妙反。紆音迂。悄，親小反。○邈，遠也。縹，微細也。紆，縈也。翩，疾飛也。冥冥，遠去也。流，猶隨也。凌波隨風而從彭咸，又自沈之意也。

上高巖之峭岸兮，處雌蜺之標顛。據青冥而攄虹兮，遂儵忽而捫天。吸湛露之浮涼兮，漱凝霜之雰雰。依風穴以自息兮，忽傾寤以嬋媛。①馮崑崙以瀓霧兮，隱峧山以清江。憚涌湍之礚礚兮，聽波聲之洶洶。②紛容容之無經兮，罔芒芒之無紀。軋洋洋之無從兮，馳委移之焉止。③漂翻翻其上下兮，翼遥遥其左右。氾潏潏其前後兮，伴張弛之信期。④觀炎氣之相仍兮，窺煙液之所積。悲霜雪之俱下兮，聽潮水之相擊。⑤借光景以往來兮，施黄棘之枉策。求介子之所存兮，見伯夷之放跡。⑥心調度而弗去兮，刻著志之無適。曰：吾怨往昔之所冀兮，悼來者之悐悐。⑦浮江淮而入海兮，從子胥而自適。望大河之洲渚兮，悲申徒之抗迹。⑧驟諫君而不聽兮，任重石之何益？心絓結而不解兮，思蹇産而不釋。⑨

右悲回風

①峭，一作陗，並七笑反。蜺，五訖反，詳見騷經。標，從木，匹小反。攄，敕居反。儵，音叔。捫音門。湛，丁感反。涼，一作源。非是。漱，縮又反。雰音分，叶孚袁反。嬋媛，一作儃佪，非是。○峭，峻也。標，杪也。顛，頂也。攄，舒也。捫，撫也。湛，厚也。漱，蕩口也。雰雰，分散皃。風穴，風從地出之處也。傾寤，傾側而覺寤也。嬋媛，已見前。大率悲感流連之意也。

②馮，皮冰反。瀓，一作瞰〔二二〕。「霧」下一有「露」字。隱，於靳反。磕，古蓋反。洶音凶。○馮，據也，如「馮軾」之馮。瀓霧，去其昏亂之氣也。隱，依也，如「隱几」之隱。清江，去其濁穢之流也。岐與岷同，在蜀郡，江水所出也。磕磕，水石聲。洶洶，風水聲。

③委音逶，一作逶。移，一作蛇。焉，於虔反。止，一作至。○容容，紛亂之皃。軋，傾壓之皃。言己心煩亂，無復經紀，欲進則無所從，欲退則無所止也。

④漂音飄，一作飄。翻，一作幡，一作翻。右，叶羽已反。潏音決。伴與叛同。弛音矢。期，叶上聲。○上三句亦皆言其反覆不定之意。叛，繚散之皃也。言其憂心雖若不能自定，而其張弛進退，又自不失其時也。

⑤液音亦。○炎氣，火氣也。相仍者，相因而不已也。煙液者，火氣鬱而爲煙，煙所著又凝而爲液也。潮，海水以月加子午之時，一日而再至者也。朝曰潮，夕曰汐。

⑥黄棘，棘刺也。枉，曲也。以棘爲策，既有芒刺而又不直，則馬傷深而行速。舊注以爲願借神光電景，飛注往來，施黄棘之荆以爲策，以求子推、伯夷之故迹是也。

⑦弗，一作不。一無「昔」字。悐，它的反，一作逖。○調度，見騷經。悐悐，憂懼皃。言心乎二子之調度而不忍去，刻爲二子之明志而無它適。往昔所冀，謂猶欲有爲於時。來者悐悐，謂將赴水而死也。

⑧子胥事〔二三〕見前篇。適，便安也。莊子曰：「申徒狄諫紂不聽，負石自沈於河。」

⑨君而，一作「而君」。石，一作柘，一作秙。一本無末二句。非是。○任，負也。石，或謂百二十斤也。補引文選江賦注云：「任石，即懷沙也。」其説爲近。下二句，説已見哀郢。

【校記】

〔一〕 恖，原作「敏」，據端平本改。

〔二〕 懸肬，原作「肬尤」，據端平本改。

〔三〕 蹤，原作「縱」，據端平本改。

〔四〕 不變其，原作「其不變」，據端平本乙。

〔五〕 增，原作「曾」，據端平本改。

〔六〕 下，原無此字，據景元本補。

〔七〕 杳，「杳」下原衍「晦」字，據端平本删。

〔八〕 叶，原無此字，據端平本補。

〔九〕 離，原作「流」，據端平本改。

〔一〇〕 竭，原無此字，據端平本補。

〔一一〕 闕，原作「門」，據端平本改。

〔一二〕 襄，原作「懷」，據史記改。

〔一三〕苦，原作「若」，據端平本改。

〔一四〕婞好也，原無此三字，據端平本補。

〔一五〕志，原作「忠」，據端平本改。

〔一六〕「謂」下原衍「獲」字，據端平本删。

〔一七〕有，原無此字，據端平本補。

〔一八〕吕，原作「尹」，據端平本改。

〔一九〕靡，原作「癰」，據端平本改。

〔二〇〕避，原作「比」，據端平本改。

〔二一〕聞，原作「間」，據端平本改。

〔二二〕瞰，原作「瞰」，據端平本改。

〔二三〕事，原作「字」，據端平本改。

楚辭卷第五

朱熹集注

遠遊第五

遠遊者，屈原之所作也。屈原既放，悲嘆之餘，眇觀宇宙，陋世俗之卑狹，悼年壽之不長，於是作爲此篇。思欲制鍊形魂，排空御氣，浮遊八極，後天而終。以盡反復無窮之世變。雖曰寓言，然其所設王子之詞，苟能充之，實長生久視之要訣也。

悲時俗之迫阨兮，願輕舉而遠遊。質菲薄而無因兮，焉託乘而上浮。①遭沈濁而汙穢兮，獨鬱結其誰語？夜耿耿而不寐兮，魂營營而至曙。②惟〔一〕天地之無窮兮，哀人生之長勤。往者余弗〔二〕及兮，來者吾不聞。③步徙倚而遥思兮，怊惝怳而永懷。意荒忽而流蕩兮，心愁悽而增悲。④神儵忽而不反兮，形枯槁而獨留。内惟省以端操兮，求正氣之所由。⑤漠虚静以恬愉兮，憺無爲而自得。聞赤松之清塵兮，願承風乎遺則。⑥貴真〔三〕人之休德兮，美往世之登仙。與化去而不見兮，名聲著而日延。⑦奇傅說之託辰星兮，羡韓衆之得一。形穆穆以浸遠兮，離人羣而遁逸。⑧因氣變而遂曾舉兮，忽神奔而鬼怪。時髣髴以遥見兮，精皎皎以往來。⑨超氛埃而淑郵兮，終不反其故都。免衆患而不懼兮，世莫知其所如。⑩恐天時之代序兮，耀靈曅而西征。微霜降而下淪兮，悼芳草之先蘦。聊仿佯而逍遥兮，永歷年而無成。誰可與玩斯遺芳兮，長鄉風而舒情。高陽邈以遠兮，余將焉所程？⑪

①阨音厄，一音隘。因，一作由。乘，時證反。

②「濁」下「而」，一作「之」。語，魚據反。耿，一作烱，並古茗反。營，一作罃。○耿耿，猶儆儆，不寐皃也。營營，猶曰熒熒，亦耿耿之意也。

③勤，渠云反。吾不，一作「余弗」。○此章四言，乃此篇所以作之本意也。夫神仙度世之説，無是理而不可期也，審矣。屈子於此乃獨眷眷而不忘者，何哉？正以往者之不可及，來者之不得聞，而欲久生以俟之耳。然往者之不可及，則已末如之何矣。獨來者之不得聞，則夫世之惠迪而未吉、從逆而未凶者，吾皆不得以須其反覆熟爛，而睹夫天定勝人之所極，是則安能使人不爲没世無涯之悲恨？此屈子所以願少須臾無死，而僥倖萬一於神仙度世之

不可期也。嗚呼，遠矣，是豈易與俗人言哉！

④怊音超。惝，昌兩反。怳，吁往反。永，一作乖。非是。懷，叶胡威反。荒，呼廣反。悽，一作淒。○悽，痛也。

⑤儵，一作倏。反，一作返。操，七刀、七到二反。由，一作繇。○知愁歎之無益而有損，乃能反自循省，而求其本初也。

⑥列仙傳：「赤松子，神農時爲雨師。服冰玉，教神農，能入火自燒。至崑山上，常〔四〕止西王母石室。隨風雨上下。炎帝少女追之，亦得仙俱去。」張良欲從赤松子游，即此也。

⑦真，一作至。德，一作聽。非是。美，一作羡。仙，一作僊。著，一作章。○身隱而不可見，獨有名字可聞耳。

⑧羡，似面反，一作美。衆，一作終。○傅説，武丁之相。辰星，東方蒼龍之體。心、尾、箕之星，所謂大辰也。莊子曰：「傅説得之以相武丁，奄有天下，乘東維，騎箕尾而比於列星。」音義云，「今尾上有傅説星」是也。羡，念慕也。韓終，亦見列仙傳。形寖遠，即上文「與化去」之意。

⑨曾音增。晈晈，一作曒曒。以，一作而。來，叶音賚。○此亦上文化去形遠之意。髣髴，見不諟也。丹經所謂「服食三載，輕舉遠遊，入火不焦，入水不濡，能存能亡，長樂無憂」者，此也。

⑩超，一作絶。郵，一作尤。其，一作乎。都，一作鄉。非是。○氛，昏濁之氣。淑尤，言其淑

善而絶尤也。此以上言所羡仙去之樂也。

⑪ 暈音鑑。藟，今作零。仿音旁。佯音羊。而，一作以。與，一作以。非是。斯遺芳，一作「此芳草」。長，一作晨。鄉，一作向。以，一作已。焉，一作安。○耀靈，日也。暈，閃光皃，言行之速也。淪，沈也。零，落也。此一節自歎其將老，而恐其學之不及也。

重曰：春秋忽其不淹兮，奚久留此故居？軒轅不可攀援兮，吾將從王喬而娛戲。飡六氣而飲沆瀣兮，漱正陽而含朝霞。保神明之清澄兮，精氣入而麤穢除。①順凱風以從游兮，至南巢而壹息。見王子而宿之兮，審壹氣之和德。②曰：「道可受兮，而不可傳。其小無内兮，其大無垠。無滑而魂兮，彼將自然。壹氣孔神兮，於中夜存。虚以待之兮，無爲之先。庶類以成兮，此德之門。」③

① 重，直用反。娛，一作遊。戲音嬉，叶音虚。二字一作「戲娛」，非是。飡，七安反。沆，胡朗反。瀣音械。霞，叶音胡。麤，七胡反。○軒轅，黄帝名。王喬，周靈王太子晉也。列仙傳曰：「好吹笙，作鳳鳴，遇浮丘公，接之仙去。」六氣者，陵陽子明經言：「春食朝霞，日始欲出赤黄氣也。秋食淪陰，日没以後赤黄氣也。冬飲沆瀣，北方夜半氣也。夏食正陽，南方

日中氣也。并天地玄黄之氣，是爲六氣也。」又曰：「日入爲飛泉。」麤，物不精也。

②南風曰凱風。南巢，舊説以爲南方鳳鳥之巢，非湯放桀之居巢也。宿與肅通。審，究問也。

③受，一作愛。非是。一無「而」字。垠，叶魚堅反。無滑，一作「無淈」，並音骨。一「滑」上别有「淈」字。存，叶才綠反。門，叶謨連反。○曰者，王子之言也。受，心受也。傳，言傳也。小無内，大無垠，言無所不在也。滑，亂也。而，汝也。壹，專也。孔，甚也。此言道妙如此，人能無滑亂其魂，則身心自然，而氣之甚神者，當中夜虚静之時，自存於己而不相離矣。如此，則於應世之務，皆虚以待之於無爲之先，而庶類自成，萬化自出。蓋廣成子之告黄帝，不過如此，實神仙之要訣也。

聞至貴而遂徂兮，忽乎吾將行。仍羽人於丹丘兮，留不死之舊鄉。①朝濯髮於湯谷兮，夕晞余身兮九陽。吸飛泉之微液兮，懷琬琰之華英。②玉色頩以脕顔兮，精醇粹而始壯。質銷鑠以汋約兮，神要眇以淫放。③嘉南州之炎德兮，麗桂樹之冬榮。山蕭條而無獸兮，野家漠其無人。載營魄而登霞兮，掩浮雲而上征。④

①行，叶户郎反。○至貴，謂至妙之言，其貴無敵也。仍，因就也。羽人，飛仙也。丹丘，晝夜

常明之處也。不死之鄉，仙靈所宅也。

②湯音陽。琬音宛。琰音剡。英，叶於姜反。○湯谷，見天問。九陽，舊説謂陽谷上有扶木，九日居下枝，一日居上枝。亦寓言耳。飛泉，已見上。琬琰，玉名。

③頩，普茗、普經二反。脕音晚，又音萬。一作艷，一作曼。壯，叶音莊。汋音綽。眇與妙同。放，叶音方。○頩，美皃。一曰：斂容皃。脕，澤也。醇，厚也。粹，不雜也。質銷鑠，所謂形解銷化也。汋約，柔弱皃。莊子曰：「藐姑射山有神人焉，汋約若處子。」要眇，深遠皃。淫，縱也。

④野，一作壄。家與寂同，一作寂。漠，一作寞。其，一作乎。霞與遐同，古字借用。征，一作升。○上四句記時物也。下二句言以此時昇仙而去也。載，猶加也。營，猶熒熒也。魄，説見九歌矣。此言熒魄者，陰靈之聚，若有光景也。霞，與遐通，謂遠也。蓋魄不受魂，魂不載魄，則魂遊魄降而人死矣。故脩鍊之士必使魂常附魄，如日光之載月質；魄常檢魂，如月質之受日光。則神不馳而魄不死，遂能登仙遠去而上征也。

命天閽其開關兮，排閶闔而望予。召豐隆使先導兮，問大微之所居。集重陽入帝宫兮，造旬始而觀清都。朝發軔於大儀兮，夕始臨乎於微閭。①屯余車之萬乘兮，紛溶與而並馳。駕八龍之婉婉兮，載雲旗之逶蛇。②建雄虹之采旄兮，五色雜而炫燿。服偃蹇以伍昂兮，驂連蜷以驕驁。③騎膠葛以雜亂兮，斑漫衍而方行。撰余轡而正策兮，吾將過乎句芒。④歷太皓以右轉兮，前飛廉以啓路。陽杲杲其未光兮，凌天地以徑度。⑤風伯爲余先驅兮，氛埃辟而清涼。鳳皇翼其承旂兮，遇蓐收乎西皇。⑥擥彗星目爲旍兮，舉斗柄以爲麾。叛陸離其上下兮，遊驚霧之流波。⑦旹曖曃其曭莽兮，召玄武而奔屬。後文昌使掌行兮，選署衆神以並轂。⑧路曼曼其脩遠兮，徐弭節而高厲。左雨師使徑待兮，右雷公而爲衛。⑨欲度世以忘歸兮，意恣睢目揭〔五〕撟。内欣欣而自美兮，聊媮娛以淫樂。⑩涉青雲以汎濫游兮，忽臨睨夫舊鄉。僕夫懷余心悲兮，邊馬顧而不行。⑪思舊故以想像兮，長太息而掩涕。氾容與而遐舉兮，聊抑志而自弭。⑫指炎神而直馳兮，吾將往乎南疑。覽方外之荒忽兮，沛罔瀁而自浮。⑬祝融戒而蹕御兮，騰告鸞鳥迎宓妃。張樂咸池奏承雲兮，二女御九韶歌。使湘靈鼓瑟兮，令海若舞馮夷。玄螭蟲象並出進兮，形蟉虯而逶蛇。雌蜺便娟目增撓兮，鸞鳥軒翥而翔飛。音樂博衍無終極兮，焉乃逝以俳佪。⑭舒并節以馳騖兮，逴絶垠乎寒門。軼迅風於清源兮，從顓頊乎增冰。⑮歷玄冥以邪徑兮，乘間維以反顧。召黔嬴而見之兮，爲余先乎平路。⑯經營四荒兮，周流六漠。上至列缺兮，降望大壑。⑰下峥嶸而無地兮，上寥廓而無天。視儵忽而無見兮，聽惝怳而無聞。超無爲以至清兮，與泰初而爲鄰。⑱

①其，一作而。閶闔，一作「閭閶」。予，一作余。大音泰。「陽」下一有「以」字。於，於其反。豐隆，已見騷經。○排，推也。望予，須我之來也。與騷經「倚閶闔而望予」者意不同矣。旬始，星名。太微宫垣十星，在翼、軫北。重陽者，積陽爲天。天有九重，故曰重陽。清都，列子以爲「帝之所居」也。大儀，天帝之庭也。於微閭，周禮：「東北曰幽州，其山鎮曰醫無閭。」

②溶音容。婉婉，一作蜿蜿，音苑。○溶，水盛也。

③炫音縣。燿音曜。蜷，巨員反。驕，居召反。鶩，五到反。○服，衡下夾轅兩馬也。驂，衡外挽靷兩馬也。連蜷，句蹄也。驕鶩，馬行縱恣也。

④騎，奇寄反。膠葛，一作「轇轕」，音同。以，一作其。漫，莫半反，一作曼。衍，弋戰反。行，叶户郎反。句，一作鉤。○膠葛，雜亂皃。一曰：猶交加也。斑，駁文也。漫衍，無極皃。句芒，木神也。月令：「東方甲乙，其帝太皞，其神句芒。」注云：「此木帝之君，木官之佐，自古以來著德立功者也。」

⑤啓，一作燭。其，一作亦。徑，一作徑，音義同。○太皓，即太皞也。始結罔罟，以畋以漁，制立庖廚，天下號之爲庖犧氏。飛廉，已見騷經。徑，直也。

⑥爲，去聲。先，一作前。氛埃辟，一作「辟氛氣」。辟，必亦反。○西方庚辛，其帝少皓，其神蓐收。西皇，即少昊也。左傳曰：「金正曰蓐收。」

⑦擥，一作攬。於，即旍字，一作旌。麾，吁爲反。叛音判。波，叶補基反。○斗柄，北斗之柄，所謂杓也。麾，旗屬。叛，繚隸分散之皃。

⑧曖音愛。曃音逮。一作「晻噎」，上烏感反，下於計反。一作「黤黮」，上音晻，下徒感反。曭音儻。莽，莫朗反。屬音燭。○曖曃，暗也。曭，日不明也。玄武，北方七宿，謂龜蛇也。位在北方，故曰玄。身有鱗甲，故曰武。文昌在紫微宮北斗魁前，六星，如匡形。

⑨曼，莫干反。脩，一作悠。徐，一作颯。徑待，見騷經。而，一作以。○厲，凴陵之意。

⑩「欲」上一有「遂」字。「欲」下一有「遠」字。一有「遂」字。恣，如字，又千咨反。睢，許鼻反。揭，居桀反。撟音矯。一云：上丘列反，下居廟反。而，一作以。淫，一作自。樂，叶五教反。○度世，謂度越塵世而仙去也。恣睢，放肆也。揭撟，軒舉也。淫樂，樂之深也。莊子曰：「孰居無事，淫樂而勸。」是。

⑪一無「以」字。一無「游」字。行，叶户郎反。○邊，旁也。謂兩驂也。

⑫以，一作而。像，一作象。氾與汎同。○屈原謂脩身念道，得遇仙人，託與俱遊，周歷萬方，升

天乘雲，役使鬼神，而非所樂，猶思楚國，念故舊，欲竭忠信以寧國家。精誠之至，德義之厚者也。

⑬神，一作帝。疑，一作娭。覽，一作覺。泂，摩朗反。瀁，以養反。一作「罔象」。浮，叶扶毗反。〇南方丙丁，其帝炎帝，其神祝融。南疑，九疑也。沛，流皃。泂瀁，水盛皃。

⑭「而蹕御」，一作「其還衡」。歌，叶居支反。令，一作命。馮，一作溤。螭，丑知反。象，一作蟓，似兩反。玄螭蟲象並出進，一作「列螭象而並進」。蟉，於九反。虯，巨九反。蛇，一作迤。蜺，五歷、五結二反，説見騷經。便，毗連反。娟，於緣反。爾雅疏引作「嬋嬛」，音同。撓，而照反。軒，一作騫，音同，其字從鳥。翥，章庶反。焉，尤虔反。逝，一作遊，非是。以，一作而。〇蹕，止行人也。御，禦也。咸池，堯樂。承雲，黃帝樂也。又曰，顓頊樂，又曰有虞氏之樂。無所稽考，未詳孰是。二女，娥皇、女英也。御，侍也。九韶，已見騷經。湘靈，湘水之神也。海若，海神號。莊子有北海若。馮夷，水仙。莊子亦云：「馮夷得之，以游大川。」又曰，「河伯也」。象，國語所謂「水之怪龍，罔象」也。蟉虯，盤曲皃。便娟，輕麗皃。撓，纏也。翥，舉也。博衍，寬平之意。焉，語詞也。

⑮逴，敕角反。一作踔，敕孝反。門，叶彌申反。軼音逸。源，一作涼。〇逴，遠也。絶垠，天之邊際也。寒門，北極之門也。軼，從後出前也。迅，疾也。北方壬癸，其帝顓頊，其神玄冥。北方地寒，故有增積之冰。

⑯黔，具炎反。嬴，從羊，倫爲反。一從女，餘輕反。未知孰是。然二字史記作「含靁」，漢書作「黔靁」，則當爲從羊之嬴矣。「先」下一有「道」字。○間維，補引孝經緯曰：「天有六間。」黔嬴，舊說天上造化神名，或曰水神，皆怪妄之說，不可考矣。

⑰漠，漢樂歌作「幕」。缺，一作闕。○六漠〔六〕，謂六合也。列缺，天隙電照也。大壑，在渤海東，實爲無底之谷，名曰歸墟。

⑱崢，耡耕反。嶸音宏。一作「嶝」。寥，一作嵺。〔七〕聞，叶無巾反。○崢嶸，深遠皃。寥廓，廣遠也。惝怳，耳不諦也。列子曰：「泰初者，氣之始也。」莊子曰：「泰初有無，無有無名。」屈子本以來者不聞爲憂，而願爲方仙之道，至此則真可以後天不老，而凋三光矣。下視人世，甕盎之間，百千蚊蚋，須臾之頃，萬起萬滅，何足道哉！何足道哉！司馬相如作大人賦，多襲其語。然屈子所到，非相如之所能窺其萬一也。

卜居第六

卜居者，屈原之所作也。屈原哀閔當世之人習安邪佞，違背正直，故陽爲不知二者之是非可否，而將假蓍龜以決之，遂爲此詞。發其取舍之端，以警世俗。說者乃謂原實未能無疑於此，而始將問諸卜人，則亦誤矣。

屈原既放，三年不得復見，竭知盡忠，而蔽鄣於讒。心煩慮亂，不知所從。①乃往見太卜鄭詹尹，曰：「余有所疑，願因先生決之。」②詹尹乃端策拂龜，曰：「君將何以教之？」③屈原曰：「吾寧悃悃款款朴以忠乎？將送往勞來斯無窮乎？④寧誅鋤草茅以力耕乎？將游大人以成名乎？⑤寧正言〔八〕不諱以危身乎？將從俗富貴以媮生乎？⑥寧超然高舉以保真乎？將哫訾栗〔九〕斯、喔咿儒兒，以事婦人乎？⑦寧廉潔正直以自清乎？將突梯滑稽、如脂如韋，以絜楹乎？⑧寧昂昂若千里之駒乎？將氾氾若水中之鳧，與波上下偷以全吾軀乎？⑨寧與騏驥亢軛乎？將隨駑馬之迹乎？⑩寧與黃鵠比翼乎？將與雞鶩爭食乎？⑪此孰吉孰凶？何去何從？⑫世溷濁而不清，蟬翼爲重，千鈞爲輕。黃鍾毀棄，瓦釜雷鳴。讒人高張，賢士無名。吁嗟默默〔一〇〕兮，誰知吾之廉貞！」⑬詹尹乃釋策而謝，曰：「夫尺有所短，寸有所長。物有所不足，智有所不明。數有所不逮，神有所不通。用君之心，行君之意，龜策誠不能知事。」⑭

① 知，一作智。一無「而」字。慮，一作意。

② 一無「乃」字。

③一無「將」字。○端，正也。策，蓍莖也。正之將以筮也。龜，龜底殼也。拂之將以卜也。四字見曲禮。

④悃，苦本反。款，一作欵，苦管反。勞，去聲。來，如字。或亦讀作去聲。非是。○悃款，誠實傾盡之皃。朴，質也。勞來，來者勞之也。

⑤鋤，一作鉏，士魚反。○鋤，去穢助苗也。游，徧謁也。大人，猶貴人也。

⑥媮音偷。舊音俞。非是。

⑦哫，一作促，並音足，又子禄反。訾音貲。栗，一作慄。斯，一作㒋，音斯。喔音握。咿音伊。儒兒，一作「嚅唲」，音同。○哫訾，以言求媚也。粟從米，詭隨也。其從木者，謹飭也。非是。斯，辭也[二]。喔咿儒兒，強語笑皃。婦人，蓋謂鄭袖也。

⑧潔，一作絜。突，吐忽反。滑音骨。稽音雞。絜，胡結反。一作潔，音苦結反。非是。○突梯，滑澾皃。滑稽，圓轉皃。脂，肥澤。韋，柔軟也。絜楹，未詳。或疑絜如大學「絜矩」之絜，謂圍束之也。楹，屋柱。亦圓物，又以脂灌韋而絜之，是以突梯滑稽而無所止也。未知是否。

⑨昂，五岡反。一作卬，音同。氾，一作泛。「鳧」下一有「乎」字。非是。偷，一作愉，與偷同。○駒，馬之未壯者。鳧，野鴨也。

⑩軛，於革反。○抗，舉也。軛，車轅前衡也。

⑪黄鵠，大鳥，一舉千里。鶩，鴨也。

⑫此結上八條，正問卜之詞也。

⑬張音帳。吁，一作于。默，一作嘿。○此因〔一二〕自歎之詞也。蟬翼，言輕薄也。黄鍾，謂鍾之律中黄鍾者，器極大而聲最閎也。瓦釜，無聲之物。雷鳴，謂妖怪而作聲如雷鳴也。張，自侈大也。左傳曰：「隨張，必弃小國。」

⑭明，叶音芒。數，所具反。通，叶它光反。「知」下一有「此」字。○釋，捨也。謝，辭也。尺長於寸，然爲尺而不足，則有短者矣。寸短於尺，然爲寸而有餘，則有長者矣。物有所不足，天傾西北，地不滿東南之類也。智有所不明，堯舜知不徧物，孔子不如農圃之類也。數有所不逮，如言日月之行，雖有定數，然既是動物，不能無贏縮之類是也。神有所不通，惠迪者未必吉，從逆者未必凶，伯夷餓死首陽，盜跖壽終牖下之類是也。

漁父第七

漁父者，屈原之所作也。漁父蓋亦當時隱遁之士。或曰，亦原之設詞耳。

屈原既放，游於江潭，行吟澤畔，顏色憔悴，形容枯槁。①漁父見而問之曰：「子非三閭大夫與？何故至於斯！」②屈原曰：「舉世皆濁我獨清，衆人皆醉我獨醒，是以見放。」③漁父曰：「聖人不凝滯於物，而能與世推移。世人皆濁，何不淈其泥而揚其波？衆人皆醉，何不餔其糟而歠其釃？何故深思高舉，自令放爲！」④屈原曰：「吾聞之：新沐者必彈冠，新浴者必振衣。安能以身之察察，受物之汶汶者乎？⑤寧赴湘流葬於江魚之腹中，安能以皓皓之白，而蒙世俗之塵埃乎？」⑥漁父莞爾而笑，鼓枻而去，乃歌曰：「滄浪之水清兮，可以濯吾纓。滄浪之水濁兮，可以濯吾足。」遂去，不復與言。⑦

① 槁音考。

② 與，史作「歟」；「至於斯」，作「而至此」。

③ 舉世，一作世人。皆，史作「混」，「我」上一有「而」字。下句同。「放」下一有「爾」字。

④ 「曰」下史有「夫」字，「人」下史有「者」字，「於」下史有「萬」字。世人，史作「舉世」。皆，一作混。淈，古没、乎没二反。淈其泥〔三〕，史作「隨其流」。波，叶補悲反。餔，布乎反。歠，昌悅反。釃，力支反，一作醨。「深思」以下，史作「懷瑾握瑜，而自令見放爲」。○餔，食也。歠，飲也。糟、醨，皆酒滓也。以水釃糟曰釃。醨，薄酒也。

⑤衣，如字。從史，則叶於巾反。安，一作誰。汶音問，又音昏，叶莫悲反。從史則叶彌巾反。○察察，潔白也。汶汶，玷〔一四〕辱也。

⑥湘，史作「常」，音長。「葬」上史有「而」字。於，史作「乎」。一無「之」字。「中」下史有「耳」字。皓皓，一作皎皎。一無「而」字。塵埃，史作「温蠖」。若從諸本，則埃，叶衣字，於支反。若從史，則白，叶蒲各反。蠖，於郭反。而二字自相叶矣。○温蠖，猶惛憒也。

⑦莞，胡板反。枻，一作栧，音曳。一無「乃」字。吾，一作我，下句同。濁，叶竹六反。○莞，微笑皃。鼓枻，扣船舷也。滄浪之水，即漢水之下流也。見禹貢。纓，冠索也。

【校記】

〔一〕惟，原作「故」，據端平本改。

〔二〕弗，原作「不」，據端平本改。

〔三〕貴真，原作「真貴」，據端平本乙。

〔四〕常，原作「帝」，據端平本改。

〔五〕揭，原作「担」，據注音「居桀」或「丘列」改，注同。

〔六〕漠，原作「幕」，據端平本改。

〔七〕廖一作嵺，原作「嵺一作廖」，據端平本乙。

〔八〕正言，原作「言正」，據端平本乙。

〔九〕粟，原作「粟」，據瑞平本改。

〔一〇〕默默，原作「默」，據端平本補。

〔一一〕斯辭也，原在「詭隨也」下，據景元本乙。

〔一二〕「因」下原衍「時」字，據端平本删。

〔一三〕淈其泥，原無此三字，據景元本及文意補。

〔一四〕玷，原作「沾」，據端平本改。

楚辭卷第六

朱熹集注

九辯第八

九辯者，屈原弟子楚大夫宋玉之所作也。閔惜其師忠而放逐，故作九辯以述其志云。

悲哉，秋之爲氣也！　蕭瑟兮，草木搖落而變衰。　憭慄兮，若在遠行。　登山臨水兮，送將歸。①　泬寥兮，天高而氣清。　宗寥兮，收潦而水清。　憯悽增欷兮，薄寒之中人。　愴怳懭悢兮，去故而就新。　坎廩兮，貧士失職而志不平。　廓落兮，羈旅而無友生。　惆悵兮，而私自憐。②　燕翩翩其辭歸兮，蟬宗漠而無聲。　鴈廱廱而南遊兮，鵾鷄啁哳而悲鳴。③　獨申旦而不寐兮，哀蟋蟀之宵征。　時亹亹而過中兮，蹇淹留而無成。④

右一⑤

①哉，一作夫。「落」下一有「兮」字。憀音流，又音了。○秋者，一歲之運盛極而衰，肅殺寒涼，陰氣用事，草木零落，百物凋悴之時，有似叔世危邦，主昏政亂，賢智屏絀，姦凶得志，民貧財匱，不復振起之象。是以忠臣志士遭讒放逐者，感事興懷，尤切悲嘆也。蕭瑟，寒涼之意。憭慄，猶悽愴也。在遠行羈旅之中，而登高望遠，臨流嘆逝，以送將歸之人，因離別之懷，動家鄉之念，可悲之甚也。

②泬音血。寥，一作嵺。清，疾正反，古作瀞。一作平。宋，一作寂。嵺，一作寥，一作漻，並音聊。憯，七感反。欷，虛毅反。中，去聲。愴，初亮反。怳，許昉反。懭，口廣反。悢音朗，又音亮。廩，一作壈，並力敢反。貧，一作窮。羈，一作羇。一無「生」字。非是。憐，叶音鄰。○泬寥，曠蕩空也。或曰蕭條，無雲皃。清，無垢薉也。宋，無人聲。嵺，空虛也。收潦水清，川水夏濁，至秋而清也。憯悽，悲痛皃。欷，泣歎皃。愴怳懭悢，皆失意皃。去故就新，別離也。坎壈，不平也。廓落，空寂也。惆悵，悲哀也。

③宋漠，一作寂寞。廱，一作噰，又作嗈。啁，竹交反，又張流反。哳，陟轄反。○鴈陰起則南，陽起則北，避寒燠也。鵾雞似鶴，黃白色。啁哳，聲繁細皃。

④亹音尾。○申，重也。亹亹，進皃。過中，謂漸衰暮也。蹇，語詞也。

⑤章既無名，舊本連寫，或分或合，易致差誤。今既釐正，因各標章次以別之。

悲憂窮戚兮獨處廓，有美一人兮心不繹。去鄉離家兮徠遠客，超逍遥兮今焉薄。①專思君兮不可化，君不知兮可奈何？蓄怨兮積思，心煩憺兮忘食事。願一見兮道余意，君之心兮與余異。車既駕兮朅而歸，不得見兮心傷悲。②倚結軨兮長太息，涕潺湲兮下霑軾。忼慨絶兮不得，中瞀亂兮迷惑。私自憐兮何極？心怦怦兮諒直。③

右二

①戚，一作慼，一作蹙，並倉歷、子六二反。處，昌吕反。繹，叶以略反。離，如字，又力智反。徠，一作來。客，叶苦各反。焉，於乾反。○廓，空也。有美一人，謂屈原也。繹，解也。補曰：「繹，抽絲也。」又恐或是「懌」字。薄，止也。

②思，一作恖〔一〕。下同。化，叶呼瓜反。思，去聲。余，一作我。一無「既」字。朅，丘傑反。一無「傷」字。○此「君」字，乃指楚王而言。食事，食與事也。朅，去也。

③軨音零。一無「長」字。一無「下」字。忼，一作慷，口朗反。瞀音茂。私，一作思。怦，普耕反。○軨，車軾下縱横木也。軾，所憑以爲敬者也。怦怦，心急皃。

皇天平分四時兮，竊獨悲此廩秋。白露既下百草兮，奄離披此梧楸。去白日之昭昭兮，襲長夜之悠悠。離芳藹之方壯兮，余萎約而悲愁。①秋既先戒以白露兮，冬又申之以嚴霜。收恢台之孟夏兮，然欿傺而沈臧。葉菸邑而無色兮，枝煩挐而交横。顔淫溢而將罷兮，柯彷彿而萎黄。萷櫹槮之可哀兮，形銷鑠而瘀傷。惟其紛糅而將落兮，恨其失時而無當。②擥騑轡而下節兮，聊逍遥以相佯。歲忽忽而遒盡兮，恐余壽之弗將。悼余生之不時兮，逢此世之俇攘。澹容與而獨倚兮，蟋蟀鳴此西堂。心怵惕而震盪兮，何所憂之多方。卬明月而太息兮，步列星而極明。③

右三

①廩，一作凜，音義同。下，一作降，一作下降。披，一作被，與披同。藹，於蓋反。萎，一作委。○廩秋，秋氣廩然而寒也。奄，忽也，遽也。離披，分散皃。梧，桐。楸，梓。皆早凋。襲，入也。藹，繁茂也。余，宋玉爲屈原之自余也。凡言「余」及「我」者，皆放此。萎，草木枯也。約，窮也。

②「戒」下一有「之」字。台，一作炱，一作炲，並他來反。欿與坎同。臧與藏同。菸音於。邑，一作悒。挐，女除反。横，叶音黄。罷音疲。彿音費。萎，一作委，一作痿。萷，一作梢，並

音梢，又音朔。橚音蕭。槮音森。瘀，於去反。糅，女救反。而，一作之。○申，重也。恢炱，廣大皃。欿，陷也。傺，止也。言收斂長養之氣，使陷止而沈藏也。菸邑，傷壞也。煩挐，擾亂也。淫溢，積漸也。罷，毀也，乏也。萎，枯死也。萷，木枝竦也。橚槮，樹長皃。瘀，血敗也。惟，思也。紛糅，衆雜也。

③ 𩌏，力敢反。一作擥，啓妍反。非是，騑音非。佯，一作羊。遒，即由反。一作逝，非是。弗，一作不。俇音匡。攘，而羊反。一作「恇勷」，一作「趌躟」。澹，徒敢反。怵音黜。盪音蕩。卬音仰，一作仰。太，一作大。明，叶音芒。○𩌏，持也。騑，驂馬也。下節，按節也。遒，迫也，盡也。將，長也。俇攘，狂遽皃。澹容與，徐步也。倚，立也。盪，搖動皃。方，猶端也。卬，望也。

竊悲夫蕙華之曾敷兮，紛旖旎乎都房。何曾華之無實兮，從風雨而飛颺。以爲君獨服此蕙兮，羌無以異於衆芳。①閔奇思之不通兮，將去君而高翔。心閔憐之慘悽兮，願一見而有明。重無怨而生離兮，中結軫而增傷。②豈不鬱陶而思君兮，君之門以九重。猛犬狺狺而迎吠兮，關梁閉而不通。③皇天淫溢而秋霖兮，后土何時而得漧。塊獨守此而無澤兮，仰浮雲而永嘆。④

右四

①旖音倚。旎，女綺反。又云：旖，一作旑，於可反。旎，乃可反，即詩「阿儺」字。颺音暘。○曾，重也。敷，布也。旖旎，盛皃。都，大也。房，北堂也，詩所謂「背」，蓋古人植花草之處也。責蕙無實，猶騷經責蘭之意。

②明，叶音芒。重，去聲。傷，一作惕。○奇思，謂忠信也。有明，有以自明也。重，深念也。

③狺音銀。○書云：「鬱陶乎予心。」雖思見君，而君門深邃不可至也。天子有九門，謂關門、遠郊門、近郊門、城門、皐門、庫門、雉門、應門、路門也。狺，犬爭吠聲。

④「溢」下「而」，一作「兮」。漧與乾同，一作乾。歎，平聲。○衆人皆蒙君澤，而我獨不霑，故仰望而長歎也。

何時俗之工巧兮，背繩墨而改錯。却騏驥而不乘兮，策駑駘而取路。當世豈無騏驥兮，誠莫之能善御。見執轡者非其人兮，故駶跳而遠去。鳧鴈皆唼夫粱藻兮，鳳愈飄翔而高舉。①圜鑿而方枘兮，吾固知其鉏鋙而難入。衆鳥皆有所登棲兮，鳳獨遑遑而無所集。②願銜枚而無言兮，嘗被君之渥洽。太公九十乃顯榮兮，誠未遇其匹合。③謂騏驥兮安歸，謂鳳皇兮安棲？變古易俗兮世衰，今之相者兮舉肥。④騏驥伏匿而不見兮，鳳皇高飛而不下。鳥獸猶知懷德兮，何云賢士之不處？⑤驥不驟進而求服兮，鳳亦不貪餧而安食。君弃遠而不察兮，雖願忠其焉得。⑥欲宋漠而絶端兮，竊不敢忘初之厚德。獨悲愁其傷人兮，馮鬱鬱其何極？⑦

右五

①錯，七故反。不，一作弗。駑音奴。駘音臺。一無「者」字。跼音局。跳，徒聊反。一作「駒跳」，一作「騊駣」。皆非是。鴈，一作鵞。唼音翣。一無「夫」字。愈，一作俞。翔，一作飄。擧，叶音倨。○騏驥，良馬，喻賢才也。駑駘，喻不肖。御，謂御馬者。此言今世豈無賢才，但君不能用也。馬立不常謂之跼。跳，躍也。言彼賢才見君之不能用，故寧遠引而去也。唼喋，鳧鴈〔二〕食皃。粱，米名。藻，水草。言羣小在位，食重禄也。鳳翔高擧，言賢者遯世，竄山谷也。

②鑿音造。枘音芮。一無「其」字。鉏，狀所、牀擧、七魚三反。鋙音語。一無「獨」字。遑，一作惶。○圜鑿方枘，見騷經。鉏鋙，相距皃。

③願，一作顧。○銜枚，所以止言者也。枚狀如箸〔三〕，横銜之，兩頭有繣，結於項後。渥，厚也。洽，澤也。太公事見前篇。

④相，去聲。○安歸、安棲，即上文遠去高擧之意。相者，謂相馬者。古語云：「相馬失之瘦，

相士失之貧。」即舉肥之意也。

⑤下，叶音户。褢，一作懷。○言有德則異物可懷，無德則同類難致。

⑥餧，於僞反。○服，駕車也。言士不求君，君當求士也。

⑦漠，一作嘆，一作寞。馮，一作憑。其何，一作「之安」。○絶端，謂滅其端緒，不使人知也。初之厚德，即上文嘗被渥洽也。

霜露慘悽而交下兮，心尚幸其弗濟。霰雪雰糅其增加兮，乃知遭命之將至。願徼幸而有待兮，泊莽莽與壄草同死。①願自直而徑往兮，路壅絶而不通。欲循道而平驅兮，又未知其所從。然中路而迷惑兮，自厭按而學誦。性愚陋以褊淺兮，信未達乎從容。竊美申包胥之氣晟兮，恐時世之不固。②何時俗之工巧兮，滅規榘而改鑿。獨耿介而不隨兮，願慕先聖之遺教。處濁〔四〕世而顯榮兮，非余心之所樂。與其無義而有名兮，寧窮處而守高。③食不媮而爲飽兮，衣不苟而爲温。竊慕詩人之遺風兮，願託志乎素餐。蹇充倔而無端兮，泊莽莽而無垠。無衣裘以御冬兮，恐溘死而不得見乎陽春。④

右六⑤

①慘，一作憯。黍，一作幸。二字一作「徜徉」，非是。「糅」下「其」一作「而」。儌，古堯反。泊，一作汨。莽，莫古反，下一有「兮」字。壄，一作埜，並野字。死，叶去聲。○霜露下而霰雪加，喻衰亂之愈甚也。泊，止也。莽莽，草盛也。幸望至再，而卒不能免也。

②直，一作往。往，一作遊。疑或當作「逝」。欲，一作願。厭，一作壓，並益涉反。按字從手。誦，叶夕恭反。褊，卑善反。乎，一作於。此上四句一作「然中路而迷惑兮，悲躑躅而無歸。性愚陋以褊淺兮，自壓按而學詩。蘭茝雜於蕭艾兮，信未達乎從容」。今按：歸、詩與容不相叶。俗〔五〕本誤也。晟，一作盛。固，當作同，叶通、從、誦、容韻。○厭、按，皆抑止之意。言欲速則不達，欲緩則無門，故自抑而止也。學誦，未詳。王注以爲吟詩禮，未知是否。褊，急也，狹也。從容，宛轉委曲之意。申包胥，楚大夫也。伍子胥得罪於楚，將適吳，見申包胥，謂曰：「我必亡郢。」申包胥曰：「子能亡之，我能存之。」子胥奔吳，爲吳王闔閭臣，興兵而伐楚，破郢，昭王出奔。於是申包胥乃之秦，請救兵。鶴立於秦庭，啼呼悲泣，七日七夜不絕聲，勺飲不入於口，秦伯哀之，爲發兵救楚。昭王復國。此言己能爲包胥之事，但恐時世不同，不爲人所信耳。

③鑿，叶音造。教，叶音告。樂，叶五告反。高，叶孤到反，又苦浩反。

④媮，他鈎反。一無兩「而」字。餐，一作飧，音孫。倔，俱物、巨物二反。御音禦，一作「禦」。「死」下一無「而」字。○媮，即偷也。言衣食固非不欲其温飽，但不可以非義而苟媮以得之

耳。故寧不素餐、無衣裘而饑凍以死也。詩人言「不素餐兮」，見伐檀篇。素，空。餐，食也。謂無功德而空食其禄也。充倔，記作「充詘」，注謂「喜失節皃」。御，止也。

⑤舊本此章誤分「竊美申包胥」以下爲別章，并誤以同字爲固字。既斷語脉，又不叶韻，又使章數增減不定，今皆正之。

靚杪秋之遥夜兮，心繚悷而有哀。春秋逴逴而日高兮，然惆悵而自悲。四時遞來而卒歲兮，陰陽不可與儷偕。①白日晼晚其將入兮，明月銷鑠而減毁。歲忽忽而遒盡兮，老冉冉而愈弛。心摇悦而日幸兮，然怊悵而無冀。中憯惻之悽愴兮，長太息而增欷。②年洋洋以日往兮，老嵺廓而無處。事亹亹而覬進兮，蹇淹留而躊躇。③

右七

①靚音靜，一作瀞，千定反，冷寒也。繚音了。悷，靈〔六〕帝反，又音列，又作「㤠」。哀，如字，又叶音衣。逴，竹角反。悲，叶補皆反。又如字。遞，一作遰，一作迭。儷音戾。偕，如字，又叶，居支反。○靚與靜同。杪，末也。繚，繳繞也。悷，悲結也。逴，遠也。遞，更易也。儷，偶也。不可偶而與之偕，言彼去而己留也。

②晼音宛。忽，一作曶。遒，字由反。老，一作壽。愈弛，一作俞施，音義同。摇，一作遥，一作愮。秊，一作幸。冀，叶上聲。之，一作而。欷，叶上聲。○晼晚，景昳也。入，落也。銷鑠、滅毁，謂缺也。弛，放也。摇，動也。冀，望也。心謂既老將有所遇，故摇悦而日幸，然卒自知其無所望也。

③以，一作而。嵺，一作寥。覬音冀。躇，叶丈吕反。○嵺廓，空也。

何氾濫之浮雲兮，猋壅蔽此明月。忠昭昭而願見兮，然霿曀而莫達。①願皓日之顯行兮，雲蒙蒙而蔽之。竊不自料而願忠兮，或黕點而汙之。②堯舜之抗行兮，瞭冥冥而薄天。何險巇之嫉妬兮，被以不慈之僞名。③彼日月之照明兮，尚黯黮而有瑕。何况一國之事兮，亦多端而膠加。④被荷裯之晏晏兮，然潢洋而不可帶。既驕美而伐武兮，負左右之耿介。憎愠惀之脩美兮，好夫人之慷慨。衆踥蹀而日進兮，美超遠而逾邁。農夫輟耕而容與兮，恐田野之蕪穢。事緜緜而多私兮，竊悼後之危敗。世雷同而炫曜兮，何毁譽之昧昧。⑤今脩飾而窺鏡兮，後尚可以竄藏。願寄言夫流星兮，羌儵忽而難當。卒廱蔽此浮雲兮，下暗漠而無光。⑥

右八⑦

①氾與泛同。猋，卑遥反。壅，一作廱。然，一作蔽。霒音陰，一作雺。○猋，速疾皃。言浮雲之蔽月，以比讒賊之害賢也。霒，雲覆日也。曀，陰風也。

②蒙，一作濛。料，一作聊。黕，丁感反。汙，烏故反。此二「之」字叶韻。○料，量也。黕點，垢汙沾辱也。

③瞭音了，一作「杳」。音義並見九章。

④黯，烏感反。黮，徒感反。有瑕，一作「不假」。非是。膠音豪。加，丘加反。○黯黮，雲黑。黯黮日月，使有瑕也。膠加，戾也。

⑤被音披，又如字。裯音刀。晏，一作炅。潢，户廣反。洋音養。驕，一作憍。耿，古幸反。「愠惀」、「好夫慨」、「踥蹀」、「逾」，並見九章。穢，叶烏怪反。緜緜，一作綿綿。○此亦謂有美名而無實用者也。驕美，自矜其美也。伐武，自誇其武也。負，恃也。左右，侍臣也。耿介，亦剛勇之意也。農夫輟耕而容與，言不恤國政而嬉游也。多私，徇己意，任女謁、聽讒言之類也。雷同，雷聲相似，有同無異也。人君矜能自用，荒怠邪僻，臣下又承其意，莫之敢違，是以毁譽不核，而聰明壅蔽，國事膠〔七〕加也。

⑥今，一作余。窺，一作視。儵，一作倏。卒，一作上。廱，一作壅。○脩飾窺鏡，謂脩德行政而聽人言、考往事以自鑑也。尚可竄藏，言尚可以潛伏而不至於滅亡也。寄言，欲附此言以諫誨其君也。流星既不可值，則卒爲壅蔽而不可解矣。

⑦此章首尾專言壅蔽之禍，而舊本誤分「荷裯」以下爲別章。今正之。

堯舜皆有所舉任兮，故高枕而自適。諒無怨於天下兮，心焉取此怵惕。椉騏驥之瀏瀏兮，馭安用夫強策？諒城郭之不足恃兮，雖重介之何益。①邅翼翼而無終兮，忳惛惛而愁約。生天地之若過兮，功不成而無効。②願沈滯而不見兮，尚欲布名乎天下。然潢洋而不遇兮，直怐愗而自苦。③莽洋洋而無極兮，忽翱翔之焉薄？國有驥而不知椉兮，焉皇皇而更索。④甯戚謳於車下兮，桓公聞而知之。無伯樂之善相兮，今誰使乎譽之？罔流涕以聊慮兮，惟著意而得之。紛忳忳之願忠兮，妬被離而鄣之。⑤願賜不肖之軀而別離兮，放遊志乎雲中。椉精氣之摶摶兮，騖諸神之湛湛。驂白霓之習習兮，歷羣靈之豐豐。⑥左朱雀之茇茇兮，右蒼龍之躍躍。屬雷師之闐闐兮，通飛廉之衙衙。⑦前輕輬之鏘鏘兮，後輜椉之從從。載雲旗之委蛇兮，扈屯騎之容容。⑧計專專之不可化兮，願遂推而爲臧。賴皇天之厚德兮，還及君之無恙。⑨

右九⑩

①舉，一作專。焉，一作安。椉，一作乘。瀏，流、柳二音。強，巨良反。策，一作筴。○瀏瀏，言如

水之流也。言所任得人，無怨於下，則不假威刑，自成美化。不然，則雖有城郭甲兵，不足恃矣。

②忳，徒渾反。惛音昏。約，叶音要。○邅，行不進。約，窮約也。生天地，謂人生天地之間也。若過，言如行所經歷，不久留也。古詩云「人生天地間，忽如遠行客」是也。

③不，一作無。下，叶音户。怐愗，一作「怉愗」。上遘、寇二音，下音茂。苦，一作若，一作善。皆非是。○怐愗，愚也。言欲退而自脩以立名於世，然亦未有所遇以著其節，空愚昧而自苦耳。

④更，平聲。索，山格反，叶蘇各反。

⑤「謳」下一有「歌」字。相，息亮反。譽，一作訾，音貲。忳，一作純。被，一作披，音披。鄣，一作彰。非是。○甯戚，見前篇。著意，猶言著乎心，言存於心而不釋也。桓公惟心常在於求賢，故聞甯戚之歌，而知其非常人也。忳忳，專壹皃。

⑥志，一作意。摶，度官反。湛，舊音羊戎反。驂，一作參。羣，一作六。靈，一作神。○既爲讒妬所鄣，故願乞身而去也。精氣，謂日月。摶與團同。湛湛，厚集皃。習習，飛動皃。豐豐，言多也。

⑦雀，一作榮。非是。茇，一作茷，一作拔，皆音旆。一作芺，於表反。非是。躣，其俱反。又作躩，音同。屬，之欲反。闐音田。通，一作道。衙，五乎反，又牛吕反，又音魚。○茇茇，飛揚之皃。躣躣，行皃。闐闐，鼓聲。衙衙，亦行皃。

⑧輕，一作輊，音致。非是。輬，卧車，音涼。從，楚紅反。委，一作逶。屯，徒渾反。○輕輬，

車之輕而有窗者。招魂注云：「軒、輬，皆輕車名」是也。鏘鏘、從從，皆其鸞聲也。輜，軿，車前衣車後者也。

⑨恙，叶音羊。○言我但能專一於君，而不可化，故今只願推此而爲善，明本性固然，非擇而爲之也。又言若以皇天之靈，使吾君及此無恙之時而一寤焉，則是吾之深願也。説文：「恙，憂也。」一曰：虫入腹食人心，古者艸居，多被此毒，故相問：「無恙乎？」

⑩此章首言前聖之可法，次言己志之不伸，次願乞身以遠去，而終不忘於籲天以正其君，文意方足。而舊本誤分「願賜不肖之軀」以下爲別章，則前段無尾，後段無首而不成文矣。今正之。

【校記】

〔一〕息，原作「息」，據端平本改。

〔二〕鴈，原無此字，據端平本補。

〔三〕箸，原作「著」，據端平本改。

〔四〕濁，原作「獨」，據端平本改。

〔五〕俗，原無此字，據端平本補。

〔六〕靈，原作「虛」，據端平本改。

〔七〕膠，原作「交」，據端平本改。

楚辭卷第七

朱熹集注

招魂第九

招魂者，宋玉之所作也。古者人死，則使人以其上服升屋，履危北面而號曰：「皐，某復！」遂以其衣三招之，乃下以覆尸。此禮所謂「復」。而説者以爲招魂復魂，又以爲盡愛之道而有禱祠之心者，蓋猶冀其復生也。如是而不生，則不生矣，於是乃行死事。此制禮者之意也。而荆楚之俗，乃或以是施之生人，故宋玉哀閔屈原無罪放逐，恐其魂魄離散而不復還，遂因國俗，託帝命，假巫語以招之。以禮言之，固爲鄙野。然其盡愛以致禱，則猶古人之遺意也。是以太史公讀之而哀其志焉。若其譎怪之談，荒淫之志，則昔人蓋已誤其譏於屈原，今皆不復論也。

朕幼清以廉潔兮，身服義而未沬。主此盛德兮，牽於俗而蕪穢。① 上無所考此盛德兮，長離殃而愁苦。②帝告巫陽曰：「有人在下，我欲輔之。魂魄離散，汝筮予之。」③巫陽對曰：「掌夢，上帝其命難從。若必筮予之，恐後之謝，不能復用巫陽焉。」④乃下招曰：魂兮歸來，去君之恒幹，何爲乎四方些。舍君之樂處，而離彼不祥些。⑤魂兮歸來，東方不可以託些。長人千仞，惟魂是索些。十日代出，流金鑠石些。彼皆習之，魂往必釋些。歸來歸來，不可以託些。⑥魂兮歸來，南方不可以止些。雕題黑齒，得人肉以祀，以其骨爲醢些。蝮蛇蓁蓁，封狐千里些。雄虺九首，往來儵忽，吞人以益其心些。歸來歸來，不可以久淫些。⑦魂兮歸來，西方之害，流沙千里些。旋入雷淵，爢散而不可止些。幸而得脱，其外曠宇些。赤螘若象，玄蠭若壺些。五穀不生，藂菅是食些。其土爛人，求水無所得些。彷徉無所倚，廣大無所極些。歸來歸來，恐自遺賊些。⑧魂兮歸來，北方不可以止些。增冰峨峨，飛雪千里些。歸來歸來，不可以久些。⑨魂兮歸來，君無上天些。虎豹九關，啄害下人些。一夫九首，拔木九千些。豺狼從目，往來侁侁些。懸人以娭，投之深淵些。致命於帝，然後得瞑些。歸來歸來，往恐危身些。⑩魂兮歸來，君無下此幽都些。土伯九約，其角觺觺些。敦脄血拇，逐人駓駓些。參目虎首，其身若牛些。此皆甘人，歸來歸來，恐自遺災些。⑪

①潔，一作絜。沬，莫昧反。穢，烏會反。或疑「主」上有「雖」字。○此宋玉代爲屈原之詞。言「朕」者，爲原之自朕也。幼，少也。言其性然也。清者，其志之不雜。廉者，其行之有辯。潔者，其身之不污。服，行也。沬與昧同。牽，引也。蕪穢，田不治而多草也。又言己之所行，雖常以此盛德爲主，然而牽於世俗，亦不能無所蕪穢。蓋其自厲之嚴，而常恐不善之加乎己也。

②離，一作罹。此兩句通下章爲一韻。○上，君也。考，察也。

③巫，一作至。在，一作於。下，叶音户。輔，叶音甫。予音與，一作與。○帝，天帝也。女曰巫。陽，其名也。玉假立天帝及巫陽以爲辭端。人，謂屈原也。宋玉設帝告巫陽，有賢人在下，我欲輔之，然其魂魄離散，身將顛沛，故使巫陽筮問所在，求而與之，使反其身也。

④㝱音夢，一作夢。一無「命」字。之謝，一作「謝之」，一無「之」字。陽，叶弋公反。○此一節巫陽對語。不可曉，恐有脱誤。然其大意以謂帝命有不可從者，如必筮其所在，而後招以與之，則恐其離散之遠，而或後之以至徂謝，且將不得復用巫陽之技矣。

⑤歸來，一作「徠歸」。恒，胡登反。一無「乎」字。乎，一作兮。些，蘇賀反。舍，一作捨。離，一作罹。○巫陽既對如上語，即不復筮，亦不俟帝命之可否，而徑下招於四方，庶其未遠而或值之也。恒，常也。幹，體也。些，説文云：「語詞也。」沈存中云：「今夔峽湖湘及南北江獠人，凡禁呪句尾皆稱『些』，乃楚人舊俗。西域呪語末皆云『娑婆訶』，亦三〔二〕合而爲

『些』也。」舍，置也。祥，善也。此下乃歷詆上下四方之不善，而盛稱楚國之樂也。

⑥索，叶先各反。鑠，詩若反。石，叶時若反。釋，叶詩若反。歸來歸來，一作〔二〕魂兮歸來，一作歸來兮，通下六章並同。○託，寄也。八尺曰仞。索，求也。言東方有長人之國，人高千仞，主求人魂而食之也。鑠，銷也。言東方有扶桑之木，十日並在其上，以次更行，其熱酷烈，金石堅剛，皆爲銷釋也。彼，謂其處居人也。釋，解也。

⑦黑，一作墨。一無「肉」字。以，一作而。醢，叶呼彼反。蝮音福。蓁音臻。虺，許鬼反。儵，一作倏。一無「以」字。○雕，畫也。題，額也。雕刻其肌，以丹青涅之也。南人常食蠃蜯，得人之肉，則用以祭神，復以其骨爲醬而食之。今湖南北有殺人祭鬼者，即其遺俗也。蝮，大蛇也。蓁蓁，積聚之皃。山海經：「蝮蛇，色如綬〔三〕文，大者百餘斤，一名反鼻蛇。」封狐，大狐也，健走千里求食也。虺，亦蛇也。九首，一身九頭也。儵忽，疾急皃。説已見天問矣。淫，淹也。

⑧旋，辭戀反。淵，一作泉。非是，蓋避唐諱也。爢，莫爲反。㚔，一作幸。螘，一作蟻。蠭，一作蜂，一作蠭，並音峯。壺，叶行古反。藂，一作叢。菅，一作葌，並音姦。彷，蒲忙反，一作仿。徉，一作佯。遺，已季反。○流沙，已見騷經。爢，碎也。曠宇，無人之土也。螘，蚍蜉也。壺，乾瓠也。藂，叢生也。菅，茅屬高者至丈餘，可以食牛。言其地不生五穀，其人但食此菅草也。又言西方之土，温暑而熱，燋爛人肉，渴欲求水，不能得之，今環環、靈〔四〕

之間有旱海，六七百里無水泉，即其證也。倚，依也。四〔五〕方之土廣大遥遠，無所臻極，雖欲彷徉求所依止，不可得也。自遺賊，自予賊害也。

⑨ 久，叶居止反。〇言北方常寒，其冰重累，峨峨如山，涼風急時，疾雪隨之，飛行千里，乃至地也。

⑩ 上，上聲。天，叶鐵因反。千，叶七因反。從，即容反。又足用反，非是。侁，叶式巾反，一作莘。懸，一作縣。娭，一作嬉，許其反。一作娱。淵，叶一因反。瞑，叶芒丁反，一作眠。〇虎豹九關，言天門九重，虎豹守之，下人有欲上者，則齧殺之也。又有丈夫一身九頭，從朝至暮，拔大木九千枚也。從，竪也。侁侁，衆皃。投，擿也。豺狼得人，先懸其頭，用之娭戲，已乃擿於深淵而弃之也。瞑，卧也。言投人已訖，致其所受之命於天帝，然後乃得眠卧也。

⑪ 一無「此」字。都，叶丁奚反。觺，一作𩯭，音疑。又牛力反。脄，一作脢，並音梅。又每、妹二音。拇，莫垢反，又音母。駓音丕。參，一作三，蘇甘反。牛，叶魚奇反。遺，去聲。災，一作菑，與災同。叶子私反。〇幽都，地下后土所治也。地下幽冥，故稱幽都。土伯，后土之侯伯也。約，屈也。觺觺，角利皃。其身九屈，有角觸害人也。敦，厚也。脄，背也。拇，手大指也。駓駓，走皃。參，三也。甘，美也。言此物食人，以爲甘美也。

魂兮歸來，入脩門些。工祝招君，背行先些。秦篝齊縷，鄭綿絡些。招具該備，永嘯呼些。魂兮歸來，反故居些。①天地四方，多賊姦些。像設君室，靜閒安些。②高堂邃宇，檻層軒些。層臺累榭，臨高山些。網户朱綴，刻方連些。冬有突厦，夏室寒些。川谷徑復，流潺湲些。光風轉蕙，氾崇蘭些。經堂入奧，朱塵筵些。③砥室翠翹，挂曲瓊些。翡翠珠被，爛齊光些。蒻阿拂壁，羅幬張些。纂組綺縞，結琦璜些。④室中之觀，多珍怪些。蘭膏明燭，華容備些。二八侍宿，射遞代些。⑤九侯淑女，多迅衆些。盛鬋不同制，實滿宫些。⑥容態好比，順彌代些。弱顔固植，謇其有意些。⑦姱容脩態，絙洞房些。蛾眉曼睩，目騰光些。⑧靡顔膩理，遺視矊些。離榭脩幕，侍君之閒些。⑨翡帷翠帳，飾高堂些。紅壁沙版，玄玉之梁些。⑩仰觀刻桷，畫龍蛇些。坐堂伏檻，臨曲池些。芙蓉始發，雜芰荷些。紫莖屏風，文緣波些。文異豹飾，侍陂陁些。軒輬既低，步騎羅些。蘭薄户樹，瓊木籬些。魂兮歸來，何遠爲些。⑪

①門，叶莫連反。背音倍。篝，古侯反。綿，一作緜。絡，叶力户反。呼，叶胡故〔六〕反。居，叶舉慮反。○脩門，郢城門也。已見九章。工，巧也。男巫曰祝。背，倍也。倍行以鄉魂，先行而導之也。篝，落也，又曰籠也，可熏衣。縷，綫也。綿，纏也。絡，縛也。秦、齊、鄭，蓋其國工善爲此也。招具，即謂此上三物，禮所謂「上服」也。該，亦備也。嘯呼，即所謂

「臯」也。

②地，一作墬，一作墜。君，一作居。間音閑。〇賊，害也。姦，惡也。即上所言虎豹之等也。像，蓋楚俗人死則設其形皃於室而祠之也。

③網，一作罔。突，於叫反。厦，胡雅反。一作夏。川，一作谿。徑，一作經。氾音泛。經，一作徑，古作陘。奥，烏到反，古作隩〔七〕。〇邃，深也。檻，楯也。從曰檻，横曰楯。軒，樓版也。層、累，皆重也。無木謂之臺，有木謂之榭。又曰：凡屋無室曰榭。臨高山，言其高出於山上，而下臨其山也。網户者，以木爲門扉，而刻爲方目，使如羅罔之狀，即漢所謂「罘罳」。而程泰之以爲今之「亮隔」。其説是也。朱綴者，以朱丹飾其交綴之處，使其所刻之方相連屬也。突，深也，隱暗處。爾雅：「東南隅謂之突。」夏，大屋也，謂温室也。盛夏暑熱，則有洞達陰堂，其内寒凉也。流源爲川，注谿爲谷。徑，過也。復，反也。言所居之舍激導川水，徑過園庭，回通反復，其流急疾又潔淨也。光風，謂雨止日出而風，草木有光也。轉，摇也。氾，猶汎汎，摇動皃也。崇，高也。西南隅謂之奥。塵，承塵也。筵，竹席也。鋪陳曰筵，藉之曰席。言風自蘭蕙之間，經由堂中，以入於奥與塵筵之間也。

④砥音咫。翹，祈堯反。挂，一作絓，古賣反。瓊，叶渠陽反。蒻音弱。幬音儔。纂，作管反，一作綦。組音祖。縞音杲。琦，一作奇。璜音黄。〇砥，礪石也。穀梁云：「天子之桷，斲之礱之，加密石焉。」注云：「以細石磨之。」翹，鳥尾長毛也。挂，懸也。曲瓊，玉鈎也。翡，赤羽

雀。翠，青羽雀。蒻，蒻席也。阿，曲隅也。拂，薄也。以蒻席替壁之曲也。幬，禪帳也。纂、組，綬類也。纂似組而赤。綺，文繒也。縞，細繒也。言幬帳皆用綺縞，又以纂組結束玉璜爲飾也。

⑤珍，俗作珎。怪，俗作恠。燭，一作爥。備，叶步介反。射音亦。逓，一作遞。○金玉爲珍，詭異爲怪。蘭膏，以蘭香煉膏也。華容，謂美人也。二八，二列也。大夫有二列之樂，故晉悼公賜魏絳女樂二八、歌鍾二肆也。射，厭也。逓，更也。意有厭倦，則使更相代也。

⑥衆，叶直恭反。鬋音翦。○九侯淑女，設言商九侯之女，入之紂，而不喜淫者也。迅衆，未詳。鬋，鬢也。制，法也。盛飾理鬢，其制不同，皆來實滿，充後宮也。

⑦好，如字，一去聲。代，叶徒系反。一作世。植，一作立。謇，一作蹇。○態，姿也。比，親也。彌，猶竟也。自始來至代去，柔順如一也。弱顏固植，皃柔弱而立堅定也。謇，語辭。

⑧姱，苦瓜反。絙，古鄧反。一作縆，與亘同。蛾，一作娥。曼音萬。一作睇。睩音禄。○姱，好皃。脩，長也。絙，竟也。洞，深也。曼，長而輕細之皃。睩，目睞謹也。騰，發也。

⑨膩，女吏反。矊音綿，一作矈，又作繒。間音閑，叶許研反。○靡，緻也。膩，滑也。遺視，竊視也。矊，脉也。方言：「黸瞳之子謂之矊。」注云：「矊，邈也。」離，別也。脩，長也。幕，大帳也。間，間暇也。

⑩帳，一作幬。一無「之」字。○翡翠，已見上。紅，赤白色〔八〕。沙，丹砂也。

⑪桷音角。蛇、池，並叶徒河反。緣，一作緑。陂音頗，又音波。陁音駞，一作陀。輬音凉。籬，叶音羅。爲，叶音訛。○桷，椽也。春秋：「刻桓宫桷。」此蓋刻爲龍蛇而彩畫之也。坐堂伏檻，堂可坐而檻可凭伏也。芙蓉，芰荷。已見騷經。屏風，水葵也，又名鳧葵，又名防風〔九〕，即荇菜也，生水中，莖紫色。文緣波，言葵之文采，風起水動，即緣波而生也。陂陁，長陛也。言侍從之人皆衣虎豹之文，異采之飾，侍衛階陛也。或曰：從君遊陂陁之中也。軒，曲輈藩車也。輬，卧車也。皆輕車也。低，俛也。凡車行之勢，一低一昂，詩所謂「如輕如軒」者也。此則指其方低而未昂，方軽而未軒之時而言耳。徒行爲步，乘馬爲騎。羅，列也。言官屬之從衛者，羅列而待發也。草木叢生曰薄。瓊木，嘉木之美名也。言蘭薄當户而種，又以嘉木爲籬落也。何遠爲，言何以遠去爲哉。

室家遂宗，食多方些。稻粢穱麥，挐黄粱些。大苦醎酸，辛甘行些。肥牛之腱，臑若芳些。和酸若苦，陳吴羹些。胹鼈炮羔，有柘漿些。鵠酸臇鳧，煎鴻鶬些。露雞臛蠵，厲而不爽些。①粔籹蜜餌，有餦餭些。瑶漿蜜勺，實羽觴些。挫糟凍飲，酎清凉些。華酌既陳，有瓊漿些。歸反故室，敬而無妨些。②

①穱音捉。挐，女居反。醎，一作鹹。行，叶胡郎反。腱，居言反。臑，仁珠反，一作腝，音耎。一作胹，音而。又作烲，而兖反。若，一作弱。羹，叶音郎。胹音而。一作臑，一作濡。炮，蒲交反。柘，一作蔗。臇，子兖反。鶬音倉。臛，呼各反。一作脽，又音霍。蠵，一作蠵，音携。又以規、煎圭二反。爽，叶音霜。○室家，宗族也。宗，尊也。言君既歸來，則室家之衆，皆來宗尊，當爲設食，其方法多端也。稻，今秔、稉二米也。粢，稷也，亦名穄。穱，擇也。穱麥，稻處種麥，而擇取其先熟者也。挐，揉也。黄粱，出蜀、漢，商〔一〇〕、浙間亦種之，香美逾於諸粱，號爲竹根黄。言此數種之米，相雜爲飯也。大苦，豉也。醎，鹽也。酸，酢也。辛，謂椒、薑也。甘，謂飴蜜也。腱，筋頭也。臑若，熟爛也。或曰：若，謂杜若，用以煮肉，去腥而香也。「若苦」之若，則訓及也。吴羹，吴人工作羹也。胹，煮也。羔，羊子也。炮，合毛裹物而燒之也。柘，藷蔗也。言取藷蔗之汁爲漿飲也。鵠，鴻鵠也。酸，以酢漿烹之爲羹也。臇，臛少汁也。鳧，野鴨也。鴻，鴻鴈也。鶬，鶬鶴也。露雞，露棲之雞也。有菜曰羹，無菜曰臛。蠵，大龜之屬也。厲，烈也。爽，敗也。楚人名羹敗曰爽。老子曰：「五味令人口爽。」

②粔音巨。籹音女，一音汝。餦音張。餭音皇。蠠，古本如此，今作密，非是。勺音酌，又時斫反。挫，宗卧反。酎，直又反。「歸」下一有「來」字，一別有「歸來歸來」四字。「而反」上亦無「來」字。○粔籹，環餅也。吴謂之膏環，亦謂之寒具，以蜜和米麪煎熬作之。餌，擣黍

爲之，方言謂之「餦」者也。餦餭，餳也，以糵熬米爲之，亦謂之飴，此則其乾者也。瑶漿，漿色如玉者。蠠，見禮經，通作冪，以疏布蓋尊也。勺，挹酒器也。實，滿也。羽觴，飲酒之器，爲生爵形，似有頭尾羽翼也。言舉冪用勺酌酒而實爵也。挫，捉也。凍，冰也。酎，醇酒也。言盛夏則爲覆甕乾釀，捉去其糟，但取清醇，居之冰上，然後飲之，酒寒涼又長味好飲也。酌，酒斗也。言君魂歸反所居故室，子孫承事恭敬，長無禍害也。

肴羞未通，女樂羅些。敶鍾按鼓，造新歌些。涉江、采菱，發揚荷些。美人既醉，朱顏酡些。娭光眇視，目曾波些。被文服纖，麗而不奇些。長髮曼鬋，豔陸離些。①二八齊容，起鄭舞些。衽若交竿，撫案下些。竽瑟狂會，搷鳴鼓些。宮庭震驚，發激楚些。吴歈蔡謳，奏大吕些。②士女雜坐，亂而不分些。放敶組纓，班其相紛些。鄭衛妖玩，來雜陳些。激楚之結，獨秀先些。③

①敶，一作陳。按，一作桉。菱，一作蔆。揚，一作陽。荷，一作阿。酡，徒何反，一音馱。一作「酏」，一作「她」。娭，一作嬉。奇，叶古何反。髮，一作鬢。離，叶力戈反。〇肴，骨體，又菹也。致滋味爲羞。按，猶擊也。荷，當作阿。涉江、采菱、揚阿，皆楚歌名。酡，飲而赭

色著面。娭，戲也。眇，眺也。曾，重也。文，謂綺繡。纖，細也。不奇，奇也。

②衽，而甚反，一作袵。撫案，一作撫抵。下，叶音户。搷，一作填，田、殿二音，疑當從入聲讀。歈音俞。奏，一作泰，非是。○鄭舞，鄭國之舞也。衽，衣襟也。言舞人回轉，衣襟相交如竿也。撫案下者，以〔一〕手按撫其節而徐行也。狂，猶猛也。搷，急擊如投擲之勢者也。激楚，歌舞之名，即漢祖所謂楚歌、楚舞也。此言狂會、搷鼓、震驚、激楚，即大合衆樂而爲高張急節之奏也。吴、蔡，國名也。歈、謳，皆歌也。大吕，律名。

③敶，一作陳。班，一作斑。陳，一作敶。結，古詣反。先，叶蘇津反。○組，綬也。纓，冠系也。妖玩，妖好可玩之物也。結，頭髻也。激楚之結，蓋歌舞此曲者之飾也。秀先，言秀異而先進於衆也。

箟蔽象棊，有六簙些。分曹並進，遒相迫些。成梟而牟，呼五白些。晉制犀比，費白日些。鏗鍾搖簴，楔梓瑟些。①娱酒不廢，沈日夜些。蘭膏明燭，華鐙錯些。結撰至思，蘭芳假些。人有所極，同心賦些。酎飲盡歡，樂先故些。魂兮歸來，反故居些。②

①篦音昆，一作琨。簸，一作蔽。簙音博，一作博。迫，叶補各反。梟，堅堯反。白，叶蒲各反。比，頻〔二〕二反。費，芳味反。日，叶音若。鏗，苦耕反。一作鎗，音同。簴，奇舉反。楔，古八反。一作戛。瑟，叶音朔。○篦，竹名。簸，字從竹〔三〕，簙箸也。博雅云：「投六箸，行六棊，故爲六簙也。」言宴樂既畢，乃設六簙，以篦簬作箸、象牙爲棊也。曹，偶也。遒，亦迫也。投箸行棊，轉相遒迫，使不得擇行也。倍勝爲牟。五白，簙齒也。言己棊已梟，當成牟勝，故呼五白以助投也。晉制犀比，謂晉國工作簙、棊、箸，比集犀角以爲雕飾。費，耗也。費白日，言博者爭勝，耽著不已，耗損光陰也。鏗，撞也。摇，動也。簴，懸鍾格。楔，轢也。

②夜，叶羊茹反。燭，一作爥。鐙音登，一作雕。假，叶音故，一音格。酎，一作酌。「飲」下一有「既」字。居，叶舉慮反。○不廢，猶言不已也。沈，沈湎也。鐙，錠也。徐鉉曰：「錠中置燭，故謂之鐙。」華，謂其刻飾華好，或爲禽獸之形也。錯，置也。撰，述也。假，大也。謂結述其深至之情思，爲詞以相樂，如蘭芳之甚大也。極，傾倒竭盡也。賦者，不歌而誦其所撰之詞也。蓋人各以其所極而同心陳之也。先故，舊事也，陳嬰母曰：「汝家先故，未曾貴」是也。

亂曰：獻歲發春兮，汨吾南征。菉蘋齊葉兮，白芷生。路貫廬江兮，左長薄。倚沼畦瀛兮，遥望博。①青驪結駟兮，齊千乘。懸火延起兮，玄顔烝。步及驟處兮，誘騁先。抑騖若通兮，引車右還。與王趨夢兮，課後先。君王親發兮，憚青兕。②朱明承夜兮，時不可淹。皋蘭被徑兮，斯路漸。③湛湛江水兮，上有楓。目極千里兮，傷春心。魂兮歸來哀江南。④

①汩，于筆反。「征」下一有「些」字。「芷生」下同，一至「騁先」下皆同。菉、蘋，音並見騷經。○獻歲，言歲始來進也。汩，去皃。菉、蘋、芷，皆已見上。貫，穿過也。廬江、長薄，皆地名。左者，行出其右也。倚，依也。沼，池也。畦，猶〔一四〕區也。瀛，池中也。楚人名池澤中曰瀛。依已成之沼，而復爲瀛也。遥，遠也。博，平也。

②驪，吕知反。烝，叶之孕反，一作蒸。還，叶音旋，一作旋。夢音蒙，一去聲。先，叶音私。柏梁詩此字入時韻也。憚，當割反。兕，叶音詞。○自此以下，盛言畋獵之樂以招之也。純黑爲驪。結，連也。四馬爲駟。懸火，懸鐙也。玄，天也。顔，容也。言夜獵懸鐙林中，其火延及燒於野澤，上烝玄天，使天赤色也。步及驟處，步行而及驟馬所至之處，言走之疾也。誘，蓋爲導而馳騁，以先誘獵衆，若儀禮射儀之有「誘射」也。若，順也。「止馳騖」者，使順通獵事，引車右轉，以射獸之左也。夢，澤名。楚有雲夢澤，方八九百里，跨江兩岸，雲

在江北，今玉沙、監利、景陵等縣是也。夢在江南，今公安、石首、建寧等縣是也。憚，懼也。兕，似牛，一角，青色，重千斤。言王親發矢以射青兕，中之而懼走也。

③可，一作見。一無「可」字。一「可」下有「以」字。皆非是。漸音尖，一作瀸。○朱明，日也。承，續也。淹，久也。日夜相承，四時不得淹止。皐，澤也。被，覆也。徑，路也。漸，没也。春深則草盛，水生而路没也。

④楓，叶孚金反。南，叶尼金反。○楓，木名也，似白楊，葉圓而岐，有脂而香，厚葉弱枝，善摇，至霜後葉丹可愛，故騷人多稱之。目極千里，言湖澤博平，春時草短，望見千里，令人愁思也。玉意欲使原復歸郢，故言江南之地可哀如此，不宜久留也。

大招第十

大招，不知何人所作。或曰屈原，或曰景差，自王逸時已不能明矣。其謂原作者，則曰詞義高古，非原莫及。其不謂然者，則曰漢志定著原賦二十五篇，今自騷經以至漁父已充其目矣。其謂景差，則絶無左驗，是以讀書者往往疑之。然今以宋玉大、小言賦考之，則凡差語皆平淡醇古，意亦深靖閑退，不爲詞人墨客浮夸豔逸之態，然後乃知此篇决爲差作無疑也。雖其所言，有未免於神怪之惑，逸欲之娱者，然視小招則已遠矣。其於天道之詘伸動靜，蓋若粗識其端倪，於國體時政，又頗知其所先後，要爲近於儒者窮理經世之學。予於是竊有感焉，因表而出之，以俟後之君子云。

青春〔一五〕受謝，白日昭只。春氣奮發，萬物遽只。冥淩浹行，魂無逃只。魂魄歸徠，無遠遥只。①魂乎歸徠，無東無西，無南無北只。②東有大海，溺水浟浟只。螭龍並流，上下悠悠只。霧雨淫淫，白皓膠只。魂乎無東，湯谷宋寥只。③魂乎無南，南有炎火千里，蝮蛇蜒只。山林險隘，虎豹蜿只。鰅鱅短狐，王虺騫只。魂乎無南，蜮傷躬只。④魂乎無西，西方流沙，漭洋洋只。豕首縱目，被髮鬤只。長爪踞牙，誒笑狂只。魂乎無西，多害傷只。⑤魂乎無北，北有寒山，逴龍赩只。代水不可涉，深不可測只。天白顥顥，寒凝凝只。魂乎無往，盈北極只。⑥

①只音止。遽，叶渠驕反。歸徠，一作徠歸。後並同。○青，東方春位，其色青也。謝，去也。言玄冬謝去，而青春受之也。「白日昭」者，冬寒則日無光暉，故春氣和暖，而後白日昭明也。只，語已詞。遽，猶競也。言春氣奮發，而萬物忽遽競起而生出也。冥，幽暗也。凌，冰凍也。浹，周洽也。言春氣既發，幽暗冰凍之地，無不周洽而流行，故魂魄之已散而未盡

者，亦隨時感動而無所逃，於是及此時而招之，欲其無遠去而即歸來也。祭義所謂「春雨露既濡，君子履之，必有怵惕之心，如將見之」。故禘有樂以迎其來意，亦如此，非嘗覃思於有無動靜之間者，不能知也，讀者宜深玩之。

②乎，一作兮。徠，一作兮，下並同。「無東無西無南無北」，一作「無東西而南北」。

③按下章例，此句上當有「魂乎無東」四字。溺，一作弱。浟音悠。悠悠，一作攸攸，一作儵儵。皓，一作浩。膠，叶居幽反，一音豪。寥，叶力求反。一無「寥」字，非是。○悠悠，螭龍行皃。皓膠，冰凍皃。皓然正白，回錯膠戾。湯谷，日之所出。其地無人，視聽宗然，無所見聞也。

④蜒音延。林，一作陵。蜿音鴛。鰅，魚恭反。鱅，以恭反。鶱，讀若騫，音軒。蜮音域，一音或。躬，叶居延反。○蜒，長皃也。蜿，虎行皃。鰅，魚名，皮有文。鱅，魚，音如彘鳴。短狐，蜮也。說文曰：「蜮，似鼈，三足。」陸機曰：「一名射影。人在岸上，影見水中，投人影則射之。或謂含沙射人。」孫思邈云：「亦名射工。其虫無目而利耳，能聽，聞人聲，便以口中毒射人。」王虺，大蛇也。鶱，舉頭皃也。

⑤漭，母朗反。縱，將容反。鬤，而羊反，一作長。長爪，一作「豕爪」。踞音據，一作倨。疑當作鋸。誒音嬉。○漭，水大皃。洋洋，無涯皃。從，直竪也。鬤，髮亂皃。鋸牙，言其牙如鋸也。誒，彊笑也。言西方有神，其狀如此，能傷害人也。

⑥逴音卓，一作卓。艴，許力反。代，一作伐。顥音皓。凝，一作嶷，魚力反。○逴龍，山名。艴，赤色，無草木皃。顥顥，光皃。凝凝，冰凍皃。盈北極，言此冰凍盈北極也。

魂魄歸徠，閒以靜只。自恣荆楚，安以定只。逞志究欲，心意安只。窮身永樂，年壽延只。魂乎歸徠，樂不可言只。①五穀六仞，設菰粱只。鼎臑盈望，和致芳只。内鶬鴿鵠，味豺羹只。魂乎歸徠，恣所嘗只。②鮮蠵甘雞，和楚酪只。醢豚苦狗，膾苴蓴只。吴酸蒿蔞，不沾薄只。魂兮歸徠，恣所擇只。③炙鴰烝鳧，煔鶉敶只。煎鰿膗雀，遽爽存只。魂乎歸徠，麗以先只。④四酎并孰，不歰嗌只。清馨凍㱃，不歠役只。吴醴白櫱，和楚瀝只。魂乎歸徠，不遽惕只。⑤

①安，叶一先反。永，一作安。

②菰音孤，一作苽。臑，仁珠反，一作胹，一作腝。一作腩，徒南反。内與納同。一作肭。鶬音倉。羹，叶力當反。○五穀，稻、稷、麥、豆、麻也。仞，伸臂一尋，八尺也。言積穀之多也。設，施也。菰粱，蔣實，一名雕胡。臑，熟也。致，致鹹酸也。芳，謂椒、薑也。内與肭同，肥也。鶬，即鶬鴰也。鴿似鳩而小，青白。鵠，有白鵠，有黄鵠。豺，似狗。

③蠵，一作鑴。豚，一作豰，一作腶，音同。苴，即魚反。蓴，普各反，一匹沃反。一作蒪。酸蒿蔞，一作「酢醫𨡎」。醫音模。𨡎音途。沾音添。兮，一作乎。擇，叶徒各反。○生潔爲鮮。蠵，大龜也。酪，乳漿也。醢，肉醬也。苦，以膽和醬也，世所謂「膽和」者也。苴蓴，一名蘘荷。本草云：「葉似初生甘蔗，根似薑芽。」蓋切以爲香也。蒿，白蒿，春生，秋乃香美可食。蔞，蒿，葉似艾，生水中，脆美可食。沾，多汁也。薄，無味也。言吴人工調鹹酸，爚蒿蔞以爲韲，其味不醲不薄，適甘美也。

④炙音柘。鴰，古活反，一作鴿。鳧，一作梟。煔音潛。鰿，積、賾、責三音。脽，一作臛。存，叶祖陳反。麗，一作進。先，叶桑津反。○炙，燔肉也。鴰，麋鴰也。煔，爚也。鶉，鴽也。鰿，小魚也。遽爽存，未詳。

⑤歰，一作澁。嗌，叶音益，一於革反。歠，一作飲，一作歡〔一六〕。○酎，三重釀酒。秦月令云：「春釀之，孟夏始成。」漢亦以春釀，八月乃成。此云「四酎」，則是四重釀矣。并，俱也。舊注以爲「四器俱熟」。未知孰是也。歰，不滑也。嗌，咽喉也。言不歰人之咽喉也。馨，香之遠聞者也。凍，猶寒也。不歠役，未詳。舊注謂「不以飲賤役之人」，言酒醇美，役人飲之，易醉仆失禮，故不以飲之也。再宿爲醴。蘗，米麴也。瀝，清酒也。言使吴人釀醴，和白麴〔一七〕以作楚瀝也。

代秦鄭衛，鳴竽張只。伏戲駕辯，楚勞商只。謳和揚阿，趙簫倡只。魂乎歸徠，定空桑只。①二八接武，投詩賦只。叩鍾調磬，娱人亂只。四上競氣，極聲變只。魂乎歸徠，聽歌譔只。②朱唇皓齒，嫭以姱只。比德好閒，習以都只。豐肉微骨，調以娱只。魂乎歸徠，安以舒只。③嫮目宜笑，娥眉曼只。容則秀雅，穉朱顔只。魂乎歸徠，静以安只。④姱脩滂浩，麗以佳只。曾頰倚耳，曲眉規只。滂心綽態，姣麗施只。小腰秀頸，若鮮卑只。魂乎歸徠，思怨移只。⑤易中利心，以動作只。粉白黛黑，施芳澤只。長袂拂面，善留客只。魂乎歸徠，以娱昔只。⑥青色直眉，美目媔只。靨輔奇牙，宜笑嘕只。豐肉微骨，體便娟只。魂乎歸徠，恣所便只。⑦

①代，一作岱。○代、秦、鄭、衛，當世之樂也。伏戲之駕辯、楚之勞商，疑皆古曲名，而未有考。或謂伏戲始作瑟也。徒歌曰謳。揚阿，即陽阿，已見前篇。趙簫，趙國之簫也。以趙簫奏揚阿爲先倡，而謳以和之也。空桑，琴瑟名。見周禮。

②武，一作舞。賦與下亂、變、譔不叶，未詳。○接，連也。武，迹也。投，合也。詩賦，雅樂，關雎、鹿鳴之類是也。叩，擊也。金曰鍾，石曰磬。亂，理也。四上，未詳。譔，具也。

③嫭音護。姱，叶苦胡反。比，必寐反。閒音閑。○嫭、姱，好皃。好閒，謂美好而閒暇。習，

謂習於禮節。都，謂容態之美，不鄙野也。

④嫮與嫭同。○嫮，眄也。曼，長而輕細也。則，法也。穉，幼也。

⑤姱脩滂浩，一作「脩廣婉心」。婉，一作遠。佳，叶居宜反。滂，一作漫。綽，一作淖。思怨，一作「怨思」。○脩，長也。滂浩，廣大也。佳，善也。曾，重也。倚，辟也。規，圜也。言面豐滿，頰肉若重，兩耳郭辟，曲眉正圜也。綽，綽汋也。鮮卑，袞帶頭也。言腰肢細小，頸銳秀長，若以鮮卑之帶，約而束之也。補曰：「鮮卑之帶，漢匈奴傳所謂『黄金犀毗』」，孟康以爲『要中大帶』」，張晏以爲『鮮卑郭洛帶，瑞獸名，東胡好服之』者也。魏書曰：鮮卑，東胡之餘，別保鮮卑山因號焉。」移，去也。言可以忘去怨思也。

⑥澤，叶待洛反。客，叶苦各反。昔，叶先約反。一作夕。○易中利心，皆敏慧之意。芳澤，芳香之膏澤也。昔，夜也。

⑦靨音綿。靨，於牒反。輔，一作酺，扶羽反。嗎，虚延反。便，平聲。○青色，謂眉也。靨，美目皃。輔，頰車也。左傳：「輔車相依。」嗎，笑皃。便娟，好皃。便，猶安也。

夏屋廣大，沙堂秀只。南房小壇，觀絶霤只。曲屋步壛，宜擾畜只。騰駕步遊，獵春囿只。①瓊轂錯衡，英華假只。茝蘭桂樹，鬱彌路只。魂乎歸徠，恣志慮只。②孔雀盈園，畜鸞皇只。鵾鴻羣晨，雜鶖鶬只。鴻鵠代遊，曼鷫鷞只。魂乎歸徠，鳳皇翔只。③曼澤怡面，血氣盛只。永宜厥身，保壽命只。室家盈庭，爵禄盛只。魂乎歸徠，居室定只。④

①壇音善。觀音貫。霤音溜。壛，一作櫚，一作閻，與簷同。一作欄。畜音嗅，一作畜，一作獸。○沙，丹沙也。壇，猶堂也。觀，猶樓也。霤，屋宇也。曲屋，周閣也。步壛，長砌也。上林賦作「步櫚」，李善云：「長廊也。」擾畜，馴養禽獸也。步遊，亦言行遊耳，非必舍車而徒也。

②瓊，一作瑶。假，古路反，一作瑕。茝，一作芷。慮，一作處。○假，大也。言所乘之車以玉飾轂，以金錯衡。英華照燿，大有光明也。彌，竟也。

③畜，許六反，一作傗。鶖音秋。曼，一作漫。鷫音肅。鷞音霜。○鵾，鵾雞。鴻，鴻鶴也。晨，旦鳴也。書曰：「牝雞無晨。」鶖鶬，鶬鶖也。曼，曼衍也。鷫鷞，長頸緑身，似鴈。

④怡，一作台。盛，一作𡂾。保壽，一作「長保」。○怡，懌皃。室家，謂宗族。盈庭，滿朝廷也。

接徑千里，出若雲只。三圭重侯，聽類神只。察篤夭隱，孤寡存只。魂兮歸徠，正始昆只。①田邑千畛，人阜昌只。美冒衆流，德澤章只。先威後文，善美明只。魂乎歸徠，賞罰當只。②名聲若日，照四海只。德譽配天，萬民理只。北至幽陵，南交阯只。西薄羊腸，東窮海只。魂乎歸徠，尚賢士只。③發政獻行，禁苛暴只。舉傑壓陛，誅譏罷只。直贏在位，近禹麾只。豪傑執政，流澤施只。魂乎歸徠，國家爲只。④雄雄赫赫，天德明只。三公穆穆，登降堂只。諸侯畢極，立九卿只。昭質既設，大侯張只。執弓挾矢，揖辭讓只。魂乎歸徠，尚三王只。⑤

①神，叶式云反。夭，一作殀。兮，一作乎。○接徑，猶言通路也。出若雲，言人民衆多，其出如雲也。三圭，謂公、侯、伯也。公執桓圭，侯執信圭，伯執躬圭，故曰三圭也。重侯，猶曰陪臣，謂子、男也。蓋楚僭王號，其縣宰皆號曰公，如申公、葉公之類。其小者，應亦比子、男也。「聽類神」者，言其聽察精審，如神明也。篤，厚也。夭，早死也。隱，幽蔽也。孤者，幼而無父者也。寡者，老而無夫者也。察夭隱者而厚之，則孤寡皆得其所矣。昆，後〔一八〕也。正其始以及後人也。

②畛，之忍反。明，叶謨〔一九〕郎反。當，叶平聲。○田，野也。邑，居也。周禮：「九夫爲井，四

井爲邑。」畛，田上道也。阜，盛也。昌，熾也。冒，覆也。章，明也。威，武也。言先以威武嚴民，後以文德撫之，既善美而又光明也。

③照，一作昭。海，叶呼洧反。理，一作治。尚，一作進。賢，一作進。士，叶鉏里反。○德譽配天，言楚王脩德於内，榮譽外發，功德配天，又能理萬民之寃結也。幽陵，幽州也。交阯，南夷，其人足大，指開析，兩足並立，則指相交。羊腸，山名。山形屈辟，狀如羊腸，今在太原、晉陽之西北。言魂急歸徠，楚方尚賢進士，必見用也。

④行，下孟反。禁，一作絶。暴，不叶下韻，未詳。疑亦有皮音也。壓，於甲反，一作厭。陛，一作階。罷與疲同。嬴音盈。傑，一作俊。執，一作理。○獻行，令百官上其行治，如周禮「令羣吏致事」，漢法「令郡國上計」也。舉傑壓陛，延登俊傑，使在高位，以壓階陛也。誅，責而退之也。譏罷，衆所譏誚，疲軟不勝任之人也。直嬴，謂理直而才有餘者。禹麾未詳。國家爲，言如此則國家可爲矣。

⑤明，叶謨郎反。降，一作王。卿，叶乞郎反。讓，叶如羊反。○雄雄赫赫，威勢盛也。穆穆，和美皃。諸侯位次三公，其班既絶，乃使九卿立其下也。昭質，爲射侯所畫之地，如言白質、赤質之類也。大侯，謂所射之布，如言虎侯、豹侯之類也。上手延登曰揖，厭手退避爲讓，致語以讓爲辭。古者大射、燕射、鄉射之禮，將射者皆執弓挾矢，以相揖，又相辭讓，而後外射。戰國時，此禮已廢久矣，故景差特於卒章言此，以招屈原之魂，欲其徠歸，而尚此

三王之道，以矯衰世之失禮。不特此耳，其它若云「察幽隱」、「存孤寡」、「治田邑」、「阜人民」、「禁苛暴」、「流德澤」、「舉賢能」、「退罷劣」，亦三王之政也。

【校記】

〔一〕三，原作「二」，據端平本改。

〔二〕歸來歸來一作，原本無此六字，據端平本補。

〔三〕綏，原作「緌」，據端平本改。

〔四〕環靈，原作「靈夏」，據端平本改。

〔五〕四，原作「西」，據端平本改。

〔六〕胡故，原作「故胡」，據端平本乙。

〔七〕隩，原作「澳」，據端平本改。

〔八〕赤白色，原作「赤色」，下衍「壁白色」三字，據端平本改。

〔九〕「防風」下原衍「又名屏風」四字，據端平本删。

〔一〇〕商，原作「而」，據端平本改。

〔一一〕以，原作「從」，據端平本改。

〔一二〕頻，原作「類」，據端平本改。

〔一三〕字從竹，原作「行」，據端平本改。

〔一四〕猶，原作「不」，據端平本改。

〔一五〕青春，原作「春秋」，據端平本改。

〔一六〕歛，原作「斂」，據端平本改。

〔一七〕麯，原作「麪」，據端平本改。

〔一八〕後，原作「厚」，據端平本改。

〔一九〕謨，原作「諫」，據端平本改。

楚辭卷第八

朱熹集注

惜誓第十一

惜誓者，漢梁太傅賈誼之所作也。誼，洛陽人。漢文帝聞其名，召爲博士，超遷至太中大夫，納用其言，議以任公卿之位。絳、灌之屬，毁誼「年少初學，顓欲擅權，紛亂諸事」。於是天子亦踈之，以誼爲長沙王太傅。三年復召，以爲梁太傅。數問以得失，多欲有所匡建。數年，梁王騎，墮馬死。誼自傷爲傅無狀，哭泣，歲餘亦死。死時，年三十三矣。史、漢於誼傳獨載吊屈原、服鳥二賦，而無此篇。故王逸雖謂「或云誼作，而疑不能明」。獨洪興祖以爲其間數語，與吊屈賦詞指略同，意爲誼作無疑者。今玩其辭，實亦瓌異奇偉，計非誼莫能及。故特據經〔一〕説，而并録傳中二賦，以備一家之言云。

惜余年老而日衰兮，歲忽忽而不反。登蒼天而高舉兮，歷衆山而日遠。①觀江河之紆曲兮，離四海之霑濡。攀北極而一息兮，吸沆瀣以充虚。飛朱雀使先驅兮，駕太一之象輿。蒼龍蚴虬於左驂兮，白虎騁而爲右騑。建日月以爲蓋兮，載玉女於後車。馳騖於杳冥之中兮，休息虖崑崙之墟。②樂窮極而不厭兮，願從容虖神明。涉丹水而駝騁兮，右大夏之遺風。黄鵠之一舉兮，知山川之紆曲，再舉兮睹天地之圜方。臨中國之衆人兮，託回飈虖尚羊。乃至少原之壄兮，赤松王喬皆在旁。二子擁瑟而調均兮，余因稱乎清商。澹然而自樂兮，吸衆氣而翱翔。念我長生而久僊兮，不如反余之故鄉。③黄鵠後時而寄處兮，鴟梟羣而制之。神龍失水而陸居兮，爲螻蟻之所裁。夫黄鵠神龍猶如此兮，況賢者之逢亂世哉。④壽冉冉而日衰兮，固儃回而不息。俗流從而不止兮，衆枉聚而矯直。⑤或偷合而苟進兮，或隱居而深藏。苦稱量之不審兮，同權槩而就衡。⑥或推迻而苟容兮，或直言之諤諤。傷誠是之不察兮，并紉茅絲以爲索。方世俗之幽昏兮，眩白黑之美惡。放山淵之龜玉兮，相與貴夫礫石。梅伯數諫而至醢兮，來革順志而用國。悲仁人之盡節兮，反爲小人之所賊。⑦比干忠諫而剖心兮，箕子被髮而佯狂。水背流而源竭兮，木去根而不長。非重軀以慮難兮，惜傷身之無功。⑧已矣哉，獨不見夫鸞鳳之高翔兮，乃集大皇之壄。循四極而回周兮，見盛德而後下。⑨彼聖人之神德兮，遠濁世而自藏。使麒麟可得羈而係兮，又何以異虖犬羊。⑩

①設言高舉，經歷衆山，去日遠也。

②以，一作目。蚴，於虯反。虬，渠糾反。騑，叶芳無反。虖，一作乎。墟，丘於反。○晉志云：「北極五星，天運無窮，三光迭耀，而極星不移，故曰居其所而衆星拱之。」淮南云：「左青龍，右白虎，前朱雀，後玄武。」注云：「角亢爲青龍，參、伐爲白虎，星、張爲朱雀，斗、牛爲玄武。」沈存中云：「朱雀，莫知何物，但謂鳥而朱者，羽族赤而翔上，集必附木，此火之類也。或云：鳥，即鳳也。然天文家朱鳥，乃取象於鶉。南方七宿，曰鶉首、鶉火、鶉尾是也。蓋鶉無尾，故以翼爲尾云。」象輿，以象齒飾輿也。玉女，青要、乘弋等也。墟，大丘也。

③虖，一作乎。明，叶謨郎反。駝，一作馳。風，叶孚光反。黃，一作鴻。一，或作壹。睹，一作覩，一作知。飈音摽，一作風，一作飆。尚音常。壄，一作野。喬，一作僑。澹，一作淡。○願從容乎神明，願與神明俱遊戲也。丹水，猶赤水也。大夏，外國名也，在西南。黃鵠一

飛則見山川之屈曲，再舉則知天地之圜方，居身益高，所睹愈遠也。少原之埜，仙人所居。均，亦調也。國語云：「律者，所以立均出度也。」清商，歌曲名。五音各有清濁，濁者本聲，清者半聲也。又言雖得長生久僊，猶思楚國，念故鄉，忠信之至，恩義之篤也。

④黃，一作鴻。鴟，稱脂反。梟，堅堯反。螻音婁。蟻，一作螘。裁，叶即詞反。哉，叶即思反。○鴟鵂〔二〕，怪鳥。梟，不孝鳥。螻，螻蛄也。蟻，蚍蜉也。裁，制也。

⑤固，一作國。儃，一作邅。○矯，揉也。枉者自以爲直，又羣衆而聚合，則其黨盛，而反欲揉直以爲枉也。

⑥量，平聲。衡，叶胡郎反。○稱所以知輕重，量所以別多少。權，稱錘也。槩，平斛木也。衡，平也。權、槩，皆所以取平也。

⑦迻，一作移。諤，一作譿。紉，一作繩，而無「茅」字。「眩」下一有「於」字。石，叶時若反。梅音浼。醢，一作菹。一「醢」上別有「菹」字。國，叶姑霍反。賊，叶徂各反。○諤諤，直言皃。語曰：「千人之諾諾，不如一士之諤諤。」周武諤諤以昌，殷紂諾諾以亡。來，惡來也，與革皆紂之佞臣也。用國，見用於國也。

⑧剖，一作割。佯，一作詳。竭，一作渴，音同。軀，一作體。功，叶音光。○「背流而源竭」，疑當作「背源而流竭」。王逸注云：「水背其源泉則枯竭。」似當時本末誤也。傷身而無功，若比干、箕子是也。

⑨一無「夫」字。大，一作太。壄，一作野。回，一作徊。而回周，一作「以周覽」。○大皇之壄，大荒之藪。言鸞鳳高飛於大荒之野，循於四極，回旋而戲，見仁聖之王，乃下來集，歸於有德也。以言賢者亦宜處山澤之中，周流觀望，見高明之君，乃當仕也。

⑩一無「得」字。一「係」下有「之」字。虖，一作夫，一作乎。○言麒麟仁智之獸，遠世避害，常藏隱不見。有聖德之君，乃肯來出。如使可得羈係而畜之，則與犬羊無異，不足貴也。言賢者亦以不可枉屈爲高，如可趨走，亦不足稱也。

弔屈原第十二

弔屈原者，漢長沙王太傅賈誼之所作也。誼以適去，意不自得，及過湘水，時屈原沈汨羅已百年餘矣。誼追傷之，投書以弔，而因以自喻。後之君子，蓋亦高其志，惜其才，而狹其量云。

恭承嘉惠兮，竢罪長沙。仄聞屈原兮，自湛汨羅。造託湘流兮，敬弔先生。遭世罔極兮，迺隕厥身。①烏虖哀哉兮，逢時不祥。鸞鳳伏竄兮，鴟鴞翱翔。闒茸尊顯兮，讒諛得志。賢聖逆曳兮，方正倒植。謂隨、夷溷兮，謂跖、蹻廉。莫邪爲鈍兮，鈆刀爲銛。②于嗟默默，生之亡故兮。斡棄周鼎，寶康瓠兮。騰駕罷牛，驂蹇驢兮。驥垂兩耳，服鹽車兮。章甫薦屨，漸不可久兮。嗟苦先生，獨離此咎兮。③

①仄，古「側」字。湛，古「沈」字。羅，叶盧加反。造，七到反。○極，止也。詩曰：「讒人罔極。」

②鴞，史記作「梟」。闒，吐盍反。茸，人勇反。植音值。跖，之石反。蹻，居略反。鈍，史作「頓」。銛，息廉反。○闒茸，下材不肖之人也。植，立也。隨、卞隨，讓天下而不受。夷，伯夷，讓國而餓死。跖，盜跖。蹻，莊蹻。秦、楚之大盜也。莫邪，寶劍名。銛，利也。

③默，史作「嘿」。斡音管。罷，讀曰疲。或曰：苦，當作若。易曰：「則嗟若」。史此一節「兮」字皆在句中〔三〕。「寶」上有「而」字。○默默，不自得意也。生，謂屈原也。言其無故而遭此禍也。斡，轉也。康瓠，瓦盆〔四〕底也。蹇，跛也。驥，駿馬也。服，駕也。章甫，冠名。薦屨，反在履下也。嗟，咨嗟也。苦，勞苦也。若，語辭。

誶曰：①已矣！國其莫吾知兮，子獨壹鬱其誰語？鳳縹縹其高逝兮，夫固自引而遠去。襲九淵之神龍兮，沕淵潛以自珍。偭蟂獺以隱處兮，夫豈從蝦與蛭螾？所貴聖之神德兮，遠濁世而自臧。使麒麟可係而羈兮，豈云異夫犬羊？②般紛紛其離此郵兮，亦夫子之故也。歷九州而相其君兮，何必懷此都也。鳳皇翔于千仞兮，覽德輝而下之。見細德之險徵兮，遥增擊而去之。彼尋常之汙瀆兮，豈容吞舟之魚？橫江湖之鱣鯨兮，固將制於螻螘。③

①誶音碎。史作「訊」。○誶，告也。即亂辭也。

②史「吾」作「我」，無「兮」、「子」字。壹，史作「堙」。語，去聲。縹，匹遥反，史作「漂」。逝，史作「遰」。引，史作「絶」。沕音昧，又于筆反。偭音面。蟂音梟。獺音闥。三字史作「彌融爚」，又作「彌蝎蜦」。蝦音遐。蛭音質。螾音引，叶平聲。臧，古「藏」通。○壹鬱，猶佛鬱也。縹，輕舉皃。襲，重也。九淵，九旋〔五〕之淵，言至深也。偭，背也。蟂、獺，皆水蟲害魚者。蝦、蛭、螾，亦水蟲之小者。言龍自絶於蟂、獺，況肯從蝦與蛭螾乎？

③般音班，字從丹青之丹。郵與尤同，史作「尤」。故，叶音孤，史作「辜」。歷，史作「瞝」，視也。其君，史無「其」字。汙，一胡反。鱣，升連反。螻音婁，螻蛄也。螘與蟻同，叶五居反。○般，反也。離，遭也。郵，過也。歷，經過也。八尺曰仞。增，重也。八尺曰尋，倍尋曰常。汙瀆，不泄之水也。鱣，大魚，無鱗，口在腹下。鯨魚，長者數里。

服賦第十三

服賦者，賈誼之所作也。誼在長沙三年，有服飛入誼舍，止於坐隅。服似鴞，不祥鳥也。①誼以長沙卑溼，自恐壽不得長，故爲賦以自廣。太史公讀之，歎其同死生、輕去就，至爲爽然自失。以今觀之，凡誼所稱，皆列禦寇、莊周之常言，又爲傷悼無聊之故，而藉之以自誑者，夫〔六〕豈真能原始反終，而得夫朝聞夕死之實哉！誼有經世之才，文章蓋其餘事，其奇偉卓絕，亦非司馬相如輩所能仿佛。而揚雄之論常高彼而下此，韓愈亦以馬、揚廁於孟子、屈原之列，而無一言以及誼。余皆不能識其何説也。是以因序其賦而并論之，以俟後之君子云。

①服，訓狐也，其名自呼，故因而命之。

單閼之歲，四月孟夏，庚子日斜。服集余〔七〕舍，止于坐隅，貌甚閒暇。①異物來崒，私怪其故。發書占之，讖言其度。曰：「野鳥入室，主人將去。」②問於子服：「余去何之？吉虖告我，凶言其災。淹速之度，語余其期。」③

①閼，一葛反。斜，史〔八〕作施，叶音邪。「歲」下，史有「兮」字，至終篇並同。○太歲在卯曰單閼，文帝六年丁卯也。

②崒，史作「萃」。讖，初禁反，史作「策」。○崒，聚也。讖，驗也。

③問於，史作「請問」。子，史作「于」。速，史作「數」。○子服者，加之美稱也。

服乃太息，舉首奮翼。口不能言，請對以意。萬物變化，固亡休息。①斡流而遷，或推而還。形氣轉續，變化而嬗。沕穆亡間，胡可勝言？②禍兮福所倚，福兮禍所伏。憂喜聚門，吉凶同域。③彼吴彊大，夫差以敗。越棲會稽，勾踐伯世。④斯遊遂成，卒被五刑。傅説胥靡，乃相武丁。⑤夫禍之與福，何異糾纆。命不可測，孰知其極？⑥水激則旱，矢激則遠。萬物回薄，震蕩相轉。⑦雲烝雨降，糾錯相紛。大鈞播物，坱圠無垠。⑧天不可與慮，道不可與謀。遲速有命，烏識其時？⑨

①意，叶音億，史作「臆」。

②斡音管。還音旋。嬗音蟬，與禪同。沕音勿。○斡，轉也。嬗，相傳與也。沕穆，深微皃。

③伏，叶蒲力反。○「倚伏」二句，老子之言。

④勾音鈎。伯，讀作霸。○會稽，山名。勾踐，越王名。避吴之難，保於此山，故曰棲也。

⑤斯，李斯也。遊於秦，始皇以爲丞相，後爲趙高所譖，具五刑而死。傅説事，已見騷經。胥靡，連鎖役作也。

⑥纆音墨，索也。溯，史作「説」。○糾，絞也。

⑦震，史作「振」。○水激則去速而流盡，故旱也。或曰：旱與悍通。

⑧糾錯，史作「錯繆」。鈞，史作「專」。播，史作「槃」。坱，烏朗反。圠，於黠反。○造瓦者謂所轉者爲鈞。言造化爲人，亦猶陶之造瓦，故謂之大鈞也。坱圠，無垠齊也。

⑨謀，叶謨悲反。速，史作「數」。烏，史作惡。

且夫天地爲鑪，造化爲工。陰陽爲炭，萬物爲銅。①合散消息，安有常則？千變萬化，未始有極。②忽然爲人，何足控揣？化爲異物，又何足患？③小智自私，賤彼貴我。達人大觀，物亡不可。④貪夫徇財，列士徇名。夸者死權，品庶每生。⑤怵迫之徒，或趨西東。大人不曲，億變齊同。⑥愚士繫俗，窘若囚拘。至人遺物，獨與道俱。⑦衆人惑惑，好惡積意。真人恬漠，獨與道息。⑧釋智遺形，超然自喪。寥廓忽荒，與道翱翔。⑨乘流則逝，得坎則止。縱軀委命，不私與己。⑩其生兮若浮，其死兮若休。澹虖若深淵之靚，氾虖若不繫之舟。⑪不以生故自寶，養空而游。⑫德人無累，知命不憂。細故芥蔕，何足以疑？⑬

①以冶鑄爲喻。

②則，法也。

③揣音團。史作「摶」。患音環。○控摶，玩弄愛惜之意也。

④智，史作「知」。

⑤以身從物曰徇。每，貪也。史作「憑」。品庶，猶庶品也。

⑥怵音戍，又丑六反。億，漢書作「意」，今從史。○怵爲利所誘也。迫爲勢所逼也。趨西東，言所向不定也。十萬爲億。

⑦儃音愧，又欺全反。史作「𢡟」，華板反。

⑧惑，史作「或」。意，於力反。○積意，言積之胷臆也。恬，安也。漠，靜〔九〕也。

⑨喪，息浪反，叶平聲。

⑩坎，史作「坻」，謂水中小洲也。

⑪史無二「兮」字。靚與靜同，史作「靜」。

⑫ 寶，漢書作「保」。游，漢書作「浮」。今從史。○養空而游，若空舟也。

⑬ 蔕，丑介反，史作「甍」。芥，史作「薊」。疑，叶音牛。○芥蔕，小草也。

哀時命第十四

哀時命者，梁孝王客莊忌之所作也。

哀時命之不及古人兮，夫何予生之不遘時？往者不可扳援兮，徠者不可與期。志憾恨而不逞兮，杼中情而屬詩。夜炯炯而不寐兮，懷隱憂而歷兹。心鬱鬱而無告兮，衆孰可與深謀。欿愁悴而委惰兮，老冉冉而逮之。①

① 遘，一作遭。扳，一作攀。徠，一作來。憾，乎闇反。逞，丑郢反。杼，常與反，一作抒。屬音燭。炯，古茗反，一作烱。隱，一作殷。謀，叶謨悲反。欿音坎。惰，一作憜。○遘，遇也。言自哀生時不及古聖賢之出，而當貪亂之世也。逞，快也。屬，續也。欿，不自滿足意。委惰，懈怠也。

居處愁以隱約兮，志沈抑而不揚。道壅塞而不通兮，江河廣而無梁。願至崑崙之懸圃兮，采鍾山之玉英。擥瑤木之橝枝兮，望閬風之板桐。弱水汨其爲難兮，路中斷而不通。勢不能淩波以徑度兮，又無羽翼而高翔。然隱憫而不達兮，獨徙倚而彷徉。悵惝罔目永思兮，心紆軫而增傷。倚躊〔一〇〕躇以淹留兮，日飢饉而絕糧。廓抱景而獨倚兮，超永思乎故鄉。廓落寂而無友兮，誰可與玩此遺芳？白日晼晚其將入兮，哀余壽之弗將。車既弊而馬罷兮，蹇邅徊而不能行。身既不容於濁世兮，不知進退之宜當。冠崔嵬之切雲兮，劍淋離而從橫。衣攝葉以儲與兮，左袪挂於榑桑。右衽拂於不周兮，六合不足以肆行。上同鑿枘於伏戲兮，下合矩矱於虞唐。願尊節而式高兮，志猶卑夫禹湯。雖知困其不改操兮，終不以邪枉而害方。世並舉而好朋兮，壹斗斛而相量。衆比周以肩迫兮，賢者遠而隱藏。①爲鳳皇作鶉籠兮，雖翕翅其不容。靈皇其不寤知兮，焉陳詞而効忠？俗嫉妬而蔽賢兮，孰知余之從容？願舒志而抽馮兮，庸詎知其吉凶？璋珪雜於甑窐兮，隴廉與孟娵同宮。舉世以爲恒俗兮，固將愁苦而終窮。幽獨轉而不寐兮，惟煩懣而盈匈。魂眇眇而馳騁兮，心煩寃之㤸㤸。②志欿憾而不憺兮，路幽昧而甚難。塊獨守此曲隅兮，然欿切而永嘆。③愁脩夜而宛轉兮，氣涫瀵其若波。握剞劂而不用兮，操規榘而無所施。④騁騏驥於中庭兮，焉能極夫遠道？置猨狖于櫺檻兮，夫何以責其捷巧？⑤駟跛鼈而上山兮，吾固知其不能陞。釋管晏而任臧獲兮，何權衡之能稱？⑥箟簬雜於黀蒸兮，機蓬矢以射革。負擔荷以丈尺兮，欲伸要而不可得。外迫脅於機臂兮，上牽聯於矰隿。肩傾側而不容兮，固陿腹而不得息。⑦

①居，一作尻。以，一作目。並古字。通，一作達。英，叶於良反。擥，一作掔。橝，大男、大店二反，一作撢。板，一作阪，一作坂。桐，叶音唐。汩音骨，又于筆反。斷，一作㡭，一作絶。通，叶音湯。以，一作目。度，一作渡。憫，一作閔。彷徉，一作仿佯。惝，昌掌反。目，一作而。軨，當作軫。以，一作目。絶，古作㡭。糧，一作粻。乎，一作兮。「乎」下一有「此」字。晼，一作苑。弗，一作不。罷音疲。徊，一作迴。行，叶户郎反。崔音摧。淋音林。攝，之葉反，一作偞[二]，與攝反。儲音宁，又音佇。挂，一作絓。搏，一作扶，與「搏」同。桑，一作桒，與「桑」同。行，叶户郎反。戲，一作羲。合，一作同。矩，一作規。邪，一作衺，下同。壹，或作一。斗，一作升。以，一作而。遠，一作隱。隱，一作退。○鍾山在崑崙山西北。淮南言：「鍾山之玉，燒之三日，其色不變。」橝，木名。板桐，山名也，在閬風之上。將，猶長也。淋離，長皃也。言己雖不見容，猶整飾冠劍，與衆異也。攝葉、儲與，不舒

展皃。袪，袖也。左袖挂於搏桑，右衽拂於不周，以六合爲小，不足肆行也。比，親也。周，合也。

②「皇」下一有「而」字。翕，虚及反。翅，一作翼。一無「瘖」字。訶，一作辭。馮，一作憑，一作懣，一作愁。璋珪，一作「珪璋」。甑，子孕反。窐音携，又音鼃。娵音鄒，一音須。嵬，一作魂。之，一作而。㠓，丑弓反。○鶉，鳥之小而無尾者。從容，言守道而自得也。馮，滿也。璋，半珪也。珪，玉瑞也。甑，瓦器，所以炊者也。窐，甑帶也。隴廉，醜婦也。孟娵，好女也。

③歁音坎。憯，大暫反。○憯，安也。

④而，一作之。涫音館，又官、貫二音。鬻與沸同。其，一作而。剞，居綺反。劂，居衛反。一無「所」字。施，叶踈何反。○剞劂，刻鏤刀也。應劭曰：「剞，曲刀。劂，曲鑿。」

⑤猨，一作蝯。狖，一作貁。于，一作於。櫺音零。捷，一作㨗〔一二〕。○櫺，階除欄。

⑥跛，波可反。○臧，爲人所賤繫也。獲，爲人所係得也。方言云：「臧獲，奴婢賤稱也。」

⑦箟音昆。簬音路。黀音鄒。擔，都監反，一作檐。荷，下可反。於，一作以。臂，一作辟，毗亦反。矰音增。隿音弋，一作弋。「不」下一有「得」字。陿音狹，一作愜。腹，一作腸。○箟簬，竹箭也。黀，麻蒿也。蒸，竹炬也。背曰負，肩曰擔。丈尺，言行於丈尺之下也。機臂，弩身〔一三〕也。陿，隘也。

務光自投於深淵兮，不獲世之塵垢。孰魁摧之可久兮，願退身而窮處。鑿山楹而爲室兮，下被衣於水渚。霧露濛濛其晨降兮，雲依斐而承宇。虹霓紛其朝霞兮，夕淫淫而淋雨。怊茫茫而無歸兮，悵遠望此曠野。下垂釣於谿谷兮，上要求於僊者。與赤松而結友兮，比王喬而爲耦。使梟楊先導兮，白虎爲之前後。浮雲霧而入冥兮，騎白鹿而容與。①寬眐眐以寄獨兮，汩徂往而不歸處。卓卓而日遠兮，志浩蕩而傷懷。②鸞鳳翔於蒼雲兮，故矰繳而不能加。蛟龍潛於旋淵兮，身不挂於罔羅。知貪餌而近死兮，不如下游乎清波。寧幽隱以遠禍兮，孰侵辱之可爲？子胥死而成義兮，屈原沈於汨羅。雖體解其不變兮，豈忠信之可化？志怦怦而内直兮，履繩墨而不頗。執權衡而無私兮，稱輕重而不差。③概塵垢之狂攘兮，除穢累而反真。形體白而質素兮，中皎潔而淑清。時猒飫而不用兮，且隱伏而遠身。聊竄端而匿〔一四〕迹兮，嘆寂默而無聲。獨便悁而煩毒兮，焉發憤而抒情。時曖曖其將罷兮，遂悶嘆而無名。伯夷死於首陽兮，卒夭隱而不榮。太公不遇文王兮，身至死而不得逞。懷瑤象而佩瓊兮，願陳列而無正。生天墬之若過兮，忽爛漫而無成。邪氣襲余之形體兮，疾憯怛而萌生。願一見陽春之白日兮，恐不終乎永年。④

①垢，叶音古。「榲」下「而」，一作以。一無下「濛」字，一作「朦朦」〔一五〕。斐音非，一作霏。依斐，一作「斐斐」。霓，一作蜺。茫，一作芒。曠，一作廣。野，叶上與反，一作壄。要，平聲。求，一作結。者，叶章與反。「結」上一無「而」字。耦，叶魚古反。導，一作道。後，叶胡古反。〇務光，古清白之士也。言不見從，自投深淵而死，不爲讒佞所塵汙也。魁摧，未詳。依斐，雲皃。朝霞莫雨，明不能久也。梟楊，山神，即狒狒也。爾雅：「狒狒，如人，被髮，迅走，食人。」

②眐音征，從目。眐眐，獨視也。一作聇，從耳，獨行也。汩，于筆反。卓，一作逴。遠，一作高。懷，叶胡威反。

③繳音酌。一無「而」字。加，叶音戈。旋，一作深。挂，一作絓。罔，一作網。而，一作之。禍，一作旤。爲，叶吾禾反。其，一作而。化，叶胡戈反。怦，普庚反，一作怑。頗，平聲。差，叶七何反。〇言以貪餌而得死者，固不可爲，若以忠義而死，則不憚也。

④摡，一作慨。狂，一作枉。真，一作德。非是。飫，於遽反。嘆音莫，一作漠。便悁，一作悁悒。曖，一作薆。罷音疲。「陽」下一有「之山」字。夭，於表反，一作殀。一無「得」字。逞，叶丑京反。正，叶側京反。爛，一作瀾。一無「體」字。怛，多達反。壹，或作一。年，叶奴京反。〇摡，滌也。狂攘，亂皃。猒飫，自足而不樂見聞之意也。竄端，藏其端緒，不使人少見之也。無正，言無人能知己之賢而平其是非也。

招隱士第十五

招隱士者，淮南小山之所作也。淮南王安好古愛士，招致賓客。客有八公之徒，分造詞賦。以類相從，或稱大山，或稱小山，如詩之有大、小雅焉。①此篇視漢諸作，最爲高古。説者以爲亦託意以招屈原也。

①漢藝文志有淮南王羣臣賦四十四篇。

桂樹叢生兮山之幽，偃蹇連蜷兮枝相繚。山氣巃嵸兮石嵯峨，谿谷嶄巖兮水曾波。猨狖羣嘯兮虎豹嗥，攀援桂枝兮聊淹留。①王孫遊兮不歸，春草生兮萋萋。歲暮兮不自聊，蟪蛄鳴兮啾啾。②坱兮軋，山曲岪，心淹留兮恫慌惚。罔兮沕，憭兮栗，虎豹穴，叢薄深林兮人上慄。③嶔岑碕礒兮硱磳磈硊，樹輪相糾兮林木茷骫。青莎雜樹兮薠草靃靡，白鹿麏麚兮或騰或倚。狀皃崟崟兮峨峨，淒淒兮漇漇。獼猴兮熊羆，慕類兮以悲。④攀援桂枝兮聊淹留，虎豹鬬兮熊羆咆，禽獸駭兮亡其曹。王孫兮歸來，山中兮不可以久留。⑤

①蜷音權，一作卷。繚，居休反。寵，力孔反，一作巃。嵸音摠。嶄，徂感反。曾，一作增。猨，一作蝯。狖，以狩反。嘷，呼高反，叶胡求反。○郭璞云：「桂，白華，叢生山峯，冬夏常青，間無雜木。」繚，紐也。巃嵸，雲氣皃。嵯峨，高皃。嶄巖，險峻皃。言山谷之中，幽深險阻，非君子之所處。猨狖虎豹，非賢者之偶。欲使屈原速來，而原卒不肯來也。

②遊，一作游。聊，叶音留。蛄音姑。啾音揫。○原與楚同姓，故云王孫。蟪蛄，夏蟬，春生夏死，夏生秋死。啾啾，衆聲。

③坱，烏朗反。軋，烏黠反，叶烏没反。岪音佛，一音皮筆反。恫音通。慌，上聲。沕，叶無日反，又美筆反，一音勿。憭音了，一音聊，一音留。栗，一作慄。穴音血，叶胡役反，一作岤〔一六〕。○坱軋，相切摩之意。岪，亦曲也。恫，痛也。慌忽，鬼神也。罔，失志皃。沕，潛藏也。又有虎豹穴於其間，林薄高深，而上者恐慄也。

④嶔音欽，一作嶔。岑音吟，一作崯，一作崟。碕音綺，一作崎。礒音蟻，一作巇。硱，綺矜反，字從困。又苦本反，字從困。磳，七冰反。磈，於鬼反，又口罪反。硊，魚毁反。相糾，一作糾紛。一無「林木」二字。茷音跋，又音旆，一作茇，一作拔，音同。骫音委。蘋，一作蘋。靃音髓，一作蓶，一作藿。麏音君，又居筠反，一作麕。麚音加，一作麚。峨音蟻，一作巇。兮，一作而。漇，疏綺反，一作縰。羆音陂。○嶔岑、崎嶬、硱磳、磈硊，並石皃。輪，橫枝也。茷，木枝葉盤紆皃。骫，骫骳，屈曲也。莎，草根名，香附子。靃靡，弱皃。麏，麞也。

麢，牝鹿。峨峨，頭角高皃。漼，潤也。羆，如熊，黄白文。從此以上，皆陳山林傾危，草木茂盛，麋鹿所居，虎兕所行，不宜育道德，養情性，欲使屈原還歸郢也。

⑤援，一作折。一無「援」字。咆，蒲交反，叶蒲侯反。曹，叶徂侯反。歸來，一作「來歸」。○再言「攀援挂枝聊淹留」者，明原未有歸意，不可得而招也。故又言山中之不可居者，而於終篇卒致其意，若曰非不可留，但不可久耳，不敢遽必其來之詞也。

反離騷

反離騷者，漢給事黄門郎、新莽諸吏中散大夫揚雄之所作也。雄少好詞賦，慕司馬相如之作以爲式。又怪屈原文過相如，至不容，作離騷，自投江而死。悲其文，讀之未嘗不流涕也。以爲君子得時則大行，不得時則龍蛇，遇不遇，命也，何必湛身哉？①迺作書，往往摭離騷文而反之，自崏山投諸江流，以弔屈原云。始雄好學博覽，恬於勢利，仕漢三世，不徙官。王莽爲安漢公，時雄作法言，已稱其美，比於伊尹周公。及莽篡漢，竊帝號，雄遂臣之，以耆老久次轉爲大夫。又放相如封禪文，獻劇秦美新以媚莽意，得校書天禄閣上。會劉尋等以作符命爲莽所誅，辭連及雄。使者欲來收之，雄恐懼，從閣上自投下，幾死。先是，雄作解嘲，有「爰清爰淨，遊神之廷。

惟寂惟寞，守德之宅」之語，至是，京師爲之語曰：「爰清静〔一七〕，作符命。惟寂寞，自投閣。」雄因病免。既復召爲大夫，竟死莽朝。其出處大致本末如此，豈其所謂龍蛇者耶？然則雄固爲屈原之罪人，而此文乃離騷之讒賊矣，它尚何説哉？

①湛，讀作沈。

有周氏之蟬嫣兮，或鼻祖於汾隅。靈宗初諜伯僑兮，流於末之揚侯。①淑周楚之豐烈兮，超既離虖皇波。因江潭而淮記兮，欽吊楚之湘纍。②惟天軌之不辟兮，何純絜而離紛？紛纍以其淟涊兮，暗纍以其繽紛。③漢十世之陽朔兮，招摇紀于周正。正皇天之清則兮，度后土之方貞。④圖纍承彼洪族兮，又覽纍之昌辭。帶鉤矩而佩衡兮，履欃槍以爲綦。⑤纍初貯厥麗服兮，何文肆而質䪥？資娵娃之珍髢兮，鬻九戎而索賴。⑥鳳皇翔於蓬陼兮，豈駕鵝之能捷？騁驊騮以曲囏兮，驢騾連蹇而齊足。⑦枳棘之榛榛兮，蝯貁擬而不敢下。靈脩既信椒蘭之唼佞兮，吾纍忽焉而不蚤睹？⑧衿芰茄之綠衣兮，被夫容之朱裳。芳酷烈而莫聞兮，不如襞而幽之離房。⑨閨中容競淖約兮，相態以麗佳。知衆嫭之嫉妒兮，何必颺纍之蛾眉？⑩懿神龍之淵潛兮，竢慶雲而將舉。亡春風之被離兮，孰焉知龍之所處？⑪愍吾纍之衆芬兮，颺爗爗之芳苓。遭季夏之凝霜兮，慶夭顇而喪榮。⑫橫江湘以南𣲛兮，云走乎彼蒼吾。馳江潭之汎溢兮，將折衷虖重華。⑬舒中情之煩或兮，恐重華之不纍與。陵陽侯之素波兮，豈吾纍之獨未許。⑭精瓊靡與秋菊兮，將以延夫天年。臨汨羅而自隕兮，恐日薄〔一八〕於西山。⑮解扶桑之揔轡兮，縱令之遂奔馳。鸞皇騰而不屬兮，豈獨飛廉與雲師。⑯卷薜芷與若惠兮，臨湘淵而投之。棍申椒與菌桂兮，赴江湖而漚之。⑰費椒稰以要神兮，又勤索彼瓊茅。違靈氛而不從兮，反湛身於江皋。⑱纍既𠔽夫傅說兮，奚不信而遂行？徒恐鷤鴂之將鳴兮，顧先百草爲不芳。⑲初纍棄彼虙妃兮，更思瑶臺之逸女。抨雄鴆以作媒兮，何百離而曾不壹耦？⑳乘雲蜺之旖柅兮，望昆侖以樛流。覽四荒而顧懷兮，奚必云女彼高丘？㉑既亡鸞車之幽藹兮，焉〔一九〕駕八龍之委蛇。臨江瀕而掩涕兮，何有九招與九歌？㉒夫聖哲之不遭兮，固時命之所有。雖增欷以於邑兮，吾恐靈脩之不纍改。㉓昔仲尼之去魯兮，蜚蜚遲遲而周邁。終回復於舊都兮，何必湘淵與濤瀨？㉔溷漁父之餔歠兮，絜沐浴之振衣。棄由、聃之所珍兮，蹠彭咸之所遺。㉕

①嫣，於連反。侯，叶音胡。○嬋嫣，連也。鼻，始也。汾隅，揚邑也。雄自言系出於周而食

采於揚也。諜，譜也。周衰而揚氏有號爲揚侯者。

②汪音往。纍，力追反，又叶力禾反。○淑，善也。去汾陽，徙巫山，得周、楚之美烈也。超，速也。離，歷也。皇，大也。經河及江，歷大波也。潭，深淵也。汪，乘水而往也。記，書也。指屈原也。纍，囚也。成相曰：「比干見刳箕子纍。」或曰：禮「喪容纍纍」。又史記「孔子纍纍然如喪家之狗」。「趙武靈王見其長子儽然也」。皆衰悴之意，未知孰是。

③辟音闢。淟，吐典反。涊，乃典反。繽，疋人反。○軌，路也。辟，闢開也。紛，難也。淟涊，穢濁也。繽紛，交雜也。

④十世，數高祖、呂后至成帝也。招搖，斗杓星也。周正，十一月也。記以此時投文也。正天度地，自言己志也。

⑤槍，初行反。○圖，按其系圖也。鉤，規也。矩，方也。衡，平也。欃槍，妖星。綦，履下飾，言賤之也。

⑥𧹞音械。娵，子侯反。娃，於佳反。髢，徒計反。○貯，積也。肆，放也。𧹞，狹也。言其文辭放肆，而性狷狹也。娵，閭娵也。吳娃也。皆古美女也。髢，髮也。賴，利也。言原仕楚，如資美女之髢而鬻於九戎之中，其人被髮，無所用也。

⑦駕音加。足，叶音接。○蓬陼，蓬萊之陼也。駕鵝，鳥名也。捷，及也。驊騮，駿馬名。若馳於屈曲蘱阻之處，則與蹇驢無異也。

⑧榛音臻，又士巾反。唼音妾。○榛，梗穢皃。唼，譖言也。蝯、狖，見九歌。擬，疑也。靈脩，原以寄意於楚王也。椒、蘭，見騷經。

⑨衿，其禁反，帶也。茄，古「荷」字。夫容，亦古「芙蓉」字，通用。襞音壁。○衿，带也。襞，疊衣也。離房，别房也。餘並見騷經。

⑩佳，叶音圭。○衆士爭能，猶衆女之競容也。淖約，善容止也。態，猶勝也。言以麗佳相勝也。言原自舉其眉，使衆憎嫉也。音義並見騷經。

⑪被音披。○懿，美也。竢，待也。龍以潛居待雲爲美，以譏屈原不能隱德，自取禍也。

⑫苓音零。慶與羌同。顇，古「悴」字。○苓，香草名。夏而遭霜，言不遇時也。

⑬走音奏，趣也。吾與梧同。衷，作仲反。○説見騷經。

⑭陽侯，見九章。言屈原欲自投江以陵素波，舜必不許之也。洪興祖曰：「吾恐重華許原之沈江以死，不許雄之投閣而生也。」斯言得之矣。

⑮此又譏原欲餐玉以延年，而反懷沙以求死。蓋惟知生固我所欲，而不知所欲有甚於生者故也。

⑯此言其去之速也。餘説並見騷經。

⑰棍，古本反。漚，一遘反，又叶一侯反。○若，杜若。惠，即蕙也。此言原之赴水，是并與其芳潔之操而弃之也。棍，大束也。漚，今漚麻也。餘見騷經。

⑱音義並見騷經。

⑲ 艸，古「攀」字。○言既慕傅説，何不自信其言而遽去，徒以鶗鴂之將鳴爲憂，而不慮反先百草以就死也。餘音義亦見騷經。然傅説，乃巫咸之語，雄誤以爲原辭也。

⑳ 抨，普耕反，使也。○餘見騷經。

㉑ 亦見騷經。但高丘無女，本言高丘無美女可求，以喻列國無賢君可事耳。此辭「女」字乃作去聲讀，恐亦非本文之意也。

㉒ 此言原實無車可乘，無馬可駕，又方就死湘淵，何有歌舞之樂？譏騷經之言不實也。

㉓ 有，叶音以。改，叶音己。言楚王必不爲屈原改也。孟子曰：「千里而見王，是予所欲也。不遇故去，豈予所欲哉？」聖賢之心如此，原雖未及，而其拳拳於宗國，尤見臣子之至誠，豈忍逆料其君之不可諫而先自已哉。此等義理，雄皆不足以知之，惟有偷生惜死一路，則見之明而行之熟耳。以此譏原，是以鴟梟而笑鳳凰也。

㉔ 斐，芳非反。斐，往來貌。○孔子，異姓之臣，其去魯也但政亂耳，未有危亡之釁也，可去而去，可歸而歸，與屈原事全不相似。雄説誤矣。

㉕ 漁父事，音義見本篇。由，許由。聃，老聃。蹠，蹈也，之亦反。許由事不經，見雄亦本不之信，令乃言之，已爲牴牾。而又不察其生當堯、舜之間，身無讒賊之亂，與原事亦不相似也。老聃之學，私於爲我，而無君臣之義，亦雄所知。至此乃以爲言，亦其貪生惜死之心勝，是以溺焉而不自知耳。

丹陽洪興祖曰：揚雄所以譏屈原者如此，而班固亦譏其「露才揚己」，顔之推又病其「顯暴君過」。愚嘗折衷而論之曰：或問：古人有言，殺其身有益於君則爲之。屈原雖死，何益於懷襄？曰：忠臣之用心，自盡其愛君之誠耳，死生毁譽，所不顧也。故比干以諫見戮，屈原以放自沈。比干，紂諸父也。屈原，楚同姓也。爲人臣者，三諫不從則去之。同姓無可去之義，有死而已。離騷曰：「阽余身之危死兮，覽余初其猶未悔。」則原之自處審矣。或又曰：甯武子邦無道則愚，而仲山甫明哲以保其身。今原乃用智於無道之邦，以虧明哲保身之義，亦何足爲賢乎？曰：愚如武子，全身遠害可也。有官守言責，斯用智矣。山甫明哲，固保身之道，然不曰「夙夜匪解，以事一人」乎？士見危致命，况同姓兼恩與義，而可以不死乎？且比干之死，微子之去，皆是也。屈原其不可去乎？有比干以任責，微子去之可也。楚無人焉，原去則國從而亡，故雖身被放逐，猶徘徊而不忍去。生不得力爭而強諫，死猶冀其感發而改行。使百世之下，聞其風者，雖流放廢斥，猶知愛其君，眷眷而不忘，臣子之義盡矣。非死爲難，處死爲難。屈原雖死，猶不死也。後之讀其文，知其人如賈生者亦鮮矣。然爲賦以弔之，不過哀其不遇而已。余觀自古忠臣義士，慨然發憤，不顧其死，特立獨行，自信而不回者，其英烈之氣，豈與身俱亡哉？「仍羽人於丹丘，留不死之舊鄉」。「超無爲以至清，與太初而爲鄰」。此遠遊之所以作，而難爲淺見寡聞者道也。仲尼曰：「樂天知命，故不憂。」又曰：「樂天知命，有憂之大者。」屈原之憂，憂國也。其樂，樂天也。離騷二十五篇，多憂世之語。獨遠遊曰：「道可受，而不可傳。其小無内兮，其大無垠。無〔二〇〕滑而魂兮，彼將自然。壹氣孔神兮，於中夜存。虛以待之兮，無爲之先。」此老、莊、孟子所以大過人者，而原獨知之。司馬相如作大人賦，宏放高妙，讀者有凌雲之意，然其語多出於此。至其妙處，相如莫能識也。太史公作傳，以爲「其文約，其辭微，其志絜，其行廉。其稱文小，而其指極大，舉類邇，而見義遠。其志絜，故其稱物芳。其行廉，故死而不容自踈。濯淖汙泥之中，以游浮塵埃之外。推此志也，雖與日月爭光可也。」斯可謂深知己者。揚子雲作反離騷，以爲「君子得時則大行，不得時則龍蛇，遇不遇命也，何必沈身哉」？屈子之事，蓋聖賢之變者。使遇孔子，當與「三仁」同稱。雄未足以與此。班孟堅、顏之推所云，無異妾婦兒童之見。余故具論之。

嗚呼！余觀洪氏之論，其所以發屈原之心者至矣。然屈原之心，其爲忠清潔白，固無待於辨論而自顯。若其爲行之不能無過，則亦非區區辨説所能全也。故君子之於人也，取其大節之純全，而略其細行之不能無弊。則雖三人同行，猶必有可師者，況如屈子，乃千載而一人哉。孔子曰：「人之過也，各於其黨。觀過，斯知仁矣。」此觀人之法也。夫屈原之忠，忠而過者也。屈原之過，過於忠者也。故論原者，論其大節，則其它可以一切置之而不問。論其細行，而必其合乎聖賢之榘度，則吾固已言其不能皆合於中庸矣，尚可説哉！且凡洪氏所以爲辨者三：其一以爲忠臣之行，發其心之所不得已者，而不暇顧世俗之毁譽，則幾矣。其引仲山甫、甯武子事，而不論其所遭之時，所處之位有不同者，則踈矣。其一欲以原比於「三仁」，則夫父師、少師者，皆以諫而見殺見囚耳，非故捐生以赴死，如原之所爲也。蓋原之所爲雖過，而其忠終非世間偷生幸死者所可及。洪之所言，雖有未至，而其正終非雄、固、之推之徒所可比，余是以取而附之反騷之篇。

【校記】

〔一〕經，端平本作「洪」。

〔二〕偽，原無此字，據端平本補。

〔三〕句中，原作「上句下」，據端平本改。

〔四〕盆，原作「盤」，據端平本改。

〔五〕旋，原作「泉」，據端平本改。

〔六〕夫，原作「又」，據端平本改。

〔七〕余，原作「于」，據端平本改。

〔八〕史，原作「一」，據端平本改。

〔九〕靜，原作「淨」，據端平本改。

〔一〇〕躊，原作「儔」，據端平本改。

〔一一〕傑，原作「桀」，據端平本改。

〔一二〕捷，原無此字，據景元本補。

〔一三〕身，原無此字，據端平本補。

〔一四〕匿，原作「慝」，據端平本改。

〔一五〕朦朦，原作「濛濛」，據端平本改。

〔一六〕屼，原作「杌」，據端平本改。

〔一七〕靜，原作「淨」，據端平本改。

〔一八〕薄，原作「暮」，據端平本改。

〔一九〕焉，原無此字，據端平本補。

〔二〇〕無，原下衍「淈」字，據端平本刪。

楚辭辯證

楚辭辯證目録

楚辭辯證上

余既集王、洪騷注，顧其訓故文義之外，猶有不可不知者。然慮文字之太繁，覽者或有没溺而失其要也，别記于後，以備參考。慶元己未三月戊辰。

目録

洪氏目録九歌下注云：「一本此下皆有『傳』字。」晁氏本則自九辯以下乃有之。吕伯恭讀詩記引鄭氏詩譜曰：「小雅十六篇、大雅十八篇爲正經。」孔穎達曰：「凡書非正經者，謂之傳。未知此傳在何書也。」按楚辭屈原離騷謂之「經」，自宋玉九辯以下皆謂之「傳」。以此例考之，則六月以下，小雅之傳也。民勞以下，大雅之傳也。孔氏謂「凡非正經者謂之傳」，善矣。又謂「未知此傳在何書」，則非也。然則吕氏寔據晁本而言，但洪、晁二本，今亦未見其的據，更當博考之耳。

洪氏又云：「今本九辯第八，而釋文以爲第二。蓋釋文乃依古本，而後人始以作者先後次序之，然不言其何時何人也。」今按：天聖十年陳說之序，以爲「舊本篇第混并，首尾差互，乃考其人之先後，重定其篇」。然則今本說之所定也。

七諫、九懷、九歎、九思雖爲騷體，然其詞氣平緩，意不深切。如無所疾痛而強爲呻吟者。就其中諫、歎，猶或粗有可觀，兩王則卑已甚矣。故雖幸附書尾，而人莫之讀，今亦不復以累篇袠也。賈傅之詞，於西京爲最高，且惜誓已著于篇，而二賦尤精，乃不見取，亦不可曉，故今并録以附焉。若揚雄則尤刻意於楚學者，然其反騷，實乃屈子之罪人也。洪氏譏之，當矣。舊録既不之取，今亦不欲特收，姑別定爲一篇，使居八卷之外，而并著洪說於其後。蓋古今同異之說，皆聚於此，亦得因以明之，庶幾紛紛或小定云。

離騷經

王逸曰：「同列大夫上官靳尚妬害其能。」似以爲同列之大夫姓上官而名靳尚者。洪氏曰：「史記云：『上官大夫與之同列。』又云：『用事臣靳尚。』則是兩人明甚。逸以騷名家者，不應繆誤如此。然詞不別白，亦足以誤後人矣。

離騷經之所以名，王逸以爲「離，別也。騷，愁也。經，徑也。言以放逐離別，中心愁思，猶依道徑以風諫君也。」此説非是。史遷、班固、顔師古之説得之矣。

秦誑楚絶齊交，是惠王時事。又誘楚會武關，是昭王時事。王逸誤以爲一事。洪氏正之，爲是。

王逸曰：「離騷之文依詩取興，引類譬喻，故善鳥香草以配忠貞，惡禽臭物以比讒佞，靈脩美人以媲於君，宓妃佚女以譬賢臣，虯龍鸞鳳以託君子，飄風雲霓以爲小人。」今按逸此言，有得有失。其言配忠貞、比讒佞、靈脩美人者得之。蓋即詩所謂「比」也。若宓妃佚女，則便是美人。虯龍鸞鳳，則亦善鳥之類耳。不當別出一條，更立它義也。飄風雲霓，亦非小人之比。逸説皆誤。其辨當詳説於後云。

王逸曰：「楚武王子瑕受屈以爲客卿。」客卿，戰國時官，爲它國之人遊宦者設。春秋初年，未有此事，亦無此官，况瑕又本國之王子乎？

蔡邕曰：「朕，我也。古者上下共之，至秦乃獨以爲尊稱，後遂因之。」補注有此，亦覽者所當知也。

王逸以「太歲在寅曰攝提格」，遂以爲屈子生於寅年寅月寅日，得陰陽之正中。

補注因之爲説，援據甚廣。以今考之，月日雖寅，而歲則未必寅也。蓋攝提，自是星名，即劉向所言「攝提失方，孟陬無紀」，而注謂「攝提之星隨斗柄以指十二辰」者也。其曰「攝提貞于孟陬」，乃謂斗柄正指寅位之月耳，非太歲在寅之名也。必爲歲名，則其下少一「格」字，而「貞于」二字亦爲衍文矣。故今正之。①

① 劉向本引用古語，見大戴禮，注云：「攝提，左右六星，與斗柄相直，恒指中氣。」

「惟庚寅吾以降」、「豈維紉夫蕙茝」、「夫唯捷徑以窘步」，據字書，「惟」從心者，思也。「維」從糸者，繫也。皆語辭也。「唯」從口者，專詞也，應詞也。三字不同，用各有當。然古書多通用之，此亦然也。後放此。

凡説詩者，固當句爲之釋，然亦但能見其句中之訓故字義而已。至於一章之内，上下相承首尾相應之大指，自當通全章而論之，乃得其意。今王逸爲騷解，乃於上半句下，便入訓詁，而下半句下又通上半句文義而再釋之，則其重複而繁碎甚矣。補注既不能正，又因其誤。今並删去，而放詩傳之例，一以全章爲斷，先釋字義，然後通解章内之意云。

古音能，挐代，叶又乃代。蓋於篇首發此一端，以見篇内凡韻皆叶，非謂獨此字爲然，而它韻皆不必協也。故洪本載歐陽公、蘇子容、孫莘老本於「多艱」、「夕替」下注：「徐鉉云，古之字音多與今異，如皀亦音香，乃亦音仍，他皆放此。蓋古今失傳，不可詳究。如艱與替之類，亦應叶，但失其傳耳。」夫騷韻於俗音不叶者多，而三家之本獨於此字立説，則是它字皆可類推，而獨此爲未合也。黄長睿乃謂「或韻或否爲楚聲」，其考之亦不詳矣。近世吴棫才老始究其説，作補音、補韻，援據根原，甚精且博。而余故友黄子厚及[二]古田蔣全甫祖其遺説，亦各有所論著，今皆已附于注矣。讀者詳之。

蘭蕙名物，補注所引本草言之甚詳，已得之矣。復引劉次莊云：「今沅、澧所生，花在春則黄，在秋則紫，而春黄不若秋紫之芬馥。」又引黄魯直云：「一榦一花而香有餘者蘭，一榦數花而香不足者蕙。」則又疑其異同而不能決其是非也。今按：本草所言之蘭雖未之識，然亦云「似澤蘭」，則今處處有之，可推其類以得之矣。蕙則自爲零陵香，而尤不難識。其與人家所種，葉類茅而花有兩種如黄説者，皆不相似。劉説則又詞不分明，未知其所指者果何物也？大氐古之所謂香草，必其花葉皆香，而燥濕不變，故可刈而爲佩。若今之所謂蘭、蕙，則其花雖香，而葉乃無氣，香雖美，而質弱易萎，皆非可刈而佩者也。其非古人所指甚明，但不知自何時而誤耳。

美人，說并見「靈脩」條下。

椉，一作乘。駝，一作馳。凴，一作馮，又作馮。草，一作艸，又作卉。予，一作余。菹，一作葅。此類錯舉一二以見之，不能盡出也。

三后，若果如舊說，不應其下方言堯、舜。疑謂三皇，或少昊、顓頊、高辛也。

荃以喻君，疑當時之俗。或以香草更相稱謂之詞，非君臣之君也。此又借以寄意於君，非直以小草喻至尊也。舊注云：「人君被服芬香，故以名之。」尤爲謬說。

謇，難於言也。蹇，難於行也。

洪注引顏師古曰：「舍，止息也。屋舍、次舍，皆此義。論語『不舍晝夜』，謂曉夕不息耳。今人或音捨者，非是。」

九天之說，已見天問注。以中央八方言之，誤矣。

離騷以靈脩、美人目君，蓋託爲男女之辭而寓意於君，非以是直指而名之也。靈脩，言其秀慧而脩飾，以婦悦夫之名也。美人，直謂美好之人，以男悦女之號也。今王逸輩乃直以指君，而又訓「靈脩」爲「神明遠見」，釋「美人」爲「服飾美好」，失之遠矣。

索與姤叶，即索音素。洪氏曰：「書序『八索』，徐氏有素音。」「非世俗之所服」，洪氏曰：「李善本以世爲時、爲代，以民爲人，皆以避唐諱耳。今當正之。」

彭咸，洪引顔師古以爲「殷之介士，不得其志，而投江以死」。與王逸異。然二説皆不知其所據也。

諑音卓，則當從豖〔二〕。又許穢反，則當從喙省。

洪氏曰：「偭規矩而改錯者，反常而妄作。背繩墨以追曲者，枉道以從時。」論揚雄作反離騷，言「恐重華之不纍與」而曰：「余恐重華與沈江而死，不與投閣而生也。」又釋懷沙曰：「知死之不可讓，則舍生而取義可也。所惡有甚於死者，豈復愛七尺之軀哉！」其言偉然，可立懦夫之氣。此所以忤檜相而卒貶死也，可悲也哉！近歲以來，風俗頽壞，士大夫間遂不復聞有道此等語者，此又深可畏云。

舊注以「攘詬」爲「除去耻辱誅讒佞之人」。非也。彼方遭時用事，而吾以罪戾廢逐，苟得免於後咎餘責，則已幸矣，又何彼之能除哉？爲此説者，雖若不識事勢，然其志亦深可憐云。

「延佇將反」，洪以同姓之義言之，亦非文意。王逸行迷之意，亦然。

補注引水經曰：「屈原有賢姊，聞原放逐，來歸喻之，令自寬全。鄉人因名其地曰姊歸，後以爲縣。縣北有原故宅，宅之東北有女嬃廟，擣衣石尚存。」今存於此。騷經「女嬃之嬋媛」，湘君「女嬋媛兮爲余太息」，哀郢「心嬋媛而傷懷」，①悲回風「忽傾寤以嬋媛」，②詳此二字，蓋顧戀留連之意。王注意近而語疎也。

① 三處王注皆云「猶牽引也」。
② 王注云：「心覺自傷又痛惻也。」

補注曰：「女嬃罵原之意，蓋欲其爲甯武之愚，而不欲其爲史魚之直耳，非責其不爲上官、靳尚以徇懷王之意也。而説者謂其罵原不與衆合以承君意，誤矣。」此説甚善。

九辯不見於經傳，不可考。而九歌著於虞書、周禮、左氏春秋，其爲舜、禹之樂無疑。至屈子爲騷經，乃有「啓九辯九歌」之説，則其爲誤亦無疑。王逸雖不見古文尚書，然據左氏爲説，則不誤矣。顧以不敢斥屈子之非，遂以啓脩禹樂爲解，則又誤也。至洪氏爲補注，正當據經傳以破二誤，而不唯不能，顧乃反引山海經「三賓」之説以爲證，則又大爲妖妄，而其誤益以甚矣。然爲山海經者，本據此書而傅會之，其於此條，蓋又得其誤本。若它謬妄之可驗者亦非一，而古今諸儒，皆不之覺，反謂屈原多用其語，尤爲可笑。今當於天問言之，此未暇論也。五臣以啓爲開，其説尤繆。王逸於下文又謂太康不用啓樂，自作淫聲。今詳本文，亦初無此意。若謂啓有此樂，而太康樂之太過，則差近之。然經傳所無，則自不必論也。

循、脩，唐人所寫多相混，故思玄賦注引「脩繩墨」而解作「遵」字，即「循」字之義也。

「覽民德焉錯輔」，但謂求有德者而置其輔相之力，使之王天下耳。注謂「置以爲君，又生賢佐以輔之」，恐不應如此重複〔三〕之甚也。

此篇所言陳詞於舜及上欵帝閽，歷訪神妃，及使鸞鳳飛騰，鴆鳩爲媒等語，其大意所比，固皆有謂。至於經涉山川，驅役百神，下至飄風雲霓之屬，則亦汎爲寓言，而未必有所擬倫矣。二注類皆曲爲之説，反害文義。至於縣圃、閬風、扶桑、若木之類，亦非實事，不足考信，今皆略存梗槩，不復盡載而詳説也。

王逸以「靈瑣」爲「楚王省閤」。非文義也。

注以羲和爲日御，補注又引山海經云：「東南海外有羲和之國，有女子名曰羲和，是生十日，常浴日於甘淵。」注云：「羲和，始生日月者也。故堯因立羲和之官，以掌天地四時。」此等虛誕之說，其始止因堯典「出日納日」之文，口耳相傳，失其本指。而好怪之人，恥其謬誤，遂乃增飾傅會，必欲使之與經爲一而後已。其言無理，本不足以欺人，而古今文士〔四〕相承引用，莫有覺其妄者。爲此注者，乃不信經而引以爲説，蔽惑至此，甚可歎也。

望舒、飛廉、鸞鳳、雷師、飄風、雲霓，但言神靈爲之擁護服役，以見其仗衛威儀之盛耳，初無善惡之分也。舊注曲爲之説，以月爲清白之臣，風爲號令之象，鸞鳳爲明智之士，而雷師獨以震驚百里之故，使爲諸侯，皆無義理。至以飄風雲霓爲小人，則夫卷阿之言「飄風自南」，孟子之言「民望湯武如雲霓」者，皆爲小人之象也耶？

王逸又以飄風雲霓之來迎己，蓋欲己與之同，既不許之，遂使閽見拒而不得見帝。此爲穿鑿之甚，不知何所據而生此也。

沈約郊居賦「雌霓連蜷」，讀作入聲。司馬温公云：「約賦但取聲律便美，非霓不可讀爲平聲也。」故今定離騷「雲霓」爲平聲，九章、遠遊爲入聲，蓋各從其聲之便也。

王逸説「往觀四荒〔五〕」處已云「欲求賢君」，蓋得屈原之意矣。至「上下求索」處又謂「欲求賢人與己同志」，不知何所據而異其説也。

舊注以「高丘無女」、「下女可詒」，皆賢臣之譬。非是。下女，説詳見於九歌，可考也。

「溘」字，補注兩處皆已解爲「奄忽」之義，至此「遊春宮〔六〕」處乃云「無奄忽之義」，不知何故自爲矛盾至此。

虙妃，一作宓妃。説文：「虙，房六反，虎行皃。」「宓，美畢反，安也。」集韻云：「虙與伏同，虙犧氏，亦姓也。宓與密同，亦姓。俗作宻，非是。」補注引顔之推説云：「宓字本從虍。虙子賤，即伏羲之後。而其碑文説濟南伏生又子賤之後。是知古字伏、虙通用，而俗書作宓。或復加山，而并轉爲密音耳。」此非大義所繫，今亦姑存其説，以備參考。

王逸以虙妃喻隱士，既非文義，又以蹇脩爲伏羲氏之臣，亦不知其何據也。又謂「隱者不肯仕，不可與共事君」，亦爲衍説。

孟子「不理於口」，漢書「無俚之至」，説者皆訓爲「賴」，則「理」固有「賴」音矣。

爾雅説「四極」，恐未必然。邠國近在秦隴，非絶遠之地也。

舊説有娀國在不周之北，恐其不應絶遠如此。又言求佚女爲求忠賢與共事君，亦非是。

鴆及雄鳩，其取喻爲有意，具文可見。注於它說，亦欲援此爲例，則鑿矣。補注又引淮南說「運日知晏，則鴆乃小人之有智者，故雖能爲讒賊，而屈原亦因其才而使之」。是以屈原爲真嘗使鴆媒簡狄而爲所賣也。其固滯乃如此，甚可笑也。鳳皇既受詒，舊以爲「既受我之禮而將行」者，誤矣。審爾則高辛何由而先我哉？正爲已用鴆鳩，而彼使鳳皇，其勢不敵，故恐其先得之耳。又或謂以高辛喻諸國之賢君，亦非文勢。

「留二姚」，亦求君之意。舊說以爲博求衆賢。非是。

或問「終古」之義，曰：開闢之初，今之所始也。宇宙之末，古之所終也。考工記曰：「輪已卑〔七〕，則於馬終古登阤也。」注曰：「終古，常也。」正謂常〔八〕如登阤，無有已時。猶釋氏之言，盡未來際也。

「兩美必合」，此亦託於男女而言之。注直以君臣爲說，則得其意而失其辭也。下章「孰求美而釋女」亦然。至說「豈唯是其有女」，而曰：「豈唯楚有忠臣。」則失之遠矣。其以芳草爲賢君，則又有時而得之。大率前人讀書，不先尋其綱領，故一出一入，得失不常，類多如此。幽昧、眩曜二語，乃原自念之辭。以爲答靈氛者，亦非是。

楚人以重午插艾於要，豈其故俗耶？

補注以爲靈氛之占，勸屈原以遠去，在異姓則可，在原則不可。故以爲疑，而欲再決之巫咸也。考上文但謂舉世昏亂，無適而可，故不能無疑於氛之言耳。同姓之説，上文初無來歷，不知洪何所據而言。此亦求之太過也。

皇，即謂百神，不必言天使也。

「升降上下」，謂上君下臣者，亦繆説。

傅説、太公、甯戚，皆巫咸語。補注以爲原語。非也。

鶗鴂，顔師古以爲子規，一名杜鵑。服虔、陸佃以爲鵙，一名伯勞。未知孰是。然子規以三月鳴，乃衆芳極盛之時。鵙以七月鳴，則陰氣至而衆芳歇矣。又鴂、鵙音亦相近，疑服、陸二説是。

「莫好脩之害」，二注或謂「上不好用忠直」，或謂「下不好自脩」。皆非是。此辭之例，以香草比君子，王逸之言是矣。然屈子以世亂俗衰〔九〕，人多變節，故自前章蘭芷不芳之後，乃更歎其化爲惡物。至於此章遂深責椒、蘭之不可恃，以爲誅首，而揭車、江離亦以次而書罪焉，蓋其所感益以深矣。初非以爲實有是人而以椒、蘭爲名字者也。而史遷作屈原傳，乃有令尹子蘭之説，班氏古今人表又有令尹子椒之名，既因此章之語而失之，使此辭首尾横斷，意思不活。王逸因之，又訛以爲司馬子蘭、大夫子椒，而不復記其香草、臭物之論。流誤千載，遂無一人覺其非者，甚可歎也。使其果然，則又當有子車、子離、子椴之儔，蓋不知其幾人矣。

化與離協。易曰：「日昃之離，不鼓缶而歌，則大耋之嗟。」則離可爲力加反。又傳曰：「通其變，使民不倦。神而化之，使民宜之。」則化可爲胡圭反。服賦：「庚子日斜」，遷史以「斜」爲「施」，此韻亦可考。

王逸以求女爲求同志，已失本指。而五臣又讀女爲汝，則并其音而失之也。

卒章「瓊枝」之屬，皆寓言耳。注家曲爲比類，非也。

博雅曰：「崑崙虚，赤水出其東南陬，河水出其東北陬，洋水出其西北陬，弱水出其西南陬。河水入東海，三水入南海。」後漢書注云：「崑崙山在今肅州酒泉縣西南，山有昆侖之體，故名之。」二書之語，似得其實。水經又言：「崑崙去嵩高五萬里。」則恐不能若是之遠，當更考之。

待與期叶。易小象「待」有與「之」叶者，即其例也。

九歌

楚俗祠祭之歌，今不可得而聞矣。然計其間，或以陰巫下陽神，或以陽主接陰鬼，則其辭之褻慢淫荒，當有不可道者。故屈原因而文之，以寄吾區區忠君愛國之意，比其類，則宜爲三頌之屬。而論其辭，則反爲國風再變之鄭、衛矣。及徐而深味其意，則雖不得於君而愛慕無已之心，於此爲尤切，是以君子猶有取焉。蓋以君臣之義而言，則其全篇皆以事神爲比，不雜他意，以事神之意而言，則其篇内又或自爲賦、爲比、爲興，而各有當也。然後之讀者昧於全體之爲比，故其疎者以它求而不似，其密者又直致而太迫，又其甚則并其篇中文義之曲折而失之，皆無復當日吟咏性情之本旨。蓋諸篇之失，此爲尤甚，今不得而不正也。又，篇名九歌而實十有一章，蓋不可曉，舊以九爲陽數者，尤爲衍説。或疑猶有虞夏九歌之遺聲，亦不可考。今姑闕之，以俟知者，然非義之所急也。

「璆鏘鳴兮琳琅」，注引禹貢，釋璆、琳、琅，皆爲玉名，恐其立語不應如此之重複。故今獨以孔子世家「環佩玉聲璆然」爲證，庶幾得其本意。

舊説以靈爲巫，而不知其本以神之所降而得名。蓋靈者，神也，非巫也。若但巫也，則此云「姣服」，義猶可通。至於下章則所謂「既留」者，又何患其不留也耶？漢樂歌云「神安留」，亦指巫而言耳。

「若英」，若即如也。猶詩言「美如英」耳。注以若爲杜若，則不成文理矣。

「帝服」，注爲「五方之帝」，亦未有以見其必然。

猋，說文從三犬，而釋爲「羣犬走皃」。然大人賦有「猋風涌而雲浮」者，其字從三火，蓋別一字也。此類皆當從三火。

東皇太一，舊說以爲原意謂人盡心以事神，則神惠以福，今竭忠以事君，而君不見信，故爲此以自傷。補注又謂此言「人臣陳德義禮樂以事上，則上無憂患」。雲中君，舊說以爲事神已訖，復念懷王不明，而太息憂勞。補注又謂「以雲神喻君德，而懷王不能，故心以爲憂」。皆外增贅說，以害全篇之大指。曲生碎義，以亂本文之正意。且其目君不亦太迫矣乎！

「吾乘桂舟」，吾，蓋謂祭者之詞。舊注直以爲屈原，則太迫。補注又謂言湘君容色之美，以喻賢臣，則又失其章指矣。

「女嬋媛」，舊注以爲女嬃，似無關涉，但與騷經用字偶同耳。以思君爲直指懷王，則太迫，又不知其寄意於湘君，則使此一篇之意皆無所歸宿也。

「心異媒勞」，王注以爲與君心不同，則太迫，而失題意。補注又因「輕絶」而謂「同姓無可絶之義」，則尤乖於文義也。

「石瀨飛龍」一章，説者尤多舛謬。其曰：它人交不忠則相怨，我則雖不見信，而不以怨人。補注又云：「臣忠於君，君宜見信，而反告我以不間。此原陳己志於湘君也。」不知前人如何讀書，而於其文義之曉然者，乃直乖戾如此，全無來歷關涉也。其曰：君初與我期共爲治，而後以讒言見弃。此乃得其本意，而亦失其詞命之曲折也。

湘君一篇，情意曲折，最爲詳盡，而爲説者之謬爲尤多，以至全然不見其語意之脉絡次第。至其卒章，猶以遺玦、捐袂爲求賢，而采杜若爲好賢之無已，皆無復有文理也。

「佳人召予」，正指湘夫人而言。而五臣謂「若有君命，則亦將然」。補注以佳人爲賢人同志者。如此則此篇何以名爲湘夫人乎？

九歌諸篇，賓主、彼我之辭最爲難辯，舊説往往亂之，故文意多不屬，今頗已正之矣。

「何壽夭以在予」，舊説人之壽夭，皆其自取，何在於我？已失文意。或又以爲喻人主當制生殺之柄，尤無意謂。

王逸以「離居」爲「隱士」，補注又以此爲屈原託神之辭，皆失本指。

王逸以「乘龍冲天」而「愈思愁人」爲抗志高遠，而猶有所不樂，全失文義。補注謂「喻君舍己而不顧」意則是，而語太迫也。

「夫人兮自有美子」，衆説皆未論辭之本指得失如何，但於其説中已自不成文理，不知何故如此讀書也。

咸池，或如字，下隔句與「來」之「力之反」叶。

東君之「吾」，舊説吾以爲日，故有息馬懸車之説，疑所引淮南子反因此而生也。至於低回而顧懷，則其義有不通矣，又必强爲之説，以爲思其故居。夫日之運行，初無停息，豈有故居之可思哉？此既明爲謬説，而推言之者，又以爲譏人君之迷而不復也，則其穿鑿愈甚矣。又解聲色娱人，爲言君有明德，百姓皆注其耳目，亦衍説。且必若此，則其下文絙瑟交鼓之云者，又誰爲主而見其來者之蔽日耶？

「聲色娱人」、「觀者忘歸」，正爲主祭迎日之人低回顧懷，而見其下方所陳之樂聲色之盛如此耳。「絙瑟交鼓」、「靈保賢姱」，即其事也。或疑但爲日出之時聲光可愛，如朱丞相秀水録所載「登州見日初出時，海波皆赤，洶洶有聲」者，亦恐未必然也。蓋審若此，則當言其燀赫震動之可畏，不得以娱人爲言矣。聊記其説，以廣異聞。

北斗字，舊音斗爲主。以詩考之，行葦主、醹、斗、耇爲韻，卷阿厚、主爲韻，此類甚多。但不知此非叶韻，而舊音特出此字，其說果何爲耳？

舊說河伯位視大夫，屈原以官相友，故得汝之。其鑿如此。又云河伯之居沈没水中，喻賢人之不得其所也。夫謂之河伯，則居於水中，固其所矣。而以爲失其所，則不知使之居於何處乃爲得其所耶？此於上下文義皆無所當，真衍說也。

堂、宫中，或云當並叶堂韻。宫字已見雲中君。中字，今閩音正爲當字。

山鬼一篇，謬說最多，不可勝辯，而以公子爲公子椒者，尤可笑也。

「終不見天」，嘗見有讀天字屬下句者，問之，則曰：「韓詩『天路幽險難追攀』，語蓋祖此。」審爾，則韓子亦誤矣。

或問〔一〇〕魂魄之義。曰：子産有言：「物生始化曰魄，既生魄陽曰魂。」孔子曰：「氣也者，神之盛也。魄也者，鬼之盛也。」鄭氏注曰：「嘘吸出入者，氣也。耳目之精明爲魄，氣則魂之謂也。」淮南子曰：「天氣爲魂，地氣爲魄。」高誘注曰：「魂，人陽神也。魄，人陰神也。」此數說者，其於魂魄之義詳矣。蓋嘗推之，物生始化云者，謂受形之初，精血之聚，其間有靈者，名之曰魄也。既生魄，陽曰魂者，既生此魄，便有暖氣，其間有神者，名之曰魂也。二者既合，然後有物，易所謂「精氣爲物」者是也。及其散也，則魂遊而爲神，魄降而爲鬼矣。說者乃不考此，而但據左疏之言，其以神靈分陰陽者，雖若有理，但以嘘吸之動者爲魄，則失之矣。其言附形之靈、附氣之神亦近是，但其下文所分，又不免於有差。其謂魄識少而魂識多，亦非也。然有運用畜藏之異耳。

雄與凌叶。今閩人有謂「雄」爲「形」者，正古之遺聲也。

【校記】

〔一〕及，原無此字，據端平本補。

〔二〕豖，原作「豕」，據端平本改。

〔三〕複，原作「復」，據端平本改。

〔四〕士，原作「字」，據端平本改。

〔五〕四荒，原作「四方」，據端平本改。

〔六〕宮，原作「官」，據端平本改。

〔七〕卑，原作「崇」，據端平本改。

〔八〕常，原作「嘗」，據端平本改。

〔九〕世亂俗衰，原作「世俗亂衰」，據端平本乙。

〔一〇〕問，原作「曰」，據端平本改。

楚辭辯證下

天問

隈隅之數，注引淮南子言：「天有九野〔一〕，九千九百九十九隅。」此其無稽，亦甚矣哉！

論衡云：「日晝行千里，夜行千里。」如此則天地之間狹亦甚矣。此王充之陋也。「顧菟在腹」，此言兔在月中，則顧菟但爲兔之名號耳。而上官桀曰：「逐麋之犬，當顧菟耶？」則顧當爲瞻顧之義，而非兔名。又莊辛曰：「見菟而顧犬。」亦因菟用顧字，而其取義又異，蓋不可曉。且兔與菟〔二〕同是一字，見於説文，而其形聲皆異，又不知其自何時始别異之也。

補注引山海經言：「鮌竊帝之息壤以堙洪水，帝令祝融殛之羽郊。」詳其文意，所謂帝者，似指上帝。蓋上帝欲息此壤，不欲使人干之，故鮌竊之而帝怒也。後來柳子厚、蘇子瞻皆用此說，其意甚明。又祝融，顓帝之後，死而爲神。蓋言上帝使其神誅鮌也。若堯、舜時則無此人久矣，此山海經之妄也。後禹事中，又引淮南子言：「禹以息壤寘洪水，土不減耗，掘之益多。」其言又與前事自相抵牾。若是壤也果帝所息，則父竊之而殛死，子掘之而成功，何帝之喜怒不常乃如是耶？此又淮南子之妄也。大抵古今說天問者，皆本此二書。今以文意考之，疑此二書本皆緣解此問而作，而此問之言，特戰國時俚俗相傳之語，如今世俗僧伽降無之祈、許遜斬蛟蜃精之類，本無稽據，而好事者遂假託撰造以實之。明理之士皆可以一笑而揮之，政不必深與辯也。

補注引淮南說，增城高一萬一千里百一十四步二尺六寸。尤爲可笑。豈有度萬里之遠而能計其跬步尺寸之餘者乎？此蓋欲覽者以爲己所親見而曾實計之，而不知適所以章其譎而且謬也。柳對本意，似有意於破諸妄說，而於此章反以西王母者實之，又何惑耶！

補注引淮南子說，崑崙虛旁有四百四十門，而其西北隅北門，開以納不周之風。皆是注解此書之語，予之所疑，又可驗其必然矣。

「雄虺九首，儵忽焉在」。此一事耳。其辭本與招䰟相表裏。王注得之，但失不引招䰟爲證耳。而柳子不深考，乃引莊子南北二帝之名以破其說，則既失其本指，而又使「雄虺」一句爲無所問，其失愈〔三〕遠矣。補注雖知柳説之非，然亦不引招寃以訂其文義之缺，乃直以莊周寓言不足信者詆之。周之寓言，誠不足信，然豈不猶愈於康回、燭龍之屬？乃信彼而疑此，何哉？一語之微，無所關於義理，而説者至三失之，而況其有深於是者耶！

「雄虺倏忽」，或云今嶺南〔四〕有異蛇，能一日行數百里以逐人者，即此物。但不見説有九首耳。

補注説：「今湖州武康縣東有防風山，山東二百步有禺山，防風廟在封、禺二山之間。」洪君晚居雲川，當得其實。

「巴蛇」事下注中食鹿出骨事，似若迂誕。然予嘗見山中人説，大蛇能吞人家〔五〕所伏雞卵，而登木自絞，以出其殼者。人甚苦之，因爲木卵著藪中，蛇不知而吞之，遂絞而裂云。

「羿焉彃日，烏焉解羽」〔六〕，洪引歸藏云：「羿彃十日。」補注引山海經注曰：「天有十日，日之數十也。然一日方至，一日方出，雖有十日，自使以次迭出，而今俱見，乃爲妖怪。故羿仰天控弦，而九日潛退耳。」按此十日，本是自甲至癸耳，而傳者誤爲「十日並出」之説，注者既知其誤，又爲此説以彌縫之，而其誕益彰。然世人猶或信之，亦可怪也。

「啓代益作后，卒然離蠥」。王逸以益失位爲「離蠥」，固非文義。補以有扈不服爲「離蠥」，文義粗通，然亦未安。或恐當時傳聞，别有事實也。史記燕人説禹崩，益行天子事，而啓率其徒攻益，奪之。汲冢書至云「益爲啓所殺」。是則豈不敢謂益既失位，而復有陰謀，爲啓之蠥，啓能憂之，而遂殺益爲能達其拘乎？然此事要當質以孟子之言，齊東鄙論，不足信也。

「啓棘賓商」四字，本是啓夢賓天，而世傳兩本，彼此互有得失，遂致紛紜不復可曉。蓋作山海經者，所見之本「夢天」二字不誤，猶以賓、嬪相似，遂誤以賓爲嬪，而造爲「啓上三嬪于天」之説，以實其謬。王逸所傳之本，賓字幸得不誤，乃以篆文夢、天二字中間壞滅，獨存四外，有似棘、商，遂誤以夢爲棘，以天爲商，而於注中又以列陳宫商爲説。洪則既引「三嬪」以注騷經，而於此篇反據王本而解爲急於賓禮商契。以今考之，凡此三家，均爲穿鑿。而以事理言之，則山海之怪妄爲尤甚。以文義言之，則王注之訓詁爲尤踈。洪則兼承二誤，而又兩失之，且謂屈原多用山海經語，而不知山海實因此書而作。「三嬪」又本此句一字之誤，其爲紕漏，又益甚矣。獨柳子貿嬪之對，似覺山海之謬，然亦不能深察而明著之，是以其義雖正，而亦不能以自伸也。

大抵古書之誤，類多如此。讀者若能虛心靜慮，徐以求之，則邂逅〔七〕之間，或當偶得其實。顧乃安於苟且，狃於穿鑿，牽於援據，僅得一説而遽執之，便以爲是，以故不能得其本真。而已誤之中，或復生誤。此邢子才所以獨有「日思誤書」之適，又有「思之若不能得，則便不勞讀書」之對。雖若出於戲劇，然實天下之名言也。

「勤子屠母」，舊注引帝王世紀言：「禹副剥母背而生。」補又引干寶言：「黄初五年，汝南民妻生男，從右脇下小〔八〕腹上出，而平和自若，母子無恙。」以爲證。此事有無，固未可定。然上句言啓事而未有所問，則此句不應反説禹初生時事矣。故疑當爲啓母化石事〔九〕也。

「該秉季德」，王逸以爲湯能秉契之末德，而厥父契善之。以契爲湯父，固謬。柳又以爲即左傳所云少皞氏之子該爲蓐收者，亦與有扈事不相關。唯洪氏以爲啓者近之。疑該即啓字轉寫之誤也。但「終弊于有扈，牧夫牛羊」，乃似謂啓爲有扈所弊而牧夫牛羊者，不知又何説也。下章又云「有扈牧豎」，亦不可曉。豈以少康嘗爲牧正而誤邪？大率此篇所問有扈、羿、浞事，或相混并，蓋其傳聞之誤，當闕之耳。

「到擊紂躬，叔旦不嘉」。王逸云：「武王始至孟津，八百諸侯不期而到，皆曰：『紂可伐也。』白魚入于王舟，羣臣咸曰：『休哉！』周公曰：『雖休，勿休。』」未詳所據。

「齊桓九會」，九，本糾字，借作九耳。左傳展禽犒師之言，正作糾字。「糾合宗族」，亦此義也。唯莊子「九雜天下之川」，作九，則亦古字通用，而非九數之驗也。諸儒通計「九會」之數不合，遂有衣裳兵車之辨，蓋鑿説也。然此辭亦作「九會」，則其誤也久矣。如公羊、穀梁，故是戰國時人也。

吾始讀詩，得吴氏補音，見其疑於殷武三章，嚴、遑之韻，亦不能曉。及讀此篇，見其以嚴叶亡，乃得其例。余於吴氏書多所刊補，皆此類。今見詩集傳。

九章

屈子初放，猶未嘗有奮然自絶之意，故九歌、天問、遠遊、卜居以及此卷惜誦、涉江、哀郢諸篇，皆無一語以及自沈之事，而其辭氣雍容整暇，尚無以異於平日。若九歌則含意悽惋，戀嫪低回，所以自媚於其君者，尤爲深厚。騷經、漁父、懷沙雖有彭咸、江魚、死不可讓之説，然猶未有決然之計也，是以其辭雖切，而猶未失其常度。抽思以下，死期漸迫。至惜往日、悲回風，則其身已臨沅湘之淵，而命在晷刻矣。顧恐小人蔽君之罪闇而不章，不得以爲後世深切著明之戒，故忍死以畢其辭焉。計其出於瞀亂煩惑之際，而其傾輸罄竭，又不欲使吾長逝之後，冥漠之中，胷次介然，有毫髮之不盡，則固宜有不暇擇其辭之精粗，而悉吐之者矣。故原之作，其志之切而辭之哀，蓋未有甚於此數篇者。讀者其深味之，真可爲慟哭而流涕也。

惜誦首章，「非」字誤爲「作」字，使兩章文意不明。中間「善惡」字誤爲「中情」，使一章音韻不叶。今已正之，讀者可以無疑矣。

涉江，舊説取譬之詳，皆衍説也。

哀郢，楚文王自丹陽徙江陵，謂之郢。後九世平王城之。又後十世爲秦所拔，而楚徙東郢。

抽思「何獨樂斯之蹇蹇兮，願蓀美之可完」。文理甚明。而王逸解「獨樂」爲「毒藥」，補注又引瞑眩之語以實之。必欲如此强爲之説，既不可通，但别本如此，文自分明，不必强穿鑿耳。然今本皆出王逸，不知别本又何自而得此本語也。

「孰不實而有穫」，詳上文。實，當作殖。然自王逸已解作「空穗」，則其誤久矣。穫，一作獲，亦非也。

懷沙改，叶音己。按鄭注儀禮釋用「己日」爲「改日」，則二字音義固相近也。

「懷質抱情，獨無匹兮」，諸本皆同，史記亦然。而王逸訓匹爲雙，補注云：「俗字作疋。」則其來久矣。但下句云「伯樂既没，騏焉程兮」。於韻不叶，故嘗疑之。而以上下文意及上篇「并日夜而無正」者證之，知「匹」，當作「正」。乃與下句音義皆叶，然猶未敢必其然也。及讀哀時命之篇，則其詞有曰「懷瑶象而握瓊兮，願陳列而無正」。正與此句相似，其上下句又皆以榮、逞、成、生爲韻，又與此同。然後斷然知其當改而無疑也。

惜往日「受命詔以昭時」。時，一作詩。説者便引國語楚教太子以詩爲説，殊無意味。「介子立枯」事，補注以左傳爲據而不之信，然此辭明言「立枯」，又云「縞素而哭」，莊子亦有「抱木」之説，固未可以一説而盡疑之也。

悲回風「施黄棘之枉策」。補注據史記楚懷王二十五年，入與秦盟于黄棘，其後爲秦所欺，卒以客死。今頃襄王又信任姦回，將亡其國，故言己之所以假延日月，無以自處者，以其君欲復施黄棘之枉策也。其説雖有事證，然與此文理絶不相入，不若舊説之爲安也。

遠遊

客有語余者曰：「高宗恭默思道，夢帝賚以良弼，寤而求之，即得傅説，遂以爲相。若使夢賚之夕，應時即生，則自繈緥之間以及強立之歲，亦須二、三十年，始堪任用。王者政令所出，日有萬機，豈容數十年之間不發一語，又虛相位以待乳下之嬰兒乎？今書之言如此，則是高宗既得此夢，即時搜訪，便得其人，而已堪作相，以代王言矣。明是一旦忽從天而下，便爲成人，無少長之漸也。」余聞其言，心竊怪之而不敢答。今讀此書，洪注所引莊子音義，已有傅説生無父母之説，乃知古人之慮已有及此者矣。洪氏引之而無它説，則豈亦以是爲不易之論而無所疑也耶？然則余之昧陋，而見事獨遲，爲可笑已。

屈子「載營魄」之言，本於老氏，而揚雄又因其語以明月之盈闕，其所指之事雖殊，而其立文之意則一。顧爲三書之解者，皆不能通其説，故今合而論之，庶乎其足以相明也。蓋以車承人謂之載，古今世俗之通言也。以人登車亦謂之載，則古文史類多有之。如漢紀云「劉章從謁者與載」，韓集云「婦人以孺子載」。蓋皆此意。而今三子之言，其字義亦如此也。但老子、屈子以人之精神言之，則其所謂「營」者，字與熒同，而爲晶明光炯之意。其所謂「魄」，則亦若余之所論於九歌者耳。揚子以日月之光明論之，則固以月之體質爲魄，而日之光耀爲魂也。以人之精神言者，其意蓋以魂陽動而魄陰静，魂火二而魄水一，故曰「載營魄抱一，能勿離乎」。言以魂加魄，以動守靜，以火迫水，以二守一，而不相離，如人登車而常載於其上，則魂安靜而魄精明，火不燥而水不溢，固長生久視之要訣也。屈子之言，雖不致詳，然以其所謂「無滑而魂，虛以待之」之語推之，則其意當亦出此無疑矣。其以日月言者，則謂日以其光加於月魄而爲之明，如人登車而載於其上也，故曰「月未望則載魄于西，既望則終魄于東，其遡於日乎」。言月之方生，則以日之光加被於魄之西，而漸滿其東，以至於望而後圜。及既望矣，則以日之光終守其魄之東，而漸虧其西，以至於晦而後盡。蓋月遡日以爲明，未望則日在其右，既望則日在其左，故各向其所在而受光，如民向君之化而成俗也。三子之言，雖爲兩事，而所言「載魄」，則其文義同爲一説。故丹經歷術，皆有「納甲」之法，互相資取，以相發明，蓋其理初不異也。但爲之説者，不能深考。如河上公之言老子，以「營」爲「魂」，則固非字義，而又并言「人載魂魄之上以得生，當愛養之」，則又失其文意。獨其「載」字之義，粗爲得之，然不足以補其所失之多也。若王輔嗣以「載」爲「處」、以「營魄」爲「人所常居之處」，則亦河上之意。至於近世，而蘇子由、王元澤之説出焉，則此二人者，平生之論如水火之不同，而於此義皆以魄爲神，以魄爲物，而欲使神常載魄以行，不欲使神爲魄之所載。洪慶善之於此書，亦謂「陽氣充魄爲魂，魂能運動則其生全矣」。則其意亦若蘇、王之云，而皆以「載」爲以「車承人」之義矣。是不唯非其文意且若如此，則是將使神常勞動，而魄亦不得以少息，雖幸免於物欲沈溺之累，而窈冥之中精一之妙，反爲强陽所挾，以馳騖於紛拏膠擾之塗，卒以陷於衆人傷生損壽之域，而不自知也。其於二子之意何如哉？若其説揚子者，則皆以「載」爲「哉」，固失其指，而李軌解魂爲光，尤爲乖謬。至宋貫之、司馬公始覺其非，然遂欲改魄爲朏，則亦未深考此「載」字之義，而失之愈遠矣。唯近歲王伯照以爲未望則魄爲明所載，似得其理。既而又曰：既望則明爲魄所終，則是下句當曰「終明」，而不當爲「終魄」矣。以此推之，恐其於上句文義之鄉背，亦未免如蘇氏、王氏之云，爲自下而載上也。大抵後人讀前人之書，不能沈潛反覆，求其本義，而輒以己意輕爲之説，故其鹵莽有如此者。况讀楚辭者，徒玩意於浮華，宜其於此尤不暇深究其底藴。故余因爲辯之，以爲覽者能因是而考焉，則或泝流求原之一助也。

「登霞」之「霞」，本「遐」之借用，猶曰適遠云爾。曲禮「告喪」之辭，乃又借以爲死者美稱也。莊子作「登假」，蓋亦此例。但此篇注者，遂解爲赤黄〔一〇〕之氣，釋莊音者，又讀「假」爲「格」而訓至焉，則其誤愈遠矣。

卜居

史記有滑稽傳，索隱云：「滑，亂也。稽，同也。言辯捷之人言非若是，言是若非，能亂異同也。」楊雄酒賦「鴟夷滑稽」，顏師古曰：「滑稽，圜轉縱捨無窮之狀。」此辭所用二字之意，當以顏説爲正。

漁父

衣，叶於巾反者。禮記「一戎衣」，鄭讀爲「殷」。古韻通也。

九辯

悲秋，舊説取譬煩雜，皆失本意。

「有美一人」，注指懷王。非是。「心不繹」，注訓「繹」爲「解」，即當作「釋」。補訓「抽絲」〔二〕，乃説爲「繹」字耳。又疑或是「懌」字，喜悦意耳。

「無伯樂之善相，今誰使乎譽之。」譽，一作訾，相度之義也。又與上句「知」字叶韻，故當作「訾」爲是。但下句兩「之」上字復不韻，則又不可曉。故今且作譽，而四句皆以「之」字爲韻。

朱雀，雀，一作榮。非是。蓋以下與「蒼龍」爲對，皆爲飛行之物，不當作榮。王注亦自作雀。不知洪本何以作「榮」也。茇茇，音旆。蓋言朱雀飛揚，其翼茇茇然也。今一作芺，音於表反，乃隨榮字而誤解耳。

「輕輬」，輬，一作輊。非是。輊字義證甚明，輊乃車之行皃，於義不通。

招魂

後世招魂之禮，有不專爲死人者，如杜子美彭衙行云：「煖湯濯我足，剪紙招我魂。」蓋當時關、陝間風俗，道路勞苦之餘，則皆爲此禮以祓除而慰安之也。近世高抑崇作送終禮云：「越俗有暴死者，則亟使人徧於衢路以其姓名呼之，往往而甦。」以此言之，又見古人於此誠有望其復生，非徒爲是文具而已也。

「恐後之」，如漢武帝遺人取司馬相如遺文，而曰「若後之矣」之意。注云：「言已在它人後也。」

此篇所言四方怪物，如「十日代出」之類，决是誕妄，無可疑者。其它小小異事，如東方長人、南方雕題、殺人祭鬼、蛇虺封狐、西方流沙、求水不得、北方層冰飛雪之類，則或往往有之。如五代史言「北方之極，魑魅龍蛇，白晝羣行」。蓋地偏氣異，自然如此，不足怪也。

「無木謂之臺，有木謂之榭。」一曰：凡屋無室曰榭。説文乃云：「臺，觀四方而高者。」「榭，臺有屋也。」説文與二説不同。以春秋「宣榭火」考之，則榭有屋明矣。説文誤也。

卒章「心」字，舊蘇含反，蓋以下叶南韻。然於上句「楓」字却不叶，此不知「楓」有「孚金」、「南」有「尼金」，可韻。而誤以楓爲散句耳。「心」字但當如字，而以楓、南二字叶之，乃得其讀，前亦多此例矣。

大招

周頌「陟降庭止」，傳注訓「庭」爲「直」，而説之云：「文王之進退其臣，皆由直道。」諸儒祖之，無敢違者。而顔監於匡衡傳所引，獨釋之曰：「言若有神明臨其朝廷也。」蓋匡衡時未行毛説，顔監又精史學，而不梏於專經之陋，故其言獨能如此，無所阿隨，而得經之本指也。余舊讀詩而愛顔説，然尚疑其無據，及讀此辭，乃有「登降堂只」之文，於是益信「陟降庭止」之爲古語，其義審如顔説而無疑也。顔注漢書時有發明，於經指多若此類。如訓「棐」爲「匪」，尤爲明切。足證孔安國、張平子之繆，其視韋昭之徒專守毛、鄭而不能一出己見者，相去遠矣。

晁録

王逸所傳楚辭篇次，本出劉向，其七諫以下，無足觀者，而王褒爲最下，余已論於前矣。近世晁無咎以其所載不盡古今辭賦之美，因别録續楚辭、變離騷爲兩書，則凡辭之如騷者已略備矣。自原之後，作者繼起，而宋玉、賈生、相如、揚雄爲之冠，然較其實，則宋、馬辭有餘而理不足，長於頌美而短於規過。雄乃專爲偷生苟免之計，既與原異趣矣。其文又以摹擬掇拾之故，斧鑿呈露，脉理斷絶，其視宋、馬猶不逮也。而惜誓所獨賈太傅以卓然命世英傑之材，俯就騷律，所出三篇，皆非一時諸人所及。而謂「黄鵠之一舉兮，見山川之紆曲，再舉兮，睹天地之員方」者，又於其間超然拔出言意之表，未易以筆墨蹊徑論其高下淺深也。此外晁氏所取，如荀卿子諸賦，皆高古，而成相之篇，本擬工誦箴諫之辭，其言姦臣蔽主擅權，馴致移國之禍，千古一轍，可爲流涕。其它如易水、越人、大風、秋風、天馬，下及烏孫公主、諸王妃妾、息夫躬、晉陶潛、唐韓柳，本朝王介父之山谷建業、黄魯直之毀璧隕珠、邢端夫之秋風三疊，其古今大小雅俗之變，雖或不同，而晁氏亦或不能無所遺脱，然皆爲近楚語者。其次則如班姬、蔡琰、王粲及唐元結、王維、顧況，亦差有味。又此之外，則晁氏所謂過騷之言者，非余之所敢知矣。晁書新序多爲義例，辨説紛拏，而無所發於義理，殊不足以爲此書之輕重。且復自謂嘗爲史官，古文國書，職當損益。不惟其學，而論其官，固已可笑，況其所謂筆削者，又徒能移易其篇次，而於其文字之同異得失，猶不能有所正也。浮華之習，徇名飾外，其弊乃至於此，可不戒哉！

【校記】

〔一〕野，原作「萬」，據端平本改。

〔二〕菟，原作「兔」，據端平本改。

〔三〕愈，原無此字，據端平本補。

〔四〕嶺南，原作「領南」，據端平本改。

〔五〕家，原無此字，據端平本補。

〔六〕「羿焉」以下八字，原無，據端平本補。

〔七〕邂逅，原作「解后」，據端平本改。

〔八〕小，原作「水」，據景元本改。

〔九〕事，原無此字，據端平本補。

〔一〇〕赤黄，原作「黄赤」，據端平本乙。

〔一一〕絲，原作「思」，據端平本改。

楚辭後語

楚辭後語目録（一）

右楚辭後語目録，以鼂氏所集録續、變二書，刊補定著，凡五十二篇。鼂氏之爲此書，固主於辭，而亦不得不兼於義。今因其舊，則其考於辭也宜益精，而擇於義也當益嚴矣。此余之所以兢兢而不得不致其謹也。

蓋屈子者，窮而呼天，疾痛而呼父母之詞也。故今所欲取而使繼之者，必其出於幽憂窮蹙、怨慕淒涼之意，乃爲得其餘韻，而宏衍鉅麗之觀、懽愉快適之語，宜不得而與焉。至論其等，則又必以無心而冥會者爲貴，其或有是，則雖遠且賤，猶將汲而進之。一有意於求似，則雖迫真如揚、柳，亦不得已而取之耳。若其義，則首篇所著荀卿子之言，指意深切，詞調鏗鏘，君人者誠能使人朝夕諷誦，不離於其側，如衛武公之抑戒，則所以入耳而著心者，豈但廣厦細旃、明師勸誦之益而已哉？此固余之所爲眷眷而不能忘者。若高唐、神女、李姬、洛神之屬，其詞若不可廢，而皆棄不録，則以義裁之，而斷其爲禮法之罪人也。高唐卒章雖有「思〔二〕萬方，憂國害，開聖賢，輔不逮」之云，亦屠兒之禮佛、倡家之讀禮耳，幾何其不爲獻笑之資，而何諷一之有哉？其息夫躬、柳宗元之不棄，則鼂氏已言之矣。至於揚雄，則未有議其罪者。而余獨以爲是其失節，亦蔡琰之儔耳。然琰猶知愧而自訟，若雄則反訕前哲以自文，宜又不得與琰比矣。今皆取之，豈不以夫琰之母子無絶道，而於雄則欲因反騷而著蘇氏、洪氏之貶詞，以明天下之大戒也。陶翁之詞，鼂氏以爲中和之發，於此不類，特以其爲古賦之流而取之，是也。抑以其自謂晉臣，恥事二姓而言，則其意亦不爲不悲矣。序列於此，又何疑焉。至於終篇，特著張夫子、呂與叔之言，蓋又以告夫游藝之及此者，使知學之有本而反求之，則文章有不足爲者矣。其餘微文碎義，又各附見於本篇，此不暇悉著云。

【校記】

〔一〕本目録篇題與正文偶不一致，今俱從正文篇題改。胡笳二十以下無序號，姑仍之。

〔二〕思，原作「恩」，據景元本改。

楚辭後語卷第一

成相第一

成相者，楚蘭陵令荀卿子之所作也。荀卿，趙人，名況。學於孔氏門人馯臂子弓者，尤邃於禮，著書數萬言。少遊學於齊，歷威、宣，至襄王時，三爲稷下祭酒。後以避讒適楚，春申君以爲蘭陵令。春申君死，荀卿亦廢，遂家蘭陵而終焉。此篇在漢志號成相雜辭，凡三章，雜陳古今治亂興亡之効，託聲詩以風時君，若將以爲工師之誦、旅賁之規者。其尊主愛民之意，亦深切矣。相者，助也。舉重勸力之歌，史所謂「五羖大夫死，而舂者不相杵」是也。卿非屈原之徒，故劉向、王逸不録其篇。今以其詞亦託於楚而作，又頗有補於治道，故録以附焉。然黄歇亂人，卿乃以爲託身行道之所，則已誤矣。卿學要爲不醇粹，其言精神相反爲聖人，意乃近於黄、老。而「復後王」、「君論五」者，或頗出入申、商間。此其所以傳不壹、再而爲督責、坑焚之禍也。

差之豪氂，謬以千里，可不謹哉，可不謹哉！

請成相，世之殃，愚闇愚闇墮賢良。人主無賢，如瞽無相何倀倀。①請布基，愼聖人，愚而自專事不治。主忌苟勝，羣臣莫諫必逢災。②論臣過，反其施，尊主安國尚賢義。拒諫飾非，愚而上同國必禍。③曷謂罷？國多私，比周還主黨與施。遠賢近讒，忠臣蔽塞主勢移。④曷謂賢？明君臣，上能尊主愛下民。主誠聽之，天下爲一海内賓。⑤主之孽，讒人達，賢能遁逃國乃蹷。愚以重愚，闇以重闇成爲桀。⑥世之災，妬賢能，飛廉知政任惡來。卑其志意，大其園囿高其臺。⑦武王怒，師牧野，紂卒易鄉啓乃下。武王善之，封之於宋立其祖。⑧世之衰，讒人歸，比干見刳箕子纍。武王誅之，吕尚招麾殷民懷。⑨世之禍，惡賢士，子胥見殺百里徙。穆公得之，强配五伯六卿施。⑩世之愚，惡大儒，逆斥不通孔子拘。展禽三絀，春申道綴基畢輸。⑪請牧基，賢者思，堯在萬世如見之。讒人罔極，險陂傾側此之疑。⑫基必施，辨賢罷，文武之道同伏戲。由之者治，不由者亂何疑爲？⑬凡成相，辨法方，至治之極復後王。愼墨季惠，百家之説誠不祥。⑭治復一，脩之吉，君子執之心如結。衆人貳之，讒夫棄之形是詰。⑮水至平，端不傾，心術如此象聖人。而有埶，直而用抴〔一〕必參天。⑯世無王，窮賢良，暴人芻豢，仁人糟糠。禮樂滅息，聖人隱伏墨術行。⑰治之經，禮與刑，君子以修百姓寧。明德慎罰，國家既治四海平。⑱治之志，後埶富，君子誠之好以待。處之敦固，有深藏之能遠思。⑲思乃精，志之榮，好而壹之神以成。精神相反，一而不貳爲聖人。⑳治之道，美不老，君子由之佼以好。下以教誨子弟，上以事祖考。㉑成相竭，辭不蹷，君子道之順以達。宗其賢良，辨其殃孽。㉒

右一章

①相，並息亮反，上叶平聲。墮，許規反。倀，丑羊反。○相，助也。成相，助力之歌也。墮，壞也。「瞽無相」者，瞽者無目，故必使人助之亦謂之相，不可無也。倀倀，狂惑之皃。

②慎，讀作順。人，叶音兒。治，直吏反，叶平聲。災，叶音滋。○布基，謂陳布基業之事也。忌，猜忌也。苟勝，不顧義理，而苟求勝人，若下文所引商紂之事也。

③過，叶音規。義，叶平聲。禍，叶許規反。○論，論其罪而治之也。言治臣下之過者，必當自省而反其所爲，不可尤而効之也。欲尊主安國者，必尚賢義，然後可爲，若如紂之知足以飾非，辨足以拒諫，己自愚暗，又欲使人同己，則國必禍也。上與尚同。

④罷，讀作疲。比，必寐反。遠、近，皆去聲。○疲，謂弱不任事也。國語曰「罷士無伍，罷女無家」是也。若國多私，則其君亦罷矣。還，繞也。讒人用事，能使忠臣蔽塞，而人莫敢言，則權在於彼而不在君矣，此主勢所以移於下也。

⑤賢，叶胡鄰反。○賢，謂賢臣也。能明君臣之道，則爲賢臣也。

⑥孽，災也。蹷，顛覆也。久而愚闇愈甚，遂至於夏桀之無道也。

⑦能，叶奴來反。「臺」下本有「榭」字，以韻叶之，知是後人誤加，今删去。○惡來，飛廉之子。惡來有力，飛廉善走，父子俱以材力事紂也。卑其志意，言無遠慮，不慕往古，蓋當高者反卑，而當卑者反高也。

⑧怒，叶去聲。野，叶上與反。鄉，讀作向。下，叶音户。○易鄉，回也，謂前徒倒戈攻于後。啓，微子名。下，降也。立其祖，使祭祀不絶也。

⑨刳音枯。累，平聲，與縲同。懷，胡威反。○比干、箕子事，見九章、天問。縲，囚縶也。吕尚，太公也。

⑩禍，叶許詭反。伯，讀爲霸。施，叶上聲。○子胥，吴大夫伍員字也。諫夫差不聽，爲所殺。百里奚，虞公之臣。徙，遷也。謀不見用，虞滅，係虜遷徙於秦。穆公，秦伯任好也。六卿，天子之制。施，猶置也。言其強大，僭置天子之官也。

⑪惡，去聲。綴，讀作輟。○逆，拒。斥，逐大儒不使通。拘，謂畏匡戹陳也。展禽，魯大夫，

名獲，居於柳下，謚曰惠。爲士師，三見絀。春申，楚相黄歇，封爲春申君。綴，止也。畢，盡也。輸，傾委也。言春申爲李園所殺，其政治基業，盡傾覆委地也。

⑫陂與詖同。○牧，治也。言賢者必常見思，雖久不忘，但讒人必欲毁之，使人君疑於此人，然後己得行其姦詐也。

⑬罷，音見上。戲與羲同。○文、武，周文王、武王。伏戲，古帝王太昊氏，始畫八卦，造書契者。言古今一理，順之則治，逆之則亂，無可疑也。

⑭祥，一作詳。○後王，當時之王，謂當自立，復爲一王之法，不必事事泥古也。慎，慎到。墨，墨翟。季，季梁。列子云：「楊朱之友也。」惠，惠施也。祥，善也。

⑮結，叶音吉。形，當作刑。○復一，歸於一理也。心如結，言堅固不解也。貳之，不一也。棄之，不由也。如此之人皆當以刑詰之也。

⑯「人」下脱「一」字，屬下句。抴，余制反。天，叶鐵因反。○承上章，言聖人則心平如水，無往而非一矣。抴，引也。未詳。

⑰行，叶户郎反。○無王者興，則賢良窮困。

⑱治，直吏反。

⑲治，同上。富，叶音費。好，去聲。待，叶音地。有，讀爲又。思，叶去聲。○爲治之意，後權蓺與富者，則公道行而貨賂息也。誠之好以待者，誠意好之以待用也。處之厚固，又能

深藏，則能遠慮也。

⑳好，去聲。○好而不二，則通於神明矣。相反，謂反覆不離散。

㉑佼音絞。○老，休息也。爲治當日新其美，不使休息。佼，亦好也。

㉒蹷音厥。○竭，盡也。蹷，仆也。此論成相之事，雖至終篇，辭不仆蹷，言無窮也。道，言說也。辭既不蹷，君子言之，必和順而通達。

請成相，道聖王，堯舜尚賢身辭讓。許由、善卷，重義輕利行顯明。①堯讓賢，以爲民，氾利兼愛德施均。辨治上下，貴賤有等明君臣。②堯授能，舜遇時，尚賢推德天下治。雖有賢聖，適不遇世孰知之？③堯不德，舜不辭，妻以二女任以事。大人哉舜，南面而立萬物備。④舜授禹，以天下，尚得推賢不失序。外不避仇，内不阿親賢者予。⑤禹勞心力堯有德，干戈不用三苗服。舉舜甽畝，任之天下身休息。⑥得后稷，五穀殖，夔爲樂正鳥獸服。契爲司徒，民知孝弟尊有德。⑦禹有功，抑下鴻，辟除民害逐共工。北決九河，通十二渚疏三江。⑧禹溥土，平天下，躬親爲民行勞苦。得益、皋陶、横革、直成爲輔。⑨契玄王，生昭明，居於砥石遷于商。十有四世，乃有天乙是成湯。⑩天乙湯，論舉當，身讓卞隨舉牟光，道古賢聖基必張。⑪願陳辭，世亂惡善不此治，隱諱疾賢，良由姦詐鮮無災。患難哉，阪爲先，⑫聖知不用愚者謀。前車已覆，後未知更何覺時？⑬不覺悟，不知苦，迷惑失指易上下。忠不上達，蒙揜耳目塞門户。⑭門户塞，大迷惑，悖亂昏莫不終極。是非反易，比周欺上惡正直。⑮正是惡，心無度，邪枉辟回失道途。己無郵人，我獨自美豈無故。⑯不知戒，後必有，恨後遂過不肯悔。讒夫多進，反覆言語生詐態。⑰人之態，不如備，爭寵嫉賢利惡忌。妬功毁賢，下斂黨與上蔽匿。⑱上壅蔽，失輔埶，任用讒夫不能制。孰公長父之難，厲王流于彘。⑲周幽厲，所以敗，不聽規諫忠是害。嗟我何人，獨不遇時當亂世。⑳欲衷對，言不從，恐爲子胥身離凶。進諫不聽，剄而獨鹿棄之江。㉑觀往事，以自戒，治亂是非亦可識，託於成相以喻意。㉒

右二章

① 讓，叶平聲。卷音拳。明，叶音芒。○道，亦言也。堯讓天下於許由，舜讓天下於善卷，二人不受，並見莊子。

② 賢，叶音形。爲，去聲。○爲萬民求明君，所以不私其子。

③ 能，叶音尼。治，叶平聲。

④德，叶音帝。辭，叶音似。妻，去聲。「大人哉舜」四字，爲一小句。○堯授舜以天下而不自以爲德，舜受堯之天下而不辭，授受皆以至公，無私情也。

⑤下，叶音户。得，當作德。序、予，並叶上聲。○舜之授禹，亦以天下之故也。不避仇，謂殛鯀興禹，不阿親，則不私其子，惟賢者則予之也。

⑥晦，與畎同。○三苗服，見尚書。乃舜事，此誤也。

⑦稷、夔、契事，並見尚書。亦堯臣，舜申命之。

⑧辟與闢同。共音恭。○抑，遏也。下，謂治水使歸下也。鴻，即洪水也。流共工，決九河，通三江，並見尚書。但流共工，亦舜事，今以爲禹，誤矣。十二渚，亦未詳其名也。〔二〕

⑨溥，一作傅，皆讀爲敷。○溥土，見尚書。言洪水泛濫，禹分布治九州之土也。益、皋陶，見尚書。横革、直成，未詳。

⑩明，叶音芒。○玄王者，契本以母簡狄吞玄鳥卵而生，故追號之曰玄王也。昭明，契子也。砥石，未詳。或云即砥柱也。商，商丘也。十四世，見史記。

⑪當，叶平聲。牟，或作務。○湯讓天下於卞隨、務光，二人不受。亦見莊子。又言湯能行古聖賢之事，故基業張大也。

⑫此一節有脱誤。「患難哉，阪爲先」，尤不可曉，姑闕之。

⑬此上亦脱六字。謀，叶音縻。更，平聲。○後，後車也。更，改也，謂改轍也。屬上小句。

何覺時，言前事之戒如此之明，而猶不覺悟，後豈復有覺悟時也。

⑭悟，叶上聲。「指」下一有「不」字。非是。下，叶音户。

⑮比，必寐反。惡，去聲。○莫，冥寞，言闇也。

⑯是，一作直。辟，讀爲僻。途，叶去聲。郵，一作尤。一本「豈」下有「獨」字。非是。○正直是惡，則心無尺度，不知長短，所向無非邪辟之途矣，豈可尤責它人而自以爲美乎？蓋凡事之得失必有其故，當自省也。

⑰有，疑當作「悔」。恨後，疑當作「後復」。

⑱如，當作知。匿，叶奴計反。○言人之詐態，上若不知爲備，則有忌嫉蔽匿之患也。利惡忌，謂以惡忌賢者爲己利也。斂，聚也。下聚黨與，則上蔽匿矣。

⑲父音甫。難，去聲。○主蔽匿，則賢人不得盡忠於上，而自失輔助之勢。蓋其始以讒人爲可任，而後已失勢，遂不能制之也。孰，當作郭。郭公長父，周厲王之臣，未詳其事。彘，地名，在河東。厲王無道，信任小人，專利監謗，遂爲國人所逐而流于彘。

⑳幽，厲王孫幽王也。淫昏暴虐，無道尤甚，後爲犬戎所殺。

㉑衷對，當作「對衷」，乃與韻叶。而，一作以。鹿與麗同，音鹿。一説：獨鹿，一作屬鏤。上之欲反，下力朱反。江，叶音工。○衷，誠也。欲對以誠，恐言不從而遇禍如子胥也。獨鹿，罜麗，小罟也。言子胥自刭之後，盛以小罟而棄之江也。一説：獨鹿，屬鏤也，劒名。

吴王以賜子胥，使自剄者也。二説未知孰是。然作「獨鹿」，即「以」當作「而」。作「屬鏤」，即「而」當作「以」。竊謂依本文者近是。

㉒ 戒，叶音計。識，叶音志。

請成相，言治方，君論有五約以明。君謹守之，下皆平正國乃昌。①○臣下職，莫游食，務本節用財無極。事業聽上，莫得相使一民力。②○守其職，足衣食，厚薄有等明爵服。利往卬上，莫得擅與孰私得。③○君法明，論有常，表儀既設民知方。進退有律，莫得貴賤孰私王。④○君法儀，禁不爲，莫不説教名不移。修之者榮，離之者辱孰它師？⑤○刑稱陳，守其銀，下不得用輕私門。罪禍有律，莫得輕重威不分。○請牧祺，明有基，主好論議必善謀。五聽循領，莫不理續主執持。○聽之經，明其請，參伍明謹施賞刑。顯者必得，隱者復顯民反誠。⑥○言有節，稽其實，信誕以分賞罰必。下不欺上，皆以情言明若日。⑦○上通利，隱遠至，觀法不法見不視。耳目既顯，吏敬法令莫敢恣。⑧君教出，行有律，吏謹將之無鈹滑。下不私請，各以宜舍巧拙。⑨臣謹修，君制變，公察善思論不亂。以治天下，後世法之成律貫。⑩

右三章

①明，叶音芒。○論爲君之道有五，甚簡約明白，謂臣下職，一也。君法明，二也。刑稱陳，三也。言有節，四也。上通利，五也。

②游食，謂不勤於事，素飡游手也。所興事業，皆聽於上，羣下不得擅相役使，則民力一也。

③服，叶蒲北反。印，宜亮反。○又言民不失職，則衣食足。明爵服，謂貴賤有等也。利之所往，皆印於上，莫得擅爲賜與，則誰敢私得於人乎？擅相賜與，若齊田氏然。

④明，叶音芒。○君法所以明，在言論有常，不二三也。進人退人皆以法律，臣下不得以意爲貴賤，則孰有能自相貴者乎？

⑤又言君者，民之法儀，當自禁止不爲惡，既能正己，則民皆悦上之教，而善名不移也。孰敢以它爲師？言皆歸王道，不敢離貳也。

⑥稱，尺證反。銀與垠同。門，叶音民。分，叶孚巾反。謀，叶音糜。請，當作情。○稱，謂當罪。當罪之法施陳，則各守其分限矣。下不得專用刑法，則私門自輕矣。禍，亦罪也。祺，吉也。又言請牧治吉祥之事，在明其所有之基業。五聽，見周禮。循領，謂修之使得綱領，莫不有文理相續也。主自執持此道，不使權歸於下矣。參伍，猶錯雜也。又言或往參之，或往伍之，皆使明謹，施其賞刑，言精研不使僭濫也。幽隱皆通，則民不詐僞矣。

⑦節，叶音即。○節，謂法度。欲使民言有法度，不欺誑，在稽考其事實也。

⑧上通利不壅蔽，則幽隱遐遠者皆至也。所觀之法非法，則雖見不視也。此已上，君論有五之事也。

⑨鈹與披同。滑與汩同，音骨。「以」下疑脱「所」字。○五論既明，則教令之出皆有法律，而吏謹持之，無敢紛披汩亂者矣。羣下孰敢私請，不守所宜，而以巧拙爲强弱哉。

⑩言臣下但當謹守法度，而君制其變，以出非常之斷，公察而善思之，則其論不亂，而天下後世皆得守之，以成法律之條貫也。或疑「思」當作「惡」。

佹詩第二

佹詩者，荀卿子之所作也。或曰：荀卿既爲蘭陵令，客有説春申君者曰：「湯以亳，武王以鎬，皆有天下，今荀子賢，而君借以百里之勢，臣爲君危之。」春申君乃謝荀子。荀子去，之趙。人又説春申君曰：「昔伊尹去夏入殷，殷王而夏亡。管仲去魯入齊，魯弱而齊强。賢者所在，其君未嘗不尊榮也。今荀子天下賢士，君何爲謝之？」春申君又使人請荀子，荀子不還而遺之賦。蓋即此佹詩也。然此其説，又與前異。未知其果孰是云。

天下不治，請陳佹詩。①天地易位，四時易鄉。列星隕墜，旦暮晦盲。幽闇登昭，日月下藏。②公正無私，反見從橫。志愛公利，重樓蹠堂。無私罪人，憼革二兵。道德純備，讒口將將。仁人絀約，敖暴擅強。天下幽險，恐失世英。螭龍爲蝘蜓，鴟梟爲鳳皇。比干見刳，孔子拘匡。③昭昭乎其知之明也，郁郁乎其遇時之不祥也，拂乎其欲禮義之大行也，闇乎天下之晦盲也。④皓天不復，憂無疆也。千秋必反，古之常也。弟子勉學，天不忘也。聖人共手，時幾將矣。⑤與愚以疑，願聞反辭。⑥

① 治，叶平聲。佹與詭同。○佹詩，佹異激切之詩也。

② 盲，叶音芒。昭，或作照。

③ 横，叶音黃。憼與儆同。兵，叶補芒反。將，七羊反。敖與傲同。英，叶音央。螭，丑知反。蝘音偃。蜓音典。鴟，稱脂反。梟，工堯反。○反見從横者，反見謂爲從横反覆之人也。愛，猶貪也。竊取公家之利以爲己有，而反得華屋以居也。憼，戒也。革，甲也。二，副也。言無私心而治有罪之人，乃反恐爲所讎害，而常爲兵革以備之也。將將，聲也。詩曰：「佩玉將將。」螭，見九歌。蝘蜓，蝪蜥也。鴟梟，見惜誓。

④ 明、盲，皆叶音芒。行，叶户郎反。○揚倞曰：「郁郁，有文章貌。拂，違也。此蓋誤耳，當爲拂乎其遇時之不祥也，郁郁乎其欲禮義之大行也。晦盲，言人莫之識也。」

⑤皓與昊同。秋，一作歲。共，讀爲拱。○言若使昊天之運往而不復，則所憂無窮。顧盛衰消息，循環代至，未有千歲而不反者，此固古今之常理也。弟子亦勉於學，以俟時耳，天道神明豈終忘此世者哉。況今之時，衰亂已極，雖有聖人亦拱手而不能有爲。蓋物極必反，時運之開，其亦將不久矣。

⑥此爲子弟承勉學之訓，而請問之詞。愚，爲其自稱也。蓋曰聖人拱手，則天下果已不可爲矣，而曰時幾將矣，則是與我以疑，而使我終不能曉也。故願聞其所以必反之説，而使我無所疑也。

其小歌曰〔三〕：①念彼遠方，何其塞矣。仁人詘約，暴人衍矣。忠臣危殆，讒人般矣。②琁玉瑶珠，不知佩也。雜布與錦，不知異也。閭娵、子奢，莫之媒也。嫫母、刀父，是之喜也。③以盲爲明，以聾爲聰。以危爲安，以吉爲凶。嗚呼上天！曷維其同？④

①九章亦有少歌，此即反詞也。

②塞字，音義皆未詳。或恐是「蹇」字也。般音盤，叶蒲典反。一作服。九歌首章服，亦作

般，蓋通用也。○衍，饒裕也。般，樂也。

③ 琁音旋。佩，叶音備。娵，子侯反。媒，叶音寐。嫫音謨。喜，許既反。○璇，赤玉。瑶，美玉。布錦不異，言精粗不同而不能辨也。閭娵、子奢，古之美女也。或曰：奢，當作都，然則乃謂男子也。嫫母，已見九章。刀父，未詳。

④ 言衰亂之極，人懷私意，乖異反易，至於如此，故呼天而問之曰：何爲而可使之同乎？同則合乎天下之公，是非善惡皆當於理，而天下治矣。此明天意，悔禍則轉禍爲福，撥亂反正，不足爲難，以解弟子之惑也。或曰：雲漢之卒章曰：「瞻卬昊天，曷惠其寧？」恐此或用其語，則「維」當作「惠」，而文意愈明白矣。

易水歌第三

易水歌者，燕刺客荆軻之所作也。燕太子丹患秦攻伐諸侯無已時，使荆軻奉督亢之圖、樊於期之首，入秦刺秦王。將發，太子及賓客知其事者，皆白衣冠以送之。至易水之上，既祖，取道，高漸離擊筑，荆軻和而歌，爲變徵之聲。士皆垂淚涕泣。又前而歌，復爲羽聲，忼慨，士皆瞋目，髮盡上指冠。於是荆軻就車而去。夫軻，匹夫之勇，其事無足言。然於此可以見秦政之無道，燕丹之淺謀，而天下之勢已至於此，雖使聖賢復生，亦未知其何以安之也。且余於此又特以其詞之悲壯激烈，非楚而楚，有足觀者，於是録之，它固不遑深論云。

風蕭蕭兮易水寒，壯士一去兮不復還。

越人歌第四

越人歌者，楚王之弟鄂君泛舟於新波之中，榜枻越人擁棹而歌此詞。其義鄙褻不足言，特以其自越而楚，不學而得其餘韻。且於周太師「六詩」之所謂「興」者，亦有契焉。知聲詩之體，古今共貫，胡、越一家，有非人之所能爲者，是以不得以其遠且賤而遺之也。

今夕何夕兮，搴洲中流。今日何日兮，得與王子同舟。蒙羞被好兮，不訾詬恥。心幾頑而不絶兮，得知王子。山有木兮木有枝，心説君兮君不知。

垓下帳中之歌第五

垓下帳中歌者，西楚霸王項羽之所作也。漢王大會諸侯以伐楚，羽壁垓下，軍少食盡，漢帥諸侯，圍之數重。羽夜聞漢軍四面皆楚歌，乃驚曰：「漢皆已得楚乎？是何楚人多也！」起飲帳中，有美人姓虞氏，常幸從。駿馬名騅，常騎。①羽迺悲歌忼慨，自爲歌詩。歌數曲，美人和之。羽泣下數行，左右皆泣，莫能仰視。於是羽遂上馬，戲下騎從者八百餘人，夜直潰圍南出。漢追及之，羽遂自剄。羽固楚人，而其詞忼慨激烈，有千載不平之餘憤，是以著之。若其成敗得失，則亦可以爲強不義者之深戒云。

力拔山兮氣蓋世，時不利兮騅不逝。騅不逝兮可柰何，虞兮虞兮柰若何。

① 蒼白雜毛曰騅。

大風歌第六

大風歌者，漢太祖高皇帝之所作也。上破黥布於會垂①還過沛，留置酒沛宮，悉召故人父老子弟佐酒，發沛中兒得百二十人，教之歌。酒酣，上擊筑，②自歌，令兒皆歌習之。上乃起舞，忼慨傷懷，泣數行下。謂沛父兄曰：「游子悲故鄉。吾雖都關中，萬歲之後，吾魂魄猶思沛。且朕自沛公以誅暴逆，遂有天下，其以沛爲朕湯沐邑，復其民，世世無有所與。」此其歌，正楚聲也。亦名三侯之章。文中子曰：「大風，安不忘危，其霸心之存乎！」美哉乎！其言之也。漢之所以有天下，而不能爲三代之王，其以是夫。然自千載以來，人主之詞，亦未有若是其壯麗而奇偉者也。嗚呼雄哉！

①上工外反，下丈瑞反。

②筑音竹。○狀似琴而大頭細頸，安弦，以竹擊之，故名爲筑。

大風起兮雲飛揚，威加海内兮歸故鄉，安得猛士兮守四方。

鴻鵠歌第七

鴻鵠歌者，漢高帝之所作也。初，吕后起閭閻，佐帝定天下。既老而疏，太子盈又柔弱，而戚夫人有寵於上，上以其子趙王如意爲類己，欲廢太子而立之。吕后恐，不知所爲，問計於留侯。留侯爲畫計，使太子卑詞厚禮，招隱士四人以爲客。後上置酒，太子侍，四人者從，年皆八十有餘，須眉皓白，衣冠甚偉。上怪問之，四人前對，各言姓名。上廼驚曰：「吾求公，公避逃我，何自從吾兒遊乎？」四人曰：「陛下輕士善駡，臣等義不辱，故恐而亡匿。今聞太子仁孝，恭敬愛士，天下莫不延頸願爲太子死者，故臣等來。」上曰：「煩公幸卒調護太子。」四人爲壽已畢，趨出。上目送之，召戚夫人，指視之曰：「我欲易之，彼四人者輔之，羽翼已成，難動矣。吕氏真廼主矣。」戚夫人泣涕，上曰：「爲我楚舞，吾爲若楚歌。」歌數闋，戚夫人歔欷流涕，上起去，罷酒，竟不易太子云。余嘗怪留侯明炳幾先，筭無遺策，而其爲此，則不唯不暇爲高祖愛子計，亦不復爲漢家社稷計矣。抑高祖之歌詞如此，而其言曰「吕氏真廼主矣」，此又豈專以太子柔弱之故而爲是舉哉？一念之差，基怨造禍，以至於此，固無兩全之理矣。留侯姑亦權其正且重者而存之，以爲是甚不獲已之計，非别有長策而故左之以就此也。嗚呼！向使高祖之心本不出於私愛，則必能深以天下國家之大計爲己憂，而蚤與張、陳、陵、勃諸公謀之帷幄，以定其論。可則以恒易盈，固爲兩得。不可則姑仍其舊，而屬大臣輔以誼。庶幾吕氏悍戾之心，亦無所激而將自平，則後來之禍，猶可以不至於若是其烈。今既不然，則杜牧所謂「四老安劉，反爲滅劉」者，真可爲寒心也哉！抑此詞卒章，意象蕭索，亦非復三侯比矣。

鴻鵠高飛，一舉千里。羽翼已就，横絶四海。①横絶四海，又可柰何？雖有矰繳，尚安所施？②

①海，叶音喜。○絶，謂飛而直度也。

②施，叶踈何反。○繳，弋射也，其矢曰矰。

【校記】

〔一〕拙，原作「柮」，據荀子改，注文同。

〔二〕也，原作「數」，據景元本改。

〔三〕曰，原作「也」，據掃葉本改。

楚辭後語卷第二

弔屈原第八

服賦第九 並見續離騷。

瓠子之歌第十

瓠子歌者，漢孝武帝之所作也。帝既封禪，乃發卒數萬人塞瓠子決河。還，自臨祭，沈白馬、玉璧，令羣臣從官皆負薪寘決河。時東郡燒薪柴少，乃下淇園之竹以爲楗。①天子悼其功之不就，爲作歌詩二章，於是卒塞瓠子，築宫其上，名曰宣防。②而導河北行二渠，復禹舊迹。自此梁、楚之地復寧，無水災矣。歸來子曰：「先是帝封禪，巡祭山川，殫財極侈，海内爲之虚耗。及爲此歌，乃閔然有籲神憂民惻怛之意云。」

①燒，旱也。樹竹塞水決口謂之楗。以草塞其裏，乃以土填之，有石以石爲之。

②史記防作「房」，後同。

瓠子決兮將柰何？浩浩洋兮慮殫爲河。①殫爲河兮地不得寧，功無已時兮吾山平。吾山平兮鉅野溢，魚弗鬱兮柏冬日。②正道弛兮離常流，蛟龍騁兮放遠遊。③歸舊川兮神哉沛，不封禪兮安知外？④爲我謂河伯兮何不仁，泛濫不止兮愁吾人。⑤齧桑浮兮淮泗滿，久不反兮水維緩。⑥

右一

①史記「浩」作「皓」、「慮」作「閭」，注云：「謂州〔一〕閭也。」

②注云：「吾山，疑謂東阿魚山也。」平者，鑿山以填河，故山平也。鉅野，即禹貢之大野澤。

③史記「弗」作「沸」。弗鬱，憂不樂也。柏與迫同。水長涌溢，穢濁不清，故魚不樂。又迫冬日，將甚困也。

③史記「正」作「延」。正道，河之正道也。弛，壞也。

④沛，普大反。○神哉沛，言神靈滂沛也。又言不因封禪，則不知關外有此水。

⑤ 漢書「爲我」二字作「皇」，「伯」作「公」。

⑥ 水維，水之綱維也。

河湯湯兮激潺湲，北渡回兮迅流難。①搴長筊兮湛美玉，河伯許兮薪不屬。②薪不屬兮衛人罪，燒蕭條兮噫乎何以御水？③隤林竹兮楗石菑，宣防塞兮萬福來。④

右二

① 史記「回」作「迂」、「迅」作「浚」。

② 搴音騫。筊音交，竹葦絙，以引置土石者也。湛，讀爲沈。美玉，即玉璧也。屬，之欲反。沈玉禮神，神已見許，但以薪不屬逮，故無功也。

③ 御與禦同，止也。東郡，衛地。言以旱燒而薪不屬，乃衛人之罪，將何以止水也。

④ 隤林竹，即所謂下淇園之竹。菑，側其反，臿也。楗石菑者，臿石立之以爲楗也。

秋風辭第十一

秋風辭者，漢武帝之所作也。帝幸河東，祠后土，讌飲中流，歡甚作此。文中子曰：「秋風，樂極而哀來，其悔心之萌乎？」

秋風起兮白雲飛，草木黄落兮鴈南歸。蘭有秀兮菊有芳，懷佳人兮不能忘。汎樓船兮濟汾河，横中流兮揚素波。簫鼓鳴兮發櫂歌，懽樂極兮哀情多，少壯幾時兮柰老何！①

①蘭秀菊芳，以興下句之詞，與湘夫人及越人歌同法，知此則知興之體矣。

烏孫公主歌第十二

烏孫公主歌者，漢武帝元封中，以江都王建女細君爲公主，妻烏孫王昆莫爲右夫人。公主至其國，自治宫室居。歲時一再，與昆莫會，置酒飲食。昆莫年老，言語不通，公主悲愁，自爲作歌如此。昆莫乃上書，請使其孫尚公主，詔許之。公主不聽，亦上書言狀。天子乃報，使從其俗。公主詞極悲哀，固可録。然并著其本末者，亦以爲中國結昏夷狄，自取羞辱之戒云。

吾家嫁我兮天一方，遠託異國兮烏孫王。穹廬爲室兮旃爲牆，以肉爲食兮酪爲漿。[①]居常土思兮心内傷，願爲黄鵠兮歸故鄉。

①食，飤也。音飼。

長門賦第十三

長門賦者，司馬相如之所作也。歸來子曰：「此諷也，非高唐、洛神之比。」梁蕭統文選云：「漢武帝陳皇后得幸，頗妬，别在長門宫，聞蜀郡司馬相如天下工爲文，奉黄金百斤爲相如、文君取酒，因求解悲愁之辭。而相如爲文以悟主上，皇后復得幸。」而漢書皇后及相如傳無奉金求賦復幸事。然此文古妙，最近楚辭。或者相如以后得罪，自爲文以諷，非后求之，不知叙者何從實此云。

夫何一佳人兮，步逍遥以自虞。魂踰佚而不返兮，形枯槁而獨居。言我朝往而暮來兮，飲食樂而忘人。心慊〔二〕移而不省故兮，交得意而相親。伊予志之慢愚兮，懷貞慤之歡心。願賜問而自進兮，得尚君之玉音。奉虛言而望誠兮，期城南之離宮。脩薄具而自設兮，君不肯兮幸臨。廓獨潛而專精兮，天飄飄而疾風。登蘭臺而遥望兮，神怳怳而外淫。浮雲鬱而四塞兮，天窈窈而晝陰。雷隱隱而響起兮，聲象君之車音。飄風迴而赴閨兮，舉帷幄之襜襜。桂樹交而相紛兮，芳酷烈之誾誾。孔雀集而相存兮，玄猨嘯而長吟。翡翠脅翼而來萃兮，鸞鳳飛而北南。心憑噫而不舒兮，邪氣壯而攻中。下蘭臺而周覽兮，步從容於深宮。正殿塊以造天兮，鬱並起而穹崇。間徙倚於東廂兮，觀夫靡靡而無窮。擠玉户以撼金鋪兮，聲噌吰而似鍾音。刻木蘭以爲榱兮，飾文杏以爲梁。羅丰茸之游樹兮，離樓梧而相撑。施瑰木之欂櫨兮，委參差以槺梁。時髣髴以物類兮，象積石之將將。五色炫以相曜兮，焕爛爗而成光。致錯石之瓴甓兮，象瑇瑁之文章。張羅綺之幔帷兮，垂楚組之連綱。撫柱楣以從容兮，覽曲臺之央央。白鶴噭以哀號兮，孤雌跱於枯楊。日黄昏而望絶兮，悵獨託於空堂。懸明月以自照兮，徂清夜於洞房。援雅琴以變調兮，奏愁思之不可長。案流徵以却轉兮，聲幼妙而復揚。貫歷覽其中操兮，意慷慨而自卬。左右悲而垂淚兮，涕流離而從横。舒息悒而增欷兮，蹝履起而彷徨。投長袂以自翳兮，數昔日之諐殃。無面目之可顯兮，遂頽思而就床。摶芬若以爲枕兮，席荃蘭而茝香。忽寢寐而夢想兮，魂若君之在傍。惕寐覺以無見兮，魂迋迋若有亡。衆雞鳴而愁予兮，起視月之精光。觀衆星之行列兮，畢昴出於東方。望中庭之藹藹兮，若季秋之降霜。夜漫漫其若歲兮，懷鬱鬱其不可再更。澹偃蹇而待曙兮，荒亭亭而復明。妾人竊自悲傷兮，究年歲而不敢忘。

哀二世賦第十四

哀二世賦者，司馬相如之所作也。相如嘗從上至長楊獵，還過宜春宫。宜春者，本秦離宫，閻樂殺胡亥之地也。相如奏賦以哀二世行失，其詞如此。蓋相如之文，能侈而不能約，能諂而不能諒。其上林、子虚之作，既以誇麗而不得入於楚詞，大人之於遠遊，其漁獵又泰甚，然亦終歸於諛也。特此二篇，爲有諷諫之意，而此篇所爲作者，正當時之商監，尤當傾意極言，以寤主聽。顧乃低佪局促，而不敢盡其詞焉，亦足以知其阿意取容之可賤也。不然，豈其將死而猶以封禪爲言哉？

登陂陁之長阪兮，坌入曾宫之嵯峨。臨曲江之隑州兮，望南山之參差。巖巖深山之硿硿兮，通谷豁乎谽谺。①汩減靸以永逝兮，注平皋之廣衍。觀衆樹之蓊薆兮，覽竹林之榛榛。②東馳土山兮，北揭石瀨。③弭節容與兮，歷弔二世。持身不謹兮，亡國失勢。信讒不寤兮，宗廟滅絶。烏乎！操行之不得。墓蕪穢而不修兮，魂亡歸而不食。④

①陂，普何反。陁，徒何反。坌，普頓、步頓二反，並也。曾，重也。隑，巨依反，曲岸頭也。與碕同。差，叶初歌反。硿硿，音籠，深通皃。豁，呼活反。谽，呼含反，大開皃。谺，呼加反，叶音河。

②汩，于筆反。減音域，疾皃。靸，先合反，輕舉意。皋，水邊地也。蓊，烏孔反。薆音愛，陰蔽皃。榛，側巾反，盛皃。叶韻未詳，恐有棧音。

③揭，丘例反，褰衣而涉也。石而淺水曰瀨。

④操，七到反。

自悼賦第十五

自悼賦者，漢孝成班倢伃之所作也。班氏世世以儒學顯，倢伃以選入宮，貴幸。

嘗從游後庭，帝召欲與同輦載，辭〔三〕曰：「觀古圖畫，賢聖之君，皆有名臣在側，三代末主迺有嬖女，今欲同輦，得無近似之乎？」上善其言而止。①倢伃誦詩及窈窕、德象、女師之篇，每進見上疏，依則古禮。②後趙飛燕娣弟自微賤興，倢伃稀復進見。飛燕遂譖倢伃祝詛主上，考問倢伃。倢伃對曰：「妾聞死生有命，富貴在天。脩正尚未蒙福，爲邪欲以何望？使鬼神有知，不受不臣之愬，如其無知，愬之何益？故不爲也。」上善其對，事遂釋。然倢伃恐久終見危，求得共養太后長信宫，③因作賦以自悼。歸來子以爲「其詞甚古，而侵尋於楚人，非特婦人女子之能言」者。是固然矣。至其情雖出於幽怨，而能引分以自安，援古以自慰，和平中正，終不過於慘傷。又其德性之美，學問之力，有過人者，則論者有不及也。嗚呼賢哉！柏舟、緑衣見録於經，其詞義之美，殆不過此云。

① 近，巨靳反。

② 詩，謂關雎以下也。窈窕、德象、女師之篇，皆古箴戒之書也。

③ 共，居用反。養，弋向反。

承祖考之遺德兮，何性命之淑靈。登薄軀於宮闕兮，充下陳於後庭。蒙聖皇之渥惠兮，當日月之盛明。揚光烈之翕赫兮，奉隆寵於增成。①既過幸於非位兮，竊庶幾乎嘉時。每寤寐而絫息兮，申佩離以自思。陳女圖以鏡監兮，顧女史而問詩。悲晨婦之作戒兮，哀褒閻之爲郵。美皇英之女虞兮，榮任姒之母周。雖愚陋其靡及兮，敢舍心而忘兹。②歷年歲而悼懼兮，閔蕃華之不滋。痛陽禄與柘館兮，仍繈褓而離災。豈妾人之殃咎兮，將天命之不可求。③白日忽已移光兮，遂晻莫而昧幽。猶被覆載之厚德兮，不廢捐於罪郵。奉共養于東宮兮，託長信之末流。共洒埽於帷幄兮，永終死以爲期。願歸骨於山足兮，依松柏之餘休。④重曰：潛玄宮兮幽以清，應門閉兮禁闥扃。華殿塵兮玉階菭，中庭萋兮緑草生。廣室陰兮帷幄暗，房櫳虚兮風泠泠。感帷裳兮發紅羅，紛綷縩兮紈素聲。神眇眇兮密靚處，君不御兮誰爲榮。⑤俯視兮丹墀，思君兮履綦。仰視兮雲屋，雙涕兮横流。⑥顧左右兮和顔，酌羽觴兮銷憂。惟人生兮一世，忽已過兮若浮。己獨享兮高明，處生民兮極休。勉虞精兮極樂，與福禄兮無期。緑衣兮白華，自古兮有之。⑦

①何音賀，任也，負也。陳，列也。增成，後宮之舍，倢伃所居也。

②纍，古「累」字。累息，言懼而增累喘息也。離與褵同，袿衣之帶也。女子適人，父結其褵而戒之，故言自思也。晨雞，見尚書，曰：「牝雞之晨，惟家之索。」言婦人不當預外事也。褒，褒姒，周幽王之嬖妾也，見天問。閻，即詩所謂「豔妻」，亦指褒姒也。郵，過也。皇，娥皇。英，女英。見九歌。女，尼據反。女虞，謂嫁於虞舜也。任，太任，文王母。姒，太姒，武王母也。郵、周，皆叶時韻讀。舍，息也。

③陽禄，柘館，二觀名。倢伃嘗就產子，數月失之。災、求，並叶滋韻。

④晻與暗同，又烏感反。莫，讀作暮，或曰：靜也，如字。郵、共養，並見上。「流」下「共」，居容反。洒音灑。埽，先到反。山足，謂陵下。休，廕也。

⑤應門，正門也。扃，短關也。菭音臺。萋音妻。櫳，疏檻也，來東反。感，動也。綷，千賄反。縩音蔡，衣聲。靚與靜同。

⑥丹墀，赤地也。綦音其，履下飾也。雲屋，言其黮䨴若雲也。流，叶綦韻。

⑦羽觴，見招魂。享，受也。休，美也。虞與娛同。綠衣，衛莊姜失位，自傷之詩。白華，周幽王申后被廢所作。

反離騷第十六〔四〕

【校記】

〔一〕州，原作「川」，據景元本改。

〔二〕慊，原作「熑」，據景元本改。

〔三〕辭，原作「詞」，據景元本改。

〔四〕反離騷見集注卷第八末附。

楚辭後語卷第三

絶命詞第十七

絶命詞者，漢息夫躬之所作也。躬以變告東平王雲祠祭祝詛事拜官封侯，而雲坐誅死。後又數上疏論事，語皆險譎。竟以罪繫詔獄，仰天大嘑，絶咽而死。躬以利口作姦，死不償責。而此詞乃以「發忠忘身」，號于上帝，甚矣其欺天也！特以其詞高古似賈誼，故録之。而備其本末如此，又以見文人無行之不足貴云。

玄雲泱鬱，將安歸兮。鷹隼横厲，鸞徘徊兮。①矰若浮猋，動則機兮。叢棘棧棧，曷可棲兮？②發忠亡身，自繞罔兮。寃頸折翼，庸得往兮？③涕泣流兮萑蘭，心結愲兮傷肝。④虹蜺曜兮日微，孽杳冥兮未開。⑤痛入天兮嗚嘑，寃際絶兮誰語？⑥仰天光兮自列，招上帝兮我察。⑦秋風爲我唫，浮雲爲我陰。⑧嗟若是兮欲何留？撫神龍兮擥其須。⑨游曠迥兮反亡期，雄失據兮世我思。⑩

①泱，烏朗反。○泱鬱，盛皃。厲，疾飛也。鸞，神鳥也。徘徊，不得其所也。

②猋，必遥反。棧，仕巾反。○矰，弋射矢也。猋，疾風也。機，謂觸其機牙也。棧，衆盛皃。

③罔與網同。○寃，屈也。庯，猶何也。此上皆以鸞自喻也。

④萑音桓。愲音骨。○萑蘭，涕下闌干也。結愲，亂也。

⑤開，叶音鴂。○孽，虹蜺覆日之氣也。

⑥嘑，火故反。語，牛助反。○際，交也。

⑦招，呼也。

⑧唫，古「吟」字。

⑨留，叶音閭。或云如字。而須，叶音秋。

⑩自言英雄失據，後當爲世所思也。

思玄賦第十八

晁氏曰：「思玄賦者，漢侍中張衡之所作也。順帝引在幃幄，諷諭左右。嘗問衡天下所疾惡者，宦官懼其毁己，皆共目之。衡乃詭對而出。猶共危衡，衡常思圖身之事，以爲吉凶隱伏，幽微難明，迺作思玄賦，以宣寄情志云。」

仰先哲之玄訓兮，雖彌高其弗違。匪仁里其焉宅兮，匪義迹其焉追？潛服膺以永靚兮，綿日月而不衰。伊中情之信脩兮，慕古人之貞節。竦余身而順止兮，遵繩墨而不跌。志團團以應懸兮，誠心固其如結。旌性行以制佩兮，佩夜光與瓊枝。纗幽蘭之秋華兮，又綴之以江蘺。美襞積以酷烈〔一〕兮，允塵邈而難虧。既姱麗而鮮雙兮，非是時之攸珍。奮余榮而莫見兮，播余香而莫聞。幽獨守此仄陋兮，敢怠皇而舍勤。幸二八之遻虞兮，喜傅説之生殷。尚前良之遺風兮，恫後辰而無及。何孤行之煢煢兮，孑不羣而介立。感鸞鷖之特棲兮，悲淑人之稀合。

彼無合其何傷兮，患衆僞之冒真。旦獲讟于羣弟兮，啓金縢而乃信。覽蒸民之多僻兮，畏立辟以危身。曾煩毒以迷或兮，羌孰可與言己？私湛憂而深懷兮，思繽紛而不理。願竭力以守義兮，雖貧窮而不改。執雕虎而試象兮，阽焦原而跟止。庶斯奉以周旋兮，要既死而後已。俗遷渝而事化兮，泯規矩之圓方。珍蕭艾於重笥兮，謂蕙芷之不香。斥西施而弗御兮，羈要褭以服箱。行陂僻而獲志兮，循法度而離殃。惟天地之無窮兮，何遭遇之無常？不抑操而苟容兮，譬臨河而無航。欲巧笑以干媚兮，非余心之所嘗。襲温恭之黻衣兮，披禮義之繡裳。辮貞亮以爲鞶兮，雜技藝以爲珩。昭綵藻與雕琢兮，璜聲遠而彌長。淹棲遲以恣欲兮，燿靈忽其西藏。恃己知而華予兮，鶗鴂鳴而不芳。冀一年之三秀兮，遒白露之爲霜。時亹亹而代序兮，疇可與其比伉？咨妒嫮之難並兮，想依韓以流亡。恐漸冉而無成兮，留則蔽而不章。

心猶與而狐疑兮，即岐阯而攄情。文君爲我端蓍兮，利飛遁以保名。歷衆山以周流兮，翼迅風以揚聲。二女感於崇岳兮，或冰折而不營。天蓋高而爲澤兮，誰云路之不平？勔自強而不息兮，蹈玉階之嶢崢。懼筮氏之長短兮，鑽東龜以觀禎。遇九皐之介鳥兮，怨素意之不逞。遊塵外而瞥天兮，據冥翳而哀鳴。鵰鶚競於貪婪兮，我脩絜以益榮。子有故於玄鳥兮，歸母氏而後寧。

占既吉而無悔兮，簡元辰而俶裝。旦余沐於清原兮，晞余髮於朝陽。漱飛泉之瀝液兮，咀石菌之流英。翾鳥舉而魚躍兮，將往走乎八荒。過少皥之窮野兮，問三丘乎句芒。何道真之淳粹兮，去穢累而票輕。登蓬萊而容與兮，鼇雖抃而不傾。留瀛洲而採芝兮，聊且樂乎長生。憑歸雲而遐逝兮，夕余宿乎扶桑。噏青岑之玉醴兮，餐沆瀣以爲糧。發昔夢於木禾兮，穀崑崙之高岡。朝吾行於湯谷兮，從伯禹於稽山。集羣神之執玉兮，疾防風之食言。

指長沙以邪徑兮，存重華乎南鄰。哀二妃之未從兮，翩儐處彼湘瀕。流目頫夫衡阿兮，睹有黎之圮墳。痛火正之無懷兮，託山陂以孤魂。愁蔚蔚以慕遠兮，越邛州而愉敖。躋日中于昆吾兮，憩炎天之所陶。揚芒熛而絳天兮，水泫沄而涌濤。温風翕其增熱兮，惄鬱邑其難聊。顝羈旅而無友兮，余安能乎留兹？

顧金天而歎息兮，吾欲往乎西嬉。前祝融使舉麾兮，纚朱鳥以承旗。躔建木於廣都兮，拓若華而躊躇。超軒轅於西海兮，跨汪氏之龍魚。聞此國之千歲兮，曾焉足以娱余？

思九土之殊風兮，從蓐收而遂徂。欻神化而蟬蜕兮，朋精粹而爲徒。蹶白門而東馳兮，云台行乎中野。亂弱水之潺湲兮，逗華陰之湍渚。號馮夷俾清津兮，櫂龍舟以濟予。會帝軒之未歸兮，悵相佯而延佇。咽河林之蓁蓁兮，偉關雎之戒女。黄靈詹而訪命兮，摎天道其焉如？曰：近信而遠疑兮，六籍闕而不書。神逵昧其難覆兮，疇克謨而從諸？牛哀病而成虎兮，雖逢昆其必噬。鼈令殪而尸亡兮，取蜀禪而引世。死生錯而不齊兮，雖司命其不斷。竇號行於代路兮，後膺祚而繁廡。王肆侈於漢廷兮，卒銜恤而絕緒。尉厖眉而郎潛兮，逮三葉而遘武。董弱冠以司衮兮，設王隧而弗處。夫吉凶之相仍兮，恒反側而靡所。穆負天以悅牛兮，豎亂叔而幽主。文斷袪而忌伯兮，閹謁賊而寧后。通人闇於好惡兮，豈愛惑之能剖？嬴擿讖而戒胡兮，備諸外而發內。或輦賄而違車兮，孕行產而爲對。慎竈顯於言天兮，占水火而妄訏。梁叟患夫黎丘兮，丁厥子而事刃。親所睇而弗識兮，矧幽冥之可信？毋綿攣以涬己兮，思百憂以自疚。〔一〕彼天監之孔明兮，用棐忱而佑仁。湯蠲體以禱祈兮，蒙厖褫以拯人。景三慮以營國兮，熒惑次於它辰。魏顆亮以從理兮，鬼亢回以敝秦。咎繇邁而種德兮，樹德茂乎英六。桑末寄夫根生兮，卉既彫而已毓。有無言而不讎兮，又何往而不復？盍遠迹以飛聲兮，孰謂時之可蓄？

仰矯首以遥望兮，魂惝惘而無儔。偪區中之隘陋兮，將北度而宣遊。行積冰之磑磑兮，清泉沍而不流。寒風凄而永至兮，拂穹岫之騷騷。玄武縮於殼中兮，螣蛇蜿而自糾。魚矜鱗而并凌兮，鳥登木而失條。坐太陰之屏室兮，慨含欷而增愁。怨高陽之相寓兮，伷顓頊而宅幽。庸織絡於四裔兮，斯與彼其何瘳！望寒門之絕垠兮，縱余緤乎不周。迅飈潚其媵我兮，鶩翩飄而不禁。趨谽嘲之洞穴兮，摽通淵之碄碄。經重陰乎寂寞兮，愍墳羊之潛深。

追慌忽於地底兮，軼無形而上浮。出石〔三〕密之闇野兮，不識蹊之所由。速燭龍令執炬兮，過鍾山而中休。瞰瑶谿之赤岸兮，弔祖江之見劉。聘王母於銀臺兮，羞玉芝以療飢。戴勝慭其既歡兮，又誚余之行遲。載太華之玉女兮，召洛浦之宓妃。咸姣麗以蠱媚兮，增嫮眼而娥眉。舒妙婧之纖腰兮，揚雜錯之袿徽。離朱脣而微笑兮，顔的礰以遺光。獻環琨與璵縭兮，申厥好以玄黄。雖色豔而賂美兮，志浩蕩而不嘉。雙材悲於不納兮，並詠詩而清歌。歌曰：「天地烟熅，百卉含蘤。鳴鶴交頸，雎鳩相和。處子懷春，精魂回移。如何淑明，忘我實多。」

將荅賦而不暇兮，爰整駕而亟行。瞻崑崙之巍巍兮，臨縈河之洋洋。伏靈龜以負坻兮，亘螭龍之飛梁。登閬風之曾城兮，構不死而爲牀。屑瑶蕊以爲糇兮，斟白水以爲漿。抨巫咸以占夢兮，迺貞吉之元符。滋令德於正中兮，含嘉秀以爲敷。既垂穎而顧本兮，爾要思乎故居。安和静而隨時兮，姑純懿之所廬。

戒庶寮以夙會兮，僉恭職而並迓。豐隆軯其震霆兮，列缺爗其照夜。雲師䨺以交集兮，涷雨沛其灑塗。轙琱輿而樹葩兮，擾應龍以服輅。百神森其備從兮，屯騎羅而星布。振余袂而就車兮，脩劍揭以低昂。冠咢咢其映蓋兮，佩綝纚以煇煌。僕夫儼其正策兮，八乘攄而超驤。氛旄溶以天旋兮，蜺旌飄而飛揚。撫軨軹而還睨兮，心灼藥其如湯。羨上都之赫戲兮，何迷故而不忘？左青琱以揵芝兮，右素威以司鉦。前長離使拂羽兮，委水衡乎玄冥。屬箕伯以函風兮，澂淟涊而爲清。曳雲旗之離離兮，鳴玉鸞之譻譻。涉清霄而升遐兮，浮蔑蒙而上征。紛翼翼以徐戾兮，焱回回其揚靈。叫帝閽使闢扉兮，覿天皇于瓊宫。聆廣樂之九奏兮，展洩洩以彤彤。考理亂於律鈞兮，意建始而思終。惟盤逸之無斁兮，懼樂往而哀來。素撫弦而餘音兮，大容吟曰念哉。既防溢而靜志兮，迨我暇以翱翔。出紫宫之肅肅兮，集大微之閬閬。命王良掌策駟兮，踰高閣之鏘鏘。建罔車之幕幕兮，獵青林之芒芒。彎威弧之撥剌兮，射嶓冢之封狼。觀壁壘於北落兮，伐河鼓之磅硠。乘天潢之汎汎兮，浮雲漢之湯湯。倚招摇攝提以低回劉流兮，察二紀五緯之綢繆遹皇。偃蹇夭矯娩以連卷兮，雜沓叢顡颯以方驤。䬍汩飂戾沛以罔象兮，爛漫麗靡藐以迭逿。凌驚雷之砊礚兮，弄狂電之淫裔。踰庬澒於宕冥兮，貫倒景而高厲。廓盪盪其無涯兮，乃今窺乎天外。

據開陽而頫眄兮，臨舊鄉之暗藹。悲離居之勞心兮，情悁悁而思歸。魂眷眷而屢顧兮，馬倚輈而徘回。雖遨遊以媮樂兮，豈愁慕之可懷？出閶闔兮降天塗，乘飇忽兮馳虚無。雲霏霏兮繞余輪，風眇眇兮震余旟。繽聯翩兮紛暗曖，倏眩眃兮反常閭。收疇昔之逸豫兮，卷淫放之遐心。脩初服之娑娑兮，長余珮之參參。文章焕以粲爛兮，美紛紜以從風。御六蓺之珍駕兮，遊道德之平林。結典籍而爲罟兮，歐儒墨而爲禽。玩陰陽之變化兮，詠雅、頌之徽音。嘉曾氏之歸耕兮，慕歷阪〔四〕之欽崟。共夙昔而不貳兮，固終始之所服也。夕惕若厲以省諐兮，懼余身之未勑也。苟中情之端直兮，莫吾知而不恧。墨無爲以凝志兮，與仁義乎消摇。不出户而知天下兮，何必歷遠以劬勞？

系曰：天長地久歲不留，俟河之清祇懷憂。願得遠度以自娱，上下無常窮六區。超踰騰躍絶世俗，飄颻神舉逞所欲。天不可階〔五〕仙夫希，柏舟悄悄吝不飛。松、喬高跱孰能離？結精遠遊使心攜。回志朅來從玄諆，獲我所求夫何思！

悲憤詩第十九

晁氏曰：「悲憤詩者，漢中郎蔡邕女琰之所作也。琰嫁爲衛仲道妻，遭亂爲胡騎所獲，没於南匈奴左賢王者十二年，爲生二子。曹操素善邕，痛其無後，以金璧重賂贖之，而重歸於董祀。

琰自傷失節，而不能忘其二子，爲作此辭。」

嗟薄祐兮遭世患，宗族殄兮門户單。身執略兮入西關，歷險阻兮之羌蠻。山谷眇兮路曼曼，眷東顧兮但悲歎。冥當寢兮不能安，飢當食兮不能餐。常流涕兮眥不乾，薄志節兮念死難，雖苟活兮無形顔。惟彼方兮遠陽精，陰氣凝兮雪夏零。沙漠壅兮塵冥冥，有草木兮春不榮。人似禽兮食臭腥，言兜離兮狀窈停。歲聿暮兮時邁征，夜悠長兮禁門扃。不能寐兮起屏營，登胡殿兮臨廣庭。玄雲合兮翳月星，北風厲兮肅泠泠。胡笳動兮邊馬鳴，孤鴈歸兮聲嚶嚶。樂人興兮彈琴箏，音相和兮悲且清。心吐思兮匈憤盈，欲舒氣兮恐彼驚，含哀咽兮涕沾頸。家既迎兮當歸寧，臨長路兮捐所生。兒呼母兮嗁失聲，我掩耳兮不忍聽。追持我兮走煢煢，頓復起兮毀顔形。還顧之兮破人情，心怛絶兮死復生。

胡笳第二十

胡笳者，蔡琰之所作也。東漢文士有意於騷者多矣，不録而獨取此者，以爲雖不規規於楚語，而其哀怨發中，不能自已之言，要爲賢於不病而呻吟者也。范史乃棄不録，而獨載其悲憤二詩。二詩詞意淺促，非此詞比，眉山蘇公已辯其妄矣。蔚宗文下固有不詧。歸來子祖屈而宗蘇，亦未聞此，何邪？琰失身胡虜，不能死義，固無可言。然猶能知其可耻，則與揚雄反騷之意，又有間矣。今録此詞，非恕琰也，亦以甚雄之惡云爾。

我生之初尚無爲，我生之後漢祚衰。天不仁兮降亂離，地不仁兮使我逢此時。干戈日尋兮道路危，民卒流亡兮共哀悲。煙塵蔽野兮胡虜盛，志意乖兮義節虧。對殊俗兮非我宜，遭惡辱兮當告誰？笳一會兮琴一拍，心憤怨兮無人知。

戎羯逼我兮爲室家，將我行兮向天涯。雲山萬重兮歸路遐，疾風千里兮風揚沙。人多暴猛兮如虺蛇，控弦被甲兮爲驕奢。兩拍張絃兮絃欲絶，志摧心折兮自悲嗟。

越漢國兮入胡城，亡家失身兮不如無生。氈裘爲裳兮骨肉震驚，羯羶爲味兮枉遏我情。鞞鼓喧兮從夜達明，胡風浩浩兮暗塞營。傷今感昔兮三拍成，銜悲畜恨兮何時平！

無日無夜兮不思我鄉土，稟氣含生兮莫過我最苦。天災國亂兮人無主，唯我薄命兮没戎虜。殊俗心異兮身難處，嗜慾不同兮誰可與語？尋思涉歷兮多囏阻，四拍成兮益悽楚。

雁南征兮欲寄邊聲，雁北歸兮爲得漢音。雁飛高兮邈難尋，空斷腸兮思愔愔。攢眉向月兮撫雅琴，五拍泠泠兮意彌深。

冰霜凛凛兮身苦寒，飢對肉酪兮不能飡。夜聞隴水兮聲嗚咽，朝見長城兮路杳漫。追思往日兮行李難，六拍悲來兮欲罷彈。

日暮風悲兮邊聲四起，不知愁心兮説向誰是？原野蕭條兮烽戍萬里，俗賤老弱兮少壯爲美。逐有水草兮安家葺壘，牛羊滿野兮聚如蜂蟻。草盡水竭兮羊馬皆徙，七拍流恨兮惡居於此。

爲天有眼兮何不見我獨漂流？爲神有靈兮何事處我天南海北頭？我不負天兮天何配我殊匹？我不負神兮神何殛我越荒州？製兹八拍兮擬俳優，何知曲成兮心轉愁！

天無涯兮地無邊，我心愁兮亦復然。人生倏忽兮如白駒之過隙，然不得歡樂兮當我之盛年。怨兮欲問天，天蒼蒼兮上無緣。舉頭仰望兮空雲煙，九拍懷情兮誰與傳？

城頭烽火不曾滅，疆場征戰何時歇？殺氣朝朝衝塞門，胡風夜夜吹邊月。故鄉隔兮音塵絶，哭無聲兮氣將咽。一生辛苦兮緣别離，十拍悲深兮淚成血。

我非貪生而惡死，不能捐身兮心有以。生仍冀得兮歸桑梓，死當埋骨兮長已矣。

日居月諸兮在戎壘，胡人寵我兮有二子。鞠之育之兮不羞耻，閔之念之兮生長邊鄙。十有一拍兮因兹起，哀響纏綿兮徹心髓。

東風應律兮暖氣多，知是漢家天子兮布陽和。羌胡蹈舞兮共謳歌，兩國交歡兮罷兵戈。忽遇漢使兮稱近詔，遺千金兮贖妾身。喜得生還兮逢聖君，嗟别稚子兮會無因。十有二拍兮哀樂均，去住兩情兮誰具陳？

不謂殘生兮却得旋歸，撫抱胡兒兮泣下沾衣。漢使迎我兮四牡騑騑，號失聲兮誰得知？與我生死兮逢此時，愁爲子兮日無光輝。焉得羽翼兮將汝歸？一步一遠兮足難移，魂消影絶兮恩愛遺。十有三拍兮絃急調悲，肝腸攪刺兮人莫我知。

身歸國兮兒莫知隨，心懸懸兮長如飢。四時萬物兮有盛衰，唯我愁苦兮不暫移。山高地闊兮見汝無期，更深夜闌兮夢汝來斯。夢中執手兮一喜一悲，覺後痛吾心兮無休歇時。十有四拍兮涕淚交垂，河水東流兮心是思。

十五拍兮節調促，氣填胷兮誰識曲？處穹廬兮偶殊俗，願得歸來兮天從欲。再還漢國兮歡心足，心有懷兮愁轉深，日月無私兮曾不照臨。子母分離兮意難任，同天隔越兮如商參，生死不相知兮何處尋？

十六拍兮思茫茫，我與兒兮各一方。日東月西兮徒相望，不得相隨兮空斷腸。

對萱草兮憂不忘，彈鳴琴兮情何傷？今別子兮歸故鄉，舊怨平兮新怨長。泣血仰頭兮訴蒼蒼，胡爲生我兮獨罹此殃！

十七拍兮心鼻酸，關山阻脩兮行路難。去時懷土兮心無緒，來時別兒兮思漫漫。塞上黄蒿兮枝枯葉乾，沙場白骨兮刀痕箭瘢。風霜凛凛兮春夏寒，人馬飢虺兮筋力單。豈知重得兮入長安，歎息欲絶兮淚闌干。

胡笳本出自胡中，緣琴翻出音律同。十八拍兮曲雖終，響有餘兮思無窮。是知絲竹微妙兮，均造化之功，哀樂各隨人心兮，有變則通。胡與漢兮異域殊風，天與地隔兮子西母東。苦我怨氣兮浩於長空，六合雖廣兮受之應不容。

【校記】

〔一〕烈，原作「裂」，據景元本改。

〔二〕疢，文選作「疹」。

〔三〕石，原作「右」，據文選本改。

〔四〕阪，原作「陵」，據景元本改。

〔五〕階，原作「偕」，據景元本改。

楚辭後語卷第四

登樓賦第二十一

登樓賦者，魏侍中王粲之所作也。歸來子曰：「粲詩有古風。登樓之作，去楚詞遠，又不及漢，然猶過曹植、潘岳、陸機愁詠、閑居、懷舊衆作，蓋魏之賦極此矣。」

登茲樓以四望兮，聊假日以銷憂。覽斯宇之所處兮，實顯敞而寡仇。挾清漳之通浦兮，倚曲沮之長洲。背墳衍之廣陸兮，臨皋隰之沃流。北彌陶牧，西接昭丘。華實蔽野，黍稷盈疇。雖信美而非吾土兮，曾何足以少留？遭紛濁而遷逝兮，漫踰紀以迄今。情眷眷而懷歸兮，孰憂思之可任？憑軒檻以遥望兮，向北風而開襟。平原遠而極目兮，蔽荆山之高岑。路逶迤以脩迥兮，川既漾而濟深。悲舊鄉之擁隔兮，涕橫墜而弗禁。昔尼父之在陳兮，有歸歟之歎音。鐘儀幽而楚奏兮，莊舄顯而越吟。人情同於懷土兮，豈窮達而異心？惟日月之逾邁兮，俟河清乎其未極。冀王道之一平兮，假高衢而騁力。懼匏瓜之徒懸兮，畏井渫之莫食。步棲遲以徙倚兮，白日忽其將匿。風蕭瑟而并興兮，天慘慘其無色。獸狂顧以求羣兮，鳥相鳴而舉翼。原野闃其無人兮，征夫行而未息。心悽愴以感發兮，意忉怛而憯惻。循階除而下降兮，氣交憤於胸臆。夜參半而不寐兮，悵盤桓以反側。

歸去來辭第二十二

歸去來詞者，晉處士陶潛淵明之所作也。潛有高志遠識，不能俯仰時俗。嘗爲彭澤令，督郵行縣，且至。吏白：「當束帶見之。」潛歎曰：「吾安能爲五斗米折腰，向鄉里小兒耶？」即日解印綬去，作此詞以見志。後以劉裕將移晉祚，恥事二姓，遂不復仕。宋文帝時，特徵不至，卒謚靖節徵士。歐陽公言：「兩晉無文章，幸獨有此篇耳。」然其詞義夷曠蕭散，雖託楚聲，而無其尤怨切蹙之病云。

歸去來兮，田園將蕪胡不歸？既自以心爲形役，奚惆悵而獨悲？悟已往之不諫，知來者之可追。實迷途其未遠，覺今是而昨非。舟遥遥以輕颺，風飄飄而吹衣。問征夫以前路，恨晨光之熹微。乃瞻衡宇，載欣載奔，童僕歡迎，稚子候門。三徑就荒，松菊猶存。攜幼入室，有酒盈罇。引壺觴以自酌，眄庭柯以怡顔。倚南窗以寄傲，審容膝之易安。園日涉以成趣，門雖設而常關。策扶老以流憩，時矯首而遐觀。雲無心以出岫，鳥倦飛而知還。景翳翳以將入，撫孤松而盤桓。歸去來兮，請息交以絶游。世與我而相遺，復駕言兮焉求？悦親戚之情話，樂琴書以消憂。農人告余以春及〔二〕，將有事乎西疇。或命巾車，或棹孤舟。既窈窕以尋壑，亦崎嶇而經丘。木欣欣以向榮，泉涓涓而始流。善萬物之得時，感吾生之行休。已矣乎，寓形宇内能復幾時，曷不委心任去留？胡爲遑遑欲何之？富貴非吾願，帝鄉不可期。懷良辰以孤往，或植杖而耘耔。登東皋以舒嘯，臨清流而賦詩。聊乘化以歸盡，樂夫天命復奚疑？

鳴皋歌第二十三

鳴皋歌者，唐翰林供奉李白之所作也。白天才絶出，尤長於詩，而賦不能及

言云。魏、晉，獨此篇近楚辭。然歸來子猶以爲白才自逸蕩，故或離而去之者，亦爲知

若有人兮思鳴皐，阻積雪兮心煩勞。洪河凌兢不可以徑度，冰龍鱗兮難容舠。邈仙山之峻極兮，聞天籟之嘈嘈。霜崖縞皓以合沓兮，若長風扇海，湧滄溟之波濤。玄猿緑羆，舔舕崟岌，危柯振石，駭膽慄魄，羣呼而相號。峯崢嶸以路絶，挂星辰於巖嶅。送君之歸兮，動鳴皐之新作。交鼓吹兮彈絲，觴清泠之池閣。君不行兮何待？若返顧之黄鶴。掃梁園之羣英，振大雅於東洛。巾征軒兮歷阻折，尋幽居兮越巇崿。盤白石兮坐素月，琴松風兮寂萬壑。望不見兮心氤氳，蘿冥冥兮霰紛紛。水横洞以下淥，波小聲而上聞。虎嘯谷而生風，龍藏谿而吐雲。寡鶴清唳，飢鼯嚬呻。塊獨處此幽默兮，愀空山而愁人。雞聚族以爭食，鳳孤飛而無鄰。蝘蜓嘲龍，魚目混珍。嫫母衣錦，西施負薪。若使巢、由桎梏於軒冕兮，亦奚異乎夔龍蹩躠於風塵？哭何苦而救楚，笑何誇而却秦？吾誠不能學二子沽名矯節以耀世兮，固將棄天地而遺身。白鷗兮飛來，長與君兮相親。

引極第二十四

引極者，唐容管經略使元結之所作也。歸來子曰：「結性耿介，有憂道閔俗之意。天寶之亂，或仕或隱，自謂與世聱牙，故其見於文字者，亦冲澹而隱約。譬古鍾磬不諧於里耳，而詞義幽眇，玩之翛然，若有塵外之趣云。」

天曠漭兮杳泱茫，氣浩浩兮色蒼蒼。上何有兮人不測，積清寥兮成元極。彼元極兮靈且異，思一見兮藐難致。思不從兮空自傷，心慅勞兮意惶懷。思假翼兮鸞皇，乘長風兮上羾。揖元極兮本深實，湌至和兮永終日。

山中人第二十五

山中人者，唐尚書右丞王維之所作也。維以詩名開元閒。遭禄山亂，陷賊中，不能死。事平，復幸不誅。其人既不足言，詞雖清雅，亦萎蒻少氣骨。獨此篇與望終南、迎送神爲勝云。

山寂寂兮無人，又蒼蒼兮多木。羣龍兮滿朝，君何爲兮空谷？文寡和兮思深，道難知兮行獨。悦石上兮流泉，與松閒兮草屋。入雲中兮養雞，上山頭兮抱犢。神與棗兮如瓜，虎賣杏兮收穀。媿不才兮妨賢，嫌既老兮貪禄。誓解印兮相從，何詹尹兮可卜？山中人兮欲歸，雲冥冥兮雨霏霏。水驚波兮翠菅靡，白鷺忽兮翻飛。君不可兮褰衣，山萬重兮一雲，混天地兮不分。樹晻曖兮氛氳，猿不見兮空聞。忽山西兮夕陽，見東皐兮遠村。平蕪緑兮千里，眇惆悵兮思君。

望終南第二十六

望終南者，王維之所作也。

晚下兮紫微，悵塵事兮多違。駐駟馬兮雙樹，望青山兮不歸。

魚山迎送神曲第二十七

魚山迎送神曲者，王維之所作也。

坎坎擊鼓，魚山之下。吹洞簫，望極浦。女巫進，紛屢舞。陳瑤席，湛清酤。風淒淒兮夜雨，神之來兮不來，使我心兮苦復苦。紛進拜兮堂前，目眷眷兮瓊筵。來不語兮意不傳，作暮雨兮愁空山。悲急管，思繁絃，靈之駕兮儼欲旋。倏雲收兮雨歇，山青青兮水潺湲。

日晚歌第二十八

日晚歌者，唐著作郎顧況之所作也。況詩有集，然皆不及其見於韋應物詩集者之勝。歸來子録其楚語三章，以爲「可與王維相上下」。予讀之信然。然其朝上清者，有曰：「和爲舟兮靈爲馬，因乘之觴于瑤池之上兮，三光羅列而在下。」則意非維所能及。然它語殊不近，故不得取，而獨采此篇。亦以爲氣雖淺短，而意若差健云。

日窅窅兮下山，望佳人兮不還。花落兮屋上，草生兮階閒。日日兮春風，芳菲兮欲歇。老不可兮更少，君胡爲兮輕別？

復志賦第二十九

晁氏曰：「復志賦者，唐文公韓愈之所作也。其自叙云：『愈從隴西公平汴州，其明年七月，有負薪之疾，退休于居，作復志賦。』以唐書考之，隴西公，蓋董晉也。漢仲舒之後，自廣川徙隴西云。初，貞元十一年，宣武李萬榮死，李廼作亂，鄧惟恭縛廼以歸朝廷，伏誅。德宗詔晉節度宣武軍，始奏愈觀察推官。晉受命，不召兵，直造汴。惟恭謀亂，晉覺之，械送京師，軍廼安。愈叙稱明年，則貞元十二年也。蓋愈自傷幼學，既壯而弗獲，思復其志，以晉知己，欲去未可云。」

居悒悒之無解兮，獨長思而永歎。豈朝食之不飽兮，寧冬裘之不完？昔余之既有知兮，誠坎軻而艱難。當歲行之未復兮，從伯氏以南遷。凌大江之驚波兮，過洞庭之漫漫。至曲江而乃息兮，逾南紀之連山。嗟日月其幾何兮，攜孤嫠而北旋。值中原之有事兮，將就食於江之南。始專專於講習兮，非詁訓爲無所用其心。窺前靈之逸迹兮，超孤舉而幽尋。既識路又疾驅兮，孰知余力之不任。考古人之所佩兮，閲時俗之所服。忽忘身之不肖兮，謂青紫其可拾。自知者爲明兮，故吾之所以爲惑。擇吉日余西征兮，亦既造夫京師。君之門不可逕而入兮，遂從試於有司。惟名利之都府兮，羌衆人之所馳。競乘時而射勢兮，紛變化其難推。全純愚以靖處兮，將與彼而異宜。欲奔走以及事兮，顧初心而自非。朝馳騖乎書林兮，夕翺翔乎藝苑。諒却步以圖前兮，不浸近而逾遠。哀白日之不與吾謀兮，至今十年其猶初。豈不登名於一科兮，曾不補其遺餘。進既不獲其志願兮，退將遁而窮居。排國門而東出兮，嗟余行之舒舒。時凴高以迴顧兮，涕泣下而交如。戾洛師而悵望兮，聊浮遊以躊躇。假火龜以視兆兮，求幽貞之所廬。甘潛伏以老死兮，不顯著其名譽。非夫子之洵美兮，吾何爲乎浚之都？小人之懷惠兮，猶知獻其至愚。固余異於牛馬兮，寧止乎飲水而求芻。伏門下之默默兮，竟歲年以康娱。時乘閒以獲進兮，顔垂歡而愉愉。仰盛德以安窮兮，又何忠之能輸？昔余之約吾心兮，誰無施而有獲？嫉貪佞之洿濁兮，曰吾其既勞而後食。懲此志之不脩兮，愛此言之不可忘。情怊悵以自失兮，心無歸而茫茫。苟不内得其如斯兮，孰與不食而高翔？抱關之阨陋兮，有肆志之陽陽。伊尹之樂於畎畝兮，焉富貴之能當？恐誓言之不固兮，斯自誦以成章。往者不可復兮，冀來今之可望。

閔己賦第三十

晁氏曰：「閔己賦者，韓愈之所作也。愈去汴州，依武寧張建封，辟府推官，以鯁直稱。後遷監察御史，上疏極論宫市。德宗怒，貶陽山令，時貞元十八年也。憲宗即位，始召爲國子博士，稍遷職方員外郎。坐論柳澗事，復爲博士。愈才高，數黜官，頗自傷其不遇。故此賦云，『就水草以休息兮，恒未安而既危』。『君子有失其所兮，小人有得其時』。蓋思古人靜俟之義，以自堅其志，終之於無悶云。」

余悲不及古之人兮，伊時勢而則然。獨閔閔其曷已兮？憑文章以自宣。昔顔氏之庶幾兮，在隱約而平寬。固哲人之細事兮，夫子乃嗟嘆其賢。惡飲食乎陋巷兮，亦足以頤神而保年。有至聖而爲之依歸兮，又何苦不自得於艱難？曰余昬昬其無類兮，望夫人其已還。行舟檝而不識四方兮，涉大水之漫漫。勤祖先之所貽兮，勉汲汲於前脩之言。雖舉足以蹈道兮，哀與我者爲誰？衆皆捨而已用兮，忽自惑其是非。下土茫茫其廣大兮，余豈不知其可懷？就水草以休息兮，恒未安而既危。久拳拳其何故兮，亦天命之本宜。惟否泰之相極兮，咸一得而一違。君子有失其所兮，小人有得其時。聊固守以靜俟兮，誠不及古之人兮其焉悲！

別知賦第三十一

晁氏曰：「別知賦者，韓愈之所作也。愈論宫市，貶陽山之明年，則歲癸未也。時楊儀之爲湖南支使，以使來，愈愛儀之，以謂『智足以造謀，才足以立事，忠足以勤上，惠足以存下，又侈之以詩、書六藝之學，宜其從事於是府，而流聲實於天朝也』。以比宣州李博、崔羣賓主，謂非己以爲邑長於斯而媚夫人者比。以送楊歸湖南序考之，愈自謂知儀之，故於其別爲此賦，不知與閔己孰先後。而復志、閔己，愈自道也，故以先別知。」

余取友於天下，將歲行之兩周。下何深之不即，上何高之不求。紛擾擾而既多，咸喜能而好修。寧安顯而獨裕，顧阨窮而共愁。惟知心而難得，斯百一而爲收。歲癸未而遷逐，侣蟲蛇於海陬。遇夫人之來使，闢公館以羅羞。索微言於亂志，發孤笑於羣憂。物何深而不考，理何隱而不抽？始參差以異序，卒爛漫而同流。何此歡之不可恃？遂駕馬以迴輈。山磝敫其相軋，樹蓊蓊其相摎。雨浪浪其不止，雲浩浩其常浮。知來者不可以數，哀去此以無由。倚郭郛而掩涕，空盡日以遲留。

訟風伯第三十二

晁氏曰：「訟風伯者，韓愈之所作也。旱以諭時澤不下流。風以比小人實爲此厲，雲以媲君子欲施而不可得，以夫爲此厲者間之也。此楚辭也，而近詩『投畀有昊』之義，故繫之於此云。」

維茲之旱兮，其誰之由？我知其端兮，風伯是尤。山升雲兮澤上氣，雷鞭車兮電摇幟。雨濅濅兮將欲墜，風伯怒兮雲不得。止暘烏之仁兮念此下民，閟其光兮不鬭其神。嗟風伯兮其將謂何？我於爾兮豈有其他？求其時兮修祀事，羊甚肥兮酒甚旨。食足飽兮飲足醉，風伯之怒兮誰使？雲屏屏兮吹使醨之，氣將交兮吹使離之。鑠之使氣不得化，寒之使雲不得施。嗟爾風伯，欲逃其罪其又何辭？上天孔明兮有紀有綱，今我上訟兮其罪誰當？天誅加兮不可悔，風伯雖死兮人誰爾傷！

弔田横文第三十三

晁氏曰：「弔田横文者，韓愈之所作也。愈有大志，不爲世知，故行經横墓，感其義高能得士，而取酒祭横，爲文以弔之，有傷時思古，慨然有不可復見之意。然田横安足道哉！故其言曰

『非今世之所希，孰爲使余欷歔而不可禁』也。又，唐宰相如董晉亦未足言，而晉爲汴州，纔奏愈從事，愈終始感遇，語稱隴西公而不姓。後從裴度，亦自謂度知己，然度亦終不引愈共天下事。自古以文學擅世名，世忌之，率不得大柄。雖有世名，如世不知。故愈躊躇發憤，太息於區區之横，以謂夫苟如横之好士，天下將有賢於五百人者至焉。」

事有曠百世而相感者，余不自知其何心。非今世之所稀，孰爲使余歔欷而不可禁？余既博觀乎天下，曷有庶幾乎夫子之所爲？死者不復生，嗟余去此其從誰？當秦氏之敗亂，得一士而可王。何五百人之擾擾，而不能脱夫子於劒鋩？抑所寶之非賢，亦天命之有常？昔闕里之多士，孔聖亦云其遑遑。苟余行之不迷，雖顛沛其何傷？自古死者非一，夫子至今有耿光。跽陳辭而薦酒，魂髣髴而來享。

享羅池第三十四

晁氏曰：「享羅池者，韓愈之所作也。愈善柳宗元，宗元爲柳州刺史，且死，語其所常與遊者曰：『吾謫於此，與若等相好也。明年吾當死，死而爲神，若等祠我。』如期而歿，爲羅池神，且能動於靈響。愈傷宗元，爲銘以實其事。自唐史臣非之。夫神不可知，孔子迺不語。雖然，此非銘羅池神之文也，愈弔宗元之文也。」

荔子丹兮蕉黃，雜肴蔬兮進侯堂。侯之舩兮兩旗，度中流兮風泊之，待侯不來兮不知我悲。侯乘駒兮入廟，慰我民兮不嚬以笑。鵝之山兮柳之水，桂樹團團兮白石齒齒。侯朝出游兮暮來歸，春與猨吟兮秋鶴與飛。北方之人兮爲侯是非，千秋萬歲兮侯無我違。福我兮壽我，驅厲鬼兮山之左。下無苦濕兮高無乾，秔稌充羡兮蚍蛟結蟠。我民報事兮無怠，其始自今兮欽于世世。

琴操第三十五

晁氏曰：「琴操者，韓愈之所作也。愈博學羣書，奇辭奥旨，如取諸室中物。以其所涉博，故能約而爲此也。夫孔子於三百篇皆弦歌之。操，亦弦歌之辭也。其取興幽眇，怨而不言，最近離騷。離騷本古詩之衍者，至漢而衍極，故離騷亡。操與詩賦同出而異名，蓋衍復於約者，約故去古不遠。然則後之欲爲離騷者，惟約猶近之。十操取其四，以近楚辭，其删六首者，詩也。」

將歸操，孔子之趙，聞殺鳴犢作。

秋之水兮，其色幽幽。我將濟兮，不得其由。涉其淺兮，石齧我足。乘其深兮，龍入我舟。我濟而悔兮，將安歸尤？歸乎歸乎，無與石鬭兮，無應龍求。

龜山操，孔子以季桓子受齊女樂，諫不從，望龜山而作。

龜之氣兮，不能雲雨。龜之枿兮，不中梁柱。龜之大兮，秖以奄魯。知將隮兮，哀莫余伍。周公有鬼兮，嗟余歸輔。

拘幽操，文王羑里作。

目揜揜兮，其凝其盲。耳肅肅兮，聽不聞聲。朝不日出兮，夜不見月與星。有知無知兮，爲死爲生。嗚呼，臣罪當誅兮，天王聖明。

殘形操，曾子夢見一狸，不見其首作。

有獸維狸兮，我夢得之。其身孔明兮，而頭不知。吉凶何爲兮，覺坐而思。巫咸上天兮，識者其誰？

【校記】

〔一〕及，原脱，據景元本補。

楚辭後語卷第五

招海賈文第三十六

晁氏曰：「招海賈文者，唐柳州刺史柳宗元之所作也。昔屈原不遇於楚，彷徨無所依，欲乘雲騎龍，遨遊八極，以從己志而不可，猶怛然念其故國。至於將死，精神離散，四方上下，無所不往。又有衆鬼虎豹怪物之害，故大招其魂而復之，言皆不若楚國之樂者。招海賈文雖變其義，蓋取諸此也。言賈尚不可爲，而又浮於海，大泊奫淪，八方易位，魚龍神怪，其禍不測，孰與上黨易野，出入無虞而可樂哉？上黨，亦晉地。宗元以謂崎嶇冒利，遠而不復，不如己故鄉常産之樂。亦以諷世之士，行險以徼幸，不如居易以俟命云。」

咨海賈兮，君胡以利易生而卒離其形？大海盪泊兮，顛倒日月。龍魚傾側兮，神怪隳突。滄茫無形兮，往來遽卒。陰陽開闔兮，氛霧滃渤。君不返兮，逝怳惚。舟航軒昂兮，下上飄鼓。騰趠嶢嵲兮，萬里一覩。崒入泓坳兮，視天若畝。奔螭出抃兮，翔鵬振舞。天吴九首兮，更笑迭怒。垂涎閃舌兮，揮霍旁午。君不返兮，終爲虜。黑齒棧齴鱗文肌，三角駢列耳離披。反斷叉牙踔嶔崖，蛇首豨〔一〕鬣虎豹皮。羣没互出讙遨嬉，臭腥百里霧雨瀰，君不返兮以充飢。溺水蓄縮，其下不極。投之必沉，負羽無力。鯨鯢疑畏，淫淫嶷嶷，君不返兮卒自賊。怪石森立涵重淵，高下迾置滔危顛。崩濤搜疏刻戈鋋，君不返兮砉沉顛。其外大泊泙奫淪，終古迴薄旋天垠。八方易位更錯陳，君不返兮亂星辰。東極傾海流不屬，泯泯超忽紛盪沃，殆而一跌兮沸入湯谷，舳艫霏解梢若木，君不返兮魂焉薄？海若嗇貨號風雷，巨鼇頷首丘山頽。猖狂震虢翻九垓，君不返兮糜以摧。咨海賈兮君胡樂？出幽險而疾平夷。恟駭愁苦，而以忘其歸。上黨易野恬以舒，蹈蹂厚土堅無虞。歧路脉布彌九區，出無入有百貨俱。周游傲睨神自如，撞鍾擊鮮恣歡娛，君不返兮欲誰須？膠鬲得聖捐鹽魚，范子去相安陶朱。吕氏行賈南面孤，弘羊心計登謀謨。煮鹽大冶九卿居，禄秩山委收國租。賢智走諾爭下車，逍遥縱傲世所趨，君不返兮謚爲愚。咨海賈兮，賈尚不可爲，而又海是圖。死爲險魄兮，生爲貪夫。亦獨何樂哉？歸來兮，寧君軀。

懲咎賦第三十七

晁氏曰：「懲咎賦者，柳宗元之所作也。貞元十九年，宗元爲監察御史裏行，時年三十三矣。王叔文、韋執誼用事，二人奇其才，引納禁中，與計議，擢禮部員外郎，欲大用之。俄而叔文敗，宗元與劉禹錫等七人俱貶，而宗元爲永州司馬。元和十年，乃徙柳州刺史以卒。初，宗元竄斥崎嶇蠻瘴閒，堙阨感鬱一寓於文，爲離騷數十篇。懲咎者，悔志也。其言曰：『苟餘齒之有懲兮，蹈前烈而不頗。』後之君子欲成人之美者，讀而悲之。」

懲咎愆以本始兮，孰非余心之所求。處卑汙以閔世兮，固前志之爲尤。始余學而觀古兮，怪今昔之異謀。惟聰明爲可考兮，追駿步而遐游。潔誠之既信直兮，仁友藹而萃之。日施陳以繫縻兮，邀堯舜與之爲師。上睢盱而混茫兮，下駁詭而懷私。旁羅列以交貫兮，求大中之所宜。曰道有象兮，而無其形。推變乘時兮，與志相迎。不及則殆兮，過則失貞。謹守而中兮，與時偕行。萬類芸芸兮，率由以寧。剛柔弛張兮，出入綸經。登能抑枉兮，白黑濁清。蹈乎大方兮，物莫能嬰。

奉訏謨以植内兮，欣余志之有獲。再徵信乎策書兮，謂炯然而不惑。愚者果於自用兮，惟懼夫誠之不一。不顧慮以周圖兮，專茲道以爲服。讒妬構而不戒兮，猶斷斷於所執。哀吾黨之不淑兮，遭任遇之卒迫。勢危疑而多詐兮，逢天地之否隔。欲圖退而保己兮，惜乖期乎曩昔。欲操術以致忠兮，衆呀然而互嚇。進與退吾無歸兮，甘脂潤乎鼎鑊。

幸皇鑒之明宥兮，纍郡印而南適。惟罪大而寵厚兮，宜夫重仍乎禍讁。既明懼乎天討兮，又幽慄乎鬼責。惶惶乎夜寤而晝駭兮，類麏麖之不息。凌洞庭之洋洋兮，泝湘流之沄沄。飄風擊以揚波兮，舟摧抑而迴邅。日霾曀以昧幽兮，黝雲涌而上屯。暮屑窣以淫雨兮，聽嗷嗷之哀猨。衆鳥萃而啾號兮，沸洲渚以連山。漂遥逐其詎止兮，逝莫屬余之形魂。攢巒[二]奔以紆委兮，束洶涌之崩湍。畔尺進而尋退兮，盪洄汩[三]乎淪漣。際窮冬而止居兮，羈纍棼以縈纏。

哀吾生之孔艱兮，循凱風之悲詩。罪通天而降酷兮，不亟死而生爲？逾再歲之寒暑兮，猶貿貿而自持。將沈淵而隕命兮，詎蔽罪以塞禍。惟滅身而無後兮，顧前志猶未可。進路呀以劃絶兮，退伏匿又不果。爲孤囚以終世兮，長拘攣而轗軻。

曩余志之脩蹇兮，今何爲此戾也？夫豈貪食而盜名兮，不混同於世也。將顯身以直遂兮，衆之所宜蔽也。不擇言以危肆兮，固羣禍之際也。御長轅之無橈兮，行九折之峩峩。却驚棹以横江兮，泝淩天之騰波。幸余死之已緩兮，完形軀之既多。苟餘齒之有懲兮，蹈前烈而不頗。死蠻夷固吾所兮，雖顯寵其焉加。配大中以爲偶兮，諒天命之謂何！

閔生賦第三十八

晁氏曰：「閔生賦者，柳宗元之所作也。宗元雅善蕭俛，在江嶺閒貽書言情云：『宗元與罪人交十年，官以是進，辱在附會。今天子定邪正，海内皆欣欣怡愉，而僕與四五子者淪陷如此，豈非命歟？然居治平，終身爲頑人之類，猶有少恥，未能盡忘。』此蓋以叔文輩爲罪人。頑人，謂已恥辱，雖在困事當云爾者。然悔厲極矣。其曰：『閔吾生之險阨兮，紛喪志以逢尤。』蓋自以生之不幸，喪志而爲此云。」

閔吾生之險阨兮，紛喪志以逢尤。氣沈鬱以杳眇兮，涕浪浪而常流。膏液竭而枯居兮，魄離散而遠遊。言不信而莫余白兮，雖遑遑欲焉求？合喙而隱志兮，幽默以待盡。爲與世而斥繆兮，固離披以顛隕。騏驥之棄辱兮，駑駘以爲騁。玄虬蹶泥兮，畏避鼀黽。行不容之崢嶸兮，質魁壘而無所隱。鱗介槁以横陸兮，鴟嘯羣而厲吻。心沈抑以不舒兮，形低摧而自愍。肆余目於湘流兮，望九疑之垠垠。波淫溢以不返兮，蒼梧鬱其蜚雲。重華幽而野死兮，世莫得其僞真。屈子之悁微兮，抗危辭以赴淵。古固有此極憤兮，矧吾生之藐艱。

列往則以考己兮，指斗極以自陳。登高嵓而企踵兮，瞻故邦之殷轔。山水浩以蔽虧兮，路蓊勃以揚氛。空廬頽而不理兮，翳丘木之榛榛。塊窮老以淪放兮，匪魑魅吾誰鄰？仲尼之不惑兮，有垂訓之謩言。孟軻四十乃始持心兮，猶希勇乎黝賁。顧余質愚而齒減兮，宜觸禍以阽身。知徙善而革非兮，又何懼乎今之人？噫禹績之勤備兮，曾莫理夫茲川。殷周之廓大兮，南不盡夫衡山。余囚楚越之交極兮，邈離絶乎中原。壤汙潦以墳洳兮，蒸沸熱而恒昬。戲鳧鸖乎中庭兮，蒹葭生於堂筵。雄虺蓄形於木杪兮，短狐伺景於深淵。仰矜危而俯慄兮，弭日夜之拳攣。慮吾生之莫保兮，忝代德之元醇。孰眇軀之敢愛兮，竊有繼乎古先。神明之不欺余兮，庶激烈而有聞。冀後害之無辱兮，匪徒蓋乎曩愆。

夢歸賦第三十九

晁氏曰：「夢歸賦者，柳宗元之所作也。宗元既貶，悔其年少氣鋭，不識幾微，久幽不還，復貽其所知許孟容書，其略云：『立身一敗，萬事瓦裂，墳墓不埽，宅三易主。恐一日死，曠墜先緒。』意託孟容以少北者，故作夢歸賦。初言覽故都喬木而悲，中言仲尼欲居九夷、老子適戎以自釋，末云首丘鳴號，示終不忘其舊。當世憐之，然衆畏其才高，竟廢不復云。」

羅擯斥以窘束兮，余惟夢之爲歸。精氣注以凝沍兮，循舊鄉而顧懷。夕余寐于荒陬兮，心慊慊而莫違。質舒解以自恣兮，息愔翳而愈微。歘騰踴而上浮兮，俄滉瀁之無依。圓方混而不形兮，顥醇白之霏霏。上茫茫而無星辰兮，下不見夫水陸。若有鉥余以往路兮，馭儗儗以回復。浮雲縱以直度兮，云濟余乎西北。風纚纚以驚耳兮，類行舟迅而不息。洞然於以瀰漫兮，虹蜺羅列而傾側。橫衝飆以盪擊兮，忽中斷而迷惑。靈幽漠以瀄汩兮，進怊悵而不得。白日邈其中出兮，陰霾披離以泮釋。施岳瀆以定位兮，互參差之白黑。崩騰上下以恫惶兮，聊按衍而自抑。指故都以委墜兮，瞰鄉閭以脩直。原田蕪穢兮，峥嶸榛棘。喬木摧解兮，垣廬不飾。山嵎嵎以崟立兮，水汨汨以漂激。魂恍恍若有無兮，涕浪浪以隕軾。類嚽黄之黭漠兮，欲周流而無所極。紛若喜而佁儗兮，心迴互以壅塞。鍾鼓喤以戒旦兮，陶去幽而開寤。晉厨蒙其復體兮，孰云桎梏之不固？精誠之不可再兮，余無蹈夫歸路。偉仲尼之聖德兮，謂九夷之可居。惟道大而無所入兮，猶流游乎曠野。老聃遁而適戎兮，指淳茫以縱步。蒙莊之恢怪兮，寓大鵬之遠去。苟遠適之若兹兮，胡爲故國之爲慕？首丘之仁類兮，斯君子之所譽。鳥獸之鳴號兮，有動心而曲顧。膠余哀之莫能捨兮，雖判析而不悟。列兹夢以往復兮，極明昬而告愬。

弔屈原文第四十

晁氏曰：「弔屈原文者，柳宗元之所作也。原没，賈誼過湘，初爲賦以弔原。至楊雄，亦爲文，而頗反其辭，自嶓山投諸江以弔之。誼愍原忠，逢時不祥，以比鸞鳳、周鼎之竄棄。雄則以義責原，何必沉身。二人者不同，亦各從志也。乃宗元得罪，與昔人離讒去國者異。太史公所謂虞卿非窮愁，亦不能著書以自見於世者。故補之論宗元之弔原，殆困而知悔者，其辭慙矣。」

後先生蓋千祀兮，余再逐而浮湘。求先生之汨羅兮，擥蘅若以薦芳。願荒忽之顱懷兮，冀陳辭而有明。先生之不從世兮，惟道是就。支離搶攘兮，遭世孔疚。華蟲薦壤兮，進御羔裘。牝雞咿嚘兮，孤雄束咮。哇咬環觀兮，蒙耳大呂。堇喙以爲羞兮，焚棄稷黍。犴獄之不知避兮，宮庭之不處。陷塗藉穢兮，榮若繡黼。榱折火烈兮，娭娭笑語。讒巧之嘵嘵兮，惑以爲咸池。便媚鞠恧兮，美愈西施。謂謨言之怪誣兮，友寘瑱而遠違。匿重痼以諱避兮，進俞緩之不可爲。何先生之凜凜兮，厲鍼石而從之。仲尼之去舍魯兮，曰吾行之遲遲。柳下惠之直道兮，又焉往而可施？今夫世之議夫子兮，曰胡隱忍而懷斯？惟達人之卓軌兮，固僻陋之所疑。委故都以從利兮，吾知先生之不忍。立而視其覆墜兮，又非先生之所志。窮與達固不渝兮，夫唯服道以守義。矧先生之悃愊兮，滔大故而不貳。沉璜瘞珮兮，孰幽而不光？荃蕙蔽匿兮，胡久而不芳？先生之皃不可得兮，猶髣髴其文章。託遺編而歎喟兮，涣余涕之盈眶。呵星辰而驅詭怪兮，夫孰救於崩亡？何揮霍雷電兮，苟爲是之荒茫。耀姱辭之曭朗兮，世果以是之爲狂。哀余衷之坎坎兮，獨蘊憤而增傷。諒先生之不言兮，後之人又何望？忠誠之既内激兮，抑銜忍而不長。芊爲屈之幾何兮，胡獨焚其中腸。吾哀今之爲仕兮，庸有慮時之否臧？食君之祿畏不厚兮，悼得位之不昌。退自服以默默兮，曰吾言之不行。既媮風之不可去兮，懷先生之可忘。

弔萇弘文第四十一

晁氏曰：「弔萇弘文者，柳宗元之所作也。萇弘字叔，周靈王之賢臣，爲劉文公之屬大夫。敬王十年，劉文公與弘欲城成周，使告于晉。魏獻子涖政，悦萇弘而與之，合諸侯于狄泉。衛彪傒曰：『萇弘其不殁乎！周詩有之曰：「天之所壞，不可支也。」』及范、中行之難，周人殺萇弘。』莊周云：『萇弘胣，藏其血，三年而化爲碧。』蓋語其忠誠然也。宗元哀弘之以忠死，故弔云。」

有周之羸兮，邦國異圖。臣乘君則兮，王易爲侯。威强逆制兮，鬱命轉幽。疹蠱膠密兮，肝膽化仇。姦權蒙貨兮，忠勇以劉。伊時云幸兮，大夫之羞。嗚呼危哉！河渭潰溢兮，横軀以抑。嵩高坼隊兮，舉手排直。壓溺之不慮兮，堅剛以爲式。知死不可撓兮，明章人極。夫何大夫之炳烈兮，王不寤夫讒賊。卒施快於剽狡兮，怛就制乎强國。松栢之斬刈兮，蓊茸欣植。盗驪折足兮，罷駑抗臆。鷙鳥之高翔兮，蘡狐惴而不食。竊畏忌以羣朋兮，夫孰病百而申一。挺寡以校衆兮，古聖人之所難。矧援羸以威慠兮，兹固蹈殆而違安。殺身之匪予慼兮，閔宗周之不完。豈成城以夸功兮，哀清廟之將殘。嫉彪子之肆誕兮，彌皇覽以爲謾。姑舍道以從世兮，焉用夫考古以登賢。指白日以致憤兮，卒頹幽而不列。版上帝以飛精兮，黮寥廓而殄絶。揭馮雲以羾愬兮，終冥冥以鬱結。欲登山以號辭兮，愈洋洋以超忽。心沍涸其不化兮，形凝冰而自慄。圖始而慮末兮，非大夫之操。陷瑕委厄兮，固衰世之道。知不可而愈進兮，誓不偷以自好。陳誠以定命兮，侔貞臣與爲友。比干之以仁類兮，緬遼絶以不羣。伯夷殉潔以莫怨兮，孰克軌其遺塵？苟端誠之内虧兮，雖耆老其誰珍？古固有一死兮，賢者樂得其所。大夫死忠兮，君子所與。嗚呼哀哉兮，敬弔忠甫！

弔樂毅第四十二

晁氏曰：「弔樂毅文者，柳宗元之所作也。樂毅，其先曰樂羊，燕昭王以子之之亂，而齊大敗燕。昭王怨齊，未嘗一日而忘報齊也。迺先禮郭隗，而毅往委質焉。以爲上將軍，下齊七十餘城。田單閒之，毅畏誅，遂西降趙。以書遺燕惠王曰：『臣聞聖賢之君，功立而不廢。故著於春秋。蚤知之士，名成而不毁，故稱於後世。』宗元傷毅之有功而不見知，而以讒廢也，故弔云。」

大廈之騫兮，風雨萃之。車亡其軸兮，乘者棄之。嗚呼夫子兮，不幸類之。尚何爲哉？昭不可留兮，道不可常。畏死疾走兮，狂顧傍徨。燕復爲齊兮，東海洋洋。嗟夫子之專直兮，不慮後而爲防。胡去規而就矩兮，卒陷滯以流亡？惜功美之不就兮，俾愚昧之周章。豈夫子之不能兮，無亦惡是之遑遑？仁夫對趙之悃款兮，誠不忍其故邦。君子之容與兮，彌億載而愈光。諒遭時之不然兮，匪謀慮之不長。踞陳辭以隕涕兮，仰視天之茫茫。苟偷世之謂何兮，言余心之不臧。

乞巧文第四十三

晁氏曰：「乞巧文者，柳宗元之所作也。傳曰：『周鼎鑄倕而使吃其指。』先王以見大巧之不可爲也。故子貢教抱甕者爲桔槔，用力少而見功多，而抱甕者羞之。夫鳩不能巢，拙莫比焉。而屈原乃曰：『雄鳩之鳴逝兮，吾猶惡其佻巧。』原誠傷世澆僞，固詆〔四〕拙以爲巧，意昔之不然者，今皆然矣，甚之也。柳宗元之作雖亦閔時奔騖，要歸諸厚，然宗元愧拙矣。

柳子夜歸自外庭，有設祠者餈餌馨香，蔬果交羅，插竹垂綏，剖瓜犬牙，且拜且祈。怪而問焉。女隸進曰：「今茲秋孟七夕，天女之孫將嬪於河鼓，邀而祠者，幸而與之巧，驅去蹇拙，手目開利，組紝縫製，將無滯於心焉，爲是禱也。」柳子曰：「苟然歟？吾亦有所大拙，儻可因是以求去之。」乃纓弁束衽，促武縮氣旁，趨曲折，傴僂將事。再拜稽首稱臣而進曰：

「下土之臣，竊聞天孫，專巧于天，轇轕璇璣，經緯星辰。能成文章。黼黻帝躬，以臨下民，欽聖靈、仰光耀之日久矣。今聞天孫不樂其獨得，貞卜於玄龜，將蹈石梁，款天津，儷于神夫，于漢之濆。兩旗開張，中星耀芒，靈氣翕歘，茲辰之良。幸而弭節，薄遊民間，臨臣之庭，曲聽臣言。臣有大拙，智所不化，醫所不攻，威不能遷，寬不能容。乾坤之量，包含海岳，臣身甚微，無所投足。蟻適于垤，蝸休于殼，龜黿螺蚌，皆有所伏。臣物之靈，進退唯辱。仿佯爲狂，局束爲諂。吁吁爲詐，坦坦爲忝。他人有身，動必得宜，周旋獲笑，顛倒逢嘻。己所尊昵，人或怒之。變情徇勢，射利抵巇。中心甚憎，爲彼所奇。忍仇佯喜，悦譽遷隨。胡執臣心，常使不移。反人是己，曾不惕疑。貶名絶命，不負所知。抃嘲似傲，貴者啓齒。臣旁震驚，彼且不恥。叩稽匍匐，言語譎詭。令臣縮恧，彼則大喜。臣若效之，瞋怒叢己。彼誠大巧，臣拙無比。王侯之門，狂吠狴犴。臣到百步，喉喘顛汗。睢盱逆走，魄遁神叛。欣欣巧夫，徐入縱誕。毛羣掉尾，百怒一散。世途昏險，擬步如漆。左低右昂，鬬冒衝突。鬼神恐悖，聖智危慄。泯焉直透，所至如一。是獨何工？縱横不恤。非天所假，彼智焉出？獨嗇於臣，恒使玷黜。沓沓騫騫，恣口所言。迎知喜怒，默測憎憐。摇脣一發，徑中心原。膠加鉗夾，誓死無遷。探心扼膽，踴躍拘牽。彼雖佯退，胡可得旃？獨結臣舌，喑抑御冤。擘眦流血，一辭莫宣。胡爲賦授，有此奇偏！眩耀爲文，瑣碎排偶。抽黄對白，啽哢飛走。駢四儷六，錦心繡口。宫沉羽振，笙簧觸手。觀者舞悦，誇談雷吼。獨溺臣心，使甘老醜。嚚昏莽鹵，樸鈍枯朽。不期一時，以俟悠久。旁羅萬金，不鬻弊帚。跪呈豪傑，投棄不有。眉矉頞蹙，喙唾胸歐。大赧而歸，填恨低首。天孫司巧，而窮臣若是，卒不余畀，獨何酷歟？敢願聖靈悔禍，矜臣獨艱。付與姿媚，易臣頑顔。鑿臣方心，規以大圓。拔去呐舌，納以工言。文詞婉軟，步武輕便。齒牙饒美，眉睫增妍。突梯卷臠，爲世所賢。公侯卿士，五屬十連。彼獨何人，長享終天！」

言訖，又再拜稽首，俯伏以俟。至夜半，不得命，疲極而睡。見有青褏朱裳，手持絳節而來告曰：「天孫告汝，汝詞良苦。凡汝之言，吾所極知。汝擇而行，嫉彼不爲。汝之所欲，汝自可期。胡不爲之，而誑我爲？汝唯知恥，諂貌淫詞。寧辱不貴，自適其宜。中心已定，胡妄而祈？堅汝之心，密汝所持。得之爲大，失不汙卑。凡吾所有，不敢汝施。致命而昇，汝慎勿疑。」嗚呼！天之所命，不可中革。泣拜欣受，初悲後懌。抱拙終身，以死誰惕？

憎王孫文第四十四

晁氏曰：「憎王孫文者，柳宗元之所作也。離騷以虬龍鸞鳳託君子，以惡禽臭物指讒佞，而宗元放之焉。」

湘水之漱漱兮，其上羣山。胡茲鬱而彼瘁兮，善惡異居其間。惡者王孫兮善者猨，環行遂植兮止暴殘。王孫兮甚可憎。噫，山之靈兮，胡不賊旃？跳踉叫囂兮，衝目宣齗。外以敗物兮，内以爭羣。排鬭善類兮，譁駭披紛。盜取民食兮，私己不分。充嗛果腹兮，驕傲驩欣。嘉華美木兮碩而繁，羣披競齧兮枯株根。毁成敗實兮更怒喧，居民怵苦兮號穹旻。王孫兮甚可憎。噫，山之靈兮，胡獨不聞？猨之仁兮，受逐不校。退優游兮，惟德是傚。廉來同兮聖囚，禹稷合兮凶誅。羣小遂兮君子違，大人聚兮孽無餘。善與惡不同鄉兮，否泰既兆其盈虚。伊細大之固然兮，乃禍福之攸趨。

王孫兮甚可憎。噫，山之靈兮，胡逸而居！

【校記】

〔一〕豨，原作「稀」，據景元本改。

〔二〕巒，原作「欒」，據柳集改。

〔三〕汩，原作「泊」，據景元本改。

〔四〕詆，原作「抵」，據柳集改。

楚辭後語卷第六

幽懷賦第四十五

晁氏曰：「幽懷賦者，唐山南節度使李翺之所作也。翺從韓愈爲文章，見推當時。性鯁直，議論不能下人，仕不得志，鬱鬱無所發。面斥宰相李逢吉，坐此不振。故翺自叙云：『其交有相歎者，賦幽懷以答之。』昔歐陽文忠公嘗云：『始，余讀翺復性書，曰：「此特中庸之義疏耳，不作可焉。」意翺特秦、漢間好事行義之一豪耳。最後讀幽懷賦，云：「衆囂囂而雜處兮，咸歎老以嗟卑。視余心之不然兮，慮行道之猶非。」乃始太息。至薄韓愈不及翺賦，以謂不過羨二鳥之光榮，歎一飽之無時耳。』又云：『翺怪神堯以一旅取天下，而後世子孫不能以天下取河北爲憂。曰：嗚呼，使當時君子皆易其歎老嗟卑之心，爲翺所憂之心，則唐之天下豈有亂與亡哉？』其重若是，故附見於此。」

衆囂囂而雜處兮，咸嗟老而羞卑。視予心之不然兮，慮行道之猶非。儻中懷之自得兮，終老死其何悲？昔孔門之多賢兮，惟回也爲庶幾。超羣情以獨去兮，指聖域惟高追。固簞食與瓢飲兮，寧服輕而駕肥。望若人其何如兮，慙吾德之纖微。躬不田而飽食兮，妻不織而豐衣。援聖賢而比度兮，何僥倖之能希？念所懷之未展兮，非悼己而陳私。自禄山之始兵兮，歲周甲而未夷。何神堯之郡縣兮，乃家傳而自持。税生人而育卒兮，列高城以相維。何兹世之可久兮，宜永念而遐思。有三苗之逆命兮，舞干羽以來之。惟刑德之既修兮，無遠邇而咸歸。當高祖之初起兮，提一旅之羸師。能順天而用衆兮，竟掃寇而戡隋。況天子之神明兮，有烈祖之前規。剗弊政而還本兮，如反掌之易爲。苟廟堂之治得兮，何下邑之能違。哀予生之賤遠兮，包深懷而告誰？嗟此誠之不達兮，惜此道而無遺。獨中夜以潛歎兮，匪吾憂之所宜。

書山石辭第四十六

書山石辭者，宋丞相荆國王文公安石之所作也。公遊舒州山谷，書此詞於澗石。蓋非學楚言者，而亦非今人之語也，是以談者尚之。

水泠泠而北出，山靡靡以旁圍。欲窮原而不得，竟悵望以空歸。

寄蔡氏女第四十七

寄蔡氏女者，王文公之所作也。公以文章節行高一世，而尤以道德經濟爲己任。被遇神宗，致位宰相。世方仰其有爲，庶幾復見二帝、三王之盛。而公乃汲汲以財利兵革爲先務，引用凶邪，排擯忠直，躁迫強戾，使天下之人囂然喪其樂生之心，卒之羣姦嗣虐，流毒四海。至於崇、宣之際，而禍亂極矣。公又以女妻蔡卞，此其所予之詞也。然其言平淡簡遠，翛然有出塵之趣，視其平生行事心術，略無豪髮肖似，此夫子所以有「於予改是」之歎也歟？鼂氏録其少作兩賦，而獨遺此，蓋不可曉。故今特收采，而并著其本末，亦使讀者無疑於宜陵絶命之章云。

建業東郭，望城西堠。千嶂承宇，百泉遶霤。青遥遥兮纚屬，緑宛宛兮横逗。積李兮縞夜，崇桃兮炫晝。蘭馥兮衆植，竹娟兮常茂。柳蔫綿兮含姿，松偃蹇兮獻秀。鳥跂兮下上，魚跳兮左右。顧我兮適我，有斑兮伏獸。感時物兮念汝，遲汝歸兮攜幼。

我營兮北渚，有懷兮歸女。石粱兮以苫蓋，緑陰陰兮承宇。仰有桂兮俯有蘭，嗟女歸兮路豈難？望超然之白雲，臨清流而長歎。

服胡麻賦第四十八

服胡麻賦者，翰林學士眉山蘇公軾之所作也。國朝文明之盛，前世莫及。自歐陽文忠公、南豐曾公鞏與公三人相繼迭起，各以其文擅名當世。然皆傑然自爲一代之文，於楚人之賦有未數數然者。獨公自蜀而東，道出屈原祠下，嘗爲之賦，以詆揚雄而申原志。然亦不專用楚語，其輯之亂，乃曰：「君子之道，不必全兮。全身遠害，亦或然兮。嗟子區區，獨爲其難兮。雖不適中，要以爲賢兮。夫我何悲，子所安兮。」是爲有發於原之心，而其詞氣亦若有冥會者。它詞則唯此賦爲近於橘頌，故録其篇云。

我夢羽人，頎而長兮。惠而告我，藥之良兮。喬松千尺，老不僵兮。流膏入土，龜蛇藏兮。得而食之，壽莫量兮。於此有草，衆所嘗兮。狀如狗蝨，其莖方兮。夜炊晝曝，久乃臧兮。伏苓爲君，此其相兮。我興發書，若合符兮。乃瀹乃烝，甘且腴兮。補填骨髓，流髮膚兮。是身如雲，我何居兮。長生不死，道之餘兮。神藥如蓬，生爾廬兮。世人不信，空自劬兮。搜抉異物，出怪迂兮。槁死空山，固其所兮。至陽赫赫，發自坤兮。至陰肅肅，躋於乾兮。寂然反照，珠在淵兮。沃之不滅，又不燔兮。長虹流電，光燭天兮。嗟此區區，何與於其間兮。譬之膏油，火之所傳而已耶？

毁璧第四十九

毁璧者，豫章黄太史庭堅之所作也。庭堅以能詩致大名，而尤以楚辭自喜。然以其有意於奇也泰甚，故論者以爲不詩若也。獨此篇爲其女弟而作，蓋歸而失愛於其姑，死而猶不免於水火，故其詞極悲哀，而不暇於爲作，乃爲賢於它語云。

毁璧兮隕珠，執手者兮問過。愛憎兮萬世一軌，居物之忌兮固常以好爲禍。羞桃菊兮飯汝，有席兮不嬪汝坐。歸來兮逍遥，采芝英兮禦餓。淑善兮清明，陽春兮玉冰，畸於世兮天脱其纓，愛胃人兮生冥冥，棄汝陽侯兮遇汝曾不如生。未可以去兮殆其雛嬰，衆雛羽翼兮故巢傾。歸來兮逍遥，西江浪波何時平？山涔涔兮猿鶴同社，瀑垂天兮雷霆在下。雲月爲晝兮風雨爲夜，得意山川兮不可繪畫。寂寥無朋兮去道如咫，彼幽坎兮可謝。歸來兮逍遥，增膠兮不聊此暇。①

① 卒章疑有誤字。

秋風三疊第五十

秋風三疊者，原武邢居實之所作也。居實，恕子，自少有逸才，大爲蘇、黄諸公所稱許，而不幸蚤死。其爲此時，年未弱冠。然味其言，神會天出，如不經意，而無一字作今人語。同時之士，號稱前輩、名好古學者，皆莫能及。使天壽之，則其所就，豈可量哉？

秋風夕起兮白露爲霜，草木憔悴兮竊獨悲此衆芳。明月皎皎兮照空房，晝日苦短兮夜未央。有美一人兮天一方，欲往從之兮路渺茫。登山無車兮涉水無航，願言思子兮使我心傷。

秋風淅淅兮雲冥冥，鵾梟晝號兮蟋蟀夜鳴。歲月徂邁兮忽如流星，少壯幾時兮老冉冉其相仍。展轉反側兮從夜達明，悵獨處此兮誰適爲情。長歌激烈兮涕泣交零，願言思子兮使我心怦。

秋風浩蕩兮天宇高，羣山逶迤兮溪谷寂寥。登高望遠兮不自聊，駕言適野兮誰與遊遨。空原無人兮四顧蕭條，猿狖與伍兮麋鹿爲曹。浮雲千里兮歸路遠遥，願言思子兮使我心勞。

鞠歌第五十一

鞠歌者，横渠張夫子之所作也。自孟子没，而聖學不得其傳，至是蓋千有五百年矣。夫子蚤從范文正公受中庸之書，中歲出入於老、佛諸家之説，左右采獲，十有餘年，既自以爲得之矣。晚見二程夫子於京師，聞其論説而有警焉，於是盡棄異學，醇如也。嘗見神宗，顧問治道之要，即以漸復三代爲對。退與宰相議不合，因謝病歸，著訂頑、正蒙等書數萬言。閒閲古樂府詞，病其語卑，乃更作此以自見，并以寄二程云。

鞠歌胡然兮，邈余樂之不猶。宵耿耿其不寐兮，日孜孜焉繼余乎厥脩。井行惻兮王收，曷賈不售兮，阻德音其幽幽？述空文以見志兮，庶感通乎來古。搴昔爲之純英兮，又申申其以告。鼓弗躍兮麾弗前，千五百年兮寥哉闊焉。謂天實爲兮則吾豈敢？嗟審己兹乾乾。

擬招第五十二

擬招者，京兆藍田吕大臨之所作也。大臨受學程、張之門，其爲此詞，蓋以寓夫求放心、復常性之微意，非特爲詞賦之流也。故附張子之言，以爲是書之卒章，使游藝者知有所歸宿焉。

上帝若曰：哀我人斯，資道之微。肖天之儀，神明精粹。降爾德兮，予無汝欺。視聽食息，皆有則兮，予何敢私？顧弱喪以流徙，返故居兮謬迷。圈豚放馳，散無適歸。蟻慕羊羶，聚附弗離。予哀若時，魂莫予追。乃命巫陽，爲予招之。陽拜稽首，敢不祇承上帝之耿命，退而招之以辭，辭曰：

魂乎來歸魂無東，大明朝生兮啓羣蒙。萬物摇蕩兮隱以風，遷流正性兮失厥中。魂兮來歸魂無南，離明獨照兮萬物瞻。文章焕發兮不可緘，夸淫侈大兮志弗厭。魂兮來歸魂無西，日入昧谷兮草木萎。實落材成兮雖有時，志意彫謝兮與物衰。魂兮來歸魂毋北，幽都闇黯兮深蔽塞，歸根獨有兮專靜默，有心獨藏兮吝爲德。魂乎來歸魂無上，清陽朝徹兮文惚恍。絶類離羣兮入無象，杳然高舉兮極驕亢。魂兮來歸魂毋下，素位安行兮以時舍。沉濁下流兮甘土苴，固哉成形兮不知化。魂兮來歸反故居，盍歸休兮復吾初。範博厚以爲宫兮，戴高明以爲廬。植大中以爲常産兮，蘊至和以爲厨。動震雷以鼓昕兮，守艮山以止隅。秉離明以爲燭兮，御巽風以行車。守吾坎以禦侮兮，開吾兑以進趨。資糧械器惟所用兮，何物之不儲？四方上下惟所之兮，何適而非塗？雖備物以致用兮，廓吾府而常虚。縱奔鶩以終日兮，燕吾居而晏如。惟寞惟寂，疑有疑無。其尊無對，其大無餘。曷自苦兮一方拘？魂兮來歸反故居！

附録一　楚辭集注序跋著録

宋嘉定四年同安郡齋刊本跋

宋　楊楫

慶元乙卯，楫自長溪往侍先生於考亭之精舍。時朝廷治黨人方急，丞相趙公謫死於道。先生憂時之意屢形於色。忽一日出示學者以所釋楚辭一編，楫退而思之，先生平居教學者，首以大學、語、孟、中庸四書，次而六經，又次而史傳，至於秦、漢以後詞章，特餘論及之耳。乃獨爲楚辭解釋，其義何也？然先生終不言，楫輩亦不敢竊有請焉。歲在己巳，忝屬胄監，與先生嗣子將作簿同朝，因得録而藏之。今以屬廣文游君參校而刊於同安郡齋。嘉定四年七月朔日門人長樂楊楫謹述。

宋嘉定六年刊本題識

宋　王洊

晦菴先生集注、辯證楚辭，得於□□因是正之，刊于章貢郡齋，俾學者知風雅之變云。嘉定癸酉三月甲子襄陽王洊敬書。

宋端平刊乙未刊本跋

宋　鄒應龍

楚辭後語者，我宋文公朱先生之所作也。其述作之本意，先生自序之詳矣。而其編定此書之時，與夫論著之詳略，則又已見於先生之季子通守監簿君之後序。應龍生晚，不及侍先生函丈，獨幸與監簿君同朝。及來温陵，又爲僚相好也。暇日，因從問先生平日述作大槩，以爲它書已行於世，獨此編乃晚年所定，猶未及卒業，故人未及見，而首以示應龍，因得伏而讀之。其微詞奥義，不一而足。獨論漢揚雄，則反覆屢致其意。其序反騷也，則以爲屈原之罪人、離騷之讒賊。其序胡笳也，則以爲「非恕琰，亦以甚雄之惡」。夫揚雄以好深沈之思，作爲雅麗之文，後世讀之，未有以爲非者。而先生待之不少恕如此。抑應龍嘗就監簿君借先生所作資治通鑑綱目之書讀之，見其所書雄之死曰「莽大夫揚雄卒」，則知先生之所以貶雄者，其意蓋有在也。嗚呼嚴哉！後之攬者，儻知先生所以去取之意，而明三綱五常之義，如讀春秋而亂臣賊子懼者，則庶乎其不蹈騷人之失，而先生此書爲不苟作矣。應龍不敏，何足以識先生之指意？特見而謂之知之謂耳。因以是説，諗於監簿君。君曰：「然。」乃敬書其後而歸之。嘉定壬申重九後一日，邵武鄒應龍書於温陵郡齋。

宋端平刊乙未刊本跋

宋 朱在

先君晚歲草定此編，蓋本諸晁氏續、變二書，其去取之義精矣，然未嘗以示人也。每章之首，皆略叙其述作之由，而因以著其是非得失之跡。獨思玄、悲憤及復志賦以下，至于幽懷，則僅存其目，而未及有所論述。故今於此十九章之叙，皆因晁氏之舊而書之。若夫鞠歌、擬招二章，則非歸來子之書所及者，讀者又當有以識夫旨意於言詞之外也。嘉定壬申仲秋，在始取遺藁，謄寫成編，捧玩手澤如新，而音容不復可見矣，因涕泣而書其後。又五年，歲在丁丑，補外來守星江，寔嗣世職，既取郡齋所刊楚詞集注，重加校定，復併刻此書，庶幾並行，且以識予心之悲也。中秋日，在謹記。

宋端平刊乙未刊本跋

宋 朱鑑

吊屈、服賦，已見續騷。反騷一篇，亦附卷末。而後語之作，皆復收入。其本旨既不可知，而二集並存，則爲重複。今以反騷著於此，而賈賦二章，則存其目，庶幾二集若相爲用，不可偏廢。而纂輯之意，或以是而得之。至於思玄以下十九章，用歸來子之説，而未經刊定者，姑以附注於篇目之下云。端平乙未秋七月朔，孫承議郎、權知興國軍兼管内勸農營田事、節制屯戍軍馬鑑百拜敬識。

明成化十一年吴原明刊本序

明 何喬新

楚辭八卷，紫陽朱夫子之所校定；後語六卷，則朱子以晁氏所集録而刊補定著者也。蓋三百篇之後，惟屈子之辭最爲近古。屈子爲人，其志潔，其行廉，其姱辭逸調，若乘鷖駕虬而浮游乎埃壒之表。自宋玉、景差以至漢、唐、宋，作者繼起，皆宗其渠矱而莫能尚之，真風雅之流而詞賦之祖也。漢王逸嘗爲之章句，宋洪興祖又爲之補注，而晁無咎又取古今詞賦之近騷者以續之。然王、洪之注，隨文生義，未有能白作者之心。而晁氏之書，辨説紛拏，亦無所發於義理。朱子以豪傑之才、聖賢之學，當宋中葉，阨於權奸，迄不得施，不啻屈子之在楚也。而當時士大夫希世媒進者，從而沮之排之，目爲僞學，視子蘭、上官之徒殆有甚焉。然朱子方且與二三門弟子講道武夷，容與乎溪雲山月之間，所以自處者蓋非屈子所能及。閒嘗讀屈子之辭，至於所謂「往者余弗及，來者吾不聞」而深悲之，迺取王氏、晁氏之書刪定以爲此書。又爲之注釋，辨其賦比興之體，而發其悲憂感悼之情。繇是作者之心事，昭然於天下後世矣。予少時得此書而讀之，愛其詞調鏗鏘，氣格高古；徐察其憂愁鬱邑、繾綣惻怛之意，則又悵然興悲，三復其辭，不能自已。顧書坊舊本刓缺不可讀，嘗欲重刊以惠學者而未能也。及承乏汳臺，公暇與僉憲吴君原明論朱子著述，偶及此書，因道予所欲爲者。吴君欣然出家藏善本，正其訛，補其缺，命工鍥梓以傳。既而以書屬予曰：「書成矣，子其序之，使讀者知朱子所以訓釋此書之意，而不敢以詞人之賦視之也。」嗟夫！大儒著述之旨，豈末學所能窺哉！然嘗聞之，孔子之刪詩、朱子之定騷，其意一也。詩之爲言，可以感發善心，懲創逸志，其有裨於風化也大矣！騷之爲辭，皆出於忠愛之誠心，而所謂「善不由外來，名不可以虛作」者，又皆聖賢之格言。使放臣屏子呻吟咏嘆於寂寞之濱，則所以自處者必有其道矣。而所天者幸而聽之，寧不淒然興感而廸其倫紀之常哉！此聖賢刪定之大意也。讀此書者，因其辭以求其義，得其義而反諸身焉，庶幾乎朱子之意，而不流於雕蟲篆刻之末矣。成化十一年乙未八月既望賜進士出身嘉議大夫河南按察使司按察使盱江何喬新書。

明正德十四年沈圻刊本序

明 張旭

屈原，楚世家也。原之悲憂感悼之情，皆出於忠君愛國之誠心，至於不得已作離騷，氣格高古，詞調鏗鏘。故宋景文公稱其爲詞賦之祖，後世宗之，乃取文之類楚聲者，次第成編。前一册乃漢王逸爲之章句，其補注作於宋之洪興祖；後一册則晁無咎之所集録者，朱子删定之、注釋之、辯證之，然後成楚辭一書。此集注、後語所由分也。集注前五卷，文二十五篇，皆屈原所作，而以離騷一篇爲之冠。離，遭也；騷，擾動也。題以「離騷」名，憫當世也。其九歌至漁父等篇，則各因一事而發，非離騷也，觀原之列傳可見矣。後三卷，文一十六篇，首則九辯，而以招隱士終焉。蓋此等文字，一皆出於怨慕，可以步離騷之後塵，故取之，非取其爲續離騷而作也。朱子之定本如此。夫何後之好事者，復參用晁本，乃於目録中「離騷」之下妄加一「經」字，而以九歌至漁父皆爲「離騷」，於此七題之上各加「離騷」二字，九辯至招隱士皆以爲「離騷」之「傳」，於此八題之上又各加「續離騷」三字。不寧惟是，復以「離騷一」至「七」等字，衍出二十有五之數，分屬屈原五卷之文。牽強附會，不知甚矣，於朱子何加多哉！後語六卷，文則七十八篇，言雖人人殊，皆能發其繾綣悃鬱之情。以故揚雄之反離騷、蔡琰之胡笳，朱子亦不去焉。蓋琰以失節之婦猶知有子，而雄以名世大儒反不知有君。故兩存之，其責之之意深矣。賈誼之屈、服二賦已採入續離騷，復以「弔屈原第八」「服賦第九」二虛名作二行，妄加於第二卷之首。朱子之定本豈如是哉？噫，自三百篇之後，惟離騷一篇最爲近古，以其興少而比、賦多也。去古既遠，真知而篤好之者幾何人哉？平湖沈公子京以柱下史來知休寧縣事，未朞年，政教大有聲，行將復入内臺，乃梓行此書，以嘉惠乎後學。恐今本不善，命旭爲之校讎，其盛心哉！竊惟朱子因離騷以删定楚辭，與孔子之假魯史以脩春秋同一心也。春秋既作，亂臣賊子知所懼。楚辭既行於世，忠臣義士其不知所奮發哉！但孔子之筆削，雖賢如游夏，尚不能贊一辭，旭何人斯，既未得遊於朱子之門，又安敢如蔡九峰之於書傳哉！辭弗獲，則以旭前之鄙見告之，必删去後人妄加字樣，則其爲書無媿於朱子矣。公曰：「諾。吾聞之，屈原往見太卜鄭詹尹曰：『余有所疑，願先生決之。』有以哉！」公乃取決於旭。旭謹奉嚴命，遂將楚辭二册之中後人妄加「離騷經」、「傳」、數目、小注、空題等九十八字及成相三章八段之上八圈一切删去，其餘三復校正，求其字無魯魚豕亥之誤然後已。公曰：「若然，則於朱子之定本，必符節之相合矣。」乃捐俸以刻之。公其有功於天下後世大矣哉！旭年在桑榆，幸逢奇會，敢不志之以諗同道之君子？若曰作聰明亂舊章，則非知我者！正德十四年歲在己卯九月重陽前一日後學新安林下七十三翁梅巖張旭書。

明正德十四年沈圻刊本跋

明　沈圻

圻幼讀書之暇，家君參藩，承一山先生以前輩僉憲原明吴君所刊楚辭授讀，長而頗解文義。披揭歲久，原本缺壞殆盡，更求之以便温習而不可得。閩中書坊所刊售者，字多訛舛，體式以繆，殊厭觀覽。及登仕路，每欲重刊以廣來學，顧遭貶謫、勞案牘，不惟不能，亦不暇也。邇者承尹徽之休陽，遍訪徽郡官民所刊書籍，雖皆鬭珍襲奇，求如此書可維三百篇之後者，則未之刊行，深以爲恨，乃請於郡守新淦文林張公，公曰：「是吾志也，子亟圖之。」偶會婺源鄉進士汪濟民者，以吴君舊本遺圻，如獲拱璧，喜不自勝。又慚鼛識井見，且民事勞心，不能校證，託之於鄉大夫張君廷曙别號梅巖者。梅巖以夙學閒身，嚴加考訂，其目録體制有未合式者，稍爲更改，圻遂捐俸命工以鋟梓。工告成，而張公適更調杭郡，代之者温陵克全留公也。公既至，召圻而語之曰：「聞吾子於楚辭用意殆先得我心之所同然者，當與吾子共廣其傳。」圻喜是書之成，頗於達人君子有合，僭書此以附篇終云。正德十四年己卯冬十二月賜進士出身知休寧縣事平湖後學沈圻謹跋。

明嘉靖十七年楊上林刊本叙

明　唐樞

楚辭者，風雅之變也，其源昉於屈子。厥後作者繼起，咸祖其辭，而皆楚聲也，故俱謂之楚辭。漢劉向始輯爲編，自離騷而下，續以宋玉、賈誼、淮南小山、東方朔、莊忌、王褒諸作，及向所著九歎爲一十六篇。東京王逸又增以所著九思一篇而注釋之。宋洪興祖復爲補注。我紫陽朱夫子又取二家所注，重加訂正，謂七諫以下辭意不類，悉删去之，而增入賈誼弔屈原、服賦二篇，别爲之注，梓行久矣。邑侯楊君偶得善本，手自校正，翻刻以廣厥傳，而屬余爲叙。余惟言者心之聲也，言之發而可歌者，則謂之辭。屈子心乎公室，以忠見廢，其抑鬱無聊、怨慕不平之意無所於泄，而假辭焉發之，猶之窮而呼天、疾痛而呼父母，蓋有出於情實。王、洪、晁、周之説，逐鶩詞苑，正義愈遠，辭而闢之，無以也。申此以抑彼，龍津子能無意乎？龍津姓楊名上林，乙未進士，令長興，敦本章意，以治暇及之。若曰有感而成，清世無慶元之士。嘉靖歲戊戌中秋日歸安唐樞撰。

明嘉靖十七年楊上林刊本叙

明　顧應祥

嘗讀楚辭，味離騷經，竊疑瓌士自用，激發憤嫉，無以概諸聖。及語蓋衷耿然，三代完節，然終不可以爲訓。况呻吟不恙暨齷齪自以債者雜次同糅可耶？原藻致迴爲詞祖，九辯後諸作，計亦必傳。顧藝成而下，要非正性之習。靈修爽世麗作，同聲和者彙起。而莊、山感離憂之情，道騫善昂切之韻，是則楚之辭也。傳云：「登高能賦，可以爲大夫。」夫其能者，能稱詩以諭其志，别賢不肖而觀盛衰焉。溷之以不類，非矣。雖然，晦翁有取之。學隨事明，情由言律。故有借事以明其心，有借辭以明其事，有借類以明其本，有借人以明其辭。兹編也，皆所以明學也。雖然，何不爲法語梓而廣之以明學？猶慮其計之左也。雖然，方時文肆漫，不探其之不能已者。諸家所注，未嘗沉潛反覆，以尋其旨趣之所歸，而祇於文義間求之，故未免於迂滯迫切之病，而使屈子之志抑鬱於當時者，不得伸於後也。此朱子集注之所爲作也。朱子嘗曰：「楚辭未嘗怨君。」斯言也，可謂深得屈子之心矣！夷考朱子此注，實在慶元退居之後，時禁方嚴。所遭不辰，亦與屈子大率相類。序所謂「放臣棄子、怨妻屏婦」有感而託焉者，殆是也。而其樂天知命，講學不輟，較之制行過於中庸而不可爲法者，又有間矣。朱子於六經皆有訓傳，而於是書復惓惓焉，蓋將以昭君臣之大義，而激發夫忠臣烈士之心於千載之下云爾。然則楚辭固不當以詞人之賦視之，而朱子爲之注，又豈訓詁文義者可例觀哉？學者欲留心游藝，則是書宜不可少。而司風教者，固當知所務矣。楊君上林，淮陰人，乙未進士，素有志於古人者，刻茲集以厲風教云。嘉靖戊戌秋中朔日長興顧應祥叙。

明嘉靖十七年楊上林刊本題識

明　楊上林

屈子抗衷而陳辭，援事而脩意。其辭油，其情腆，其志不貳，其道無回，怨而不怒，哀而不傷。要其詞意所託，宛乎愛國憂君也。而汨羅之死，千載悲之，匪徒以其辭焉爾矣。嗟呼！物之材者，產於山林，掄於匠氏，細大靡弗遭也。屈子，瓌士也，而顧無所遭哉！辭而楚焉，亦傷己之未逢爾矣。雖然，死也諒矣，而隱居之道則未焉，惜也，處死之未至也。然則朱子何爲取之？夫亦曰：有屈子之志則可耳。遇主獲上，暢志宣猷，喜起之歌，被之金石，歷萬世耀耀焉，辭雖無楚可也。嘉靖戊戌五月望淮陰楊上林識。

明嘉靖三十八年葉邦榮刊本序

明　葉邦榮

嘗聞諸人曰：古人立言之遠，曠百世而不受知者，屈子離騷是也。屈子離騷章往察來，信今傳後，而亦奚至於不知邪？若夫芳潔之操，忠貞之行，騎龍弄鳳，嬉遊之間，雖與日月爭光可也，而又奚至於不知邪？粤稽史，在昔屈子職掌王族，以定國是，同列大夫上官、靳尚共譖毁之，至於唯言是聽，懷王之過也。屈子無重懷王之過，義以爲諷，離騷作焉，而無私怨，可以爲明質也。噫！屈子生非其時也。使屈子生於三代之隆，亦有緝熙賡歌、都俞可繼也，奚必以騷之爲貴而輕天下哉！戰國之時，敝斯極矣。貨賄相銜，脂韋相錯。縱横長短之説，轉相狙詐以上謀也。明珠委道，瓦釜鳴雷。此屈子之所不與也。王臣斷國，無所回護，且懼趨偶而忝貴卿，冒愧遑顧而非正以處之，此又有道者之所不履也。且我聞之，欒書搆郤而厲公弑，郈伯毁季而昭公逐，費忌納女而楚建走，宰嚭譖胥而夫差喪，事幾之不可與權也。今上官捷徑，不忍以投步矣。雖然，舍王非忍也。自夫襄王之再放也，迺作而呼曰：自今無有代吾君以任患者。有一於斯，將爲繼乎？於是乎九歌、九章，援天引聖以自明，庶其曰納約自牖者也。其將通吾君於理乎？而今淒楚益有辭矣。遐思邁往，欲追靈脩而不可得，浮游天地之間，而竟齎志以歿。夫出處有謂，名體不污，風采足懷，百世改顔，不可廢也。自宋玉以下，無慮數十家，皆悲屈子而發其餘烈者也，故統曰之楚辭。重曰：讀屈子者，可知立言之有序也。夫廉以潔其身，去國而不忘其訓，君子謂離騷於是乎可傳。於此徵志，於此徵忠，於此徵德，觀會通而三美具，能章勸也。能章勸，故謂之不朽。詩曰：「我思古人，實獲我心。」離騷有焉。予刺安吉，時丙申，校楚辭成，明年既逢憂以歸。蓋嘗抱離騷之潔，相羊於清明之時，而無所於辭也，方且叙之，以俟知者。嘉靖三十八年己未孟冬望日閩中樸齋山人葉邦榮仁甫撰。

明萬曆朱崇沐重刻楚辭全集序

明　葉向高

朱子曰：「屈原之忠，忠而過者也。」此傷原之甚而爲是言耳。臣子之分無窮，其爲忠亦無窮，安有所謂過者？悲夫屈子之遇懷、襄也，身既遭讒，主復見詐，奸諛竊柄，宗國將淪，徘徊睠顧，幾幸於萬一，不得已而作爲騷辭。上叩帝閽，下窮四極，遠求宓妃，近問漁父，甚至巫咸占卜，蹇修爲媒，湘君陟降，司命周旋，舉世人所謂荒忽駭怪之談，皆託焉以寫其無聊之情，無可奈何之苦。當此際也，雖欲不死，其將能乎？屈子死而楚亡，湘江之濱，精魄未散，猶將感憤悲號，恨爲忠之未盡，而豈以一死爲足以滿志也夫？屈子之死，蓋處於不得不死之地，固忘其死之爲忠，又何論其忠之過與否哉！世之輕死者，子以孝，女以烈，此雖出於天經地義之不容已，乃罔極之恩、伉儷之好維繫綰結，若或迫之，情之至也。君臣則堂陛勢疏，晉接日少，若有餘於分，而不足於情。乘有餘以成睽，乘不足以成薄，而臣節替矣。屈子之言曰：「豈余身之憚殃兮，恐皇輿之敗績。」「長太息以掩涕兮，哀民生之多艱。」其情之婉轉惻切，千載而下，令人酸鼻。凡爲臣子當書一通，置之坐右矣。屈子楚辭若干篇，後世傚其體者皆附焉。朱子爲之注釋，而謂有味其言，不敢以詞人之賦視之。夫朱子躬遭宋季，爲王淮、陳賈所排，宜其有感於屈子。其講業建溪，自託於遯晦，視汨羅之憤，爲其中正。要亦所處之不同，未可以一律論也。屈子死矣，毋論忠憤之氣日月爭光，即其詞賦亦與六經並傳。彼上官、子蘭之徒，骨枯舌爛，千古爲僇，亦何利而爲此哉！朱生崇沐，重刻此集，余三讀而悲屈子之所以死者原發於至情，而於臣子之分，亦未嘗有過。以爲願忠者勸，其亦竊附於朱子注釋之意也。

明萬曆二十五年吉府刊本序

明　陸長庚

楚，澤國也，羽毛齒革甲天下，而其沈鬱瑰琦發於材最著。材如左倚彬彬矣，而忠且材者，則三閭大夫最著。大夫之離騷，自怨生也，喟然慘怛，怨而不怒。嗟嗟，楚人之善怨，其天性哉！余讀其辭，窮天地之紀，採人物之變，與夭喬飛走、幽閴遼邈之態，經緯臚列，大指可掬也。而滄浪濯纓，湘流鼓枻，直令羈臣戀國，逆旅悲鄉，冷冷淒絶矣。世謂楚奉江潭爲三閭湯沐，洵也侈於饗哉！至如藝文家哀時命、九懷、九歎，類冠以楚，則其悲淒婉戀，實肖貌之，勿論非楚産矣。余莅星沙，歷故羅，望湘濆，蠱焉傷之，想見故所行吟抱石處，輒求所謂楚辭者。而舊籍多堙缺不全，豈其湯沐邑而重令泯泯爲？無亦逢執事之閒而不以崇大表章也？若觀忠何？適給事吉藩魏君重鋟是辭，字櫛句比，雲燦星列，畏壘杓之人矣，斯詎止湯沐是爲？維是大夫爰實楚宗，宗而忠也，宗而材也。鋟之，於以感動諸宗，俾忠且材者蒸蒸乎獨以文詞哉？其以興起諸宗，功非渺矣。時萬曆戊戌朱明之吉賜進士出身、亞中大夫、廣西布政司左參政前奉敕提督太嶽泰和山湖廣布政按二司守巡下荆湖南道鵝湖陸長庚元白父撰。

明萬曆二十五年吉府刊本序

明　莊天合

楚詞編於劉子政者十六卷，章句於王叔師者十七卷。其上自劉、王，下迨洪氏，折衷於朱晦菴而定爲集注者八卷，復取晁無咎續編而定爲後語集注者又六卷。自集注出，而宋儒陳氏以爲發屈子之微於千載之下，故學者宗之，迄於今不廢，則今吉殿下命魏給事刻者是已。刻成，莊生爲題其端曰：夫所貴於賢人君子者，則莫不一禀於忠義文章矣。忠以致身，文以流藻，二者所難兼，而屈子兼之。故離騷者，忠義之肝脾、文章之林府也。情迫則諷諭不得不深，才多則聲貌不得不廣。諷諭深，故其旨多婉轉惆悵，反覆循環，能使讀者動色悽心，低回而不勝其忉怛；聲貌廣，故其詞多窮天極地，探幽入微，能使讀者嵬眼湏耳，斟酌而莫得其盈虛。總之，忠即爲文，文即爲忠。雖屈子不自知，而忠者得之以爲忠，文者得之以爲文，則是編不可少也。今天下一家，四海一國，豈必主懷襄、讒上官子蘭而後令愛君憂國之士彰？又豈必疏遠放逐、憔悴江潭、枯槁澤畔而後令博聞强記之士以詞自表哉？夫君臣之義，無所逃於天地之間，彼屈子偶遭其窮者也。頃聖明在上，士既生逢堯舜禹湯，而服杜衡蘭茝以媚於天子，豈其舍廉潔正直之操、受變於突梯滑稽之習者！且夫挹水於河，取火於燧，言資其有也。士染翰操觚，激昂風雅，思以鳴國家之盛，而落實取材，宜於何資焉？故吾以爲侯王而通於騷，則本支之恩必篤；公卿大夫而通於騷，則夾輔之益必弘；臺諫侍從而通於騷，則論思之道必廣；羣有司、百執事而通於騷，則奔走之勤必著。若乃奥博者菀其鴻裁，中巧者獵其艷詞，吟諷者銜其山川，童蒙者拾其香草，追風入麗，沿波得奇，雖復宣炳王猷，潤色儒業，無之而不可矣。蓋孔子論詩曰：可以興，可以觀，可以羣，可以怨，可以事君父，可以資多識。則余於離騷亦云。是固紫陽集注之意而吉藩教忠教文之盛心也。彼夫宋景賈馬而下，蘇黄張吕以前，雖作者代起，情制殊途，然莫不異軌同奔，遞相師祖，按先聲於玉管，啓後乘之司南。學者合而求之，固亦天下之極觀也。時萬曆戊戌季夏月之吉郡人莊天合得全甫撰。

明萬曆楊鶴刊本序

明　李維楨

楚三閭大夫屈平所作離騷、九歌、天問、九章、遠遊、卜居、漁父、大招，而宋玉、漢賈誼、淮南王安、東方朔、嚴忌、王褒、劉向皆擬之。其始爲傳者安也。其尊離騷爲經，而以後人所作，人非楚而辭則楚，辭非楚而指則楚，附之爲十六卷，别稱楚辭者，向也。爲之注，而以己作九思附之者，王逸也。爲補注者，洪興祖也。續楚辭自宋玉以下至宋朝爲變離騷者，晁補之也。採王、洪、晁三家爲集注，又差擇去取其所録名楚辭後語，附以辨證者，朱子也。自朱子注行，而諸説俱左次矣。蓋嘗聞騷者詩之變也，詩無楚風，而楚乃有騷。屈氏爲騷時，江漢皆楚地，文王化行南國，漢廣、江有汜諸詩，已列十五國之先。風雅既變，而楚狂接輿、滄浪孺子之歌，入孔子聽聞。其歌楚聲，體又稍變於詩，未若十五國風陳太史、經聖人筆削也。屈本詩義爲騷，世號楚辭，不正名爲賦。後語中所收荀卿諸賦、成相、佹詩，與賦與騷與詩諸體雜糅。卿亦楚人，得無楚之習然耶？則謂騷爲「楚風」可也。惜不及仲尼之時，不見採耳。此語若張楚而設。考之朱子，以三閭「志行過中庸，不可爲法，而皆出於忠君愛國之誠心。其詞旨雖跌宕怪神，怨懟激發，不可爲訓，而皆生於繾綣惻怛不能已之至意」。又曰「楚辭之寄意男女，寓情草木，以極游觀之適，爲變風。叙事陳情，感今懷古，不忘君臣之義，爲變雅。語冥昏而越禮，攄怨憤而失中，爲風、雅再變。述祀神歌舞之盛，則幾於頌，而其變爲甚。賦則離騷經首之章；比則香草惡物之類；興則託物興詞，如沅芷澧蘭，思公子而未敢言之屬。詩興多而比賦少，騷興少而比賦多」。又曰「屈氏不怨君，諸家解成怨，至以山鬼爲君，大失其旨。辭本平易，而後人學者，艱深都不可曉」。三閭地下忠魂心服知己矣。朱子之先，司馬遷稱其志潔行廉，與日月爭光，而以好色不淫、怨悱不亂，兼國風、小雅之美。漢宣帝以爲皆合經術。揚子雲亦言體同詩雅，豈不信哉！楊侍御修齡，楚人也，刊楚辭而屬余爲序。余亦楚人也，豈敢作張楚語，惟折衷於朱子之論如此。朱子之論，論其所以辭也，余第就其辭論。今夫詩三百篇，無一字不文，無一語無法，會蕞諸家之長，修辭潤色之耳。騷出於詩而衍於詩，以一人之手創千古之業，若總雜無倫而脈絡經緯自具，若蟬連不已而醖藉囊括自遠。微婉雋永，使人吟咀餘味，殆不忍置；悽欷緊紮，使人情事欲絶，涕泣横集；富麗廣博，使人望洋自歎，無測邊際；環琦卓詭，使人驚心動魄，未可直視；嚴整高華，使人肅然起敬，正襟拱立。兩漢、六代、三唐諸人，得其章法、句法、字法，遂臻妙境，奪勝場。如詩三百篇後有作者，卒莫出其範圍。劉勰所謂「氣往轢古，辭來切今，驚采絶艷，難與並能」，豈不信哉！或曰注有異同，即朱子不必盡諧衆説。余曰：年祀綿邈，載籍闕軼，六經訓故，尚爾人持一意見，何疑於楚辭！且也汨羅之死，傳述已久，説者或比諸浮海居夷。猶騷所謂道崑崙，遵赤水，至西極，陟陞皇，寓言也。寸寸而度之，至丈必差，而何求備於注楚辭者？要以朱子學識其於大義微言思過半矣！

明天啓六年忠雅堂刊本序

明　蔣之翹

予酷嗜騷，未嘗一日肯釋手。每值明月下，必掃地焚香，坐石上，痛飲酒熟讀之，如有淒風苦雨颯颯從壁間至，聞者莫不愴然，悲心生焉。竊論孔公删後詩亡，能變詩而足以存詩者惟是。其辭麗以則，其情悽以婉。至美人夢寐，一篇三致其思，自有一種涕泣無從、令血化碧於九原而天地震驚之意。「詩可以怨」，信然，宋、景而下莫及也。況乎相如以浮辭媚主上，雄爲莽大夫而復反其意以自文過，儻屈氏有鬼，必執罪而問之，是尚得並稱歟？若夫原情闡旨，則太史公猶未相知也，下而班固、顔之推之徒，烏足置喙焉？有深獨契，惟留此朽墨數行，與汨羅一片悠悠映對千古耳。奈之何世復乏佳刻，殊晦厥意！王逸、洪興祖二家訓詁僅詳，會意處不無遺譏。惟紫陽朱子注甚得所解，原其始意，似欲與六經諸書並垂不朽。惜其明晦相半，故余敢參古今名家評，暨家傳李長吉、桑民懌未刻本，裁以臆説，謀諸剞劂氏，僉曰可。庶貽兹來世，以見予與原爲千古同調，獨有感於斯文云。於時歲次丙寅天啓六年冬十一月殺青迺竟。石林山人蔣之翹楚穉撰。

明天啓六年忠雅堂刊本序

明　黄汝亨

予嘗序馮氏刻王叔師騷注，其所以論騷者，亦大概詳矣。今且謂蔣楚穉，世以騷名家，負暢達用世之才而不遇，是誠騷中人也。其年十五時，便從尊大人野鴻公裹糧入楚，蹑屩陟衡岳，浮洞庭，探雲夢、九疑、三湘、七澤之勝，已而謁三閭故廟，咨嗟慨慕，詩以弔焉。迄今七年於兹，落寞如故，負鑱自放，彷徨林澤間，遊是三閭行徑，醉後時設几，灌酒漿，奉離騷經於上，跪而泣曰：「嗟乎！千古來惟先生與某同調也。」遂閉户，然水沉，棲劍嘯臺上，昕夕披離騷本。主朱考亭集注，參以諸家之評。上自漢、魏以及國朝，凡百名流，苟其一言一字之似，荒謬若予者，無不蒐羅而備輯之，甚至注與評而載之。未詳者君必考諸他書，裁之獨見，爲併詳之。外有諫、歎諸作，考亭之所删也，君以其原本所載，另立二卷，爲附覽以存之。國朝騷賦，後語所未及録也，君又旁搜徧問，一一編次之、標引之。下之若詩、若論、若列傳、若外傳、若傳贊、若祭文哀文等篇，稍有可以相折衷處，亦悉録而附之。楚穉其可謂勤歟？猶之滄海朝宗者，大而江淮河漢，小而溝渠行潦，靡弗納也。洋洋然洵騷之大觀也哉！讀此可知楚穉之學，皆得力於騷。如所載攘詢一賦，幽憤沉痛，實言之欲淚矣。北地而後有能紹屈氏之統者，舍楚穉其誰與歸？天啓柔兆攝提格之歲杪秋。

明天啓六年忠雅堂刊本後語序

明　蔣之翹

予聞秦無經，漢無騷。騷之爲道，要必發情止義、興觀羣怨之用備，而又别爲變調者也。噫，何其難甚哉！儻持此論以求之，即宋、景諸人猶不能及，何況曰漢，又何曰漢以後耶！故朱子論七諫、九懷、九歎、九思爲無病呻吟，今觀兹後語所録，並呻吟而亦無之矣。特爲原作者意亦皆憫屈子之忠而悲其不遇者也，所以不可不輯，復廣而續之。檇李蔣之翹撰。

明崇禎十八年刻本楚辭集注評林題識

明　沈雲翔

楚辭行世者，向惟七十二家評本稱善，然尚有未盡，如宋蘇子由、國朝汪南溟、王遵巖、余同麓等十餘家，在所遺漏，兹復輯入，彙成八十四家。搜羅校訂，自謂騷壇無憾也。

明崇禎十八年刻本楚辭集注評林引

明　沈雲翔

盡人豔宗屈、宋，其義不可臚悉矣。乃懷採擷潤，空谷知興；而微藴尚窅，端緒難通。則往哲貞韻，糜塞於哇吟勃窣之壇，悲夫！自劉、王編疏，章句猶舛；洪、晁詳備，經傳支別，反騷與美新同指，天對與愚溪等誣。此皆昔人有志探賾者，不免向背之擾，遺瀆景行，下此者豈望其弔湘乎！學士有思，陳風擬賦；哀人多戚，寓物致鳴。彼各自抽，黝渺三閭，安所執而叩之！若乃邪僻之家，以之翻譜，酬詞借徑，下上其音，蒿露茀野，徧屬田横門下之客。嘻，甚已夫！高踪迴處，掃室焚香，日月在抱，自絜江蘺渚若之間。不然，披枝求本，先理其幹，亦讀騷者之亟圖也。朱子集注謂使人得見千載之上，蓋明章闡括，登屈氏之堂，可不謂優歟？後語、辯證，危言則贅。余於丙子之冬，緘户紬篇，爲之遵其句節，誌夫竅釋，詳稽論列，慎剔效尤。諫懷歎思之作，既不使無病而呻；荀楊馬蔡之詞，亦安得屬郢而和！秩秩蘭茝，厥繇且條，詎曰漉醑之助哉！爰授梨棗，哀彙品騭，後之讀者，得取衷焉。崇禎丁丑清和月哉生魄日慶城沈雲翔千仞識。

明崇禎刻本楚辭述注自序

明　來欽之

楚辭舊分八卷，爲紫陽朱子之所校定，又後語六卷，則朱子以晁氏所集録而刊補定著者也。其先漢王逸爲之章句，及宋洪興祖又爲之補注。而晁無咎取古今詞賦之近騷者以續之。此從事於楚辭先後之本統也。竊觀楚辭自離騷以至漁父二十五篇，皆屈原所作。厥後宋玉之九辯、招魂，景差之大招，賈誼之惜誓、弔屈原、服賦，莊忌之哀時命，淮南小山之招隱士，爲舊分八卷中之三卷，以續離騷。今止録其前之五卷，而於最後之續者，俱不一及，則是何故？是特以著屈原之所爲文而已矣。繼是所作，或本其志，或甚反其詞，中情繾綣，旨趣幽深，非不盡善盡美，使之各自成書，亦無不可。其必曰合而觀之，續而後成全書，且以白諸賢之意志，固先儒嗣美之一説也。載諸後語之揚雄反離騷、蔡琰胡笳十八拍，朱子皆兩存之。其蓋有予奪之微意乎？今斷自屈原所作，則謬甚。雖然，詳體乎屈原之言之志，則朱子之所爲予之奪之者，可類推也。而不然，幾何不復以離騷爲經，九歌等篇而亦爲離騷，甚而九辯等篇爲離騷之傳，以至轉相牽合也哉！柳子厚曰：「參之離騷以致其幽。」由是言之，則凡爲文者所不可忽也。然其詞旨難明，語音杳冥，非藉解釋，不能通曉。朱子之集注，其補裨於後人者多矣。欽之伏而誦之，間或哀多益寡，此固欽之述注之本意也。崇禎歲在戊寅蕭山來欽之聖源甫書。

明崇禎刻本楚辭述注後序

明　來逢春

屈原具可大用之才，而見沮於子蘭、上官之徒，此離騷等二十五篇之所由作也。朱晦翁生當宋之中葉，困於大奸，亦有大可用之才，而不得盛其發施，其事亦差與原類，故合諸賢之注而統集其成。迄今學士家咸奉朱子集注。吾宗聖源，博學宏才，其所疏注，自經及史，率皆千古盛業。可以大用而尚不遇於時，故讀屈原之詞，取晦翁之注而少加裒益，書始大定。而曰述注云者，其亦同屈原、晦翁兩人，有大悲慨也夫？有大悲慨也夫？崇禎戊寅月嘉平。

清光緒十八年傳經堂刊本序

清　賀瑞麟

趙忠定汝愚以韓侂胄用事遭貶暴薨，朱子蓋傷忠定宗臣忠不見容，不勝憂憤，有感於三閭之事，因注楚辭，並刊定後語，是在慶元己未，而朱子年已七十矣。當是時，朱子亦以僞學落職去國，侂胄之勢益張，國事愈不可問，因以義命自安，禍福死生久已置之度外。然士君子讀書弔古，見夫奸邪罔上，殘害忠良，未嘗不悲歎欷歔感慨，以至泣下，而況身當其際，貴戚見逐，卒以身死如忠定者乎？是不可哀郢而弔湘耶？且其擊忠定也，正以引用朱子之故，至欲一網打盡，而道學遂爲世病，將使天下後世輒以道學爲諱，世道人心何所底止？朱子特注楚辭明屈子之心，即以明忠定之心，且見讒人誤國至於此極，使千載下爲國者以爲殷鑒。嗚乎，其所感深矣！然朱子亦若不爲當時發者，此又離騷一書之微旨也。至屈子爲人與後世諸家所以爲辭之意，並以張子、吕氏之作終焉，以明道學之歸。朱子論之詳矣，不復贅。讀者熟玩而善味之，其亦將有感於朱子之所感也夫！光緒壬辰仲冬清麓洞主賀瑞麟謹識。

一九五三年人民文學出版社影印宋端平本跋

鄭振鐸

右宋朱熹（一一三〇—一二〇〇年）所定楚辭集注八卷，辯證二卷，後語六卷，爲熹孫朱鑑於宋理宗端平乙未（一二三五年）所刊本。這是今日我們所見楚辭的最古和最完整的一個刻本。黎庶昌嘗於日本獲見一元刊本的朱氏集注，已驚爲祕笈，亟爲之覆刻，收入古逸叢書中。今得此宋本，又遠勝於古逸本了。我曾把這兩個本子，初步對讀了一下，即發現元刊本有不少錯誤失真之處。如宋本朱熹序中「世不復傳」四字，元本作「世復不傳」一字顛倒，語氣便大有出入。又宋本辯證卷上中「然其反騷，實乃屈子之罪人也」一句，元本佚去「然」字，作空格。「楚辭卷第一」下，宋本僅有「集注」二字，元本則增爲「朱子集注」四字。又宋本後語之末，附有鄒應龍、朱在、朱鑑的三篇跋文，元本均佚去，令人無從知道後語成書與印行的經過，以及朱在刊書的始末。可見書貴古本，不僅因其「古」而貴之，實在是爲了實事求是，要得到一個最準確、最無錯誤的本子，作爲研究的依據，以免因一字之差，而引起誤會，甚至不正確的論斷。朱熹爲宋學大家，畢生勘定了不少經典古籍，很有些特見，足以糾正漢儒的謬解。楚辭的最早的本子，爲漢劉向所寫定，凡十六卷。後漢王逸爲之章句，續增了他自著的九思一篇，定爲十七卷。宋洪興祖爲之補注。這是代表漢學家的一個注釋本子。宋晁補之又擇後世文辭與楚辭相類似者，編爲續楚辭二十卷，凡二十六人，計六十篇；又擇其餘文賦或大意祖述離騷，或一言似之者，爲變離騷二十卷，凡三十八人，通九十六首。朱熹根據了王逸和晁補之二家的書，加以增删，附入注釋，定爲此本。他的集注八卷，是依據王逸所定的本子，删去了七諫、九懷、九歎、九思四篇，而增入賈誼的弔屈原、服賦二篇，並將揚雄的反離騷一篇，附録於後。他的後語六卷，則是根據晁補之的續楚辭、變離騷二書而加以增删者，所取凡五十二篇。他的辯證二卷，則爲他自撰的不能附入注釋中的考證之語。這是一個比較的最完備的楚辭集子，包括屈原的全部作品，和受屈原影響的許多歷代（到宋爲止）的最好作品。今日晁補之的二書已不傳，王逸章句和洪興祖補注二書的宋刊本也已不可得而見，則朱熹的這個注本，可以説是很難得的一個古刻本了（四部叢刊所收楚辭補注乃是明翻宋本)。王逸的注釋,多牽强附會之處,未脱漢儒説經的習氣。朱熹的注釋是比他進了一步的。在辯證裏,他曾把王逸的錯誤與附會之處,詳加批判。在楚辭的許多注釋本裏,這也可算是比較好的一個本子。朱熹作辯證的時間,在宋寧宗慶元己未(一一九九年),是在他死的前一年。他的後語則是未完成的本子(只注釋了前十七篇,以後三十五篇無注)。他的集注則大約是完成於一一九五年左右。趙希弁云:「公之加意此書,則作牧於楚之後也。或曰:有感於趙忠定之變而然。」(涵芬樓影印宋本昭德先生郡齋讀書志卷第五下)按熹作牧於楚,是一一九三年的事。趙汝愚罷相,則在一一九五年。是他成書的日子,當在一一九五年至一一九六年之間。這個集注,先曾刊行。今存者有嘉定癸酉(一二一三年)江西刊本,辯證二卷,並附於後。但後語六卷,則於熹死後,始由其子朱在爲之印出(一二一七年)。現在,这個朱在本也已失傳了。再經過十六年,他的孫子朱鑑,才集合了這三部分,成爲現在這個樣子的一部書。他把這集注和後語裏的重複的三篇删去了(集注裏已收賈誼的弔屈原、服賦二篇,又附載揚雄的反離騷一篇,後語裏又收此三篇。朱鑑本則於集注部分裏删去反離騷一篇,於後語部分裏删去弔屈原、服賦二篇,避免複見),以見全書的整齊劃一。他這個刊本,可以説是朱熹這部書的今存的最早的、最完備的刊本,且也是最後的一個定本了。明蔣之奇堂重刊宋度宗咸淳三年(一二六七年)潭州湘陰令施南向文龍的一個刻本,而那個本子却是刻在朱鑑刻本出來以後的三十二年。這部僅存於世的朱鑑刻本,爲山東聊城海源閣舊藏,後爲東萊劉氏所得。去年，由劉少山先生捐獻給中央人民政府，現藏北京圖書館。今年是屈原逝世的二千二百三十年。我們藉此機會，把這部最古的、最完備的楚辭集注定本，影印出來，作爲對於屈原這位古代偉大的愛祖國、愛人民的詩人的一個紀念。同時我們想，這部書的出版，對於研究屈原的專家們也將會有些貢獻與幫助。一九五三年二月二十日鄭振鐸跋。

附録二　楚辭集注版本著録

直齋書録解題卷一五楚辭類

宋　陳振孫

楚辭集注八卷辨證二卷

侍講建安朱熹元晦撰。以王氏、洪氏注或迂滯而遠於事情，或迫切而害於義理，遂别爲之注。其訓詁文義之外，有當考訂者，則見於辨證，所以袪前注之蔽陋而明屈子微意於千載之下。忠魂義魄，頓有生氣。其於九歌、九章，尤爲明白痛快，至謂山海經、淮南子殆因天問而著書，説者反取二書以證天問，可謂高世絶識，毫髮無遺恨者矣。公爲此注在慶元退歸之時，序文所謂「放臣棄子、怨妻去婦」，蓋有感而託者也。其生平於六經皆有訓傳，而其殫見洽聞發露不盡者，萃見於此書。嗚呼偉矣！其篇第視舊本益賈誼二賦而去諫、歎、懷、思。屈子所著二十五篇爲離騷，而宋玉以下則曰續離騷，其言七諫以下「辭意平緩，意不深切，如無所疾痛而强爲呻吟者」，尤名言也。

楚辭後語六卷

朱熹撰。凡五十二篇。以晁氏續、變二書刊定，而去取則嚴而有意矣。

郡齋讀書志附志卷下楚辭類

宋　趙希弁

楚辭集注八卷後語六卷辨證一卷

右朱文公所定也。離騷凡七題二十五篇，皆屈原作，定爲五卷。續離騷八題十六篇，定爲三卷。校晁氏本增弔屈原、服賦二篇，而去七諫、九懷、九歎、九思四篇。公謂四篇雖爲騷體，然詞氣平緩，意不深切，如無所疾痛而强爲呻吟者，就其中諫、歎猶粗可觀，兩王則卑已甚矣，故雖幸附書尾而人莫之讀，今不復以累篇袠也。賈傅之詞於西京爲最高，且惜誓已著於篇，而二賦尤精，乃不見取，亦不可曉，故併録以附焉。後語定著五十二篇。公謂屈子者窮而呼天、疾痛而呼父母之詞也，故今所欲取而使繼之者，必其出於幽憂窮蹙、怨慕凄凉之意，乃爲得其餘韻。而宏衍鉅麗之觀、懽愉快適之語，宜不得而與焉。至論其等，則又必以無心而冥會者爲貴。其或有是，則雖遠且賤，猶將汲而進之。一有意於求似，則雖迫近如揚、柳，亦不得已而取之耳。騷自楚興，公之加意此書，則作牧於楚之後也。或曰有感於趙忠定之變而然。

文淵閣本四庫全書提要

楚辭集注八卷辨證二卷後語六卷，宋朱子撰。以後漢王逸章句及洪興祖補注二書詳於訓詁，未得意旨，乃隱括舊編定爲此本。以屈原所著二十五篇爲離騷，宋玉以下十六篇爲續離騷。隨文詮釋，每章各繫以興比賦字，如毛詩傳例。其訂正舊注之謬誤者，别爲辨證二卷附焉，自爲之序。又刊定晁補之續楚辭、變離騷二書，録荀卿至吕大臨凡五十二篇爲楚辭後語，亦自爲之序。楚辭舊本有東方朔七諫、王褒九懷、劉向九歎、王逸九思，晁本删九思一篇，是編并削七諫、九懷、九歎三篇，益以賈誼二賦。陳振孫書録解題謂以七諫以下，辭意平緩，意不深切，如無病而呻吟故也。晁氏續離騷凡二十卷，變楚辭亦二十卷，後語删爲六卷，去取特嚴，而揚雄反騷爲舊録所不取者，乃反收入。自序謂欲因反騷而著蘇氏、洪氏之貶辭，以明天下之大戒也。周密齊東野語記紹熙内禪事曰：「趙汝愚永州安置，至衡州而卒。朱熹爲之注離騷以寄意焉。」然則是書大旨，在以靈均寓放逐宗臣之感，以宋玉招魂抒故舊之悲耳，固不必於箋釋音叶之間，規規爭其得失矣。乾隆四十六年十月恭校上。

鐵琴銅劍樓藏書目卷十九集部一楚辭類

清　瞿　鏞

楚辭集注八卷辯證二卷（宋刊本）

宋朱子撰。後附揚子雲反離騷一篇并洪興祖論，自加論語於後。卷一、卷二鈔補全。其後語已佚。每葉十四行，雙行夾注，行十五字，注字同。案：書中字句與文選所録有互異處，然皆注明某字一作某，與韓文考異同例。間有勘定語，如離騷「循繩墨而不頗」，注「循，一作脩，非是」；湘夫人「登白薠兮騁望」，注「薠音煩，一作蘋，非是」之類。辯證二卷，行式悉同。前有嘉定癸酉三月甲子□陽王渋序云：「刊於□□貢郡齋，俾學者□風、雅之變云。」則嘉定六年刊本也。舊爲太倉陸氏藏書。卷首有「陸時化印」、「聽松老人」二朱記。

楚辭集注八卷附辯證二卷後語六卷（元刊本）

朱子既作集注，復訂舊注之謬，爲辯證，又以晁補之所輯續楚辭二十卷、變離騷二十卷，刪定五十二篇爲後語。二書皆自爲之序。每卷有「求是室藏本」朱記。卷四有「趙印子」朱記。

天禄琳琅書目卷三宋版集部一楚辭類

清 于敏中

楚辭集注八卷(宋咸淳三年向文龍湘陰刻本)

楚辭一函四册,周屈平撰。附宋玉、景差、賈誼、莊忌、劉安諸篇,共八卷。宋朱子集注。目録後載朱子序,前有宋羅荷、向文龍二序、汨羅山水圖、屈平朱子二像。宋陳振孫書録解題謂:朱子「以王逸、洪興祖注或迂滯而遠於事情,或迫切而害於義理,遂別爲之注。其訓詁文義之外,有當考者,則見於辯證,所以祛前注之蔽陋,而發明屈子之微意於千載之下。其於九歌、九章,尤爲明白痛快」。公爲此注,在慶元退居之時,蓋有感而託。其篇第視舊本益賈誼二賦,而去諫、歎、懷、思。屈子所著二十五篇爲離騷,而宋玉以下則曰續離騷。考宋史,寧宗慶元二年,朱子草封事數萬言,陳奸邪蔽主、明丞相趙汝愚之寃,力辭職名。詔仍充祕閣修撰。時臺諫皆韓侂冑所引,有胡紘者,未達時謁朱子於建安,待以脱粟飯。紘不悦,語人曰:「此非人情。隻鷄尊酒,山中未爲乏也。」及是,乃鋭然以搏擊爲任,以疏草授御史沈繼祖奏之,誣論十罪。詔落職罷祠。振孫所謂「有感而託者」,蓋以此也。是書刻於咸淳丁卯,係宋度宗三年。所繪汨羅山水圖中有清烈公廟及墓。考宋史,祕書監何志同言,「諸州祠廟多有封爵未正之處,如屈原廟,在歸州者封清烈公，在潭州者封忠潔侯之類，宜加稽考，取一高爵爲定，悉改正之」云云。蓋宋祀典封爵，初封侯，再封公。當時既經改正，潭州之廟宜亦稱清烈公。又按：汨羅在湘陰縣北，宋爲潭州所屬。施南向文龍序稱，「學制湘陰，汨羅隸焉。欲索楚辭集注善本，與邑之賢士大夫共讀之，則未之有，乃輟俸刻梓於縣齋」。廬陵羅荷者，時爲文學掾，故亦爲序之。「其刻是書，蓋欲求爲善本，宜其雕槧精良也」。有清高宗弘曆題詩云：「信是身清志猶烈，允宜朱注向爲刊。害公有疾託蕭艾，正道無妨擬蕙蘭。論古恒明論今闇，責人則易責躬難。睪然愓若披芸處，敢作尋芳漱潤觀。乾隆乙未仲春御筆。」鈐「乾隆」雙璽。卷八末右明文徵明自識：「衡山文璧藏。」其子文彭亦有印記。後入檇李項氏、泰興季氏二家收藏。鈐有「衡山」、「文彭之印」、「季振宜藏書」諸印記。

天禄琳琅書目後編卷六宋版集部

清　彭元瑞

楚辭集注（一函七册）

宋朱熹注。書八卷。前有自序，謂王逸、洪興祖詳於訓詁，未得意旨，乃櫽括舊編定爲此本。周密齊東野語云：「趙汝愚永州安置，至衡州而卒，朱熹爲之注離騷以寄意。」蓋以原、汝愚皆宗臣，故以隱況而自儗宋玉，意不在駁正王、洪也。是書明時有刻本，並後語、辯證俱全。此宋大字本，极清朗，雖印本祇四卷，而卷一、卷三、卷四影鈔亦甚工緻，以其希覯，足珍收之。每册前有大印，割補僅存一「亭」字可辨。

五十萬卷樓藏書目録初編卷一五集部

清　莫伯驥

楚辭八卷後語六卷。明成化刊本，陸潤之舊藏。

伯驥按：庶老齋叢談（按當作「庶齋老學叢談」）中云：「漢武帝秋風辭見於文選、樂府、文中子，晦庵附入楚辭後語，而史記、漢書皆不載。藝文志又無漢武歌，不知祖於何書。」又續停驂録卷二十一云：「朱子注楚辭，在今餘干之東山，其意蓋爲趙汝愚作也。復爲後語，以選古人之辭，世有議其去取之未當者。蓋楚詞之文，至東漢而病矣，況後世乎？文公之旨，則以無心而冥會，賢於不病而呻吟者爾。此爲第一義也。」又蕭穆敬孚類稿云：「余以爲千古之第一知騷者，莫如太史公。至本書注事詳確，莫如王、洪兩注本。學者但熟讀太史公屈原列傳，可深得屈原各篇精義之所在。再讀王、洪注本，可知屈子用古之通博。而朱注本實未能高出前人，但偶有獨得處，採取之可也。若尊朱者，因其一序，概將前人抹撥，則大謬云。」此皆前人論朱注之得當者也（節録）。

藝風藏書記卷六詩文第八上

民國 繆荃孫

楚辭集注八卷後語六卷辯證二卷

明翻元本。每半十行，每行二十字，小字同。黑口。向來大字一行，小字雙行，兩行應作四行，此本多作三行。後遇小字，又作三行以匀配，此式罕見。各本先楚辭，次辯證，再次後語。此本後語末葉刻「楚辭後語第六」，卷尾接楚辭辯證上卷一，去辯證首葉，又刻楚辭辯證，上空四格刻接楚辭後語六卷尾，此式亦罕見。辯證通體雙行小字，止題目大字。注中有注，則改陰文以别之。字畫古雅，疑翻元本。無前後序。楚辭八卷缺末葉，皆書賈棄之以充舊帙者。收藏有「長莖苦葉平生志」朱文長印。

蛾術軒篋存善本書録庚辛稿卷四

王欣夫

楚辭集注八卷後語六卷辯證二卷（五册）

明成化十一年廣安州吴伯通刻本。首成化十一年河南按察司按察使盱江何喬新序。每半葉八行，行十七字，白口。板心魚尾上有「楚辭集」三字。何序末葉，板心下方有「吴相國刊」四字。案此本藏書家著録，皆謂「何喬新刊本」今觀何序云：「書坊舊本，刓缺不可讀，嘗欲重刊以惠學者而未能也。及承乏泒臺，公暇與僉憲吴君原明論朱子著述，偶及此書，因道余所欲爲者。吴君欣然出家藏善本，正其訛，補其缺，命工鍥梓以傳。既而以書屬余曰：『書成矣，子其序之。』」則刻書者，明爲吴原明，不知何以多以序者當之？兹爲訂正云。原明名伯通，廣安州人。天順八年進士。周密齊東野語記紹熙内禪事：「趙汝愚永州安置，至衡州而卒。朱子爲之注離騷以寄意焉。」又，王應麟困學紀聞卷十八云：「趙汝談挽汝愚云：『空令考亭老，垂白注離騷。』」而何序謂：「朱子當宋中葉，阨於權奸，當時士大夫沮之排之，目爲僞學。乃爲此書作注，以發其悲憂感悼之情。」蓋猶屬敷衍之辭，未必得朱子之心。至書名集注，而板心祇題「楚辭集」三字，尤爲不解。觀後二種，題「楚辭後語」、「楚辭辯證」，皆舉全名，則此明脱「注」字，可謂鹵莽從事也。惟字大如錢，有雪松筆意。則去元代不遠，猶有遺風。卷五鈔補十葉，有「紅是軒印」，出明時人手。白皮紙初印，古香可愛。有「蔡」字方印，「横翠樓」朱文長方印，「平生一片心」白文方印，「蔡印亮茂」白文方印，「仲淵」白文方印，「紅是軒」朱文長方印，「接武父」白文方印，「三益齋主人」白文方印（以上皆明人）。「廬江何氏藏」白文長方印，「清溪楊氏鶴聞堂經籍圖書」朱文方印，「奎炫之印」白文方印，「令昭氏」白文方印，「楊尚樗」白文方印，「炳扆」朱文方印。

中國古籍總目集部目録楚辭類

陳力

楚辭集注八卷辯證二卷後語六卷 宋朱熹集注

宋嘉定四年同安郡齋刻本　臺圖（存辯證二卷）

宋端平刻本　國圖

宋刻本　國圖（存集注八卷，卷一、三、四配清抄宋本）

元至元二年建安虞信亨宅刻本　山東

元至元二年建安傅子安宅刻本　國圖

元天曆三年陳忠甫宅刻本　臺圖臺北故博

元刻本　國圖　北大　上海　南京

明成化十年何喬新序刻本　北大

明成化十一年吴原明刻本　國圖　上海　山東

明正德十四年沈圻刻本　國圖　北大　上海　南京（清丁丙跋）

明萬曆元年閩建書林陳氏積善堂刻三十五年陳氏奇泉印本（刻京本三閭大夫楚辭集注八卷辯證

二卷注解後語六卷） 上海 安徽博 社科院文學所

明萬曆二十五年吉府刻本 國圖 天津 上海

明萬曆間朱崇沐刻本 國圖 南京 上海 山東 浙江

明書林魏氏仁實堂刻本 北大 南京（存集注一卷辯證二卷後語卷五至卷六）

明胡堯元刻本 國圖（缺辯證二卷，集注卷三至四配抄本）

明刻本 國圖 北大 天津 上海 南京 山東 浙江 遼寧

明刻遞修本 國圖

清康熙間内府抄本 故宫

四庫全書本（乾隆時寫）

洪氏唐石經館叢書本（清光緒印）

崇文書局彙刻書本（清光緒刻）

清光緒八年江蘇書局刻本 國圖 北大

古逸叢書本（清光緒刻） 國圖（傅增湘校並跋）

西京清麓叢書本（清光緒刻）

清宣統三年上海掃葉山房石印本 國圖

傳抄明本 南京

楚辭集注八卷辯證二卷反離騷一卷 宋朱熹集注 （反離騷）漢揚雄撰

宋嘉定六年章貢郡齋刻本 國圖（卷一至二配清影宋抄本，楊訥菴批校）

楚辭集注八卷附各家楚辭書目一卷

宋朱熹集注

明正德間刻本 國圖

明嘉靖十七年楊上林刻本 國圖 山東

明嘉靖三十八年葉邦榮刻本 國圖 上海

明刻本 國圖 上海

楚辭集注八卷辯證二卷後語六卷反離騷一卷 宋朱熹集注 （反離騷）漢揚雄撰

明嘉靖十四年袁褧刻本 國圖（清何煌校；存辯證二卷、反離騷一卷，傅增湘校） 北大 上海 南京

（清丁丙跋） 山東 浙江 南開（存集注八卷、後語六卷，秦更年校並跋）

楚辭六卷附辯證 宋朱熹集注

明萬曆間刻本 國圖

楚辭集注八卷辯證二卷後語六卷 宋朱熹集注 明蔣之翹補輯評校

明天啓六年蔣之翹刻本 國圖 北大 上海 南京 山東 浙江 南開（清林洁、盧弼批校）

楚辭評林八卷總評一卷（楚辭集注） 宋朱熹集注 明沈雲翔輯評

明崇禎十年吴郡八詠樓刻本 國圖 北大 上海（清王慶麟批）

清康熙間聽雨齋刻朱墨套印本（楚辭集注） 國圖 天津 南京 山東

清乾隆五十三年刻朱墨套印本（楚辭集注） 北大 天津

清吴郡寶翰樓刻本 北師大

楚辭五卷 宋朱熹集注

明崇禎間蕭山黄氏刻本 國圖 北大

清康熙三十年刻本 南京

楚辭集注八卷 宋朱熹集注

明刻本 中科院

楚辭十卷 宋朱熹集注 明張鳳翼輯

明末刻本 國圖（鄭振鐸跋） 南京 山東 浙大（清莫京批校） 遼寧

楚辭後語六卷末一卷 宋朱熹集注

明刻本（無末一卷） 山東

清光緒間傳經堂刻本 上海

楚辭五卷後語一卷 宋朱熹集注

清王鏞抄本 哈爾濱師大

楚辭八卷首一卷 宋朱熹集注

清抄本 南京

屈大夫文八卷 戰國屈原撰 宋朱熹注

屈賈文合編本（光緒間刻）

納蘭詞箋注	[清]納蘭性德著　張草紉箋注
方苞集	[清]方苞著　劉季高校點
樊榭山房集	[清]厲鶚著　[清]董兆熊注　陳九思標校
劉大櫆集	[清]劉大櫆著　吴孟復標點
儒林外史彙校彙評(增訂版)	[清]吴敬梓著　李漢秋輯校
小倉山房詩文集	[清]袁枚著　周本淳標校
忠雅堂集校箋	[清]蔣士銓著　邵海清校　李夢生箋
甌北集	[清]趙翼著　李學穎、曹光甫校點
惜抱軒詩文集	[清]姚鼐著　劉季高標校
兩當軒集	[清]黄景仁著　李國章校點
惲敬集	[清]惲敬著　萬陸、謝珊珊、林振岳標校　林振岳集評
茗柯文編	[清]張惠言著　黄立新校點
瓶水齋詩集	[清]舒位著　曹光甫點校
龔自珍全集	[清]龔自珍著　王佩諍校點
龔自珍詩集編年校注	[清]龔自珍著　劉逸生、周錫䪖校注
水雲樓詩詞箋注	[清]蔣春霖著　劉勇剛箋注
人境廬詩草箋注	[清]黄遵憲著　錢仲聯箋注
嶺雲海日樓詩鈔	[清]丘逢甲著　丘鑄昌標點

陳子龍詩集	[明]陳子龍著 施蟄存、馬祖熙標校
夏完淳集箋校(修訂本)	[明]夏完淳著　白堅箋校
牧齋初學集	[清]錢謙益著　[清]錢曾箋注 錢仲聯標校
牧齋有學集	[清]錢謙益著　[清]錢曾箋注 錢仲聯標校
牧齋雜著	[清]錢謙益著　[清]錢曾箋注 錢仲聯標校
牧齋初學集詩注彙校	[清]錢謙益著　[清]錢曾箋注 卿朝暉輯校
李玉戲曲集	[清]李玉著 陳古虞、陳多、馬聖貴點校
吴梅村全集	[清]吴偉業著　李學穎集評標校
歸莊集	[清]歸莊著
顧亭林詩集彙注	[清]顧炎武著　王蘧常輯注 吴丕績標校
安雅堂全集	[清]宋琬著　馬祖熙標校
吴嘉紀詩箋校	[清]吴嘉紀著　楊積慶箋校
陳維崧集	[清]陳維崧著　陳振鵬標點 李學穎校補
屈大均詩詞編年校箋	[清]屈大均著　陳永正等校箋
秋笳集	[清]吴兆騫撰　麻守中校點
漁洋精華録集釋	[清]王士禛著 李毓芙、牟通、李茂肅整理
聊齋志異會校會注會評本	[清]蒲松齡著　張友鶴輯校
敬業堂詩集	[清]查慎行著　周劭標點

于湖居士文集	[宋]張孝祥著　徐鵬校點
稼軒詞編年箋注(定本)	[宋]辛棄疾撰　鄧廣銘箋注
辛棄疾詞校箋	[宋]辛棄疾著　吴企明校箋
姜白石詞編年箋校	[宋]姜夔著　夏承燾箋校
後村詞箋注	[宋]劉克莊著　錢仲聯箋注
瀛奎律髓彙評	[元]方回選評　李慶甲集評校點
雁門集	[元]薩都拉著
	殷孟倫、朱廣祁校點
揭傒斯全集	[元]揭傒斯著　李夢生標校
高青丘集	[明]高啓著　[清]金檀注
	徐澄宇、沈北宗校點
唐寅集	[明]唐寅著　周道振、張月尊輯校
文徵明集(增訂本)	[明]文徵明著　周道振輯校
震川先生集	[明]歸有光著　周本淳校點
海浮山堂詞稿	[明]馮惟敏著
	凌景埏、謝伯陽標校
滄溟先生集	[明]李攀龍著　包敬第標校
梁辰魚集	[明]梁辰魚著　吴書蔭編集校點
沈璟集	[明]沈璟著　徐朔方輯校
湯顯祖詩文集	[明]湯顯祖著　徐朔方箋校
湯顯祖戲曲集	[明]湯顯祖著　錢南揚校點
白蘇齋類集	[明]袁宗道著　錢伯城校點
袁宏道集箋校	[明]袁宏道著　錢伯城箋校
珂雪齋集	[明]袁中道著　錢伯城點校
隱秀軒集	[明]鍾惺著　李先耕、崔重慶標校
譚元春集	[明]譚元春著　陳杏珍標校
張岱詩文集(增訂本)	[明]張岱著　夏咸淳輯校

王荆文公詩箋注（修訂版）	［宋］王安石著　［宋］李壁箋注　高克勤點校
王令集	［宋］王令著　沈文倬校點
蘇軾詩集合注	［宋］蘇軾著　［清］馮應榴注　黄任軻、朱懷春校點
東坡樂府箋	［宋］蘇軾著　［清］朱孝臧編年　龍榆生校箋
東坡詞傅幹注校證	［宋］蘇軾著　［宋］傅幹注　劉尚榮校證
欒城集	［宋］蘇轍著　曾棗莊、馬德富校點
山谷詩集注	［宋］黄庭堅著　［宋］任淵、史容、史季温注　黄寶華點校
山谷詩注續補	［宋］黄庭堅著　陳永正、何澤棠注
山谷詞校注	［宋］黄庭堅著　馬興榮、祝振玉校注
淮海集箋注	［宋］秦觀撰　徐培均箋注
淮海居士長短句箋注	［宋］秦觀著　徐培均箋注
清真集箋注	［宋］周邦彦著　羅忼烈箋注
石門文字禪校注	［宋］釋惠洪撰　周裕鍇校注
石林詞箋注	［宋］葉夢得著　蔣哲倫箋注
樵歌校注	［宋］朱敦儒著　鄧子勉校注
李清照集箋注（修訂本）	［宋］李清照著　徐培均箋注
吕本中詩集箋注	［宋］吕本中著　祝尚書箋注
陳與義集校箋	［宋］陳與義著　白敦仁校箋
蘆川詞箋注	［宋］張元幹著　曹濟平箋注
劍南詩稿校注	［宋］陸游著　錢仲聯校注
放翁詞編年箋注（增訂本）	［宋］陸游著　夏承燾、吴熊和箋注　陶然訂補
范石湖集	［宋］范成大撰　富壽蓀標校

白居易集箋校	[唐]白居易著　朱金城箋校
柳宗元詩箋釋	[唐]柳宗元著　王國安箋釋
柳河東集	[唐]柳宗元著　[宋]廖瑩中輯注
元稹集校注	[唐]元稹著　周相録校注
長江集新校	[唐]賈島著　李嘉言新校
張祜詩集校注	[唐]張祜著　尹占華校注
三家評注李長吉歌詩	[唐]李賀著　[清]王琦等評注 蔣凡校點
樊川文集	[唐]杜牧著　陳允吉校點
樊川詩集注	[唐]杜牧著　[清]馮集梧注
温飛卿詩集箋注	[唐]温庭筠著　[清]曾益等箋注
玉谿生詩集箋注	[唐]李商隱著　[清]馮浩箋注 蔣凡校點
樊南文集	[唐]李商隱著　[清]馮浩詳注 錢振倫、錢振常箋注
皮子文藪	[唐]皮日休著　蕭滌非、鄭慶篤整理
鄭谷詩集箋注	[唐]鄭谷著 嚴壽澂、黄明、趙昌平箋注
韋莊集箋注	[五代]韋莊著　聶安福箋注
李璟李煜詞校注	[南唐]李璟、李煜著　詹安泰校注
張先集編年校注	[宋]張先著　吴熊和、沈松勤校注
二晏詞箋注	[宋]晏殊、晏幾道著　張草紉箋注
乐章集校箋	[宋]柳永著　陶然、姚逸超校箋
梅堯臣集編年校注	[宋]梅堯臣著　朱東潤編年校注
歐陽修詩文集校箋	[宋]歐陽修著　洪本健校箋
歐陽修詞校注	[宋]歐陽修著　胡可先、徐邁校注
蘇舜欽集	[宋]蘇舜欽著　沈文倬校點
嘉祐集箋注	[宋]蘇洵著　曾棗莊、金成禮箋注

蕭繹集校注	［南朝梁］蕭繹著　陳志平、熊清元校注
玉臺新咏彙校	吴冠文、談蓓芳、章培恒彙校
王梵志詩校注(增訂本)	［唐］王梵志著　項楚校注
盧照鄰集箋注	［唐］盧照鄰著　祝尚書箋注
駱臨海集箋注	［唐］駱賓王著　［清］陳熙晉箋注
王子安集注	［唐］王勃著　［清］蔣清翊注
陳子昂集(修訂本)	［唐］陳子昂撰　徐鵬校點
孟浩然詩集箋注(增訂本)	［唐］孟浩然著　佟培基箋注
王右丞集箋注	［唐］王維著　［清］趙殿成箋注
李白集校注	［唐］李白著　瞿蜕園、朱金城校注
高適集校注(修訂本)	［唐］高適著　孫欽善校注
杜詩趙次公先後解輯校	［唐］杜甫著　［宋］趙次公注　林繼中輯校
新定杜工部草堂詩箋斠證	［唐］杜甫著　［宋］魯訔編　［宋］蔡夢弼會箋　曾祥波新定斠證
杜詩鏡銓	［唐］杜甫著　［清］楊倫箋注
錢注杜詩	［唐］杜甫著　［清］錢謙益箋注
杜甫集校注	［唐］杜甫著　謝思煒校注
岑參集校注	［唐］岑參著　陳鐵民、侯忠義校注
戴叔倫詩集校注	［唐］戴叔倫著　蔣寅校注
韋應物集校注(增訂本)	［唐］韋應物著　陶敏、王友勝校注
權德輿詩文集	［唐］權德輿撰　郭廣偉校點
王建詩集校注	［唐］王建著　尹占華校注
韓昌黎詩繫年集釋	［唐］韓愈著　錢仲聯集釋
韓昌黎文集校注	［唐］韓愈著　馬其昶校注　馬茂元整理
劉禹錫集箋證	［唐］劉禹錫著　瞿蜕園箋證

《中國古典文學叢書》已出書目

詩經今注	高亨注
楚辭集注	[宋]朱熹撰　黄靈庚點校
楚辭今注	湯炳正、李大明、李誠、熊良智注
司馬相如集校注	[漢]司馬相如著　金國永校注
揚雄集校注	[漢]揚雄著　張震澤校注
張衡詩文集校注	[漢]張衡著　張震澤校注
阮籍集	[魏]阮籍著　李志鈞等校點
陸機集校箋	[晉]陸機著　楊明校箋
陶淵明集校箋(修訂本)	[晉]陶潛著　龔斌校箋
世説新語箋疏(修訂本)	[南朝宋]劉義慶撰　余嘉錫箋疏　周祖謨等整理
世説新語校釋(增訂本)	[南朝宋]劉義慶撰　[南朝梁]劉孝標注　龔斌校釋
鮑參軍集注	[南朝宋]鮑照著　錢仲聯增補集説校
謝宣城集校注	[南朝齊]謝朓著　曹融南校注集説
江文通集校注	[南朝梁]江淹著　丁福林、楊勝朋校注
文心雕龍義證	[南朝梁]劉勰著　詹鍈義證
詩品集注(增訂本)	[梁]鍾嶸著　曹旭集注
文選	[梁]蕭統編　[唐]李善注